La Fille du

MINEUR D'OPALE

LES MÉDECINS DE L'OUTBACK 4

-∿- *Romance médicale* -∿-

FIONA MCARTHUR

FionaMcArthurAuthor.com

TABLE DES MATIÈRES

DÉDICACE

Aux rêveurs et à tous ceux qui poursuivent leurs rêves — j'espère que vous rêverez en grand
xx Fi

« ... un lien presque irréel qui fait voir des éclats lumineux jaillir de la pierre argileuse, froide et mate... une explosion de couleurs... »
— Kelly Tishler, reine de l'opale, à propos des opales, Lightning Ridge

PROLOGUE

Adelaide

— Alors, comment t'as atterri à Lightning Ridge ?

Adelaide Brand regarda par-dessus ses lunettes de soleil la femme bavarde aux cheveux blancs derrière le comptoir de la station-service. Un peu fouineuse, se demanda-t-elle, ou simple curiosité de petite ville envers les inconnus ? Ou alors elle était juste aimable ?

Adelaide achetait du diesel tous les deux jours depuis quinze jours, depuis qu'elle s'était installée à Lightning Ridge, mais les fois où elle était passée ici, il y avait eu d'autres clients. Son vieux groupe électrogène Lister s'avérait gourmand mais fiable, et en tant que mineuse d'opale, elle avait besoin de lumière pour y voir sous terre.

Elle hocha la tête en croisant ses yeux bienveillants et sentit une pointe d'affinité. — Je suis accro aux opales. Une passion toute neuve. Et toi ?

— Oh, j'ai suivi un mineur il y a cinquante ans. La femme écarta une mèche collante de cheveux blancs d'une main calleuse. — On a vécu à la dure, hors réseau, pendant dix sacrées années. Mais comme beaucoup de commerçants du coin, j'ai décidé qu'on est plus à l'aise derrière un comptoir qu'au fond d'un trou.

Elle éclata d'un grand rire, ses dents de travers et ses rides en éventail la rendant affable et sans chichis. Ses cheveux d'un blanc éclatant étaient superbes, même retenus loin de sa nuque par un vieux lacet.

Elle mesurait environ vingt centimètres de moins et avait peut-être dix ans de plus — disons autour de soixante-quinze ans — qu'Adelaide, qui culminait à un mètre quatre-vingts.

L'air vieilli de sa nouvelle connaissance pouvait être le résultat prématuré du soleil impitoyable de l'outback, ou un simple désintérêt pour ralentir l'empreinte du temps sur son visage. Adelaide soupçonna un peu des deux.

La femme avait pourtant un sourire formidable, et Adelaide l'aimait bien. — J'ai pris ma retraite d'infirmière, mais j'aime rester occupée.

— Mari ? Le terminal EFTPOS bipa pendant que la nouvelle connaissance d'Adelaide tapait le montant d'une main ferme.

— On est toujours mariés, on vit juste dans des coins différents du pays. Tyler n'est pas intéressé par les opales, ni par le fait de jouer les touristes. Il préfère de loin voyager depuis son canapé et la ville. À passer du temps avec moi, ajouta-t-elle en silence.

— Ha. Eh bien, fonce pour l'aventure, alors. La patronne désigna d'un signe de tête le petit monde de l'autre côté de la vitre. — Certains hommes aiment leurs petites habitudes, rester à la maison. Je pense que la plupart se posent en vieillissant. Elle fit un geste du doigt en direction de la large rue vers le centre. — C'est pour ça que la partie commerçante de Lightning Ridge est surtout tenue par des femmes.

Elle rendit la carte après avoir longuement regardé le nom. — Ravie de te rencontrer, Adelaide. Elle fit un bref signe de tête. — Moi, c'est Desiree, ici en semaine jusqu'à dix-sept heures. Passe me voir pour le carburant et les pannes de petit matériel. Elle agita les sourcils. — On m'appelle celle qui murmure à l'oreille des moteurs.

Dans les soixante-dix ans ? — Enchantée, Desiree. Et appelle-moi Del.

— On a une petite réunion entre femmes le vendredi soir, derrière. Desiree donna un coup de tête de côté pour indiquer l'arrière du bâtiment. — Dès que la porte de ma boutique est fermée pour la nuit. Tu peux passer quand tu veux. — Chacun apporte sa boisson.

Quelque part au creux du ventre d'Adelaide, un petit cube de tristesse, celui qu'elle essayait d'ignorer, sembla se réchauffer et s'adoucir. — Merci. Je viendrai peut-être si ma propre compagnie finit par me lasser.

Desiree laissa échapper un reniflement amusé. — Oh, on vieillit toutes, Miss Del. Viens ce soir si tu veux. Elle marqua une pause, puis dit : — Tu t'es trouvé de bons gants, maintenant ? Son regard glissa sans jugement sur les croûtes en train de guérir sur les mains d'Adelaide.

— Oui. En cuir. Des gants de conduite très chers que Tyler lui avait offerts autrefois pour sa petite Virago, dont elle s'était séparée — la crise d'il y a dix ans.

Ces gants, en chevreau couleur prune tout doux, n'étaient pas faits pour gratter la roche, mais ils étaient souples et agréables sous les gants robustes qu'elle enfilait par-dessus. Elle avait demandé à sa fille de les lui envoyer par la poste, et ils étaient arrivés il y a deux jours.

Désormais, Riley avait son adresse postale, ce qui allait très bien puisque Adelaide s'était posée. Il lui fallait s'assurer que la famille savait qu'elle était en vie. Elle ne voulait pas qu'on lance une chasse policière à son cadavre en décomposition.

Desiree se balança sur ses talons. — Tu travailles sur la concession de qui ?

— Celle de Cooper. C'est la mienne maintenant. Sa propre mine d'opale. Elle avait encore du mal à y croire.

— L'ancien Wayfarers Inn ? Les rares sourcils de Desiree se haussèrent. — Bon choix. On y a sorti de jolies opales.

— Bon à savoir. Et c'était vrai. Une fois son choix arrêté sur Lightning Ridge, Adelaide avait payé un courtier pour lui dégoter la meilleure concession à louer, de préférence avec un logement quelconque, mais on ne sait jamais quel baratin entoure la vente finale.

La minuscule cabane, pleine de caractère, avait autrefois été un débit de gin et des écuries, avec un bail minier de vingt ans sur l'enclos de 0,40 hectare. L'affaire n'avait grignoté qu'un cinquième de l'héritage de sa mère, ce qui lui laissait une belle réserve sur ses économies personnelles.

Il y avait quelque chose d'incroyablement satisfaisant à posséder une cabane avec des couchers de soleil fabuleux et une vue sans fin sur la brousse. Et pas de voisins. Encore plus satisfaisant : louer le lopin rocailleux à l'intérieur de la clôture, ce qui signifiait qu'elle avait sa propre mine où descendre et creuser.

— À plus. Adelaide fit un signe de la main à Desiree et se tourna vers son Troop Carrier cabossé, qui avait lui aussi été une bonne affaire. Le lit se dépliait depuis le toit, ce qui rendait ridiculement casse-reins d'y grimper et d'en descendre — Tyler n'y aurait jamais mis les pieds — mais elle s'y était sentie en sécurité en voyage. Elle avait voyagé en solo avant de s'installer à Lightning Ridge. Tyler avait prédit qu'elle rentrerait au bout d'une semaine, décidée à revendre ce véhicule inconfortable. Il s'était trompé. Et Rocky, son troopy, pouvait affronter n'importe quelles conditions de route. C'étaient ses compétences limitées en conduite 4x4 qui l'inquiétaient. Elle s'était inscrite pour demain à une journée de formation tout-terrain avec une ex-ambulancière à Walgett. La formatrice lui avait été recommandée par les anciens propriétaires du Wayfarers Inn quand elle s'était renseignée. Elle avait hâte.

Son téléphone sonna. Bon timing. La couverture réseau était capricieuse au Wayfarers Inn. Elle savait sans regarder l'écran que ce ne serait pas Tyler. Il devait être à la salle de sport. C'est la photo souriante de sa fille qui s'afficha. — Riley, chérie. Comment tu vas ?

— Maman. Ça va. J'essaie de libérer mes patients avant les vacances. Les gants, ils te conviennent ?

— Merveilleux. Beaucoup mieux pour mes mains délicates. Merci.

— De rien. Elle entendit le sourire dans sa voix. — Nos mains ne sont pas censées être calleuses. Je n'arrive pas à croire que tu utilises une pioche sous terre. Mais, au-delà de l'amusement, percevait-elle une pointe d'admiration ? Une chaleur se répandit tandis que la voix de sa fille s'adoucissait. — Pour ce qui est des envois, eh bien, tu m'as envoyé des colis de réconfort plein de fois quand j'étais à l'école.

À l'intérieur d'Adelaide, ce glaçon a encore un peu fondu et a commencé à se changer en flaque. Il y avait eu de la distance et du silence de la part de sa fille quand elle avait laissé Tyler derrière elle, mais il semblait que Riley était passée à autre chose. Ou qu'elle tournait la page. Elle était douée pour ça.

Riley était d'ordinaire pressée, mieux valait ne pas la retenir. — Ce n'est pas ton genre d'appeler quand tu es au travail. Sa fille menait une vie professionnelle très chargée. — Deux coups de fil en une semaine ?

— Un de mes patients a annulé à la dernière minute à cause de la grippe, alors j'ai du temps. Papa a dit que des certificats étaient arrivés pour toi. Le sourire était revenu dans sa voix. — Tu as encore suivi des cours ?

Bon sang, oui, elle en avait suivi. — Une fois que j'ai pris la mine en location, il fallait que je sois mineuse en règle, expliqua-t-elle. — Ce sont mes certificats de responsable de site minier et d'opératrice minière environnementale. J'ai les versions numériques sur mon téléphone.

Riley a ri. — Trop cool. Tout ça parce que tu t'es ennuyée après ta fête de départ à la retraite ? Je ne t'ai jamais demandé. Pourquoi l'exploitation d'opale ?

Adelaide pensa au chemin qui l'avait menée jusqu'ici. Et au fait que sa fille, ni son mari d'ailleurs, ne lui avaient jamais demandé pourquoi. — C'était cet endroit où je suis entrée par hasard sur Wentworth Avenue à Sydney, Gemmology House. C'était comme un musée, avec une façade en pierre, de hautes colonnes et des fenêtres en arc.

— C'est un bâtiment qui t'a poussée à aller miner ?

Elle pensa aux trésors renfermés par ces murs. — Peut-être. À l'intérieur, ils avaient ces cristaux de gahnite, tu sais, ces cristaux acérés d'un vert profond, ceux que Grand-mère nous a donnés quand nous leur avons rendu visite à Wilcannia ? Elle avait été ravie de reconnaître la gahnite. — Le simple fait de voir ces vitrines de pierres précieuses et de gemmes, et notre gahnite, rendait l'endroit spécial.

— Waouh. Riley semblait bel et bien intriguée. — C'est intéressant.

Oui, ça l'était. D'où l'inscription d'Adelaide au cours de gemmologie pratique, et à quatre autres environ. — Eh bien, ça a été le déclic.

Je n'avais jamais envisagé les gemmes comme brutes et mystérieuses jusqu'à ce que je voie les opales. J'ai bien peur d'être devenue obsédée par l'opale, maintenant.

Dans les cours et les vitrines, elle avait découvert les couleurs changeantes et éclatantes de l'opale noire, la base sombre sous-jacente au jaillissement et aux étincelles de couleur qui donnaient à la gemme une intensité aux couleurs de l'arc-en-ciel. Ce kaléidoscope l'avait fascinée. Parfois, elle croyait voir tout un univers dans ces couleurs qui l'aspiraient.

— Les opales, c'est joli, dit Riley.

Adelaide renifla d'un air taquin. — Les opales ne sont pas jolies. Elles sont magnifiques, mystérieuses, merveilleuses. Et c'est un sacré boulot pour les extraire.

— Je me rends. Riley a ri, et c'était si agréable d'entendre sa voix. — Toute passion est une bonne passion. Vas-y, Maman.

— Je les adore, dit-elle simplement, consciente que Riley ne voudrait peut-être pas en entendre davantage. Tyler, lui, non ; alors elle avait cessé de s'extasier avec lui.

— Tu as l'air heureuse, Maman.

— Je le suis. Il était toutefois temps de changer de sujet, avant que Riley ne demande quand elle rentrerait. — Et Josh, comment va-t-il ?

— Bien. Le ton de sa fille devint un peu plat. — On va passer un peu de temps ensemble pendant mes vacances. Il y a deux soirées caritatives où il veut que j'aille, et on dîne chez ses parents la semaine prochaine.

— Ce sera sympa. Ou pas, mais elle ne le dirait pas. Josh était plus soporifique que la télé de Tyler. Un bip discret pulsa au loin sur la ligne de Riley.

— J'ai un appel qui arrive, je ferais mieux d'y aller. À bientôt, Maman.

— Au revoir, chérie. Mais elle avait déjà raccroché.

Adelaide rejoignit son véhicule et mit le moteur en marche, en pensant aux cours de gemmologie. La naissance de l'enthousiasme, et Tyler, son mari, ex-cadre dirigeant, qui avait refusé de venir. Le temps qu'elle termine ce cours du soir, après qu'il lui a tapoté la main en disant que les nouveaux centres d'intérêt, c'était bien, elle savait qu'elle avait trouvé une passion. Au dernier cours, elle était complètement captivée et souhaitait avoir découvert ces études quarante ans plus tôt.

C'est à ce moment-là qu'elle a décidé de venir à la Ridge. Le berceau de l'opale noire. Elle avait demandé à Tyler de partir en road trip avec elle — juste pour voir —, mais il avait levé un sourcil aristocratique et, en riant, avait dit — Pourquoi diable on ferait ça ?

Adelaide soupçonnait qu'il n'avait pas imaginé une seconde qu'elle partirait seule. Ou, si elle le faisait, qu'elle bricolerait tout au plus un week-end ou deux. Jusqu'à ce qu'Adelaide fasse ses bagages et parte il y a deux mois pour voyager. Il avait été horrifié alors — l'était toujours — mais pas au point de la suivre.

Au lieu de s'ennuyer et de se sentir seule, elle avait voyagé et appris chaque jour quelque chose de décalé et de réjouissant. Elle avait rencontré de nouvelles personnes et apprécié de nouveaux endroits. Quand elle a repris l'auberge il y a un mois, elle a appris bien davantage. Sa nouvelle maison avait des panneaux solaires et des batteries. Des gouttières et une cuve à eau de pluie qui ne recueillait jamais la pluie et qu'il fallait remplir avec l'eau de forage du camion-citerne qui, heureusement, se déplaçait quand on en avait besoin. Elle avait appris à faire fonctionner un frigo à gaz et un poêle à bois du tournant du siècle et avait ajusté ses talents de cuisinière à sa cuisine. Cela aussi avait été délicat, mais gratifiant.

Et puis il y avait l'extraction de l'opale, avec deux puits de quinze mètres, une échelle en acier menant à une salle souterraine centrale et deux courtes galeries latérales. Sa cabane/son auberge/sa bicoque se trouvait à 5 km de la ville, encore assez près pour aller chercher des provisions ou voir de nouveaux amis, parmi lesquels elle venait peut-être d'en trouver une en la personne de Desiree.

Et les voisins, dont certains opéraient clairement sous des identités d'emprunt ou des surnoms pour éviter la police, étaient assez loin pour qu'elle n'entende pas les fêtes ni qu'elle ait beaucoup d'invités indésirables. Elle en avait bien quelques-uns, mais ils étaient chaleureux, sans jugement et du genre à vivre et laisser vivre. S'il y avait bien une chose qu'elle pouvait dire de ces invités indésirables à deux jambes, c'est qu'ils n'étaient jamais ennuyeux.

Elle doutait aussi qu'ils répondent au recensement.

CHAPITRE UN

Riley

— DIX-HUIT NUITS ÉTOILÉES avec toi. Les grands yeux bruns de Joshua Bouvier étaient résolus. Il était fier de lui, et ravi des billets de croisière « surprise » très chers qu'il venait tout juste d'offrir à Riley.

À cet instant, Josh, pas aussi grand qu'elle, mais beau et impeccablement vêtu, ressemblait à s'y méprendre à son père, agent de change extrêmement fortuné.

— Et... pendant qu'on sera partis, j'ai une question très spéciale à te poser. Il ajouta cela d'un ton entendu en tapotant sa poche. Bon sang. Avait-il des mots griffonnés sur un papier là-dedans ou, grand Dieu, un écrin de velours ?

Dans son cabinet de consultation de Macquarie Street, l'estomac de la docteure Riley Brand se serra. Pas le mot en M, pria-t-elle. Pitié, pas le mot en M. Elle avait imaginé qu'ils partiraient par-ci par-là un week-end pendant ses congés, qu'ils passeraient du temps ensemble, un peu séparés aussi, bref, des vacances pour s'amuser et se détendre.

À présent, avec Josh assis en face de son bureau pendant sa pause déjeuner, le regard fixé sur elle, son programme bien ficelé, elle se sentit coupable. Piégée. Et une envie irrépressible de fuir la saisit. Comme toujours quand une relation menaçait de dépasser le simple dîner et le rôle pratique de cavalière de circonstance.

Lui voulait parler engagement et elle, sortir de tout ce qui risquait de contrarier son avancement professionnel planifié. Il voudrait aussi aborder le grand sujet — des enfants — et elle ne ressentait toujours pas le moindre frisson d'anticipation à cette idée. Elle commençait à douter que cela arrive un jour.

Une culpabilité familière se fraya un chemin en elle, parce que ses patients cherchaient l'insaisissable rêve de devenir parents, et elle, elle balayait l'idée d'un revers de ses doigts sans bague. Sa mère disait que c'était parce qu'elle n'avait pas encore trouvé le bon. Mais Riley n'était pas sûre de vouloir faire ce que sa propre mère avait fait : mettre sa vie entre parenthèses jusqu'à ce que tout le monde ait fini de s'appuyer sur elle. C'est l'une des raisons pour lesquelles elle ne se sentait pas capable d'être une aussi bonne mère que la sienne. Josh la tira de ses pensées en reprenant.

— J'ai surveillé la météo. Elle s'annonce parfaite pour le Top End. À lézarder sur le pont en traversant les Kimberley, à sauter dans les zodiacs dans les gorges, des vols en hélicoptère au coucher du soleil — ensemble... Il allongea le dernier mot, le sourire assuré. — Tu vas adorer.

Elle, peut-être bien, mais pas avec lui. Et certainement pas avec, en embuscade, le fameux mot en M. — Ça a l'air incroyable. Elle tenta un sourire d'excuse, mais ne réussit qu'un sourire lèvres closes. — Je ne peux pas. Je sais qu'on devait passer du temps ensemble... Parce qu'elle n'avait pas vraiment tranché avant l'allusion à la « question spéciale ». Et puis il y avait ces dix-huit looongues journées côte à côte sans la moindre pause... De quoi la décider à dire non.

Il était temps de reculer à petits pas hors de cette relation.

Elle réessaya. — Je suis désolée, Josh. J'ai décidé de prendre la route jusqu'à Lightning Ridge et de convaincre ma mère de rentrer à la maison auprès de Papa. La croisière, c'est non.

— Ne dis pas de bêtises. La main de Josh esquissa un geste signifiant tu me fais marcher. — Tu pourras voir Adelaide quand on rentrera. Je viendrai avec toi. Après qu'on aura fait ça.

Si ce n'était pas si absurde, elle en rirait. Emmener Josh en virée sur les routes de l'Outback ? Avec du café médiocre pour qu'il s'en plaigne et des jérémiades constantes sur tout le reste ? Non, grand Dieu non. — J'aurai besoin des quatre semaines. Maman sera difficile à convaincre, dit-elle d'un ton sans appel. Mais elle risquait de devenir folle à se tourner les pouces pendant aussi longtemps.

Josh la fixa. — Tu pourrais prendre des congés en plus ? Faire les deux. On est réservés pour cette croisière, Riley. Il n'avait plus l'air aussi sûr de lui, percevant enfin la réalité, et non plus le scénario prometteur qu'il s'était monté.

Elle avait posé les règles dès le début. Exclusifs, mais pas pour toujours. Amis avec avantages. Même si, pour être honnête, son emploi du temps avait sans arrêt mis à mal lesdits avantages.

Riley désigna son ordinateur et l'agenda des rendez-vous ouvert. — Je n'ai que quatre semaines de congés. Mes rendez-vous pour la première semaine de reprise sont déjà complets.

Josh rabattit la brochure d'un coup sec. — Tu ne peux pas téléphoner à Adelaide ? Premier geignement. — La convaincre à distance. Deuxième. Il faisait ça quand il n'obtenait pas ce qu'il voulait. Vraiment agaçant.

Riley eut envie de se faire craquer la nuque tant l'effort de rester douce la tendait. — Ma mère demandera plus qu'un coup de fil, dit-elle.

Les yeux assombris et une pointe d'impatience dans la voix, Josh marmonna : — Pourquoi ton père ne règle-t-il pas ça ? C'est lui qui est resté à Sydney. Plaqué pour une concession minière dans l'ouest par sa femme.

Oui, son père avait été largué. Le père qu'elle avait toujours considéré comme son héros. Et il méritait sans doute cette désertion, car il n'avait pas repris pied après la retraite aussi vite que Maman. Il avait dévalé le terrier du lapin de Netflix, des émissions d'actualité et de la salle de sport depuis qu'il avait arrêté de travailler, mais l'absence de Maman commençait à durer. Riley avait le sentiment que ses deux parents agissaient désormais par orgueil. — Il hésite à avoir l'air dans le besoin.

Josh fit la grimace. — Je n'arrive toujours pas à croire que ta mère vive à la dure sur une concession minière. À gratter la terre hors réseau. C'était de l'incrédulité pure et simple — Josh se demandant comment diable elle pourrait faire tourner une machine à café sans électricité. Sans aucun doute.

Il renifla, et les yeux de Riley se plissèrent. Elle pouvait bien se plaindre de ses parents, mais pas lui. Riley lisait Josh comme l'écran devant elle. Il venait de comprendre qu'elle ne changerait pas d'avis pour la croisière. Il savait qu'elle pouvait se montrer inflexible quand elle tenait à marquer le coup.

Ce sentiment d'être en droit de tout obtenir, dont Josh souffrait, venait d'être froissé. Tout était censé s'emboîter comme il l'entendait, parce que c'était lui. Josh. L'enfant unique. L'enfant chéri.

Et à quoi avait-elle bien pu penser ?

Assise là, regardant cet homme de l'autre côté de son bureau, Riley soupçonna qu'elle avait frôlé la catastrophe par paresse. Parce que la présence de Josh avait été confortable, et elle avait supposé que cette absence d'intention était réciproque. Elle avait été trop occupée pour remarquer le changement chez lui. Il était temps d'arrêter, maintenant, et d'ouvrir les yeux.

Elle jeta un œil à sa montre. — Josh, j'apprécie vraiment toute l'organisation que ça t'a demandé et je vois que tu te réjouissais vraiment...

— C'est à sens unique. N'est-ce pas ? a lancé Josh en la coupant. — Toute notre relation. Il leva les mains en l'air. — Tu ne viens vraiment pas ?

— Tu es quelqu'un de bien, Josh.

Il expira une grande bouffée d'air. Il fit même bruire les papiers sur son bureau avec le souffle qu'il projeta. Elle sentait le bonbon à la menthe qu'il avait sucé avant d'entrer la voir. — Je n'aime pas dire ça, Riley — il y avait maintenant une pointe de fermeté dans sa voix — mais peut-être qu'on a besoin d'une pause. Il marqua un silence et lui lança un regard, comme s'il s'attendait à ce qu'elle soit anéantie.

Il ne comprenait vraiment pas. Elle l'a dit d'une voix douce. — Pas une pause : on rompt, Josh. Tu mérites quelqu'un de beaucoup plus investi dans ce que tu veux faire. Investi dans l'avenir avec toi. Moi, non. C'était peut-être un brin abrupt, mais Riley estimait qu'elle devait l'être pour faire passer le message.

Josh resta bouche bée, fit volte-face, puis se retourna encore avant d'ouvrir la porte, mais elle garda les lèvres fermement closes et, finalement, il partit. Il referma la porte derrière lui avec une politesse exquise. Elle aurait aimé qu'il la claque.

Une bouffée d'émotions traversa Riley d'un coup. La culpabilité. La honte. Mais oui, la plus grande, c'était le soulagement.

Riley retint d'appeler sa première patiente de l'après-midi. Elle était de toute façon souvent trop à cheval sur ses horaires de rendez-vous. À la place, elle fixa l'annonce imprimée pour un médecin remplaçant à Lightning Ridge qu'elle avait vue la veille au soir.

Son regard glissa vers la balle anti-stress en forme d'utérus sur son bureau ; elle la prit et serra le « ventre » jusqu'à ce que ses ongles à la french manucure lui creusent les paumes.

— Lightning Ridge ? Parmi tous les coins perdus du bout du monde... Sérieusement, Maman ? dit Riley dans la pièce, en soufflant si fort que les mêmes papiers que Josh avait fait frissonner plus tôt s'animèrent de nouveau.

— Tu m'as laissée avec le bébé sur les bras, comme Papa depuis que tu es partie. Il a besoin de toi. Et toi, tu as besoin de lui. Elle reporta les yeux sur l'annonce de poste vacant dans le Medical Practitioner's Review de ce mois-ci.

Elle serra la balle, puis respira. Serra. Respira. Elle goûtait l'idée qui avait flotté lorsqu'elle l'avait vue pour la première fois. Depuis qu'elle avait posté les gants en cuir souple de sa mère la semaine dernière, Riley tournait et retournait ses options. Un remplacement lui donnerait un prétexte pour y aller. Elle aurait quatre semaines pleines pour convaincre Maman de rentrer.

Elle pressa la mousse, et se calma. Elle avait déjà posé quatre semaines de congés, donc partir serait facile. Ce serait ses premières vacances depuis des années. Autant dire que ça la changerait de la croisière de luxe de Josh le long de la côte de Kimberley. À la place, elle travaillerait, comme généraliste, dans une ville minière au nord-ouest de la Nouvelle-Galles du Sud, avec des patients et des patientes.

Il faudrait du temps pour convaincre Maman de rentrer de sa nouvelle passion pour la prospection. Ou l'extraction, ou peu importe comment on appelle le fait de vivre à la dure dans un désert et de fouiller les roches à la recherche de l'insaisissable opale.

La question, c'était : Riley pouvait-elle exercer la médecine générale pendant quatre semaines ? Pouvait-elle travailler dans un patelin paumé, jonché de déblais, au milieu de rudes types, de mineurs et de retraités nomades comme sa mère ?

Il n'y avait qu'une seule façon de le savoir. Au moins, elle serait près de la concession d'opale louée et de la cabane, sans étouffer sa mère. Ni elle-même. Ce remplacement leur donnerait l'occasion de discuter posément. Ce serait plus subtil que d'essayer, encore, la conversation par e-mail ou au téléphone, parce que ça n'avait pas marché. Peut-être attendrait-elle une semaine après son arrivée, puis sèmerait simplement l'idée que sa mère rentre à la maison. Hmm.

Sa mère avait-elle seulement l'eau courante pour faire pousser une graine d'idée ? Heureusement, le remplacement venait avec des « digs ». C'était une ville minière, mais elle se doutait que c'était un jeu de mots pour dire logement et non un terrain à fouiller. Elle aurait l'eau et l'électricité et, avec un peu de chance, Internet.

Arrête de faire ta chochotte, se dit-elle. Bien sûr qu'elle gérerait. Une petite voix lui souffla que Josh dirait qu'elle ne tiendrait pas. Rien que ça lui redressa l'échine. Josh n'avait aucune idée de l'ascendance dont elle venait : son arrière-grand-père avait élevé des bovins du côté de Wilcannia et son arrière-grand-mère avait conduit les troupeaux à ses côtés, en crue comme en sécheresse.

C'est fou comme les générations changent. Partent à la ville. S'amollissent. Ces quatre semaines lui donneraient l'occasion de rafraîchir des compétences médicales qu'elle n'avait pas touchées depuis dix ans. Elle regarda ses mains manicurées et pensa à des scrotums fripés. Puis elle rit d'elle-même en jetant un œil à son bureau chic. Ici, il n'y avait pas d'hommes. Elle était obstétricienne et gynécologue depuis plus de dix ans. Les cinq dernières années s'étaient concentrées sur l'infertilité — autant sur les facteurs qui augmentent les chances de tomber enceinte que sur ceux qui empêchent une grossesse — donc l'examen de parties génitales masculines ne faisait pas partie de son périmètre, sauf pour prescrire des examens. Cela dit, il y avait eu la gestation pour autrui et les études sur les gamètes de donneurs, et elle comptait, parmi ses réussites, des patients transgenres et issus de la communauté LGBTQIA+ remarquables.

Riley resserra l'utérus en mousse dans sa main. Elle pouvait le faire. Et elle avait une idée en plus, si le généraliste recruteur acceptait. Ce serait une immersion éclair dans quelque chose de follement différent, puis elle en ressortirait aussitôt. Il faudrait qu'elle travaille. Elle ne se voyait pas se tourner les pouces sur une concession d'opales jonchée de cailloux tout en prenant le temps de convaincre sa mère de rentrer. Elle connaissait sa mère quand elle avait une idée en tête. Riley était pareille.

Elle attrapa le téléphone et passa un coup de fil à la professeure, son associée, qui déjeunait elle aussi, sans doute plongée dans une revue médicale.

— Grace ? lança-t-elle dès qu'on décrocha. — Pendant que j'irai voir ma mère, je pense à une clinique itinérante pour les familles éloignées, pendant ma pause. Tu en penses quoi ?

— Lightning Ridge ? Oui ! répondit Grace avec enthousiasme. Sa partenaire s'intéressait à ce concept depuis un moment.

— Donc, je pourrais proposer quelques jours d'une clinique de l'infertilité en tandem avec le poste de généraliste remplaçante pendant les quatre semaines ? L'idée devenait rapidement séduisante avec l'intérêt de Grace.

Grace allait toujours droit au but. — La logistique ?

— Je pourrais demander au cabinet médical sur place s'ils peuvent gérer les rendez-vous et l'administratif de la clinique. Ils doivent bien avoir une infirmière de cabinet pour le concret. Je peux faire tout le reste moi-même, mais je vérifierai.

Elles étaient toutes les deux d'accord : à quelques heures de route de Lightning Ridge, il y avait des femmes isolées qui pourraient bénéficier des compétences de Riley, plutôt que de devoir se rendre jusqu'aux capitales d'État. Si la responsable du cabinet de Lightning

Ridge acceptait de consacrer quelques après-midis, Riley pourrait s'occuper du reste.

— Je vais aussi mettre en place un schéma d'orientation pour les futures demandes venant de ce coin-là, en supposant qu'il y ait une demande. Ça aplanira les aspérités pour les familles éloignées.

— On trouvera ces femmes, dit Grace. — Toi, décroche le poste de rempla, et je ferai passer le mot. L'appel prit fin.

Riley parcourut Google Maps sur son ordinateur de bureau, en tambourinant des doigts de sa main gauche, heureusement sans alliance. Hmm. Il faudrait huit heures trente de route depuis Sydney, 725 km de sa maison de Mosman jusqu'au Ridge. Au moins, c'était de la route goudronnée tout du long.

Road trip.

— Bon sang, Maman, gémit-elle à voix haute, mais il n'y avait que son cabinet, décoré par un designer, pour l'entendre. — Ta retraite était censée être reposante pour tout le monde. Pourquoi là-bas ?

CHAPITRE DEUX

Riley

LA SEMAINE SUIVANTE, RILEY quitta la Castlereagh Highway après une bétonnière peinte en bleu et un grand panneau où l'on lisait « LIGHTNING RIDGE ». On aurait dit que la ville ne voulait laisser personne rater la bifurcation.

L'entrée dans la localité ne correspondait pas à ce qu'elle s'était imaginé. Elle s'attendait à des tas de gravier blanc et à des collines arides — et il y en avait un peu —, mais surtout, elle se retrouva face à des affiches et des panneaux, sur des poteaux, des rochers, jusque dans les arbres, vantant les opales, les hébergements et les visites guidées. L'endroit était bien plus tourné vers le tourisme qu'elle ne l'avait pensé. Là, tout de suite, il lui fallait un panneau indiquant la station-service, mais un bâtiment à la silhouette familière apparut juste après le premier camping en périphérie. Le camping avec le véhicule perché haut sur une branche.

Endroit intéressant.

Elle avait fait le plein à Moree trois heures plus tôt, une ville où elle avait été surprise de découvrir d'immenses parcs verdoyants. Jusqu'ici, elle avait apprécié la route ; son cabriolet n'avait pas souvent l'occasion de se dégourdir les roues, et elle avait savouré le silence. Son père avait décliné quand elle lui avait proposé de l'emmener, donc elle n'avait pas eu besoin d'allumer la radio. Et puis, il y avait la tranquillité de ne pas avoir Josh occupé à traquer le prochain latte au lait d'avoine, extra-chaud, pour ensuite râler, ce qui rendait le silence divin.

Elle devait admettre, cependant, qu'il y avait eu cette étrangeté de l'isolement, avec tant d'ouverture sur le paysage et ces routes longues et droites qu'elle parcourait. Comme s'il ne servait à rien de se presser quand il restait des heures de route. Concept étrange pour Riley. Cela faisait bien trop d'années qu'elle n'avait pas été seule longtemps et, au moins depuis l'enfance, qu'elle n'avait pas roulé vers l'ouest, en direction du soleil couchant. À l'époque, c'était avec sa mère, lorsqu'elles avaient rendu visite à ses grands-parents vers Broken Hill.

Elle espérait que Josh se trouverait quelqu'un très vite, car il avait déjà dit qu'il repasserait après sa « break » pour discuter de leurs « problèmes ». Ce souci flottait à l'horizon comme un mirage boueux... à remettre à plus tard. Pour l'instant, elle devait faire le plein et trouver son nouveau lieu de travail. Ensuite, elle chercherait sa mère, car le centre médical l'attendait à 17 h, et on y était presque.

Riley descendit à la grande station-service au toit haut et étira son corps raidi, en puisant dans son répertoire d'exercices de Pilates pour détendre ses épaules. Un picotement dans la nuque, celui qu'elle ressentait toujours quand on la dévisageait, la fit se tourner vers le comptoir. Une femme âgée aux cheveux blancs lui fit un signe de tête derrière une vitre striée, avec un léger sourire. Riley répondit d'un signe, se retourna et remplit sa voiture.

Une fois le bouchon remis et le véhicule verrouillé — peut-être inutile dans une petite ville, mais les vieilles habitudes ont la vie dure —, elle se dirigea d'un pas décidé vers la porte de la boutique. Elle fut contente de voir le distributeur de gel hydroalcoolique, dont elle se servit pour chasser l'odeur d'essence de ses doigts et la trace graisseuse de la poignée du pistolet. Et pour rester en sécurité, bien sûr.

— Vous êtes la médecin qui arrive aujourd'hui ?

Riley releva la tête et fixa la femme. Avec ses 1,80 m et sa tignasse rousse, elle ne passait pas inaperçue, elle le savait, mais elle n'avait envoyé aucune description. Elle s'était attendue à ce que la nouvelle de l'arrivée d'une spécialiste de la fertilité circule vite dans une petite ville, mais là, c'était ridicule. — Vous m'attendiez ?

— Vous n'avez pas l'air d'une touriste ni d'une mineuse. Et puis, il y a une file de femmes qui attendent que vous arriviez.

Riley se frotta le sourcil gauche. Il la démangeait encore un peu depuis la dermopigmentation qu'elle avait faite deux semaines plus tôt. Une idée encouragée par l'une de ses amies les plus mode — et même Josh avait trouvé ça valable, puisqu'elle restait d'ordinaire très discrète sur le maquillage —, mais dont elle n'était pas encore certaine. La femme en face n'avait presque pas de sourcils, et ce qui en restait était blanc. D'une drôle de façon, cela donna à Riley un sentiment de culpabilité d'avoir cédé à la coquetterie ; idée étrange, s'il en est.

— Je suppose que c'est une bonne chose, dit-elle à la femme.

— Bon pour elles. Vous allez enchaîner des journées de dix heures pour en venir à bout en quatre semaines.

C'était un peu troublant, et une belle leçon de radio-brousse. — Tout le monde sait que j'arrive aujourd'hui et pour combien de temps ?

— Ceux que ça intéresse.

— Et ça vous intéresse ? demanda Riley.

— Parce que ça intéresse ma fille.

Ah. Le professeur avait fait passer le mot loin, très loin, et on lui avait dit que le besoin était plus grand qu'ils ne l'avaient anticipé. Riley n'aurait peut-être pas à s'occuper de scrotums, finalement. — Merci de m'avoir prévenue. Elle inclina le menton. — Riley Brand.

La femme inclina à son tour la tête. — Je suis Desiree. Vous avez votre mère par ici ?

Sérieusement ? C'était quoi, déjà, le mot ? Piloérection. Oui, Riley avait de nouveau les poils de la nuque qui se dressaient. — Et si c'était le cas ?

— Je suppose qu'elle s'appelle Brand aussi. Elle détailla Riley des pieds à la tête. — À peu près votre taille, blond vénitien ? Même démarche.

Riley se détendit. Pas creepy du tout. — Eh bien, je sais où venir quand j'aurai l'occasion de la chercher.

— Elle sait que vous arrivez ? On dirait que non, à vous voir.

— C'est une surprise, dit Riley. Est-ce que ça changeait quelque chose si elle lâchait un indice ? Cette femme était omnisciente.

— Je ne donnerai pas son adresse sans son accord, mais on est vendredi : elle pourrait venir après 18 h ce soir pour la soirée entre filles. Ou pas. Si vous voulez tenter votre chance, passez par l'arrière ici après. Chacun apporte sa boisson. Vous êtes la bienvenue pour venir voir.

Le « Outback Practice at Lightning », The Ridge Medical Centre, pouvait presque apercevoir la station-service de Desiree depuis son emplacement sur Harlequin Street. Amusant : l'acronyme OPAL formait les quatre premières lettres. Riley ne l'avait pas remarqué quand elle avait postulé pour le poste de remplaçante, mais, devant le centre, c'était écrit en grosses lettres, impossible à manquer.

Il était cinq heures moins deux, un vendredi, juste avant la ferme-ture du cabinet pour le week-end. Elle allait rencontrer la responsable actuelle du cabinet et, supposa-t-elle, les autres médecins avec qui elle travaillerait.

Un pick-up à quatre portes, poussiéreux et autrefois blanc, s'est arrêté brusquement devant elle sur la large bande de gravier au bord de la route. Ici, les places de stationnement ne manquaient pas — pas comme à Sydney —, pensa-t-elle en s'écartant.

Ils semblaient pressés. Deux hommes de sa taille à peu près, l'un chauve, l'autre grisonnant, tous deux la cinquantaine et sentant la sueur et la bière, sont descendus en tirant un troisième. Le troisième était jeune, une vingtaine d'années, et à moitié conscient. Il a gar-gouillé un peu, comme quelqu'un qui se rince la bouche, quand ils ont laissé sa tête retomber, et la puanteur acide du vomi flottait autour de lui comme un nuage personnel.

Riley s'est penchée et leur a ouvert la porte pendant qu'ils forçaient le type du milieu à passer. Personne n'a dit merci. Elle les a suivis.

La frêle jeune femme à l'accueil, vêtue de ce qui ressemblait à une tente grise, a aperçu les hommes et s'est levée. Son minois mutin s'est crispé d'angoisse ; elle a appuyé sur la sonnette du comptoir et s'est plaquée contre le mur, les joues pâles, une main serrée contre la poitrine.

Deux secondes plus tard, une porte s'est ouverte et un dieu aux allures germaniques, possiblement Thor — ou l'acteur australien qui l'incarne —, plus grand qu'eux d'au moins 15 cm, a rentré les épaules pour franchir l'encadrement et s'est approché. Avec sa tignasse blonde en bataille et ses yeux bleus glacés, Thor dégageait une impressionnante aura de Viking.

— Qu'est-ce qui s'est passé ? demanda-t-il, sans accent d'Europe de l'Est. C'était un pur accent australien traînant.

Riley a dû sourire. Sérieusement ? À l'entendre si décontracté, il ne lui manquait plus qu'un brin de paille au coin de la bouche ; mais elle soupçonnait qu'il savait aussi qu'elle était là. Quelque chose lui disait qu'il ne manquait pas de vigilance.

Le plus jeune gargouilla de nouveau.

L'homme aux cheveux gris a dit : — Toby s'est mis une sacrée cuite, puis il a convulsé. Il s'est étouffé avec son vomi.

L'homme chauve a grogné : — Dans ma voiture.

Thor a hoché la tête. — Goose. Mettez-le sur le côté, sur le lit de la salle d'observation. Il a fait un geste et la jeune fille a longé le mur jusqu'à une porte fermée, l'a ouverte et a jeté un coup d'œil à l'intérieur. Ce qu'elle a vu a dû la rassurer, car elle a poussé la porte plus largement puis s'est hâtée de retourner se réfugier derrière son bureau.

Les deux hommes ont obéi, ont déposé leur fardeau, puis sont ressortis en jouant des épaules.

— Merci, les gars. Vous pouvez y aller. Je vais appeler Greta.

Ils sont partis si vite qu'on n'a presque rien entendu.

Thor a fait à la jeune fille un geste circulaire impeccable pour lui dire de fermer les portes d'entrée. — Et verrouillez-les. On a fini pour aujourd'hui. Puis, par-dessus son épaule, il a lancé : — Vous pouvez venir aussi, Docteur Brand.

Riley a haussé les sourcils, a souri à la jeune fille et a suivi. C'était quoi, cette manie, dans cette ville, de ne jamais se présenter ? La porte s'est refermée derrière elle.

CHAPITRE TROIS

Melinda

MELINDA GRACE LOWENTHAL a ramené ses doigts tremblants là où, dans sa poitrine, son cœur battait des ailes. La sensation donnait l'impression qu'un fichu oiseau cherchait à s'échapper. Il fallait vraiment qu'elle en finisse avec ces crises de panique. Le mur du cabinet, derrière son bureau, lui a paru dur et froid contre le dos quand elle s'y est appuyée. Se cacher. Fuir. Être en sécurité.

Elle en avait tellement assez de cet état de terreur qui la submergeait quand ça arrivait. Elle pensait aller mieux — cela faisait des mois —, mais quand deux hommes ont déboulé dans la pièce avec Toby à l'instant, c'était tellement comme le jour où des hommes avaient braqué la banque qu'elle a paniqué.

Sans le Dr Konrad à l'hôpital, cette nuit-là, elle ne pensait pas qu'elle aurait pu affronter les semaines suivantes de flashbacks. Il l'avait prévenue, lui avait dit qu'elle était forte, qu'elle n'était pas seule. Finalement, ils avaient arrêté le gang de braqueurs armés — ils frappaient de petites villes dans tout l'État — mais elle n'avait pas réussi à se résoudre à retourner travailler à la banque.

Il avait envoyé l'infirmière la voir chaque jour dans sa petite chambre louée derrière le pub, pendant qu'elle se remettait du choc et des quelques bleus qu'elle avait récoltés. Et il lui avait obtenu dix séances avec la psychologue itinérante du Centre de bien-être pour l'ESPT.

Puis, un mois plus tard, il lui avait proposé le poste de réceptionniste — si elle le souhaitait. Comme elle ne pouvait pas travailler à la banque, elle ne pouvait pas payer son loyer, et il lui avait suggéré de prendre le logement derrière le cabinet, dans l'un des minuscules studios. Très doucement, elle avait dit — Oui, s'il vous plaît.

Elle faisait confiance au Dr Konrad pour la protéger. Elle n'aurait pas dû paniquer aujourd'hui. Et maintenant, ils étaient partis. Des hommes ordinaires, repartis dans la rue.

En verrouillant les portes, le visage de la femme — Dr Brand — lui est revenu en mémoire. Ils l'attendaient. Cheveux roux et yeux verts. Elle a plissé les siens pour rendre le souvenir plus net.

Grande, avec une allure citadine, la femme rayonnait de calme et de confiance, comme l'infirmière du centre de santé. Melinda sentait qu'elle serait, elle aussi, bienveillante et forte. Quelqu'un qui aide les familles à mettre des bébés au monde sait écouter.

Ses épaules se sont un peu relâchées. Ce serait beaucoup plus facile d'avoir une autre femme ici. Quelqu'un avec qui partager les soucis qu'elle n'avait pas pu confier au Dr Konrad, même si sa réserve la faisait culpabiliser. Melinda chassa cette pensée et enclencha le loquet, s'assurant que la chaîne reliait bien la porte au chambranle.

Un bruit de haut-le-cœur lui parvint à travers la porte. Le pauvre Toby traversait une mauvaise passe. Elle savait ce que c'était. Elle aimait bien Toby. Elle aimait bien sa mère aussi. Elle n'avait pas tant aimé son père, mais il avait quitté Greta, à présent — parti chercher de l'or plutôt que de l'opale. Non pas que M. Harris ait été autre chose que gentil avec elle. Juste un grand gaillard un peu brut, dont la carrure ressemblait trop à celle des hommes armés. Elle n'arrivait tout simplement pas à être à l'aise avec les hommes à l'air rude, comme les deux qui venaient de partir.

Elle s'affaissa dans son fauteuil. Il fallait qu'elle en finisse avec ces crises de panique.

CHAPITRE QUATRE

Konrad

KONRAD ESTIMA QUE LA Dr Riley Brand ressemblait à sa photo sur son site. Grande, une coupe soignée, un casque de cheveux rouge rubis tombant bien droit sous les oreilles, des yeux verts plus grands et plus lumineux qu'il ne s'y attendait. Elle criait la spécialiste huppée de Sydney. Et elle était canon.

Toby éructa et eut un haut-le-cœur, et Konrad grimaça. Ce n'était pas l'introduction qu'il avait espérée. Mais au moins, elle l'avait suivi. Avec un peu de chance, elle n'allait pas faire demi-tour aussitôt et partir. Et avec encore plus de chance, elle se révélerait utile. Il avait désespérément besoin d'utile.

Konrad ausculta les poumons de son patient mais n'entendit aucun signe d'aspiration. Il retira les embouts du stéthoscope de ses oreilles et laissa le reste pendre à son cou. Ils avaient eu de la chance.

Il la détailla de nouveau. Elle était incroyablement grande, athlétique et tonique. Peut-être une coureuse. Svelte et sexy. Pas qu'il ait le temps pour des choses comme le sexe. Grand Dieu, il n'avait pas eu le temps de penser à une relation ; il voulait juste un associé pour prendre la moitié du boulot. Il aurait voulu pouvoir demander à ses parents de venir faire un remplacement ici, mais ce serait trop douloureux pour eux. Peut-être sa sœur ? Sans lever la tête, Konrad dit — Vous êtes le docteur Brand ? C'était une question, mais il n'en doutait pas.

Konrad supposait qu'il aurait dû se montrer plus respectueux avec leur nouvelle remplaçante au lieu de simplement la tirer à l'intérieur. La femme était obstétricienne consultante et spécialiste de l'infertilité, après tout, mais il venait de passer une journée à gérer des idiots. Surtout des hommes. La plupart qui auraient dû savoir mieux faire. Et maintenant Toby essayait encore de se tuer.

— C'est bien moi. L'ironie était claire. — Vous pourriez demander à la femme de la station-service. Elle semblait connaître mon identité sans présentation.

Konrad dirigea une lumière dans les pupilles de Toby. Réaction pupillaire lente mais adéquate. — Desiree. Desiree sait tout, mais alors tout. Et sa fille fait partie des trente-six femmes qui espèrent vous voir, entre mes propres consultations. Et ça, quelle surprise. Un besoin insoupçonné dans la communauté et au-delà. Même s'il donnait l'impression d'être cynique, il était impressionné.

Il regarda sa nouvelle collègue. Elle dégageait une sérénité — une véritable oasis — malgré l'arrivée précipitée de Toby. Il exulta en silence. — Bienvenue à Lightning Ridge. Je suis Konrad Grey.

Elle acquiesça sans commenter. Ça lui plut pour une raison obscure.

Il désigna la table d'examen. — Toby est un épileptique récemment diagnostiqué qui a des difficultés à prendre son traitement. Depuis sa première crise il y a six mois, quand nous l'avons envoyé à Sydney pour bilan, il a fait cinq crises tonico-cloniques (grand mal). Il a perdu son apprentissage en menuiserie peu après et est tombé en dépression caractérisée. Dès qu'il boit de l'alcool, tout se dégrade : il ne prend pas son traitement ou il le vomit.

Konrad pesa ses prochains mots, malgré la détresse personnelle qu'ils éveillaient, mais il fallait les prononcer. — Toby a tenté de mettre fin à ses jours à deux reprises parce que l'idée des crises lui est insupportable.

Son visage montra un intérêt poli, mais il surprit tout de même un tressaillement. Eh oui, la plupart des soignants avaient eu affaire à des patients suicidaires. — Devrait-il être à Lightning Ridge ? Sa voix semblait douce mais ses yeux, eux, questionnaient — il n'était pas dupe. Elle pouvait être une dure. Tant mieux.

— Est-ce que l'un d'entre nous devrait être ici ?

Elle haussa légèrement les épaules. — Je ne suis là que pour quatre semaines.

Il la détailla. Oui, lui aussi ne devait rester que quatre semaines, il y a deux ans. — J'espère que vous parviendrez à repartir. Mais il ne le pensait pas. Le coin finit par vous happer.

Pendant qu'il parlait, il réarrangea les membres de Toby pour qu'il ne tombe pas de la table d'examen étroite et vérifia que ses voies aériennes restaient dégagées pour respirer. Puis il boucla une épaisse ceinture élastique sous les aisselles de Toby. Il avait fabriqué cette sangle parce que Toby avait failli tomber du lit une fois pendant une crise et que Konrad n'avait ni barrières de lit ni du personnel pour rester planté à surveiller les patients pendant qu'il réglait tout le reste.

Il se rendit compte que la Dr Brand avait traversé jusqu'au lavabo, s'était lavé les mains et avait enfilé une paire de gants en nitrile. Il la vit balayer la pièce du regard et se diriger vers les seringues et les aiguilles, où elle prépara un kit de prélèvement sanguin.

Elle leva la seringue. — Je suppose que vous voulez doser les antiépileptiques.

Au moins connaissait-elle les dosages des médicaments antiépileptiques. D'après le site de la clinique de fertilité qu'il avait lu, elle était gynéco depuis dix ans. Bien sûr, il y a des femmes épileptiques en âge de procréer. — Oui, s'il vous plaît. Il jeta un œil à sa montre. — On aura peut-être le temps de les envoyer avec le sac de prélèvements du labo si on est rapides.

Il rassembla les tubes et se mit à inscrire les informations de Toby sur les minuscules étiquettes — il les connaissait par cœur — pendant qu'elle prélevait le sang. Mains stables, sans hésiter, elle tira le sang jusqu'à remplir la seringue, puis la retira. Après avoir fixé une boule de coton au point de ponction de Toby, elle commença à remplir les tubes qu'il avait étiquetés.

Toby ronflait.

Lorsqu'elle eut terminé, elle dit — Vous pensez qu'il a aspiré ?

— L'auscultation est claire. On saura vite s'il développe une pneumonie. Je pense surtout qu'ils lui ont compromis les voies aériennes.

— C'est toujours mieux que l'inverse. Elle se débarrassa du matériel piquant et de la seringue et se lava les mains, puis se retourna pour lui faire face, une hanche fine appuyée contre l'évier. — Pourquoi votre secrétaire était-elle plaquée contre le mur ?

Elle avait l'œil. — Mauvaise expérience par le passé, lui dit-il. — Pas avec ces types. Elle ne trouvait pas de travail où elle se sentait en sécurité, alors j'ai installé un buzzer à l'accueil et promis d'accourir si elle appuyait dessus. Pour lui, ce n'était pas grand-chose, mais pour Melinda, c'était énorme.

— Je devais rencontrer la directrice du cabinet ?

— C'est Melinda.

— Et les autres médecins ?

— C'est moi.

— Le logement ?

— Derrière. Style chambres de motel. Il y en a six. Trois sont libres. Il y a une cuisine-salon commune, et Melinda a aussi une chambre. Et ça promettait une sacrée colocation : Konrad, Riley et Melinda.

Toby gémit en commençant à se réveiller, puis gargouilla.

— Passez-moi ce seau, là-bas, s'il vous plaît. Même lui entendit la pointe d'urgence. — Le noir.

Elle lui a tendu le seau banal à poignée noire et il l'a glissé sous la joue de Toby. Une fois que Toby a eu fini de vider son estomac, dans un vacarme et une puanteur pas possibles, elle lui a donné une bonne liasse de mouchoirs en papier et il a remarqué qu'elle portait de nouveau des gants. Il s'est dit qu'il allait devoir commander le double des fournitures habituelles pendant qu'elle serait là. Mais, à vrai dire, c'était le cadet de ses soucis pour l'instant.

— Donnez-moi le seau. Son long nez fin s'est plissé, mais sa voix est restée ferme. Elle avait l'estomac solide, elle aussi. De plus en plus pratique. Elle a pris le seau, y a jeté un coup d'œil et a fait une grimace.

— Les toilettes ?

— Là-bas. Il a fait un signe de la tête, tout en continuant d'éponger.

— Vous pouvez sortir par cette porte. L'autre porte, là-dedans, ramène vers la salle d'attente. Pouvez-vous demander à Melinda d'entrer, s'il vous plaît ? Je lui ferai imprimer le formulaire de la dernière fois, puis je porterai les prélèvements sanguins à la clinique et le sac pourra partir avec leur collecte de pathologie à 18 h.

Elle a acquiescé en sortant, emportant son infâme cargaison, à son grand soulagement, et il l'a entendue s'adresser à Melinda.

Les quatre semaines à venir promettaient d'être très intéressantes.

Chapitre Cinq

Riley

Riley vida le seau, ravala l'envie de rendre à son tour, puis tira la chasse. Une fois la saleté partie, elle se sentit mieux et rinça le récipient dans l'évier de vidange.

Bon sang. Où était l'infirmière du cabinet ? Peut-être qu'ils n'en avaient pas ? Là, ce serait une toute autre courbe d'apprentissage. Et ce serait peu efficace en consultation si elle ne pouvait pas déléguer une partie des tâches associées. Ça réduirait le nombre de patients qu'elle pourrait voir si elle devait faire elle-même les prises de sang, les tests urinaires et stériliser son propre matériel.

Elle jeta un coup d'œil autour des toilettes unisexes impeccables et de la zone de vidange. Pas la peine de tirer des conclusions hâtives. L'infirmière était probablement partie plus tôt.

Riley rapporta le seau rincé dans la salle d'observation, le posa au sol, retira ses gants et se lava à nouveau les mains.

Toby était réveillé. Assis sur le bord de la table d'examen, il sirotait de l'eau. Thor — non, Konrad — se tenait à côté de lui, prêt à le rattraper s'il s'effondrait.

Dr Grey — oui, c'était mieux — disait : — Vous faites ce qu'il faut et votre état fera ce qu'il faut. Si vous buvez de l'alcool, vous finissez ici à faire vider votre seau à vomi par notre nouvelle médecin.

Riley leva les mains. — Et je démissionne pour ça. J'ai failli y ajouter le mien.

Les yeux de Toby s'écarquillèrent et il sourit avec timidité. Il avait un sourire agréable ; inattendu, un brin auto-dérisoire. Puis il expira un souffle écœuré — et écœurant —, et Konrad comme Riley ont presque tourné de l'œil à cause des relents. — D'accord. J'ai compris. Mais ma fiancée vient de me larguer. Elle m'a dit qu'elle ne voulait pas être avec un type qui fait des crises. Après que j'ai acheté la bague de fiançailles. Et tout le monde en ville sait que je suis un minable avec des crises spectaculaires.

— Je suis désolé, Toby. Les yeux de Konrad paraissaient étrangement hantés, ce qui semblait curieusement peu professionnel, et Riley s'interrogea sur sa détresse évidente à entendre cette déclaration.

— Prenez votre traitement, évitez l'alcool et vos épisodes vont diminuer, dit Konrad. — Je suis aussi désolé pour Sheila, et pour la bague. Riley apprécia la façon dont il montrait qu'il avait entendu Toby. — Peut-être que c'est mieux de découvrir maintenant qu'elle n'est pas là pour vous ?

C'était un peu dur. Riley leva les sourcils vers Dr Grey avant de s'adresser à Toby. — Y a-t-il quelqu'un d'autre en ville qui ait de l'épilepsie ?

— Comment je le saurais ? grommela-t-il, abattu.

— Je cite : « tout le monde en ville est au courant pour moi ». Donc, vous connaissez quelqu'un d'autre ? Quelqu'un qui serait né avec, ou qui aurait eu un traumatisme crânien qui lui provoque des crises ?

Il la regarda. — Non. Et elle lut dans ce seul mot l'apitoiement sur lui-même et l'exaspération envers ceux qui ne comprenaient pas.

Elle se tourna vers Konrad, qui la regardait avec scepticisme. — Et toi ? Je ne veux pas de noms — juste savoir si tu en connais ?

Il enfonça ses gros doigts dans une touffe de cheveux blonds d'un geste de la main gauche. Ça le faisait paraître étrangement juvénile. — Deux ados au lycée et un gamin en primaire. Une femme de ton âge. Il doit y en avoir d'autres. Les deux autres médecins de la ville doivent avoir des patients.

— C'est bien ce que je pensais. Elle regarda Toby. — Vous allez beaucoup dormir aujourd'hui, mais quand vous serez réveillé, allez voir ce site. Elle écrivit sur un bout de papier et le tendit à Toby. — Vous l'avez sans doute déjà vu, mais regardez encore. Aider les autres vous aidera à vous remettre sur les rails. Il y a maintenant dessus quelques BD/illustrations sur l'épilepsie. Beaucoup d'infos. Peut-être qu'un après-midi par semaine, vous pourriez alimenter leur blog, parler de votre semaine et être une ressource pour d'autres, voire proposer à l'école du coin votre aide.

Le jeune homme plissa les yeux vers elle, mais esquissa presque un sourire. — Et arrêter de me plaindre ?

Riley écart a les mains. — Une seule vie, c'est tout ce qu'on a. À vous de voir. Elle soutint son regard. — Je suis nouvelle ici, mais je ne nettoierai plus votre vomi si c'est à cause de l'alcool. D'accord ?

Melinda était partie quand Konrad ouvrit la porte à la mère de Toby, venue le chercher. Depuis la salle d'observation, Riley voyait le dos de la petite femme qui serrait la main de Konrad et passait un bras autour des épaules de Toby. — Allez, mon chéri.

Konrad avait expliqué que sa mère tenait le café et que Toby, sans entrain, extrayait de l'opale pour un patron.

— Je vous verrai lundi, Toby. Premier rendez-vous après le déjeuner, ajouta Konrad, et le garçon acquiesça.

Des histoires dans les histoires, pensait Riley en retirant le drap et en le jetant dans un bac dans le coin. Non. Elle n'allait pas vider le bac. S'ils n'avaient personne pour ça, alors Konrad s'en chargerait.

Elle se lava encore les mains, ramassa son sac à main posé dans le coin et quitta la pièce qui empestait. Il lui fallait une fenêtre ouverte.

Dans la salle d'attente, Konrad coupa la musique d'ambiance — de la country, évidemment. Un rappel amusant qu'elle avait quitté la ville. D'une voix auto-dérisoire, il dit : — Alors, c'était comment pour un premier rendez-vous ?

— Le seau noir, c'était le clou du spectacle, lança-t-elle.

— On vise l'expérience complète.

— Je vois ça. Ils se dévisagèrent, prenant tous deux leur temps, s'évaluant. Ce n'était pas vraiment un rapport de force, plutôt une prise de mesure. Rien qu'à cette première évaluation, Riley soupçonna qu'il ne céderait pas s'il n'était pas d'accord avec quelque chose qu'elle voudrait, mais cela ne lui posait aucun problème. Il n'avait aucune idée de sa ténacité.

Il dit : — Tu es sûre de vouloir faire ça ?

— La vie est faite pour être vécue.

— Tu y tiens, à ça.

Oui, mais elle l'avait oublié ces derniers temps. Pensée désagréable, alors elle revint au patient. — Je connais quelqu'un avec des soucis comme Toby, et le fait de s'impliquer pour soutenir les autres l'a aidée.

— Toby est le fils d'un mineur, mais il n'a jamais aimé la mine. Ici, c'est « sois dur ou fais-toi avoir ».

— Bon à savoir. Elle balaya la pièce du regard, puis désigna une porte close. — C'est ma salle de consultation, là ?

— Vas-y.

Quand elle ouvrit la porte, la pièce contenait deux chaises coincées en face de son bureau et une table d'examen dissimulée derrière un rideau marron terne le long du mur. — Heureusement que je n'ai pas amené de chat : on ne pourrait même pas se retourner, plaisanta-t-elle.

— En effet. Il fit le coup du sourcil relevé.

— Très bien. Elle jeta un coup d'œil à sa montre. — Et le logement ? Elle avait failli dire piaule.

— Par ici, docteure Brand. Il a ouvert une porte à l'arrière et a attendu qu'elle le précède dehors. — Je fermerai correctement le cabinet plus tard, dit-il en désignant les pièces derrière eux.

— Appelle-moi Riley, lui dit-elle, en se disant que c'était le bon moment pour poser la question. — Il n'y a pas d'infirmière au cabinet ?

— Non. On est autonomes ici.

Elle laissa échapper un soupir discret. Bon, très bien. Avec un peu de chance, la plupart des instruments et du matériel étaient jetables, et tant que les corvées étaient réparties équitablement, elle pouvait gérer. Elle soupçonnait Konrad d'être très capable, même si elle ne savait pas bien d'où lui venait cette certitude.

Il traversa un petit carré d'herbe sèche et rase, montra une porte façon motel, l'une des six, extirpa deux clés d'un gros trousseau qui cliquetait et lui en tendit une. — C'est pour ta chambre. Elle a une porte à l'avant et une à l'arrière. De l'autre côté, tu peux garer ta voiture devant ton logement. Puis il lui tendit une autre clé. — Et ça, c'est pour le salon commun et la grande cuisine équipée. Il désigna une porte à côté de la sienne. — Greta vient une fois par semaine faire le grand ménage, et elle changera tes draps, à moins que tu préfères le faire toi-même.

Comme si ce n'était pas un sous-entendu. Elle pouvait très bien changer ses draps elle-même.

— On partage le grand frigo, la cuisine et le salon. On nettoie nos propres saletés. Le mot de passe du Wi-Fi, tout en minuscules, c'est « digadoctor ».

Elle eut un reniflement amusé. — Ton inspiration pour le mot de passe ?

— Pas mon idée.

— Ça a l'air sympa.

Il releva de nouveau un seul sourcil. — Oh, oui.

Elle comprit qu'elle avait fait quelque chose qui l'avait agacé, mais elle avait eu une grosse journée et s'en moquait un peu. — Je vais m'organiser, alors.

— Docteure Brand. Sa voix la stoppa.

— Riley, répéta-t-elle en se retournant.

— Merci pour ton aide, là-bas. C'est bien de savoir que tu as le cœur bien accroché et que tu n'es pas une petite princesse.

Sérieusement ? — Bon à savoir que toi non plus.

Il sembla pris de court. — Touché, dit-il en souriant, et, l'espace d'une seconde, elle a fondu et lui a rendu son sourire. Puis elle se rappela : quatre semaines. Pas le temps pour les à-côtés.

— Je peux rejoindre ma voiture par la rue de devant, par là ?

— Repasse par le cabinet et je fermerai derrière toi. Tu veux manger ici ou dehors ? Parce que si tu manges dehors, le seul endroit pour des plats à emporter ferme dans vingt minutes, et le supermarché ferme à 19 h.

Ouvrir la porte de son logement par l'arrière, c'était comme ouvrir une porte sur une grotte. Tout était sombre, à part les petites fenêtres derrière les stores fermés qu'elle voyait devant elle. Seul un rai de lumière de fin d'après-midi, filtrant par les bords de la porte du fond, perçait la pénombre.

En entrant par la ruelle et la place de stationnement où elle avait laissé sa voiture, Riley alluma la lumière et découvrit un intérieur simple, propre et exigu. À sa droite, une salle de bains carrelée typique des années 1970, avec douche, toilettes et meuble-vasque rose, le tout impeccablement propre. Plus loin, un lit avec une couette fleurie — pas une couette crasseuse sur laquelle d'autres auraient pu faire l'amour, donc pas l'hôtel poisseux qu'elle redoutait — et de gros oreillers en coton blanc bien net. Un évier rutilant, une bouilloire, un micro-ondes et un mini-réfrigérateur pour le minuscule coin cuisine, et la porte de sortie se trouvait juste après ; elle l'ouvrit sur la bande d'herbe qui menait à la porte arrière du cabinet.

C'était tout ce dont elle avait besoin, et qu'elle soit bénie, la gentille femme de ménage, pour son travail impeccable. Elle n'avait même pas besoin d'utiliser la salle commune d'à côté pour quoi que ce soit — cela ferait très bien l'affaire et serait parfaitement adapté à une hibernation entre missions de sauvetage de sa mère et boulot pendant les prochaines semaines.

Il était presque 18 h. Devait-elle partir à la recherche de sa mère ? Avait-elle envie de faire la soirée entre filles chez Desiree — qui, d'après Konrad, savait tout ? Ou préférait-elle se poser et manger un plat à emporter ? Elle pouvait peut-être apporter quelque chose chez Desiree. Chacun apporte sa boisson, avait-elle dit.

Riley n'était pas sûre d'avoir envie de surprendre sa mère au milieu d'un groupe de femmes. Quoique, combien pouvaient-elles être dans une si petite ville ? Sinon, elle devrait attendre que sa mère donne à Desiree la permission de partager son adresse.

L'option passive ne lui convenait pas, et, après tout, elle avait fait toute cette route. Si elle passait vers 18 h 30, la plupart des invitées seraient arrivées et elle pourrait dire bonsoir, faire connaissance et repartir vite fait si sa mère n'était pas là.

Riley tomba sur Konrad alors qu'elle fermait à clé après avoir changé de tenue, désormais vêtue d'un chemisier bleu sans manches, effet soie et infroissable, et d'un jean, assortis à ses bottes western Ariat au cuir ciselé. Lui portait encore ses vêtements de travail. Son regard l'avait parcourue de haut en bas avec une appréciation manifeste, et il la dominait de sa hauteur — peu d'hommes pouvaient faire ça. Beaucoup étaient appréciatifs, ce qui lui était égal, mais sa taille à lui la rendait soudain consciente. Seulement sa taille ? se moqua-t-elle. Elle ne savait pas trop quoi penser de cette prise de conscience, mais ses joues, elles, chauffèrent. Mince.

— Tu sors ?

— Je file à la soirée entre filles de Desiree. Je cherche ma mère. Elle a une concession et vit dans un camp. Elle avait vérifié comment on appelait les habitations hors réseau, et il n'y avait aucune raison de ne pas le dire.

— De plus en plus curieux. Il haussa un sourcil. — Profite bien de ta soirée entre filles, dit-il, une lueur d'amusement dans le regard. — Au moins, ce n'est pas loin de chez Desiree.

Ils ont tous les deux regardé en bas de la légère pente, vers le carrefour et les lumières du centre de services.

CHAPITRE SIX

Adelaide

C'ÉTAIT LA DEUXIÈME VISITE d'Adelaide un vendredi soir derrière le Lightning Ridge Service Station et, cette fois, elle était venue en pantalon ample et haut éclatant. Avec du maquillage. La semaine précédente, elle s'était sapée simple, en jean bleu et chemise de travail bon marché, ne voulant pas jouer la citadine qui en fait trop. Bien sûr, elle avait appris que personne ne se souciait de ce qu'elle portait tant qu'elle s'y sentait bien. Alors elle s'habillait pour elle, et ça faisait du bien de se pomponner.

La première soirée lui avait ouvert les yeux, tant l'expression « femmes éclectiques » ne rendait en rien la mesure de l'expérience. Elles n'étaient que sept, elle comprise, mais les personnalités étaient si fortes qu'on aurait dit bien plus.

Gerry-au-pacemaker tenait l'emporium local d'arts et d'artisanat avec un coin bijouterie en plus, surtout en opale. À la fin de la cinquantaine et éclatante dans un tissu fleuri, Geraldine avait ce qu'elle appelait « une détermination qui fait tic-tac à profiter de la vie » et à promouvoir l'expression artistique chez les autres.

Sa compagne, Elsa, grande, mince et d'une élégance discrète, pratiquait le stand-up avec un talent de caméléon, notamment le numéro qu'elle avait partagé d'un politicien très connu. Elsa s'envolait chaque mois pour une semaine à Melbourne, où elle avait un engagement de longue date dans un prestigieux comedy-club.

Tout le monde était censé amener une blague cette semaine et la jouer avant la fin de la soirée. Devoir maison. Adelaide, qui n'avait jamais raconté une blague réussie de sa vie — ce n'était pas son truc — avait fouillé internet et en avait déniché une, peut-être deux, qui l'amusaient assez pour les partager. Elle espérait toutefois que tout le monde aurait oublié.

Greta Harris était petite, blonde et pulpeuse, maniaque revendiquée de la propreté et défenseure des laissés-pour-compte. Adelaide avait repéré le TOC de Greta à cent mètres, ce que Greta avait reconnu, tout en étant la fière propriétaire de troisième génération du café local. Tout le monde savait que le risque d'attraper des microbes chez Greta était plus improbable encore que la distance qui séparait la ville de Sydney.

Le café de Greta était devenu l'endroit préféré d'Adelaide pour manger lorsqu'elle descendait de sa concession. Greta faisait aussi le ménage une fois par semaine chez un des médecins du coin parce qu'il avait sauvé son fils, et Adelaide imaginait qu'on pourrait manger par terre chez lui, tant ça brillait.

En quelques semaines à peine ici, Adelaide avait découvert qu'en surface Lightning Ridge était une ville où plus d'un habitant avait peut-être changé de nom. Mais au-delà de cette première impression, la réalité montrait que les femmes occupaient l'essentiel des postes administratifs et de commerce et de services, tandis que les hommes se concentraient sur la chance de faire fortune. Même si elle avait aussi rencontré quelques mineuses de troisième génération.

La décontraction était la norme chez les habitants et, chose étrange, Adelaide se sentait chez elle et à l'aise, qu'elle travaille seule sur sa concession ou qu'elle flâne en ville pour s'approvisionner. Le plus agréable au Ridge, c'était que personne ne jugeait. On pouvait être pieds nus et barbu ou tiré à quatre épingles, tout le monde souriait, hochait la tête et vous souhaitait une bonne journée.

Aux soirées de Desiree, les femmes présentes pouvaient tenir la tête haute face aux infirmières les plus sûres d'elles qu'elle avait rencontrées ces quinze dernières années. Même « individus impressionnants » ne commençait pas à rendre la mesure de l'admiration qu'Adelaide leur portait.

Les deux cousines germaines, Silvia et Selena, avaient hérité de la rivalité de leurs pères. L'une tenait l'unique pub et l'autre gérait le club de bowling local, à deux pas l'un de l'autre.

Desiree, c'était la plus drôle. Une femme célibataire fière de l'être, capable de murmurer à l'oreille des moteurs en souffrance si on lui amenait la machine à son dépôt de carburant florissant et qu'on la laissait pour la nuit. Et Desiree savait... eh bien... tout sur tout le monde.

Vers 18 h 30, Adelaide poussa la barrière du fond chez Desiree et nota les visages familiers, déjà préférés, ce qui était franchement ridicule après une seule visite précédente. Elle avait accepté comme un cadeau d'avoir ces dames du vendredi soir à attendre avec impatience après avoir passé la semaine à gratter et piocher la terre. Chercher l'insaisissable éclat de couleurs changeantes était un travail difficile mais étonnamment gratifiant — cette promesse vive, si elle avait de la chance, des éclairs vert émeraude ou bleu saphir qui vous sautaient aux yeux quand la pierre était mouillée. Elle adorait ce moment où, du sein de l'argile terne, soudain des arcs-en-ciel glissaient et brillaient lorsqu'elle faisait tourner le morceau dans sa main.

La chasse à l'opale était devenue un travail éreintant, addictif, salissant, avec ongles cassés, ampoules et fulgurances de pure joie. Elle ne gagnait pas d'argent, pas encore. Elle avait vaguement songé à prendre un emploi à temps partiel, mais elle s'amusait trop à travailler pour elle-même.

Dans son cabanon en tôle de deux pièces, sa maîtrise des secrets du solaire et de la vie hors réseau oscillait entre la fierté de s'en sortir et le souhait hédoniste de disposer de plus de confort moderne, d'un peu plus de compagnie et certainement de moins de poussière qui retombait sans cesse.

Portant sa petite glacière avec du fromage à pâte molle, des biscuits salés et un bol de pâtes savoureuses du café de Greta, plus deux cannettes de gin-tonic, Adelaide salua d'un geste les dames réunies.

Elle tira une chaise plus près de la petite table et posa ses propres contributions à côté des en-cas déjà disposés.

Avant qu'elle ne s'assoie, Desiree poussa un « cooee » et lui fit signe de la rejoindre au bar extérieur qu'elle avait installé sous un auvent.

— J'ai des nouvelles. À ces mots, le brouhaha retomba et tout le monde se tourna pour écouter. Desiree agita sa main imprégnée de graisse mais nettoyée du mieux possible. — Pas vous, les filles. Occupez-vous de vos affaires.

Des huées — C'est pas juste, on le saura de toute façon — arrachèrent un sourire à Adelaide. — Hé, Desiree, dit-elle. — Ta semaine s'est passée comment ?

Les yeux de Desiree pétillèrent, et Adelaide avait appris à reconnaître que cela voulait dire qu'elle tenait un excellent potin à partager. Son générateur engloutissait pas mal de carburant, alors elle croisait souvent Desiree.

— Tu sais que j'ai une fille ?

— Tu en as parlé, répondit Adelaide.

— Elle n'arrive pas à tomber enceinte. Mais il y a une de ces cliniques itinérantes en ville pour les quatre prochaines semaines. Un médecin spécialiste de la fertilité vient.

La nuque d'Adelaide picota. — Et ? Un petit frémissement d'excitation, pas de crainte, vibra sous sa cage thoracique, ce qui était bon signe.

— Une grande nana, qui te ressemble pas mal, a acheté de l'essence aujourd'hui. Elle bosse chez OPAL Docs pendant un mois. Elle passera peut-être ce soir. Tu veux que je lui donne ton adresse si elle ne vient pas ?

Riley était là.

— Bien sûr. Oui. Y avait-il quelqu'un d'autre dans la voiture ? Tyler était-il venu ? Elle n'était pas sûre d'être prête pour la culpabilité d'avoir abandonné Tyler, mais elle n'a pas pu s'empêcher d'éprouver un mince sursaut d'espoir.

— Nan, elle était toute seule.

Oh. Elle a enfoui sa déception. N'empêche, ce serait amusant de montrer à Riley sa nouvelle vie. Et puis, il fallait de toute façon dissiper le malaise entre elles. — Ce sera un plaisir de la voir.

Desiree a levé les sourcils et a désigné l'autre côté de la pièce d'un signe du menton. — Quelle chance.

Adelaide s'est retournée.

Se tenait à la porte, avec une élégance naturelle et un regard à la fois assuré et interrogateur, sa fille. Elle n'avait pas encore vu Adelaide, parce qu'elle parlait à Greta, qui avait traversé la pièce pour lui demander si elle avait besoin d'aide. Dans ce bref instant, avant qu'elles ne tournent toutes deux les yeux vers elle, Adelaide a senti un élan de fierté. Riley était une si belle femme, gracieuse dans son jean, ses bottes et sa chemise en soie. Elle a toujours eu le chic pour choisir la tenue parfaite.

Sa fille unique avait toujours semblé savoir exactement ce qu'elle voulait et comment l'obtenir, ce qui expliquait sans doute pourquoi Adelaide se sentait parfois un peu lente et ringarde à côté d'elle. Ou bien c'était peut-être l'école privée où Tyler avait insisté pour que Riley soit interne pendant ses dernières années de lycée.

Riley l'a vue et le bref éclair de joie sur le visage de sa fille a fait naître un sourire sur celui d'Adelaide.

— Maman, dit-elle doucement ; mais Adelaide l'a entendue. Ou plutôt, elle l'a ressentie. À grandes enjambées, Riley a traversé la pièce, a pris les mains d'Adelaide dans les siennes, puis l'a attirée dans une étreinte chaleureuse avant de reculer.

Tant d'expressions ont traversé le visage de Riley qu'Adelaide n'a pas pu toutes les deviner. — Je t'ai retrouvée. Elle a incliné la tête vers Desiree. — Grâce à cette dame, ici.

— Desiree sait tout, dit Adelaide en riant, savourant la réalité des doigts de sa fille dans les siens. C'était bien qu'on l'ait retrouvée. Ce n'est pas comme si elle s'était cachée... s'était-elle cachée ?

— On me l'a déjà dit, à propos de Desiree.

Les yeux de Desiree ont pétillé. — Et ça, c'est le Doc Konrad. La femme était manifestement ravie qu'on ait parlé d'elle.

— On parle de mon homme préféré ? Greta avait suivi Riley, et, à présent, Gerry et Elsa les avaient rejointes, suivies par Selina et Silvia, si bien qu'une petite équipe s'était serrée le long du bar de Desiree.

Adelaide s'est écartée de sa fille et a fait un geste vers les autres. — Riley. Tu as rencontré Desiree ; voici Greta du café, Silvia et Selina des deux bars de la ville, et ces deux charmantes dames sont Gerry et Elsa, qui tiennent la boutique d'art.

Elsa dit : — J'espère que tu peux sortir une blague au pied levé. Tout le monde devait en apporter une ce soir.

Adelaide a perçu l'amusement de sa fille et a vu ses sourcils se hausser en la regardant. — Tu as une blague, Maman ?

— Oui, dit-elle d'un ton un peu guindé.

— Je suis fière de toi. Ça aurait pu être une blague à elle seule, mais il y avait dans ces mots une nuance de reconnaissance, comme si sa fille était fière de beaucoup de choses chez sa mère. Pourquoi ne l'avait-elle pas remarqué plus tôt ?

CHAPITRE SEPT

Riley

AU BOUT D'UNE HEURE passée avec les dames du vendredi soir, après avoir soupiré de plaisir devant les meilleures pâtes Alfredo qu'elle ait jamais goûtées et s'être assise sur une chaise en plastique à côté d'un vieux fût d'huile AMPOL, Riley savait que sa mère avait trouvé des âmes sœurs. Et elle se demanda si elle avait la moindre légitimité, ou l'envie, d'essayer d'arracher cette heureuse mineuse à sa nouvelle vie pour la ramener dans le giron conjugal branché mais ennuyeux de Sydney.

Elle aurait peut-être dû simplement monter pour le week-end parler à sa mère au lieu de réorganiser un mois de sa vie pour tenter d'imposer sa volonté. Pourquoi avait-elle fait ça ? Parce qu'elle fonçait toujours partout ? Qu'elle décidait sur un coup de tête ? Qu'elle pensait savoir ce qui était le mieux pour tout le monde ?

Ou était-ce pire que ça ? De la prétention ? De l'indifférence au droit de sa mère de choisir ce qu'elle voulait pour sa vie ? De l'égoïsme, parce que Riley ne voulait pas gérer son père elle-même ? Aucun de ces traits n'était flatteur et elle devrait y réfléchir plus tard et décider combien relevaient de vérités désagréables à corriger.

Sa mère n'avait pas besoin qu'on lui impose quoi que ce soit. Elle paraissait plus heureuse que Riley ne l'avait vue depuis qu'elle avait quitté le travail. Plus heureuse, en fait, que lorsqu'elle y était encore.

Sa mère méritait cette liberté et, bien sûr, Riley comprenait l'attrait de n'avoir de comptes à rendre à personne.

— L'heure des vieilles blagues. Les mains aux doigts élégants d'Elsa se joignirent comme dans une supplique, et soudain elle semblait plus grande que nature. Personne n'avait allumé l'éclairage extérieur de sécurité, mais c'était comme si Elsa avait monté son propre projecteur intérieur pour illuminer son charisme. — Je commence, juste pour vous donner le ton.

Elle sourit à Gerry. — Pour les artistes parmi nous... « Si c'est baroque, n'en fais pas tout un opéra. » Tout le monde gémit. — Non ? Et celle-là : « Sans l'art, la Terre serait... bien terre à terre. »

Riley glissa un regard vers le visage de Gerry, ses yeux se posant avec indulgence sur Elsa. Quand Riley regarda sa mère, Adelaide avait sorti un bout de papier de sa poche et l'étudiait avec attention, comme pour se rassurer qu'elle l'avait bien mémorisé.

Sa mère détestait les blagues. Riley fouilla dans ses souvenirs. Non. Elle ne les détestait pas, elle avait du mal à en rire et papa disait qu'elle était nulle pour les raconter parce qu'elle en oubliait toujours la chute. C'était devenu une blague de famille, et elle se demanda si la famille — elle et papa — n'avait pas été un peu cruelle en véhiculant ce mythe. En fait, les prétendues lacunes de maman en humour, et sur bien d'autres choses, avaient été la source de bien des fous rires partagés entre son père et elle.

Pour la première fois, elle se demanda si sa mère avait seulement trouvé ça drôle.

— Bon, alors. Desiree se leva. C'était son tour. — Vous connaissez Gladys ? Tout le monde hocha la tête. — Elle déteste mettre de l'essence dans sa voiture. Du coup, c'est moi qui m'en charge d'habitude. Ce matin... Elle tendit la main comme si elle tenait un pistolet de pompe, puis secoua la tête, l'air déroutée. — D'un coup, je me suis sentie super émotive. Ses lèvres s'affaissèrent avec une tristesse théâtrale et sa voix s'alanguit de malheur. — Je ne sais pas pourquoi. Elle écart a les mains pour demander si quelqu'un savait. — Je me suis mise à faire le plein.

Elle attendit deux temps et balaya l'assistance du regard. Tout le monde rit. Même Adelaide renifla en gloussant. Riley sourit. D'accord. Maman avait compris celle-là.

— À moi. Greta se leva. — Je me disais... Elle marqua une petite pause, captant son public sans effort. Ces nanas étaient fortes. — J'en ai marre de cuisiner. Je vais peut-être rebaptiser le resto le Café Karma. Elle marqua une autre pause, comme si elle réfléchissait. — Pas de plats — juste le dessert que vous méritez.

Desiree poussa un joyeux cri.

Selina montra sa cousine du pouce. — Si vous allez dans son bar, vous devriez vous habiller en balle de tennis.

Silvia la regarda, les sourcils froncés. — Parce que... ?

— La seule façon d'être servi.

Cette fois, Desiree se mit à cacarder comme une oie, et tout le monde rit plus d'elle que de la blague.

Silvia désigna Selena d'un mouvement de tête. — Et son club devrait s'appeler la Brigade légère. Pour charger, elle s'y connaît.

La mère de Riley gloussa carrément. Elle paraissait détendue et heureuse, et elle n'avait même pas entamé son deuxième gin-tonic.

— À moi. Elle regarda Riley et un peu de son amusement sembla s'éteindre. — Je ne suis pas douée pour raconter des blagues.

Elsa balaya l'air de la main. — Mais si, et tu seras une experte quand on en aura fini avec toi. Tout le monde rit.

Adelaide leva la tête vers ses nouvelles amies, mais évita de regarder en direction de Riley. — Qu'est-ce que l'infirmière a dit quand elle a trouvé le thermomètre rectal dans sa poche ? Adelaide balaya l'assistance du regard, disciplinant ses traits en une confusion étudiée comme si elle ne s'en souvenait vraiment plus. Puis elle tapota sa poche vide et dit pensivement : — Y a un trou du cul qui a mon stylo.

Desiree manqua de tomber de sa chaise tant elle riait. Riley partagea sa stupeur. Sa mère ne jurait jamais. Adelaide chercha le regard d'Elsa, qui souriait et applaudissait.

— Superbe timing. Tu vois ? Tu racontes très bien les blagues.

Adelaide rougit de plaisir.

Le lendemain matin, samedi, le soleil était presque levé quand Riley sortit de son lit étonnamment confortable, dans sa chambre troglodyte. La route avait été longue la veille, et elle n'était rentrée de la soirée des dames qu'à dix heures et demie. Qui aurait cru qu'un groupe de femmes inconnues pouvait parler et rire autant ?

Elle avait un rendez-vous à dix heures avec sa mère à la cabane, même si « rendez-vous » était un mot trop catégorique, et Riley avait dit qu'elle apporterait le petit-déjeuner. Mais elle voulait d'abord aller courir. C'était encore jouable. Elle avait juste assez de temps pour se vider la tête de la route et de Sydney... et de Josh.

Chaque fois qu'elle avait voyagé à l'étranger, Riley avait essayé de commencer sa visite n'importe où par un footing matinal pour repérer les environs. Ici aussi, ça marcherait. Il y avait des routes, après tout.

Habillée, elle sortit maintenant par la porte de derrière, en passant devant sa voiture garée. L'allée longue s'étirait depuis l'arrière du logement derrière le cabinet médical, passait devant les salles de consultation jusqu'à la route. La brise lui caressait les joues d'une fraîcheur légère jusqu'à ce qu'elle débouche sur la route en légère descente menant à la station-service.

Sur la droite, le ciel luisait d'un orange d'avant l'aube, tandis que, sur la gauche, la lune pleine planait au-dessus des squelettes de l'ancien site minier qui approchait. Une mine en pleine ville ? Elle y avait vu un homme hier avec un fût de carburant, elle en conclut donc qu'on utilisait encore le matériel. Une énorme chose jaune qui ressemblait à une grue — qu'elle soupçonnait de forer des trous dans la terre — était installée au-dessus du sol. À l'avant du terrain, des squelettes rouillés de véhicules d'autrefois se recroquevillaient dans les herbes folles.

En trottinant, elle remarqua un vieux camion bleu, un pick-up complètement rouillé et des tas de machines d'extraction dans la lumière de l'aube. Ses pieds crissaient sur le gravier rosâtre qui glissait sous ses semelles, et, dans les arbres tout autour, les oiseaux lançaient piaillements et appels en arrière-plan. Tuit, trille, gazouillis. C'était d'ailleurs le seul bruit, avec le claquement de ses pas, ce qui la fit regarder autour d'elle. Elle n'avait pas l'habitude du silence. Pas de circulation. L'air vif et pur, non pollué par les gaz d'échappement et les ruelles sales. Pas de voix ni de musique. Personne.

Elle dépassa de grands eucalyptus, un palmier qu'elle ne s'attendait pas à trouver dans l'ouest de la Nouvelle-Galles du Sud, et des gerbes de bougainvilliers courant sur les murs, les clôtures et les troncs. Les fleurs de la liane, d'un rose cerise éclatant, scintillaient même dans la pénombre. Il lui faudrait revenir quand le soleil brillerait pour en voir les plus belles couleurs.

Sur sa gauche, la lumière changeait : la lune était désormais suspendue dans des pastels de rose et de bleu, et, en face, l'aube prenait un rose pastèque éclatant, zébré de lignes électriques. Elle tourna à droite devant la station-service de Desiree et remonta la rue principale, dépassa la cabane de la Société historique et un petit hôpital de campagne, et se demanda brièvement combien de temps il aurait fallu, il y a cent ans, pour rejoindre Lightning Ridge depuis Sydney.

Elle passa devant une boutique d'opales très chic et grillagée, un centre d'opales et de fossiles, et une église avec une étrange portière de voiture accrochée à la clôture de devant. Amusant, le soleil choisit ce moment pour se lever et la curieuse portière orange ainsi que l'église semblèrent luire comme de l'or dans l'éclat du matin.

Sur les façades, des fresques vives et astucieuses éclaboussaient les murs comme des fleurs inattendues au milieu des vitrines. Çà et là, des bâtisses brinquebalantes portaient des panneaux indiquant qu'elles avaient été construites au début du siècle dernier.

La large rue principale pouvait accueillir trois voies de chaque côté, mais elle ne vit qu'une seule voiture pendant les dix premières minutes, et son conducteur avait l'air d'avoir fait la fête toute la nuit, tandis que le véhicule passait au pas.

Dix minutes plus tard, elle longea une autre somptueuse explosion de bougainvilliers, cette fois rehaussée par les fleurs violettes des jacarandas, les couleurs palpitant à mesure que le jour montait. Elle aperçut un autre centre médical de la ville et tourna dans une rue où, visiblement, les édiles s'étaient déchaînés avec des pavés rouges.

Elle aperçut l'enseigne des bains artésiens, alors elle prit cette direction, s'éloignant des magasins fermés et d'un autre centre médical. La route s'ouvrait au loin et elle accéléra en passant devant le petit hôpital et la station d'ambulance. Il y avait aussi une station des pompiers. Les maisons commençaient à s'espacer et elle repéra plus loin un sentier à travers des arbres qui s'éclaircissaient.

Lorsqu'elle atteignit les bains artésiens — un espace clôturé avec une entrée voûtée derrière laquelle montait de la vapeur — la route était dégagée, mais elle en avait fait assez pour l'aller et elle fit demi-tour au trot. Elle repassa devant l'hôpital de l'autre côté de la chaussée et la lumière du matin tourna au soleil doré habituel. La lune n'était plus qu'à une largeur de main de l'horizon et elle courut dans sa direction. Retour à l'OPAL Medical Centre, le long de Harlequin Street.

De nouveau vers l'homme qui courait devant elle. Au moins, il ne la verrait pas. Elle ne savait pas comment elle le savait, mais elle n'avait aucun doute : c'était son patron provisoire. Apparemment, ils avaient tous les deux bouclé une boucle dans des sens opposés.

Souple et puissant, ses longues jambes musclées avalaient la distance sans effort, et elle se demanda s'il participait à des compétitions. Elle sentit poindre un frémissement d'attirance pour un homme intrigant dont elle n'avait pas besoin pour compliquer sa vie. Non, se dit-elle. Elle pouvait tenir un mois, puis rentrer chez elle. Mais la vue de dos n'était pas désagréable.

Elle en prit un cliché mental — regarder ne faisait de mal à personne — et le suivit à distance jusqu'aux appartements.

Après une douche rapide et étonnamment vigoureuse, de nouveau en jean et bottes, Riley s'arrêta au snack de Greta pour commander deux sandwichs bacon-œuf et des cappuccinos bien corsés.

Greta jaillit de derrière le comptoir en formica et passa les bras autour de la taille de Riley. — Mon Toby dit que vous étiez là et que vous l'avez aidé. Je ne le savais pas, hier soir. Elle recula et lui adressa un sourire. — Merci.

L'esprit de Riley s'emballa. Ah, Toby, dont la mère tenait un café. Ça lui avait échappé. — De rien. Le Dr Grey a fait l'essentiel.

— Cet homme est un saint.

Euh, non. Riley n'en croyait rien. Elle l'avait surpris à détailler chez elle des attraits peu saints quand elle s'était habillée pour sortir, la veille au soir. Mais elle inclina la tête. — Il a l'air d'un médecin très attentionné.

Greta hocha la tête si fort qu'elle faillit la perdre. — Il l'est. Il a sauvé mon Toby. Elle poussa un soupir et ajouta doucement : — Même s'il n'a pas pu sauver son propre frère.

Riley se figea le temps que les mots fassent leur chemin, mais Greta recula et se retourna pour disparaître derrière le comptoir. Elle attrapa un stylo. — Qu'est-ce que je peux vous préparer ?

Riley donna sa commande et Greta griffonna. Une fois le tout ajouté et l'argent encaissé, Riley demanda : — Y a-t-il quelque chose que je devrais savoir au sujet du Dr Grey ?

— Non. C'est à lui de le raconter, mais c'était une histoire triste. Évitant les sourcils levés de Riley, elle s'adressa à la caisse. — Vous emmenez ça à votre mère ?

— Oui. Si je la trouve.

Greta rit. — Vous la trouverez. Elle agita la main en direction du mur. — Étudiez ça. Puis elle s'éloigna en s'affairant.

Riley haussa les épaules, se tourna vers la grande carte dessinée à la main au mur et la compara avec celle, pliée, que sa mère lui avait donnée la veille au soir. Des lignes partaient dans tous les sens. Les noms la firent sourire. Borehead Road. Potch Street. New Chum Terrace. Eh bien, c'était sans doute ce qu'elle était : une petite nouvelle. Ce qui lui convenait, puisqu'elle n'avait aucune intention de devenir une vieille de la vieille.

Sur ce plan, le café était dessiné, ce qui l'aidait à orienter le croquis de sa mère. Elle le tenait à l'envers. Ah, voilà le chemin du camp de sa mère, Three Mile Road. Sa mère avait beau savoir raconter des blagues, elle ne savait pas dessiner des plans pour sauver sa peau.

Compte tenu du fait que, hier, en arrivant, tout ressemblait au milieu du désert, avec presque pas d'arbres, Riley espérait ne pas rater l'embranchement. Au moins, maintenant, elle savait dans quel sens tenir la carte.

En moins de temps qu'il n'en faut pour cuire un œuf au plat, sa commande était prête. Le paquet était dans un sac isotherme souple, orné de flamants roses dansant d'un rose éclatant.

— Vous pourrez me le rapporter, ou même l'apporter vendredi soir prochain quand vous viendrez chez Desiree. Il gardera les petits pains au chaud. J'y ai aussi glissé du cake aux fruits confits pour votre mère. Elle lui tendit un porte-gobelets en carton. — Passez-lui le bonjour de ma part.

— Merci, Greta. Riley agita le sac dans sa direction. — Je suis sûre que je vous reverrai bientôt.

Riley sortit du café droit dans la trajectoire de ce qui lui parut une armoire à glace, des épaules si larges qu'elles pouvaient encaisser le choc d'une grande femme. Ses mains jaillirent et la rattrapèrent lorsqu'elle heurta son torse, et une chaleur se répandit en fourmillements en elle tandis que l'odeur masculine d'un après-rasage divin, quelque chose de vert mousse et de gingembre, peut-être, la faisait inspirer à pleins poumons.

Le torse sous sa joue vibra. — Bonjour.

Elle connaissait cette voix.

En s'efforçant désespérément de ne pas l'ébouillanter avec le café, de ne pas le poignarder avec ses clés ni de lâcher les flamants roses, Riley se laissa remettre d'aplomb.

— Bonjour. Elle leva les yeux. Puis encore.

— Konrad, dit-il, comme si elle l'avait oublié.

— Konrad. Merci de m'avoir rattrapée. Elle se dégagea prudemment de ces mains très capables, tout en jonglant avec son chargement, et il la lâcha aussitôt.

Il continua de la regarder de haut et ses yeux pétillaient d'amusement. Elle, elle ne voyait rien de drôle. Il jeta un œil aux deux gobelets dans le porte-gobelets, aux clés entre ses doigts et à son sac isotherme.

— Je suppose que vous avez retrouvé votre mère, dit-il.

— Hier soir chez Desiree. J'espère la retrouver à nouveau.

— Ah. Direction le bush. Ou en l'occurrence, les rochers. Bonne chance.

— Avec un peu de chance, je n'en aurai pas besoin.

— Moi aussi. La réception téléphonique est aléatoire en dehors de la ville. Il toucha sa tempe du doigt en guise de salut et la laissa là en s'éloignant à grandes enjambées vers le marchand de journaux. Riley baissa les yeux sur le café dans sa main et se tourna vers sa voiture.

Le café refroidissait, et apparemment Maman n'avait pas de micro-ondes.

L'ancien Wayfarers Inn se trouvait à presque 5 km de la ville. Riley avait cherché son histoire sur Google la veille au soir. Le bâtiment avait servi de petit relais de poste à la fin du XIXe siècle et au début du XXe, et, sur les photos d'annonces immobilières du XXe siècle, il tombait en ruine. Avec un peu de chance, Maman l'avait remis en meilleur état, désormais.

Ce matin, la barre d'attache pour les chevaux se dressait toujours à l'extérieur, même si les poteaux d'extrémité penchaient comme des ivrognes qui avaient probablement somnolé sur leur monture en rentrant chez eux.

Riley tourna lentement sur elle-même, regardant derrière elle et sur les côtés. Sur la gauche, la terre graveleuse rouge et blanche s'étirait à perte de vue, avec des tas de stériles blancs et, de temps à autre, une baraque de fortune, des touffes d'herbe brune et des arbustes effilés et dénudés dont elle doutait qu'ils soient encore en vie. Droit devant, en contrebas du plateau sur lequel se dressait l'auberge, une mer d'arbres s'étendait jusqu'à l'horizon, et d'ici on aurait une belle vue sur le coucher du soleil. Elle ne voyait aucune autre habitation de ce côté-là.

Se retournant vers la bicoque, elle s'approcha de la véranda et nota les festons de tôle rouillée qui s'accrochaient comme des ongles au toit affaissé. La véranda était de plain-pied, où un gravier concassé pâle avait été lissé pour tracer des allées à travers la terre rouge et sous la toiture. Des chaises en bois maigrelettes sommeillaient de part et d'autre de la porte. Il n'y avait qu'une seule marche pour entrer.

Il était dix heures moins deux, et la porte grinça et couina lorsqu'elle l'atteignit. Le visage souriant de sa mère s'ouvrit, accueillant lui aussi.

— Riley. Entre. La porte s'ouvrit davantage dans un nouveau grincement et sa mère se recula dans l'intérieur assombri en s'essuyant les doigts sur une petite serviette de toilette tachée. Vêtue d'un jean poussiéreux et usé et d'une chemise à carreaux déchirée, elle avait l'air défraîchie mais contente de la voir. — Je me suis laissée distraire sur la concession et je viens tout juste de rentrer à la maison pour me laver les mains pour dix heures.

Elle avait une traînée de terre en travers de la joue, mais paraissait sereine et posée. Ça faisait un bien fou de la voir. — Tu m'as manqué ces deux derniers mois. Les mots ont franchi les lèvres de Riley avant qu'elle n'y pense et ont surpris l'une comme l'autre. Riley murmura : — J'ai du café, qui n'est probablement plus très chaud, et de quoi manger de la part de Greta.

— Miam. Je meurs de faim. Comme Riley ne passait pas le seuil, sa mère se tourna et fit un geste. — Entre donc. C'est une petite bicoque mais j'ai ce qu'il me faut.

Dans la pièce sombre, des fenêtres aux cadres de bois faisaient comme des yeux à l'avant, et un hublot perçait l'autre mur. Les rideaux étaient vieux mais propres, et laissaient à peine entrer la lumière du jour. Une vieille cuisinière-poêle à bois en métal noir occupait la moitié du mur du fond, sous une cheminée de pierre — qui s'évasait à l'extérieur, à l'écart du toit —, à côté de l'évier et de ses robinets en fer. À gauche de l'Aga se trouvait une fenêtre latérale. Le sol résonnait lorsqu'elle marchait sur les planches.

— Pas de lumière ?

— Je ne m'en sers que si j'en ai besoin, les batteries solaires étant à mi-vie. J'ai eu de la chance : l'endroit était livré avec un banc de batteries et suffisamment de panneaux pour couvrir ce dont j'ai besoin la nuit. La cuisinière me donne de l'eau chaude et un four, et ça veut dire que la bouilloire est toujours prête. J'ai aussi un groupe électrogène, mais je l'utilise surtout pour la mine.

Elle avait encore du mal à croire que sa mère qui tenait la cantine scolaire avait une mine. — Chouette. Que dire de plus ?

Adelaide rit. — Je suis sûre que tu ne trouves pas ça si chouette, mais pour moi, la nouveauté n'est pas passée. Elle désigna son lit, aménagé en banquette de jour dans le coin. Les couvre-lits étaient éclatants et les coussins bien rebondis. — C'est confortable et ça me tient chaud la nuit. On est en octobre, je n'ai donc pas encore passé l'été ici. On verra ce que j'en penserai quand il fera aussi chaud dedans que dehors.

Hum, pensa Riley. Sa mère n'avait visiblement aucun projet immédiat de rentrer à la maison. — J'ai entendu dire qu'on dépasse souvent les 40 °C. Tu penses rester ici pour l'été, alors ? Et c'était bien là le fond de sa question.

Adelaide marqua une pause, scruta le visage de Riley et inclina la tête. — Je crois que oui. Oui.

— Comme je disais, tu as l'air heureuse.

— Merci. Tu crois que ton père l'est ?

— Heureux ? Il dit que tu lui manques, mais il est toujours scotché à la télé ou à la salle de sport, alors il a l'air comme d'habitude. En y repensant, elle dirait que son père était plus bien installé dans sa routine que vraiment heureux.

Sa mère n'eut pas l'air surprise. Peut-être un peu déçue, mais philosophe. Elle ne dit rien de plus, alors Riley haussa les épaules et baissa les yeux sur la nourriture dans ses mains. — On mange ça dedans ou dehors ?

Si elles restaient à l'intérieur, la petite table recouverte d'une nappe à carreaux rouges était encombrée d'éclats de roche, d'un drôle de matériel et de livres. Ça ne laissait pas beaucoup de place pour poser la nourriture.

Adelaide pinça les lèvres. — Allons dehors. J'ai un petit coin là-bas.

— Et un fichu puits de mine. Riley secoua la tête. — À toi l'honneur, Mère. Elle agita ses mains occupées et suivit Adelaide à nouveau par la porte d'entrée, puis le long de l'allée de gravier blanc. Le chemin passait au bout de la cabane et sous une tonnelle en bois. Dans le coin le plus éloigné du jardin se dressait un engin avec un treuil au-dessus d'un trou couvert — un peu comme un puits avec un seau. Et il y avait un autre trou d'où dépassait une échelle. Donc, il y avait deux puits de mine ? Tout autour, c'était utilitaire : pelles, pioches, brouette et matériel de travail, mais la table à l'ombre était nette, seulement deux ouvrages de référence empilés bien droit, un joli centre de table en cristal, et deux autres chaises en bois frêles adossées à des cactus et des pierres colorées.

— Deux puits et pas un seul ? Il y a deux mines ?

— Une seule mine. Il faut deux puits quand on creuse des galeries. L'un sert de sécurité, de sortie de secours, et permet de treuiller les roches extraites du tunnel pour les remonter à la surface.

— Ça a l'air d'être un sacré boulot. Mais cet endroit-ci est joli. Et il l'était. Mais il était aussi poussiéreux et austère. Riley ne formula pas cette précision.

Adelaide lui prit le plateau de café. — Il n'y a pas grand-chose de joli dans le coin, mais ça me fascine.

Sa mère huma le café, sourit, un peu rêveuse, en tenant sa tasse, puis désigna le puits dans le coin de la cour clôturée. — Et ma concession est juste là. Je dirais que je suis accro. Emportée par tout ce — elle mima des guillemets — « ça pourrait être aujourd'hui » de la trouvaille insaisissable.

— On dirait que tu es à fond. Chacun ses goûts. Et elle commençait à comprendre que sa mère s'était trouvé ses propres centres d'intérêt. — J'imagine que c'est quand même mieux que de ne jamais sortir et de regarder la télé. Elle n'ajouta pas, avec Papa.

Elles s'installèrent toutes les deux dans le bois lisse des chaises et un petit silence s'étendit entre elles. Le papier huilé craqua quand elles déballèrent la nourriture et la vapeur du café monta dans l'air immobile du matin. — Ton père est un homme bien. Il y a beaucoup d'histoire en quarante ans de mariage entre nous, et bien sûr je l'aime toujours. Mais il a décidé qu'il était heureux de rester assis, d'aller à la salle de sport, de parler avec ses vieux copains d'affaires et de s'en contenter. Ce qui est très bien si c'est ce qu'il veut.

— Et... ?

Adelaide soutint le regard de Riley. — Une fois que j'ai arrêté de travailler, j'ai compris très vite que ça ne me suffisait pas. Rester à la maison me rendait folle d'ennui, et c'était soit me trouver une passion, soit me mettre au shopping, au jeu ou à la bouffe. J'ai choisi l'aventure.

Bonne pioche, alors. L'aventure, à fond. — Je crois que je comprends. Tu as toujours été une femme d'action. C'est clairement un mode de vie sans chichis, cela dit, je dois le dire. Elle haussa de nouveau les épaules. — Je suis impressionnée que tu arrives à faire fonctionner tout ça.

Riley fixa un tas épars de bois fendu pour le poêle à bois, secoua la tête et baissa les yeux sur les mains de sa mère, durcies par le travail. — Tu gères les panneaux solaires et toute la vie hors réseau comme si de rien n'était. Elle regarda sa french manucure et ses paumes douces. — Je suis impressionnée et super fière de toi. Je ne crois pas que j'en serais capable.

Sa mère tourna le visage vers les collines. La peau de son cou rosit. — C'est gentil, merci. Mais je viens de souche de pionniers, et toi aussi. Tu pourrais faire ça si tu le voulais, mais ce n'est pas pour tout le monde.

— Y compris Papa ?

— Je n'ai pas perdu espoir. Maman balaya cela d'un geste. — Quoi qu'il en soit, je suis très fière de ce que tu fais, Riley. Tu aides des gens à réaliser le rêve d'une famille qu'ils avaient presque perdu. Tu as encore des années de travail devant toi. Moi, non.

Adelaide froissa ses papiers alimentaires vides avec un haussement d'épaules. — Le temps que je trouve ma passion pour les soins infirmiers, il était presque l'heure de la relève dans ma profession. De jeunes petits génies et l'informatique partout dans les soins. Après la retraite, j'avais besoin d'une nouvelle aventure et je me considère très chanceuse d'avoir trouvé un passe-temps aussi prenant.

Passe-temps ? Comme passer le temps jusqu'à quoi ? La vieillesse ? La mort ? Riley ne put pas s'en empêcher, même si elle savait qu'elle sonnait comme une enfant. — Tu comptes revenir un jour ?

— Bien sûr. Si l'été devient trop chaud. Avec l'idée de revenir ici au printemps, si ton père est d'accord pour avoir une épouse à temps partiel. Je suis sûre qu'au cœur de l'été je rentrerai vers la clim et les plages. Le meilleur des deux mondes.

Adelaide détourna de nouveau le visage pour regarder par-dessus la vieille clôture à claire-voie et, au-delà, la terre, la roche et les horizons lointains. Après une longue pause, elle dit : — Mais bien sûr, il revient à ton père d'accepter que nous menions des vies séparées une partie de l'année.

Voilà qui l'inquiétait. — Est-ce que Papa te manque, ne serait-ce qu'un peu ? demanda Riley.

— Bien sûr que oui. Riley entendit la fêlure dans la voix de sa mère et grimaça d'avoir causé sa peine. — Il me manque, oui, mais il est figé dans ses habitudes. Il s'inquiète de choses que l'inquiétude ne changera pas. Il juge les gens aux infos. Il juge les gens au supermarché. Et il me juge si je n'aligne pas les bouteilles de lait bien droites dans le frigo.

Riley eut un nouveau mouvement de recul. — La dernière fois que je suis venue, j'ai remarqué qu'il faisait ça.

Sa mère a ri et, chose surprenante, c'était un vrai rire. — Ce n'est pas grave, je peux gérer, je vieillis et j'ai mes petites manies aussi. Et parfois, il est difficile de garder l'enthousiasme et la vitalité entre deux personnes quand on est mariés depuis toute une vie. J'ai besoin de mon moment pour m'amuser.

— J'imagine qu'on a tous ça, dit Riley, en pensant au perfectionnisme de Josh pour le café et à sa propre gestion stricte du temps. Et à quel point sa rencontre avec Konrad l'avait amenée à se demander si elle s'amusait vraiment.

Sa mère lui offrit ce sourire je-t'aime-ma-chérie, qu'elle ne parvenait soudain plus à imaginer ne plus voir. Elle était tellement contente d'être venue.

— Parfois, c'est solitaire ici, mais alors Desiree me fait rire quand je vais faire le plein. Ou je tombe sur un éclat d'opale quand je ne m'y attends pas. Je vois un changement dans le dessin de la roche ou l'amorce d'une veine dans le puits. Elle leva les yeux vers ceux de Riley et son visage s'épanouit en un sourire malicieux qui rayonnait de joie.

— Tu devrais me voir avec une pioche et un casque quand je crois avoir trouvé quelque chose.

Cette vivacité retirait vingt ans au visage de sa mère et Riley n'aurait voulu qu'elle soit nulle part ailleurs.

Sa mère ouvrit les bras. — Ici au moins, je sais que je suis vivante. À Sydney, je n'en étais pas si sûre, pas avant d'avoir découvert ce monde entier, merveilleux, de couleurs insaisissables. Le visage de sa mère se plissa de fines rides amusées, déjà creusées par le soleil.

— Tu as l'air heureuse. Riley se répétait, alors elle se cala en arrière et reposa sa tasse. N'était-ce pas ce qu'elle voulait, que sa mère soit heureuse ? Bien sûr que si. — Je comprends que ça vienne d'ici. Peut-être que je saisis plus clairement maintenant que jamais. Papa doit venir jusqu'ici et voir à quel point tu es incroyable, même s'il file à la maison ensuite.

Et elle devait faire en sorte que ça arrive. C'était pour ça qu'elle était ici. En quelque sorte.

CHAPITRE HUIT

Adelaide

ADELAIDE A POSÉ SON regard de l'autre côté de la table, sur la femme déroutante qu'était sa fille, et a senti un pincement de remords. Elle n'essayait pas d'entamer le respect de sa fille pour son père — c'était la dernière chose qu'elle voulait — mais elle avait besoin que Riley comprenne qu'elle avait une vie à vivre et qu'elle n'avait pas besoin de la médiation de sa fille pour échapper à Lightning Ridge.

Elle n'était pas stupide. Elle savait pourquoi Riley était là : pour se mêler de ce qui ne la regardait pas !

Avec un peu de chance, Riley verrait que les décisions et les choix d'Adelaide faisaient d'elle une meilleure mère, et même une meilleure épouse, si son mari revenait à la raison et décidait d'élargir son horizon. Mais elle ne pouvait pas simplement s'asseoir et attendre que cela arrive. Les choix de Tyler n'appartenaient qu'à Tyler, et les siens n'appartenaient qu'à elle. Aucun des deux n'était à Riley de gérer.

— Comment ça se passe entre toi et Josh ? Je pensais que tu avais des vacances et quelques événements chics prévus ce mois-ci ?

Riley a détourné le regard et Adelaide s'est adossée. Très intéressant et prometteur. Elle avait toujours pensé que Josh manquait de cran.

— Tout a été annulé. On a décidé de prendre des chemins séparés, et je suis venue ici. Au ton de sa fille, Adelaide a soupçonné que Riley avait davantage décidé que Josh.

— Le professeur est content à cause de cette clinique de proximité pour l'infertilité dont on parle depuis longtemps. Riley a haussé ses élégantes épaules. — Quant à Josh... nous avions trop peu en commun. Je suis peut-être trop comme toi. Je me suis inquiétée de ses intentions lors d'une croisière surprise qu'il avait organisée.

— Une croisière surprise avec des intentions ?

— Il a mentionné une question spéciale qu'il allait poser et a tapoté sa poche. J'ai peut-être pris la poudre d'escampette, à vive allure, rien qu'à cette idée.

Excellent, a pensé Adelaide, en essayant de ne pas rire. — Sa demande en mariage ne t'emballerait pas ?

— Non. Ça me donnerait plutôt envie de freiner des quatre fers. Vite.

Adelaide n'a pas pu s'en empêcher, elle a ri. — Tu es bien la fille de ta mère, après tout. Il a fallu trois tentatives à ton père pour que je l'épouse.

Riley a eu l'air choquée. Oh oui, Tyler n'était pas parfait, mais Riley avait toujours eu une si belle complicité avec lui. Ils étaient si proches. La petite fille à son papa. La petite première de la classe de son papa. L'incroyable jeune fille médecin de son papa.

Adelaide avait été infirmière à temps partiel, reconvertie sur le tard, une fois qu'elle avait fini d'être la mère parfaite de sa fille. Et l'épouse du cadre dirigeant. Du moins jusqu'à ce que Riley parte en internat.

Faire tourner la maison et caler ses gardes autour de Riley et de Tyler le week-end avait été épanouissant. Mais Riley était partie depuis de longues années maintenant et il ne semblait pas que des petits-enfants allaient arriver bientôt. Si jamais. Heureusement qu'elle avait quitté la maison après la retraite quand elle l'avait fait, sinon elle s'entraînerait à la salle de sport, elle aussi. Elle sollicitait déjà assez de muscles sans payer d'abonnement pour ça.

Il était temps de changer de sujet. — Parle-moi de ton travail ici. Tu as dit un mois ?

Riley a haussé les épaules. — Mon premier jour, c'est lundi. Même si j'en ai eu un avant-goût hier. Avec Toby.

— Le fils de Greta ? Elle a mentionné hier soir qu'il avait eu une crise. Je ne connais pas très bien les familles, juste les dames, mais j'ai compris qu'on lui avait diagnostiqué une épilepsie plus tôt cette année.

— Oui. Je pense que sa dépression est plus problématique. Le Dr Grey a dit qu'il avait déjà essayé de se faire du mal.

— Il est comment ? Je ne l'ai pas rencontré.

— Toby ? Sa fille a jeté un coup d'œil à sa montre, évitant son regard. Ce qui a amusé Adelaide parce qu'il n'y avait nulle part où se presser ici.

La mère patiente. C'était elle. Amusée de voir Riley la sous-estimer.
— Je suis sûre que c'est un gentil garçon si Greta est sa mère. Ce n'était pas le genre de Riley d'être désinvolte, ou d'esquiver les questions. — Non, je parlais de ton nouveau patron.

— Ah, Konrad Grey. Riley marqua une pause, comme si elle cherchait une description. — Il est comme la ville. Résilient. Il peut probablement faire face à tout. Il a sans doute des profondeurs et des secrets cachés. Mais le cabinet n'a pas d'infirmière de cabinet, seulement une jeune réceptionniste-responsable administrative touchée par un TSPT, et c'est lui qui prend tout le reste en charge.

Oui, Adelaide avait entendu pas mal de choses sur les profondeurs cachées du médecin. — Greta ne jure que par lui. Et je suis presque sûre que Desiree est du même avis.

Riley a acquiescé. — Hum. C'est un grand gaillard, beau pour certaines, j'imagine, alors je ne suis pas surprise que ces dames soient impressionnées.

Il y avait de ça, Adelaide en était sûre. — Tu ne le trouves pas beau... ou impressionnant ? lança-t-elle, pour la piquer.

La nouvelle technique d'évitement de Riley la fit se tourner vers la clôture en fil de fer, comme fascinée par les déblais. — J'ai rencontré l'homme hier. Il a l'air d'un bon médecin, même si je doute qu'il supporte les imbéciles... Il n'est pas désagréable à regarder.

Oh, a pensé Adelaide. C'était un grand compliment de la part de Riley. Des mots d'un humour pince-sans-rire encore plus délicieux.

Sa fille se retourna pour la regarder. — Greta a dit qu'il avait vécu un drame. Tu sais quelque chose là-dessus ?

Tout l'humour d'Adelaide s'est envolé. Tragédie. La perte arrive à beaucoup. — Non. Désolée. Mais peut-être que tu pourras en apprendre davantage dans les prochaines semaines. Je suis encore un peu stupéfaite que tu aies quitté Sydney pour aussi longtemps. Et elle l'était. Heureuse, mais stupéfaite.

Riley a haussé les épaules. — Ça me semblait une manière d'être utile tout en passant du temps avec toi. Je suis sûre que ça fera du bien à mon âme de faire un passage en médecine générale.

Et ça, ce n'était pas dans les habitudes de sa fille élevée en ville ni dans la lignée du cabinet de Macquarie Street qu'elle s'était donné tant de mal à intégrer.

Riley a détourné le regard à nouveau et Adelaide a ri. — Je suis sûre, ma chérie, que tu sauras gérer tout ce qui peut arriver ici. J'ai une grande confiance en toi.

— Merci, Maman. Le ton de sa fille avait une pointe de sécheresse. — Puisque c'est de ta faute si je suis ici.

Adelaide a éclaté de rire et, cette fois, elle a dû essuyer une larme qui lui a échappé. — Je te demande pardon ? C'est de ta faute si tu es ici. C'est toi qui as décidé d'organiser « une intervention ».

Riley s'est figée puis a laissé échapper un petit rire, elle aussi. — C'est vrai. Ce n'était peut-être pas mon idée la plus brillante. Elle a poussé un soupir contrit. — Mais le travail me changera les idées. Maintenant que je me suis engagée, je tiendrai ces engagements. Elle a penché la tête. — Je commence à me dire que passer les deux prochaines semaines ici et te voir aussi souvent que possible va être plus chouette que je ne le mérite.

Le cœur d'Adelaide a eu l'impression de s'agrandir dans sa poitrine. — Merci, ma chérie. Moi aussi. Et tu auras tes consultations. Desiree me dit qu'il y a ici toute une cohorte de femmes qui désespèrent d'obtenir de l'aide.

Riley a écarquillé les yeux et a acquiescé. — La réponse a été un peu écrasante. Je finirai peut-être par revenir si je n'arrive pas à mettre en place un parcours raisonnable pendant que je suis ici. Je suis prévue pour des consultations de médecine générale le matin et pour la clinique de fertilité les après-midis de lundi et de mardi, si j'arrive à tout caser. Je devrai peut-être sacrifier tous mes après-midis aux cliniques si Dr Grey accepte. On verra comment je m'en sors.

CHAPITRE NEUF

Konrad

KONRAD A OUVERT LA porte arrière du cabinet lundi matin, une demi-heure plus tôt que nécessaire. Cela n'avait rien à voir avec l'idée de prendre l'ascendant avant l'arrivée de sa nouvelle remplaçante. Il avait des résultats à consulter. Des personnes à contacter. Du café à préparer.

Il avait passé plus de temps qu'il n'aurait dû, ce week-end, à penser au Dr Riley Brand et à ses yeux verts comme l'herbe. Sans doute simplement parce que, depuis deux ans, il n'avait pas vu beaucoup d'herbe verte.

Bon. Il serait le premier à admettre que cette beauté diplômée en médecine avait toutes les courbes discrètes qui vont bien, du charisme à revendre et aurait pu le mettre K.-O., mais ça ne voulait pas dire qu'il allait faire quoi que ce soit. Il doutait qu'elle soit du genre à se cogner les hanches dans une chambre de motel.

Non. Ce n'était pas dans ses plans. Et ni dans les siens, à tous les coups. Mais il serait très intéressant de voir comment elle s'en sortirait aujourd'hui quand les vieux gars commenceraient à débarquer. Il n'avait aucun doute qu'ils le feraient. Ils auraient tous entendu parler de l'arrivée d'une doctoresse canon et dégoteraient n'importe quel bobard médical plein de sous-entendus pour venir la jauger. La commissure de ses lèvres se releva. Les mineurs étaient curieux. Culottés. Et inventifs.

Il se doutait qu'en tant qu'obstétricienne, Riley serait à peu près aussi à l'aise avec l'attirail masculin que lui l'avait été quand quelques dames de Desiree étaient venues pour leur frottis l'an dernier. À en juger par les gloussements de la salle d'attente, il avait deviné qu'elles avaient toutes pris un ou deux verres avant leur rendez-vous. Une bande de provocatrices.

N'empêche, la folie de l'an dernier et l'explosion imminente de patients masculins de Riley le faisaient sourire.

Quand elle avait demandé si elle pouvait tenir des consultations de santé des femmes et d'infertilité deux fois par semaine, il avait accepté parce qu'il ne pensait pas qu'elle réussirait à remplir les créneaux. Et personne d'autre n'avait postulé au poste de remplaçante. Il s'était dit, un peu trop sûr de lui, que ce ne serait pas un problème si elle acceptait de prendre des consultations générales quand il y aurait des créneaux libres.

Des disponibilités ? Quelle blague. Melinda avait dit qu'elle avait une liste d'attente de femmes et que tous les lundis et mardis après-midi étaient complets pour le mois à venir. Et encore, sans compter les rendez-vous de suivi dont Riley aurait besoin pour ses nouvelles patientes — et ce serait le cas. Et le bouche-à-oreille en amènerait d'autres.

De quoi le laisser perplexe. Comment n'avait-il pas réalisé qu'autant de femmes avaient besoin de soins gynécologiques spécialisés ? Aucune ne lui en avait parlé, et il avait des patientes. Tout comme les autres médecins de la ville. Lui et sa nouvelle remplaçante devaient en discuter, pour qu'elle lui propose des façons d'être plus proactif dans ses orientations. Pour l'aider à trouver les bonnes questions à poser à celles qui étaient trop pudiques pour demander de l'aide.

Encore fallait-il savoir combien de temps il comptait rester ici, à la Ridge.

Plus précisément, combien de temps faudrait-il pour apaiser la douleur et la culpabilité qui lui rongeaient l'estomac comme de l'acide, cet acide qui le dévorait depuis que William avait mis fin à ses jours dans les champs miniers un mois après que Konrad était arrivé pour prendre de ses nouvelles ? Essayer de se rattraper pour n'avoir pas su voir les signes chez son frère en veillant sur Toby et consorts ne marchait pas aussi bien qu'il l'avait espéré.

Il a actionné l'interrupteur de la bouilloire et a sorti sa tasse du placard. On pouvait y lire : « FAITES-MOI CONFIANCE. JE SUIS MÉDECIN. ». Melinda la lui avait offerte, avec un clin d'œil, et c'est là qu'il avait su qu'elle avait franchi un cap.

Peut-être que quelqu'un verrait à quel point elle était adorable et tomberait amoureux d'elle ? Argh. Il devait arrêter d'essayer de réparer la vie des gens. Se contenter de préparer le café.

Alors il l'a fait. Il avait un goût infect, comme toujours, mais au moins c'était assez fort pour le réveiller d'un coup. Sans doute que cette introspection venait de l'état mental de Toby vendredi, s'il était honnête avec lui-même. Et sa nouvelle remplaçante ne s'en était-elle pas très bien sortie ? Il aimait sa confiance, son absence de drame. Tout chez elle, en fait.

Et le revoilà à penser au Dr Riley Brand. C'était fou comme, en un clin d'œil mental, elle revenait nette dans son champ. En Technicolor, en 3D. Elle était différente de ses remplaçants habituels, voilà tout, se raisonna-t-il. Les derniers, des octogénaires, étaient plus proches de la tombe que de la retraite. Il s'était plus inquiété de les voir ne pas mourir ici que de savoir s'ils feraient leur travail. Et certains avaient des traitements d'un autre âge, à faire peur. Il doutait que Riley fasse quoi que ce soit de dépassé.

La porte arrière s'est ouverte et il a tourné la tête vers le mouvement. Sa nouvelle collègue est entrée, portant un pantalon noir lisse — griffé, à en juger par la façon dont il sculptait son ventre et ses cuisses et allongeait ses grandes jambes —, tombant parfaitement sur le bout de ses bottines noires. Son propre pantalon à lui était toujours trop court — la malédiction d'être si grand. Et ses bottes n'étaient-elles pas marron vendredi ?

— Vous avez apporté deux paires de bottes à la mode à Lightning Ridge ? dit-il en guise de salut.

— Bonjour, Docteur Grey. Ses sourcils, trop foncés pour une rousse, se haussèrent. — Ce sont les bottes que vous remarquez ?

Oh, il remarquait bien d'autres choses. La façon dont le haut en soie blanche épousait ses courbes et s'évasait sur son long cou. Il observait, puis il se demandait ce que donnerait la soie sous la chaleur. Si transpirer ne la dérangeait pas, lui ne se plaindrait pas de la voir lui coller à la peau.

— Vous êtes en avance.

— Je suis organisée. Elle portait un sac carré à deux anses, de la taille d'un grand panier de courses.

— Café ? Il s'écarta de l'embrasure de la cuisine alors qu'elle venait droit sur lui.

Elle le dépassa pour rejoindre la cuisine, plissa le nez devant sa tasse et marcha vers le plan de travail. — Je me ferai le mien avant de commencer, merci. Elle jeta un coup d'œil à la boîte de café bon marché posée sur l'évier. — Vous en voulez un des miens ?

Elle posa une petite cafetière blanche sur le plan de travail. Ce n'était pas cher, une marque de grande surface, mais avec un mousseur à lait intégré. Regardez-moi ça, pensa-t-il, les joues tendues pour retenir son sourire.

Elle sortit un paquet de café moulu, bio bien sûr, et une tasse jaune. On y lisait : « J'AIME MES ŒUFS FÉCONDÉS ».

Ses lèvres se pincèrent dans un combat perdu d'avance pour empêcher un tressaillement. Il perdit. — Jolie tasse, dit-il.

Elle regarda la sienne à lui, puis renifla, ce qui était plutôt attendrissant pour une fille chic. — La vôtre aussi.

— C'est un cadeau de Melinda. Alors, vous venez de Sydney, vous portez des vêtements de créateur, et vous avez apporté votre propre machine à café à Lightning Ridge ?

— Touché du premier coup. Permettez-moi de dire que vous vous habillez comme un clochard, vous n'avez pas d'infirmière de cabinet et vous buvez du café en poudre bon marché. Bien joué.

Aïe. Il n'y avait rien à redire à son café ni à ses vêtements. Ils faisaient l'affaire. — J'avais une infirmière de cabinet. Elle est partie vers l'est le mois dernier et c'est un peu difficile de trouver des infirmières diplômées d'État par ici.

— En engageriez-vous une si vous trouviez quelqu'un de convenable ? Elle inclina la tête en attendant sa réponse tout en chargeant le porte-filtre, tassant le café, essuyant les bords du doigt et verrouilla l'ensemble sur la machine d'un geste automatique. Elle retira le réservoir rectangulaire à lait et y versa une hauteur d'un doigt du lait qu'elle sortit de son sac. Écrémé, bien sûr. Il détestait le lait écrémé.

Son ancienne infirmière de cabinet, Charlotte, effectuait tant de tâches au cabinet, lui simplifiant la journée en prenant en charge les injections, les pansements et les remises en ordre. — Oui, dit-il. Il devait détourner les yeux. Rester professionnel. — Melinda a dit que vous avez un planning plein lundi et mardi pour la consultation des femmes. Voudriez-vous y glisser un autre après-midi, voire deux ou trois, pour votre consultation ?

— Merci. Et oui, si cela vous convient. Je suis tout aussi déconcertée par la réponse. Vous n'avez pas de femmes médecins en ville ?

À sa grande surprise, Konrad a réalisé qu'il n'y avait jamais pensé. — Non. Et apparemment, nous, les hommes, sommes nuls pour poser les bonnes questions, parce que je n'avais aucune idée qu'il y avait un tel besoin.

— Elles ne viennent pas toutes d'ici. Nous avons fait passer une annonce dans un rayon de 400 km. Plus loin, autant aller directement à Sydney, Brisbane ou Adelaide.

Quatre cents kilomètres. Des familles de l'outback qui voulaient des enfants et n'arrivaient pas à tomber enceintes. L'idée le laissa vidé, avec l'impression qu'on les avait oubliées. Bon, alors. Ça réglait la question pour lui. Elle pouvait avoir tous les après-midis dont elle avait besoin.

CHAPITRE DIX

Riley

LE PREMIER PATIENT DE la journée de Riley, Cyrus Pinkerton, était un colosse massif, velu, pas très net, couvert de tatouages. Le serpent à tête noire qui lui grimpait le long du cou semblait miroiter en disparaissant dans son oreille. Ça, c'était différent, pensa Riley en détournant les yeux de la langue rouge qui dardait. Elle a désigné la plus solide des deux chaises pour patients. — Veuillez vous asseoir. Je suis le Dr Brand. Comment puis-je vous aider, Monsieur Pinkerton ?

— Appelez-moi Cyrus.

Aux prénoms, chouette. — Comment puis-je vous aider, Cyrus ?

L'homme a dévoilé une bouche à moitié garnie de dents jaunes. — J'ai une démangeaison.

Oh là là. — Je suis désolée de l'apprendre. Où ça ? Elle se doutait de la réponse.

Les mentons de Cyrus ont tremblé lorsqu'il a souri et toutes les dents encore là se sont montrées. — Mes couilles.

Évidemment. Il ne pouvait s'agir que de ça. — Ça doit être pénible.

— Ça l'est. Il a hoché la tête avec enthousiasme, totalement amusé par son propre esprit. — Je passe la journée à me gratter.

Elle a saisi le brassard du tensiomètre et lui a fait signe de lui tendre le bras. — Je vais juste prendre votre tension pendant que vous m'expliquez.

Il a froncé les sourcils mais a tendu docilement son énorme bras. — Y a rien qui cloche avec ma tension.

— Ça ne coûtera rien de vérifier, alors. Elle pouvait imaginer que quelques excès de vie avaient laissé des traces sur ce corps hypertrophié. — Cette démangeaison, c'est nouveau ou vous l'avez depuis longtemps ?

— Depuis longtemps. Il y a réfléchi un instant. — Des années.

Ça pouvait être de simples boutons de chaleur, de l'eczéma ou une infection sexuellement transmissible. — Et par le passé, qu'est-ce qui vous a soulagé ?

Cyrus lui a lancé un autre large sourire, toutes dents dehors. — Me gratter, ça aide.

Riley a soupiré intérieurement. — Vous avez essayé des pommades ou des poudres ? Du talc ?

Il s'est renversé en arrière et le tuyau spiralé du tensiomètre s'est tendu quand il s'est esquivé, comme si elle venait de lui lancer une culotte en dentelle rose au visage et qu'il devait s'en écarter en catastrophe. — Pas question que je sente le cul de bébé.

Bien sûr, mais se gratter pendant des années, ça ne posait pas de problème. — Je pensais à quelque chose d'inodore, comme de la poudre de zinc. Mais on verra. Elle a relâché la pression du brassard et l'a retiré de son bras. Sa tension était beaucoup trop élevée, aux portes de l'AVC.

— Votre tension est très élevée. Je vais prescrire des analyses de sang avant votre départ et vous mettre sous traitement antihypertenseur en attendant les résultats. Je vous prendrai aussi un rendez-vous chez un spécialiste à Moree que vous devrez consulter.

— Je suis pas venu pour des cachets.

Elle a souri avec calme. — Alors pourquoi êtes-vous venu si vous avez cette démangeaison depuis des années ?

Il n'a rien répondu.

Elle s'est levée et a fait un geste. — Je vous propose de passer derrière le rideau, de baisser votre pantalon et votre sous-vêtement, et de vous allonger sur le lit. Il y a un drap si vous êtes pudique.

— Je suis pas pudique et je porte pas de sous-vêtements. Il attendait une réaction, mais elle a gardé le visage neutre.

— Alors je vais saisir tout ça pendant que vous vous préparez.

Il s'est avancé derrière le rideau et l'a tiré. Dès que le froissement des vêtements a commencé, elle a pris le téléphone et a composé le numéro du cabinet de Konrad.

— Vous avez habituellement une infirmière avec vous quand vous examinez une patiente ?

— Bien sûr. Depuis que l'infirmière est partie, je fais venir Melinda.

— Parfait. J'aimerais que vous passiez dans mon cabinet un instant et que vous fassiez de même pour moi.

Il a ri. — Vous avez Cyrus et sa démangeaison, hein ?

Le reste de la matinée s'est déroulé dans la même veine, mais identifier et soulager toute une palette de symptômes avait sa part de satisfaction. Riley avait oublié combien d'hommes souffraient de boutons de chaleur, d'indigestion, d'hémorroïdes et de maladies du foie. Il y avait aussi quelques problèmes prostatiques suspects qu'elle a adressés à Konrad.

La plupart de ces hommes n'avaient pas consulté depuis des années, mais ils avaient à présent une ribambelle de rendez-vous devant eux. Elle a distribué des ordonnances, des conseils utiles, des prises de sang et des examens complémentaires à ceux qui en avaient besoin, et elle est restée d'un calme professionnel face à ceux qui s'étaient pointés pour rigoler.

L'effet de nouveauté d'une femme médecin allait vite s'estomper. Très vite, espérait-elle.

Elle a aussi vu Selena, l'une des cousines du groupe des dames du vendredi soir, qui avait besoin d'examens complémentaires pour des saignements suspects au niveau gynécologique. Forte de son expérience, Riley a aussitôt pris rendez-vous pour elle en vue d'une intervention exploratrice chez une collègue qu'elle connaissait et qui

travaillait à Moree, à moins de trois heures de route, la semaine suivante.

L'après-midi de Riley à la clinique de fertilité a commencé par la
seule fille de Desiree, Olivia. Riley s'est dit que Desiree avait dû foncer
voir la réceptionniste, Melinda, dès le premier jour où les rendez-vous
avaient été annoncés pour mettre sa fille en tête de liste.

Olivia se présentait aussi déterminée que sa mère, à en juger par
sa poignée de main vigoureuse. Côté taille, elle arrivait à l'épaule de
Riley, blonde comme Desiree, mais deux fois plus large. Ça n'allait
pas aider sa fertilité, mais ce n'était pas le seul problème si les réponses
au questionnaire étaient exactes.

Olivia serrait la main d'un homme tout aussi rond. Riley a supposé
qu'il s'agissait de son mari, instituteur à l'école primaire du coin. Elle
les a accueillis dans le petit espace d'un geste amical. C'était exigu, et
elle espérait que les chaises branlantes tiendraient le coup. L'une avait
bien tenu Cyrus, après tout.

— Je m'appelle Riley Brand. Je suis obstétricienne et gynécologue,
avec un intérêt particulier pour les méthodes qui améliorent la fertilité chez les personnes qui ont du mal à concevoir.

Ils acquiescèrent. C'était son introduction habituelle et elle ne
voyait pas pourquoi ça ne fonctionnerait pas au Ridge. — Je travaille
spécifiquement en santé des femmes et en fertilité à Sydney depuis
dix ans — dit-elle. — Merci beaucoup d'avoir renvoyé les formulaires
d'information. Je les ai tous lus et j'ai quelques questions, mais avant
cela, c'est bien de vous rencontrer en personne tous les deux. Elle
s'adossa. À présent, c'était à eux de parler. — Dites-moi comment je
peux vous aider.

— Nous voulons des enfants — dit Olivia avec la même franchise
sèche que montrait sa mère, et Riley sourit. Olivia fit voleter ses doigts
vers l'homme à côté d'elle. — Voici mon mari, Aiden. Je ne savais pas
s'il devait être ici ou non, alors dites-nous quand il peut partir.

— Je suis contente que vous soyez là — dit-elle à Aiden. — Il vaut
mieux que les deux partenaires soient présents lors de la première
consultation. Riley inclina la tête. — Vous êtes tous les deux en-
seignants, n'est-ce pas ? Lorsqu'ils acquiescèrent, elle continua. —

En tant que personnes qui transmettent le savoir, vous savez qu'il est plus facile d'aborder des informations quand on peut les partager et en discuter à deux. Depuis combien de temps êtes-vous mariés ?

— Neuf ans — répondit Aiden. Ses yeux se réchauffèrent en se posant sur sa femme. — C'est une femme indomptable, mais je suis le mec le plus chanceux du coin.

Olivia ne sourit pas. — Sauf que je ne peux pas lui donner d'enfants.

De l'autre côté du bureau, Riley vit le vacillement dans les yeux d'Olivia, mais la femme fit semblant de s'essuyer la bouche pour cacher son émotion.

Et voilà, pensa Riley. Du chagrin, de la détresse et de la frustration, au cœur du désir de devenir parent. Aider des gens comme eux, c'était pour cela qu'elle aimait son travail. Elle s'était engagée sur cette voie après que le mariage d'une amie s'était délité parce qu'ils n'arrivaient pas à avoir d'enfants. Elle avait vu la douleur de deux personnes auxquelles elle tenait et elle s'était juré de trouver des moyens d'aider les autres. Cette souffrance expliquait sa ténacité. Cela, et la culpabilité. À cause de sa propre fausse couche, dont elle n'avait parlé à personne, survenue au même moment que le divorce de son amie.

Certaines personnes ne parvenaient jamais à tomber enceintes et, elle, avait souhaité que la sienne s'en aille. Et c'était arrivé. Sa carrière d'obstétricienne avait commencé comme une pénitence et était devenue une obsession. C'était la raison pour laquelle elle travaillait de longues heures et restait à la pointe de la recherche.

— Vous êtes ici. Première étape franchie. Et vous n'êtes pas seuls. Un couple australien sur six connaît des retards à concevoir. L'objectif, c'est d'identifier à quel maillon du processus de conception se situe le grain de sable.

Le couple en face d'elle sembla se détendre légèrement et elle sentit sa propre tension retomber. Le lien était important et ils étaient nerveux. — Il y a trois grandes causes à l'infertilité : la production des spermatozoïdes ou des ovocytes ; la structure ou le fonctionnement de l'appareil reproducteur masculin ou féminin ; et/ou un trouble hormonal ou immunitaire chez l'homme comme chez la femme.

Aiden dit : — Vous expliquez bien. J'aime une approche méthodique.

Riley hocha la tête. — C'est ainsi qu'on me l'a expliqué et je m'y suis tenue. Elle regarda Olivia, à qui une ride soucieuse barrait le front.

— En gros, vous parlez de beaucoup d'examens.

— Oui. Et il y a des examens pour les hommes et pour les femmes. Pour vous, je prescrirai une combinaison de prises de sang, dont l'une mesure votre réserve ovarienne. Ensuite, une échographie pour dépister des problèmes spécifiques comme le syndrome des ovaires polykystiques ou l'endométriose. Et nous vérifierons aussi que l'ovulation a bien lieu chaque mois. Elle leva la main, interrogative. — Saviez-vous qu'il existe des bandelettes, comme les tests de grossesse, mais uniquement pour l'ovulation ?

Olivia leva les yeux au ciel. — Pas à Lightning Ridge, en tout cas.

— Vous pourriez être surprise. Riley inclina la tête. Elle y réfléchit. — Et sinon, on en fera venir. Vu sa liste d'attente, ils allaient en avoir besoin.

Aiden se pencha en avant. — J'ai lu des choses sur des applis de fertilité.

Olivia leva encore les yeux au ciel. — Il adore ses applis.

— Je suis du côté d'Aiden — dit Riley. — Vous allez les adorer, vous aussi. Elles sont ultra simples et indiquent avec une précision incroyable le meilleur moment pour concevoir. Je vous donnerai les instructions imprimées avant votre départ.

Olivia arqua un sourcil vers son mari. — Il va peut-être nous falloir un rendez-vous en amoureux pour tout décoder.

— Quand tu veux. Il fit danser ses sourcils. Sa femme rougit mais ne semblait pas indifférente. Ce qui était parfait, parce que l'attirance réciproque aidait tellement. Évidemment.

— La clé, c'est d'avancer ensemble. Mais Aiden aura aussi ses examens.

Aiden acquiesça. — Spermogramme ?

— C'est l'examen masculin le plus important, car il mesure le nombre de spermatozoïdes dans un échantillon, ainsi que leur mobilité — leur capacité à « nager » — et leur morphologie : forme, taille et structure de base. Après l'âge de la femme, l'infertilité masculine est le deuxième facteur qui pèse le plus dans la difficulté d'un couple à concevoir.

Ils eurent tous les deux un léger mouvement de recul, mais, malheureusement, la suite n'était pas plus facile. Ils n'avaient pas encore entendu le plus dur.

— Et puis, il y a les changements d'hygiène de vie. Elle laissa cela en suspens, et, finalement, Olivia soupira et dit ce qu'il fallait dire.

— Vous voulez dire que je dois perdre du poids ? La phrase avait la forme d'une question, mais Olivia s'enfonça un peu plus dans son siège en la prononçant.

C'était peut-être un problème ancien et Riley compatit. Beaucoup de ses patientes avaient du poids en trop comme souci, et il n'y avait pas de solution miracle.

— Vous n'avez pas besoin d'être une brindille. En réalité, trop peu de masse grasse pose autant de problèmes. Mais il vous faut un plan, et il faut vous y mettre.

Olivia jeta un coup d'œil à son mari, puis revint vers Riley.

Bien. Il faudrait qu'ils s'y mettent à deux — ou du moins, ce serait beaucoup plus simple. — Voyez ce que vous pouvez faire, au cours des deux prochaines semaines, pour trouver des aliments à substituer à ceux qui contiennent des sucres ajoutés. Si vous pouvez éliminer le sucre et le pain avant votre prochain rendez-vous, c'est tout ce que je vous demande. C'est un objectif à court terme ambitieux qui vous fera avancer. N'oubliez pas qu'un IMC supérieur à 35 impactera clairement vos chances de tomber enceinte. L'IMC d'Olivia était au-dessus de 42.

Riley regarda Aiden. — C'est toujours plus facile d'adopter un nouveau mode de vie quand on a un binôme, et vous me donnez l'impression de former une sacrée équipe.

Aiden acquiesça. — J'ai compris. Pas de sucre. Pas de pain. Il n'avait pas l'air très inquiet. — Dans le meilleur des cas. On peut le faire.

Riley avait le sentiment qu'ils s'en sortiraient bien. — Changer ses habitudes est difficile, mais ce que vous traversez tous les deux l'est tout autant. Elle se tourna vers Olivia. — Revenons aux applis. Les applications de suivi du poids peuvent être un excellent outil. Il y en a des gratuites et des grandes marques. L'important, c'est ce qui vous convient. Mais si vous les renseignez chaque jour, d'ici notre prochain rendez-vous, je pense que vous en tirerez le maximum de bénéfices.

— On peut le faire.

Excellent. — Je pense que vous serez surpris. Les applis fonctionnent pour beaucoup de gens. Commencez dès aujourd'hui et voyez ce que cela donne au cours des deux prochaines semaines, avant votre prochain rendez-vous. Elle baissa les yeux sur les questionnaires remplis. — Aucun de vous ne fume, c'est déjà un problème de moins à gérer. Le tabagisme est un autre facteur d'infertilité.

Elle remit les formulaires pré-imprimés qu'elle avait préparés pour les examens de laboratoire et les échographies. La consultation dura quarante minutes, le temps d'évoquer la fréquence des rapports en fonction du nombre optimal de spermatozoïdes, les positions favorables à la fertilité, et de répondre aux questions à propos des applis qu'elle avait téléchargées sur sa tablette électronique, dont elle se servait pour ses explications.

Avant de terminer la consultation, Riley aborda ce qui était parfois le changement de mode de vie le plus délicat.

Tous deux reconnurent une consommation modérée d'alcool, du vin et des spiritueux au quotidien. Elle avait senti le blocage lorsqu'ils avaient abordé l'obésité et avait gardé cette discussion pour la fin.

— Si possible, pendant les deux prochains mois, j'aimerais que vous évitiez totalement l'alcool.

Elle entendit ces mots tomber au sol comme un invité indésirable. Ils restèrent là, lourds et malvenus.

— Adieu le verre de 17 heures. Aiden était nettement moins amusé cette fois, mais Olivia s'affaissa légèrement sur sa chaise et sourit.

— Je m'en doutais, mais je ne savais pas qu'Aiden était concerné. Si je tombais enceinte, je devrais arrêter de toute façon. Elle se tortilla, mal à l'aise, sur sa chaise. — J'ai tendance à grignoter à outrance après le vin, donc j'imagine que ça aidera à perdre du poids.

— Ça aidera, c'est certain.

— Et c'est très important qu'Aiden arrête aussi ?

— Oui. En plus de vous faciliter la tâche, éviter l'alcool est important parce que boire peut réduire la fertilité aussi bien chez les hommes que chez les femmes. Même une consommation légère peut diminuer les chances de grossesse. Une consommation importante allonge le temps nécessaire pour tomber enceinte et réduit les chances d'avoir un bébé en bonne santé.

La moue d'Aiden trahissait une triste résignation à l'inévitable.

— Je vous suggère d'aller marcher ensemble à l'heure où vous vous seriez assis pour l'apéro. Puis, en rentrant pour votre dîner équilibré, vous pourrez savourer de l'eau glacée dans de jolis verres à vin.

Ils se regardèrent. — On peut essayer, dit Aiden, avant de la regarder par-dessus ses lunettes. — Est-ce que vous aimez l'alcool, Docteur ?

— Oui, a-t-elle admis, mais pas souvent. Trop de nuits d'astreinte ou des moments où je pourrais devoir conduire. Mais j'aime un bon shiraz d'Australie-Occidentale. Et un gin-tonic par temps chaud.

— Alors au moins vous comprenez. Aiden laissa échapper un soupir.

— Oui. Et Riley comprenait. Elle en demandait beaucoup. — Mais vous avez le choix.

— Non, lui, il n'en a pas. Pas de vin. Pas de sucre. Pas de pain. Jusqu'à notre retour.

Aiden cligna des yeux et Olivia se leva, prête à s'attaquer aux changements.

— C'est parti ! dit la maman combattante.

Chapitre Onze

Melinda

MELINDA OBSERVAIT CHAQUE COUPLE à mesure qu'ils ressortaient du cabinet du Dr Brand. Ils avaient tous quelque chose en commun. L'espoir. Il brillait dans leurs yeux, dans leurs dos plus droits et dans la façon dont ils relevaient le menton. Il était dans les coups d'œil rapides qu'ils échangeaient en sortant, qui disaient — On a bien fait de venir aujourd'hui.

Et pendant qu'elle fixait le prochain rendez-vous, secouait la tête et disait — Aucun frais. Le Dr Brand pratique le tiers payant —, ça lui serrait le cœur. Elle aurait voulu voir la magie à l'œuvre derrière la porte close. Elle avait, en quelque sorte, un problème de fertilité. Elle avait besoin d'en parler à quelqu'un et, si elle attendait qu'un créneau se libère, il pourrait être trop tard.

Alors, elle a fait ce que le Dr Konrad lui avait dit de faire si jamais elle devait caser quelqu'un en urgence. Elle a pris le rendez-vous pour le lendemain matin, avant le début de la journée. Elle a saisi son propre nom : Melinda Lowenthal. Âge : vingt ans. Consultation : Dr Brand. Huit heures quinze.

Si elle en avait l'occasion, elle en parlerait au médecin avant le rendez-vous, mais quand la porte s'est ouverte et que la médecin est apparue et a appelé le nom du patient suivant, Melinda a baissé la tête, gênée.

Melinda s'est forcée à redresser le menton. Elle a vu la médecin se reculer pour laisser entrer le couple et, comme elle le faisait toujours, elle a jeté un regard vers Melinda et lui a souri.

Ça irait. La médecin n'avait pas encore pris de pause. Pas de pause-café. Pas de déjeuner. Pas une goutte à boire. Melinda a croisé le regard de la médecin et a mimé une tasse de café et un petit coup frappé à la porte. Elle a reçu un bref signe de tête reconnaissant et la poitrine de Melinda s'est desserrée. C'était bien de pouvoir faire quelque chose pour la médecin. Il lui restait un peu de cake aux fruits de la mère de Toby de son propre déjeuner, et elle en ajouterait une part.

CHAPITRE DOUZE

Konrad

KONRAD JETA UN COUP d'œil à l'horloge puis à la porte close du cabinet de Riley. Il était presque 18 heures. Il avait rattrapé tout le retard dans les dossiers à trier, vérifié les résultats d'analyses, et appelé les patients qu'il devait joindre. La journée avait été chargée.

Mais elle l'avait été encore plus pour Riley. Elle recevait son dernier patient, là, maintenant. Melinda avait dit qu'elle n'avait pas pris de pause et n'avait fait que de brèves apparitions avant que le futur parent suivant ne soit escorté à l'intérieur.

Il avait vu Melinda lui apporter un café à 14 heures. Il n'avait pas aperçu Riley depuis qu'elle l'avait croisé alors qu'il partait déjeuner. C'était bien après l'incident amusant avec Cyrus et sa démangeaison.

Il entendit des voix, la porte s'ouvrit, et un couple souriant sortit. Il ne connaissait pas ces deux-là. Il ne connaissait pas beaucoup de couples dans la salle d'attente, il soupçonnait donc qu'ils venaient d'autres villes.

Riley les suivit et, nom d'un chien, elle avait l'air aussi fraîche et impeccable que ce matin. Il baissa les yeux sur son jean. Sans doute qu'il avait l'air pareil, lui aussi, mais sans le coup de pouce des vêtements de créateur.

— Je vous revois dans deux semaines, a dit Riley au couple qui partait. Ils firent un signe de la main et Riley se tourna vers lui. Elle haussa un sourcil, comme pour dire : Tu voulais quelque chose ?

Il secoua la tête et attendit que le couple referme la porte d'entrée derrière lui. Il fit deux pas et la verrouilla. Melinda était partie depuis une heure. Il se retourna vers sa collègue et elle avait l'air de s'être autorisé à se relâcher d'un chouïa.

— J'ai un dîner à emporter, rôti de bœuf, si ça t'intéresse. Je l'ai pris en taille XL au cas où tu voudrais t'arrêter et manger avec moi dans la salle commune. Il désigna d'un mouvement de tête les logements à l'arrière. — Mais si tu préfères faire autre chose — il haussa les épaules — je le garderai pour demain.

Elle souffla. — Dix minutes. Il faut que je prenne une douche et que je me change. Tu as quelque chose d'alcoolisé ?

— Le dernier mec a laissé une bouteille de gin et du tonic. Je peux te faire un mélange.

— Vendu.

Dix minutes plus tard, elle était de retour. Bon sang, c'était une première. Une femme qui bat des records sous la douche. Et elle était à croquer. Bon, il avait faim et cette chemise bleue qu'elle portait vendredi soir lui allait diablement bien en épousant ses...

Stop. C'est une collègue, se rappela-t-il.

Il s'occupa du gin-tonic, découpa même un quartier de citron qu'il avait gardé de son dernier fish and chips, en espérant que ça ne sentirait pas le poisson, et ajouta des glaçons. Ce n'était pas son truc, mais le verre faisait bonne figure à côté de sa bière tandis qu'elle lui souriait en guise de remerciement.

Il lui tendit le verre. Elle le prit, en but une gorgée, et laissa échapper un soupir, comme si elle venait de desserrer l'embouchure d'un ballon prêt à éclater. Sauf qu'au lieu d'un couinement qui leur aurait tourné autour de la tête, c'est un parfum de dentifrice qui lui parvint.

— Je suis morte et au paradis.

— Tu es morte et tu as atterri à Lightning Ridge.

Elle renifla, amusée. — Aujourd'hui, j'ai fait connaissance avec la faune locale.

Il ne put s'empêcher de sourire. — Y en a un qui rivalise avec Cyrus ?

Ses yeux croisèrent les siens avec un air de tu-y-crois-toi qui le fit sourire encore. — Un cas à part, ce type. Mais il a plein de petits frères dans le quartier.

— On appelle ça « Ridge ». Je te dois une fière chandelle. J'essaie d'amener certains de ces mecs à venir faire un check-up depuis un an. Tu les as attirés dès ton premier jour.

Elle sourit, et c'était le premier sourire détendu qu'il voyait. — Heureusement que j'ai prescrit tous les examens, alors. Votre labo d'analyses a de quoi être occupé pendant une à quatre semaines.

Elle était drôle. Et brillante. Et superbe, et il devait arrêter de penser comme ça. — Comment s'est passée ta clinique de fertilité ?

— Les besoins sont là, clairement. Et certains ont presque attendu trop longtemps. Elle fixa pensivement son verre. — Je n'avais jamais vraiment réfléchi à la tyrannie de la distance. Ceux qui vivent loin des villes pâtissent vraiment du manque d'accès aux spécialistes.

— Carrément.

Elle secoua la tête et la casque de roux brillant fouetta autour de ses oreilles. — Et j'aurais dû. Elle le regarda. — J'ai des racines dans l'outback. Mes grands-parents tenaient une station au-delà de Wilcannia. Je me suis ramollie et égocentrée à Sydney.

Elle rit et reprit une gorgée, puis ferma les yeux dans un petit souffle de plaisir, ce qui, supposa-t-il, voulait dire qu'elle savourait le froid qui glissait.

Son regard dériva vers sa longue gorge élégante tandis qu'elle avalait. Et il détourna tout aussi vite les yeux vers le mini-four, où leurs dîners étaient programmés et réchauffés électroniquement. — Ça fait beaucoup d'introspection pour quelqu'un qui n'a presque pas eu une minute à elle de la journée. Tu devrais manger.

Elle jeta elle aussi un coup d'œil vers l'endroit d'où montait l'arôme de rôti de bœuf, mêlé à la vapeur qui s'échappait du four. — Je devrais.

— Fatiguée ?

Elle fit une grimace moqueuse. — Un peu. Pas trop. Les obstétriciens ont l'habitude des longues journées et des nuits avec peu de sommeil.

— Tu fais encore ça ? Répondre aux appels pour sauver des mamans et des bébés ?

— Plus tellement, plus maintenant. Mais je suis sur le pont quand une de mes patientes accouche, et ça peut durer toute la nuit.

Il finit sa bière, décida de ne pas en prendre une autre histoire de garder ses mains loin d'elle — sauf si elle le lui demandait, bien sûr — et s'approcha pour partager le plat que Greta leur avait envoyé. Il enfila son gant de cuisine à motif écossais et sortit du four le grand plateau en aluminium chargé à bloc.

Elle arqua les sourcils. — Joli gant. Il y a le tablier assorti ?

— Ça va avec un kilt, que je porte, bien sûr, sans rien dessous. Il laissa transparaître dans sa voix un peu de l'intérêt qu'elle lui inspirait. — Mais je ne montre ça qu'aux proches.

Il flirtait ? Il ne flirtait jamais. Ou, en tout cas, plus récemment. Mais il y avait quelque chose chez elle qui lui donnait envie de se laisser aller à parler, comme ça ne lui était pas arrivé depuis presque deux ans. Il baissa les yeux sur le plateau posé sur le comptoir devant lui. — J'espère que tu as faim. Tu as dû faire bonne impression à Greta, parce que c'est une portion généreuse.

— Ma mère la connaît. Et Toby a mentionné que je t'avais aidé vendredi.

— Ah, tout s'explique. Il a servi des montagnes de bœuf rôti et de légumes jusqu'à ce que son assiette commence à déborder.

— Stop. Elle a levé la main alors qu'il s'apprêtait à ajouter une autre pomme de terre rôtie dans son assiette. — Je ne pourrai jamais manger tout ça.

Il a repris deux morceaux. — Il y en aura au four si tu en veux encore. Les pommes de terre de Greta sont à se damner.

— Je vois ça. Toby est passé aujourd'hui ?

— Oui. Après le déjeuner. Penaud et sobre.

— Je suis contente qu'il soit venu. Il allait comment ?

— Pas trop mal. Il a regardé le site que tu as recommandé. On a parlé des écoles et du mentorat. Les résultats des prises de sang m'ont amené à proposer un autre antiépileptique.

Elle a acquiescé. — Des nouvelles de sa copine ?

— Je dirais qu'il en faudra beaucoup pour que Toby oublie ce qu'elle lui a dit.

— Peut-être qu'il lui faut une nouvelle fille ? Elle a pris un air pensif et il se demanda à quoi diable elle pensait.

Non, il avait envie de lui dire. Il avait trop bien appris cette leçon tragique. C'était le deuxième échec sentimental qui avait tué son frère. Ça avait relancé la boisson et aggravé la dépression. Une douleur le transperça, chargée d'une culpabilité ravivée, et la pièce, avec la femme qui s'y trouvait, s'éloigna dans une brume grise. La suite avait dévasté Konrad, sa sœur Bella — la jumelle de William — et ses parents. Ses oreilles bourdonnaient et il voyait la main blanche et froide de son frère mort se tendre pour demander de l'aide.

Il n'avait pas été là à temps.

Il aurait dû s'en rendre compte avant la fin.

Il a secoué la tête et le bourdonnement s'est arrêté.

Sa vue est revenue à l'assiette devant lui et il a redressé les épaules. Content d'avoir le dos tourné, il s'est retourné et a apporté son assiette à la petite table. Il restait déconnecté, en pilote automatique. — Assieds-toi. Mange.

— Ouaf, dit-elle.

Ça lui a fait cligner des yeux. Il était vraiment parti loin. Il a croisé ses yeux interrogateurs et s'est recentré. — Désolé. J'ai eu un flash de quelque chose. Il repassa ses paroles et laissa échapper un bruit étrange. — Tu n'es pas un chien, lui a-t-il dit.

— C'est bon à savoir. Mais à propos, je pensais à Toby et Melinda. Elle me dit qu'elle n'a pas de petit ami.

Bon sang. Konrad a fait une grimace. — Melinda n'est sortie avec personne depuis... Il s'est interrompu. En vérité, c'était à Melinda de le raconter. Il a conclu : — ... sa mauvaise expérience.

— D'après notre brève rencontre, je ne pense pas que Toby serait une mauvaise expérience. Il n'est pas méchant avec les filles, ce n'est pas ce genre de gars. Tant qu'elle peut gérer son épilepsie.

Il a posé sa propre assiette un peu trop fort sur la table, dans un bruit sec. Avant de s'asseoir, il a croisé son regard et l'a soutenu. Une fois qu'il a eu son attention, il a secoué la tête avec décision. — Non. Ne te mêle pas de la vie de Toby. Ni de celle de qui que ce soit, ici. C'est sorti un peu plus dur qu'il ne l'aurait voulu, mais il n'a pas pu s'empêcher d'ajouter : — Ni de celle de Melinda, non plus. Ils sont tous les deux cabossés et fragiles. Laisse-les juste... tranquilles.

CHAPITRE TREIZE

Riley

L'HOMME EN FACE D'ELLE s'assit avec une rapidité inattendue, tout en réussissant à paraître dangereux en le faisant. Il semblait que Toby et Melinda n'étaient pas les seuls cabossés, à en juger par ce petit instant d'absence et cette surréaction.

D'où ça sortait, ça ? Riley détailla son profil marqué tandis qu'il jetait un coup d'œil de l'autre côté pour vérifier le four — ou pour éviter son regard. Au lieu de s'enflammer, elle se renfonça dans sa chaise et l'observa pendant qu'il attrapait le sel.

Une de ses amies était revenue d'Afghanistan avec des à-coups pareils. — Est-ce que je décèle une réaction épidermique à mon commentaire ? demanda-t-elle.

— Je ne crois pas. Ses traits avaient adopté un calme et une immobilité qui tentaient de mentir sur ses pensées, mais elle n'était pas dupe.

Des émotions vibraient de lui, mettant en alerte son sixième sens. Elle le titilla. — Aucun traumatisme passé réveillé par mon commentaire ?

— Non.

— Alors vous êtes franchement contre les rencontres arrangées ?

Il ne la regarda pas. Il prit plutôt son couteau et sa fourchette et lui fit un geste avec les dents de cette dernière. — Allons pour la seconde option. Bon appétit.

— Et je dois arrêter de poser des questions ?

— Ne vous mêlez pas de ça. Il lui lança un regard plat et porta une bouchée à sa bouche.

Riley était curieuse, et loin d'avoir fini. Hélas, il semblait qu'elle aimait se mêler de tout. Qu'était la résolution des problèmes d'infertilité, sinon s'ingérer dans la vie des gens ? Mais elle acquiesça et entama un légume rôti, doré et croustillant.

Ah oui, les pommes de terre étaient à tomber.

Il avait posé la sauce au milieu de la table, encore dans sa barquette en plastique. Une vapeur aromatique s'en élevait, si bien qu'elle arrosa généreusement son bœuf et ses légumes. Elle en salivait d'avance. C'était exactement comme celle de sa mère. Les effluves du repas montèrent en une vague parfumée, et elle apprécia sa bonne fortune après cette grande journée.

Elle n'était pas cuisinière, ne l'avait jamais été, et si elle pouvait manger dehors tous les soirs, elle serait ravie. — Pour réchauffer les pommes de terre, vous n'avez rien à envier aux meilleurs. Elle fit une pause sur cette idée en prenant une autre tranche de bœuf nappée de sauce. — C'est... — elle mâcha et avala — ...délicieux, dit-elle entre deux bouchées, et son visage sévère se détendit.

— Greta est la meilleure cuisinière de la ville.

— Et c'est la mère de Toby. Qui adorerait le voir heureux, ajouta-t-elle, plus pour le taquiner que pour relancer la conversation.

Pourquoi est-ce que tu veux le taquiner ? interrogea une petite voix intérieure, mais avant qu'elle n'ait le temps d'y réfléchir, il parla.

— Nouveau sujet.

Riley savoura une autre tranche de bœuf derrière son sourire contenu, puis avala. — Je suis allée voir la concession de ma mère samedi, lui dit-elle. À environ 5 kilomètres de la ville. Elle vit dans une bicoque hors réseau alimentée par des panneaux solaires, qui servait autrefois d'espèce d'auberge.

Il leva les yeux, un intérêt qui éclaircissait et réchauffait ses yeux bleus. — Le Wayfarers Inn ?

C'est ce que sa mère avait dit ? Ou était-ce Greta ? Ça sonnait juste. — Oui, je crois.

Il acquiesça et ses yeux revinrent à son assiette pour reprendre de la nourriture. Elle aussi. À présent qu'elle avait laissé tomber Toby comme sujet, c'était plutôt complice. Apparemment, ils étaient tous les deux affamés.

— J'ai vu ça en vente il y a quelques mois, dit-il une fois sa bouchée avalée. J'ai même été tenté de l'acheter.

Mais enfin, pourquoi ? — On peut faire tourner un cabinet médical hors réseau ? Il semblait qu'elle avait toujours terriblement envie de le taquiner.

— Dieu nous en préserve. Imaginez le stérilisateur, et le frigo à vaccins. Ils sourirent tous les deux à cette idée.

Il haussa ses larges épaules. — Mais je pourrais m'y échapper. Parfois, c'est difficile d'échapper au fait d'être d'astreinte 24 heures sur 24.

Elle le comprenait. Ils avaient au moins ça en commun. — C'est pareil avec mon cabinet quand un bébé tant attendu est sur le point d'arriver. Ça agaçait Josh quand j'attendais que le travail démarre. Pourquoi diable parlait-elle de Josh alors qu'il n'était plus dans le tableau ? Pour laisser entendre à Konrad Grey qu'elle voyait quelqu'un ? Ou pour se rappeler à elle-même de ne pas s'engager ?

Il se figea, puis releva la tête. — Et pourtant, les avantages l'emportent sur les inconvénients ? Il ne demanda rien à propos de Josh et elle enfouit une légère déception qu'il n'ait pas jugé cela digne d'être mentionné.

— Absolument. J'adore me mêler de tout. Elle sourit à son froncement de sourcils. — Et qu'est-ce que résoudre des problèmes d'infertilité, si ce n'est se mêler de la vie des gens ? répéta-t-elle tout haut sa réflexion de tout à l'heure pour lui. — C'est très gratifiant d'en voir les résultats. Elle entendit elle-même l'enthousiasme dans sa voix. Ça faisait du bien de s'en souvenir. — Il y a quelque chose d'immensément satisfaisant à aider un couple à réaliser son rêve de devenir parents. Il existe aujourd'hui toute une myriade de techniques et je peux aider avec la plupart.

Il rassembla son couteau et sa fourchette et repoussa son assiette vide. — C'est une noble profession.

Elle était un peu admirative de sa capacité à engloutir une assiette aussi énorme avec autant de rapidité et d'économie de gestes. Elle n'en était qu'à la moitié de la sienne, mais elle fit une pause suffisamment longue pour lui désigner la salle d'un geste. — Tout comme apporter un soutien médical dans des endroits comme celui-ci. Elle agita la main vers la porte.

— Des endroits comme quoi ? Il arqua un sourcil. — Vous êtes en train de dénigrer l'endroit ?

— Bien sûr que non. Je ne connais rien à Lightning Ridge. Avait-elle sonné snob ? Agité la main avec manque de respect ? Ce n'était pas son intention. — Je voulais dire que ce que vous faites si bien ici est précieux. Pour des gens comme Toby. Et Cyrus. Loin des spécialistes et avec, pour seul soutien, un centre hospitalier polyvalent dirigé par des infirmières.

— Nos infirmières à l'hôpital sont extrêmement compétentes. Des vies sont sauvées ici. Et il y a toujours le RFDS.

Il semblait prêt à en découdre. — Il le faut bien. Mais vous voyez ce que je veux dire. Desiree et Greta vous prennent pour un héros parce que vous restez ici. Elle ne savait pas pourquoi elle ressentait le besoin de le titiller, mais il y avait quelque chose de stimulant à essayer de comprendre comment ce type fonctionnait et pourquoi il restait à Lightning Ridge.

— Personne n'est un héros quand on fait un métier qui nous tient à cœur. Sa voix sonnait calme, détachée et posée. Froide, en fait. Ouais. Elle l'avait agacé. Génial. — Nous le savons tous les deux.

Il se leva, prit son assiette et la posa dans l'évier. — À demain pour la deuxième journée. Ses lèvres formaient une fine ligne blanche. Serrées. Tendues. Agacé.

Quoi... ?

Mais elle le laissa partir avec un haussement d'épaules. — Merci pour le repas. J'apprécie. Je veillerai à être mieux organisée côté repas demain. Peut-être que vous partagerez ma commande en livraison.

— Probablement pas. J'ai des projets pour demain soir. J'ai des coups de fil à passer. Bonne nuit. Il fit un signe de tête sec en guise d'adieu et sortit.

Hum. Elle l'avait vraiment agacé. Ou alors, ce dans quoi il s'était plongé lui avait flingué sa bonne humeur. Adieu le dîner et la petite conversation. Elle haussa les épaules quand la porte se referma derrière lui et avala une bouchée de plus. Elle avait, elle aussi, des coups de fil à passer, et demain serait encore une longue journée.

Avec, en prime, des fouilles pas très délicates autour du taciturne docteur Grey.

CHAPITRE QUATORZE
Konrad

KONRAD A REFERMÉ LA porte en douceur alors qu'il avait envie de la claquer, même si ce n'était pas la faute de Riley. Il était trop à vif dès qu'il s'agissait de gens qui se mêlaient de la vie des autres.

Bon sang, il pouvait même comprendre son envie de s'en mêler. Mais elle n'avait pas vu de ses propres yeux ce qui pouvait arriver. Elle n'avait pas été responsable d'un chagrin tel que quelqu'un choisisse de ne plus vivre. Quelqu'un à lui. Il s'était contenté de présenter la fille à son frère, pensant qu'ils auraient peut-être des centres d'intérêt communs. Le courant était passé puis tout s'était effondré et William s'était suicidé.

Il n'était même pas capable de protéger les gens qu'il aimait. Et ça voulait dire que ses parents et sa sœur portaient à la fois la culpabilité et le deuil parce qu'il avait échoué. Hors de question d'encourager qui que ce soit à s'immiscer dans la vie des autres et à risquer de mettre quelqu'un d'autre en danger.

Poussant la porte de son appartement, il est entré dans l'obscurité et il est resté un moment immobile, le temps de se recentrer. C'était dingue à quel point Riley pouvait lui rentrer sous la peau, et pas seulement en l'agaçant. C'était peut-être pour ça qu'il avait réagi de façon excessive ? Parce qu'elle avait raison, se rendit-il compte. Il avait surréagi.

Son portable s'est mis à vibrer et à clignoter dans sa poche et, quand il l'a sorti, le flash a zébré la pièce sombre. Il a allumé la lumière et laissé échapper un soupir. C'était le numéro de Greta. Elle voudrait savoir comment ils avaient apprécié le repas, se dit-il avec un sourire.

— Konrad, a-t-il dit en jetant ses clés sur la table.

— C'est Greta. Sa voix était alourdie d'une angoisse qui lui vrillait le ventre. — Toby n'est pas rentré pour le dîner. Depuis que cette fille a rompu leurs fiançailles, il est trop silencieux. Elle s'est raclé bruyamment la gorge et il a su qu'elle essayait de retenir ses larmes. — Tu l'as vu ?

— Je l'ai vu aujourd'hui, au cabinet. Il avait l'air d'aller bien. Il a probablement trouvé quelqu'un à qui parler. Espérons qu'il n'est pas allé boire de nouveau.

— Peut-être, mais je suis inquiète. J'ai ce même mauvais pressentiment que la dernière fois qu'il a fait quelque chose de grave. Et il a pris la voiture alors qu'il sait qu'il ne devrait pas conduire.

Les doigts de Konrad se sont crispés autour du téléphone et son ventre s'est encore davantage noué. Pauvre Greta. Elle était probablement seule et à cran. Elle avait besoin d'être rassurée. De calme. Et Toby devait descendre de cette voiture. Il a serré les lèvres pour garder une voix posée. — Je suis sûr qu'il va bien, Greta, mais tu as besoin de compagnie jusqu'à ce qu'il rentre. Appelle Desiree pour qu'elle vienne s'asseoir avec toi. Je vais faire le tour de la ville pour le chercher. Appelle-moi s'il rentre et je ferai pareil.

— Tu me diras si tu trouves... Sa voix s'est éteinte. — Le trouves, je veux dire. Sa voix s'est brisée et Konrad a grimacé.

— Je suis sûr qu'il va bien, Greta, a-t-il répété.

Mais il n'en était pas sûr. Toby avait été fermé toute la journée. Ce petit idiot pensait-il qu'il n'avait plus rien pour quoi vivre ? Comme l'avait fait le frère de Konrad, William ?

Hors de question que ça se reproduise.

Il a repris ses clés sur le plan de travail, a sorti son sac médical d'urgence en espérant, bon sang, ne pas en avoir besoin, et a éteint la lumière. Alors qu'il refermait la porte de son appartement derrière lui, la porte voisine s'est ouverte, et elle est apparue.

Riley est sortie, la main levée pour l'arrêter en plein mouvement. — J'espère que je ne t'ai pas contrarié, a-t-elle dit.

Il n'avait pas le temps pour ça. Il y avait de vrais problèmes, pas des imaginaires, à régler. — Toby a disparu et sa mère est inquiète. Il a grimacé, se souvenant des mots de Greta. — Elle a dit qu'elle avait le même mauvais pressentiment que la dernière fois, quand il a essayé de se faire du mal.

Sa main est retombée et elle s'est glissée à sa hauteur tandis qu'il se dirigeait vers sa voiture. — Tu veux que je vienne avec toi ?

Il évita de la regarder. — Pas vraiment.

Elle a ri. — Et pourtant... s'il te fallait de l'aide médicale, une deux-ième personne, ce serait mieux, non ? C'était encore une question, il avait donc le choix.

Ses mains se sont resserrées sur la poignée de son sac médical. — D'accord. Monte. Je compte juste faire un tour en ville.

CHAPITRE QUINZE

Riley

RILEY S'INSTALLA SUR LE siège avant du Range Rover Sport, modèle récent, option à la fois robuste et luxueuse pour filer vers l'ouest. Sympa, pensa-t-elle, en inspirant les effluves de cuir et la subtile nuance du délicieux après-rasage de Konrad. Le temps qu'elle referme sa portière, il avait déjà lancé la voiture, et elle boucla sa ceinture. De toute évidence, cette mise en route à toute vitesse trahissait son stress. Il aurait fallu être aveugle pour ne pas voir son inquiétude grandissante, alors elle ne dit rien.

Ses longs doigts puissants agrippaient le volant si fort que ses jointures blanchissaient, et comme il fixait le double faisceau des phares, il faisait comme si elle n'était pas là. Bon, il avait dit qu'il ne voulait pas qu'elle vienne. Sa bouche tressaillit. Une première. Elle n'avait jamais eu de problème de popularité, mais, comme sa mère l'aurait dit dans un de ses moments les plus pince-sans-rire — Ce n'est pas toujours toi, Riley. Dieu merci, Maman gardait la tête froide, sinon Papa l'aurait transformée en la princesse dont Konrad avait eu peur. Oui, ce n'était pas à propos d'elle. C'était à propos de Greta et de Toby.

— Qu'est-ce qui s'est passé la dernière fois que Toby a tenté de se faire du mal ? demanda-t-elle doucement.

Konrad ne quittait pas la route des yeux et elle comprit qu'il balayait du regard les angles et les zones sombres le long des quelques rues. — Il a fait une overdose de paracétamol. Il a eu un sacré bol de ne pas se bousiller le foie, mais on est arrivés assez tôt pour lui faire un lavage d'estomac.

— Pas joli, une overdose de Panadol. Il n'y a pas des études montrant que les antiépileptiques aggravent la toxicité du Panadol ?

— Il y en a, oui. Il lui jeta un bref coup d'œil. — Je n'aurais pas cru qu'une obstétricienne spécialiste de la fertilité s'y intéresserait.

— Je lis mes articles de recherche. Sa voix resta douce. Il n'avait sans doute pas voulu être désobligeant. — Et comme je l'ai dit, j'ai eu une patiente qui gérait mal son épilepsie, elle aussi. Son foie, comment va-t-il ?

— Toujours sain, heureusement, même si j'ajoute toujours un bilan hépatique à ses prises de sang habituelles. La fois d'avant, on a dû le convaincre de s'éloigner du bord d'un des puits de mine les plus profonds.

Deux tentatives ratées pouvaient vouloir dire qu'il cherchait à être vu plutôt qu'à mourir. — Appel à l'aide ?

— Je ne crois pas. Dans les deux cas, c'était surtout une mauvaise mise en œuvre des tentatives plutôt qu'une vraie détermination à en finir. Greta l'a à l'œil.

Tragique aussi, pensa-t-elle. — On va où, là ?

— D'abord, un petit tour en ville pour vérifier qu'il n'est pas dans un des bars. Ou vautré, ivre, contre un mur.

— Tu veux que j'appelle le pub pour demander ? Elle sortit son téléphone.

— Il n'y a que deux endroits en ville. Je vais entrer vite fait pour demander s'ils l'ont vu. Il se frotta le visage, manifestement en train de réfléchir. — Tu pourrais appeler le Club in the Scrub, vers Grawin, pour voir s'il est là-bas. C'est ouvert jusqu'à 20 h. C'est à 50 minutes de route hors de la ville et ça ne vaut pas le détour s'il ne s'y est pas pointé.

Elle laissa échapper un petit rire. — Club in the Scrub ? Ça a l'air intéressant. Il faudra que j'y aille un jour.

— Bonne cuisine. Des gens formidables. Sans chichis. Il lui jeta un regard, les sourcils levés.

— Quoi ? fit-elle, en reniflant, faussement vexée. — Je sais me passer du superflu.

Il ne dit rien, mais ses mains se détendirent sur le volant et ses traits semblèrent un peu moins figés. Si elle pouvait le faire respirer, elle était prête à être la cible de la blague.

La voiture se gara en douceur. — Voilà Diggers Rest. Je reviens dans une seconde. Tu pourrais appeler Greta pour voir si elle a eu des nouvelles ? Le numéro est le même que celui du café. Il était déjà dehors avant qu'elle puisse acquiescer. Alors, elle chercha le numéro de Greta dans son téléphone, qu'elle avait enregistré pour les plats à emporter, et toucha l'icône. On répondit aussitôt.

— C'est Riley. Je suis dans la voiture de Konrad. Il m'a demandé de vérifier si tu as eu des nouvelles. Il passe au pub pour se renseigner.

— Non. Desiree est là et elle passe des coups de fil, elle aussi.

— D'accord. Tu peux appeler ce numéro ou celui de Konrad si tu as besoin de nous joindre. À très vite.

Elle tapa le numéro du Club in the Scrub après l'avoir trouvé sur Google — ce qu'on peut dénicher ! — et le propriétaire affirma ne pas avoir vu Toby depuis quelques jours.

La portière de Konrad s'ouvrit et il se glissa derrière le volant. — Ils ne l'ont pas vu. Il s'engagea de nouveau dans la rue déserte. — On va essayer le club de bowling.

— Greta n'a rien entendu, Desiree appelle partout, et on ne l'a pas vu au Club in the Scrub depuis quelques jours.

— C'était un coup de poker. La mère de son ex bosse en cuisine là-bas.

Cinq cents mètres plus loin, il s'est de nouveau arrêté et a bondi hors de la voiture.

Il était de retour moins d'une minute plus tard. — Non. Pas là-bas.

— Alors, on va où maintenant ?

— Je pense à l'ancien emplacement de l'église. Il y a plein de puits de mine là-bas.

Aïe, pensa Riley. — Un brin morbide, non ?

— Il a demandé sa petite amie en mariage au bord du terrain où elle se dressait autrefois. Le bâtiment lui-même a été abattu par une tornade.

— Pas vraiment un lieu à bonnes ondes, peut-être ?

— C'est un tas de tôle. Il y a une banquette là-bas pour regarder le coucher du soleil. Il était très fier de lui d'avoir joué les romantiques pour la demande en mariage. L'angoisse revenait, serrant la voix de Konrad. Et elle ne pouvait s'empêcher de se demander pourquoi il se sentait à ce point responsable de Toby, émotionnellement et personnellement.

— Ne sous-estime pas le romantisme, dit-elle, mais c'était plus un réflexe en réponse à sa remarque. Elle pensait à Toby. Bien sûr, c'était un jeune patient sympathique, n'importe qui s'en soucierait, mais là, ça semblait... plus. Elle se demanda quelle était, en réalité, la probabilité de retrouver le corps brisé de Toby au fond d'un puits de mine.

Elle scruta le noir de son côté de la voiture. Est-ce qu'on retrouvait des gens au fond des puits ? Probablement pas. Elle frissonna, se sentant soudain elle-même un peu à fleur de peau.

Ils quittèrent la périphérie de la ville et s'engagèrent sur la piste qui les mènerait, au bout du compte, devant la concession de sa mère. — Alors, le site de l'église est vers le vieux Wayfarers Inn ? demanda-t-elle à voix haute.

Il lui jeta un coup d'œil, acquiesça d'un bref signe de tête, puis reporta les yeux sur la route. — Pas loin de chez ta mère. Ça vaudrait le coup de s'arrêter pour lui demander si elle a vu une voiture passer cet après-midi. Toby m'a quitté à 14 h, donc on peut écarter tout ce qui est antérieur. Cette route est rarement empruntée.

— Bien sûr. Je peux m'en charger. Elle considéra son profil sévère. — Tu veux rencontrer Maman, ou tu es trop pressé ?

Il hocha de nouveau la tête. — Je descendrai pour lui dire bonjour et peut-être reconnaître, d'après la description, si des voitures du coin sont passées.

Elle fronça les sourcils. Riley ne savait pas trop quoi penser du fait que peu de voitures passaient devant chez sa mère. Ça devait être plus isolé qu'elle ne l'avait cru. Elle avait supposé qu'il y aurait tout un tas d'autres concessions en enfilade le long de la route, comme des voisins.

Elle fixa le cercle des phares devant elle. — Mais Wayfarers, c'était une auberge, non ? Cette piste devait se trouver sur un itinéraire avant que les clients n'atteignent les champs d'opale, non ?

— Oui. Il secoua la tête. — En bas de la colline, on rejoint la Castlereagh Highway. La route principale a été déviée sur Bill O'Brien Way, qui vous emmène désormais jusqu'à la Ridge. L'ancienne route n'est plus qu'une piste défoncée, désormais.

Il fit brusquement une embardée pour éviter un kangourou qui trottinait, et son bras gauche se déploya devant elle comme pour l'empêcher de traverser le pare-brise.

Elle haussa les sourcils. — J'ai ma ceinture.

— Ouais. Sa main se souleva brièvement du volant comme pour dire « ignore-moi ». — L'habitude. Petite sœur et petit frère, des jumeaux, de vraies calamités pour oublier d'attacher leur ceinture. Sa voix s'était tendue et il s'était raidi de partout, comme s'il regrettait d'avoir bougé. Ou parlé.

L'obscurité s'éclaircit et la cabane de sa mère apparut, la lumière se répandant en faisceaux dorés depuis les fenêtres jusque sur la piste. Riley vit ses épaules tendues se relâcher d'un rien à cette vue.

De plus en plus curieux. — Je descends la première, d'accord ? Elle peut être un peu nerveuse la nuit quand des gens se pointent.

— Bien sûr.

— Une minute suffira. Riley se glissa hors de la voiture et claqua la portière bruyamment pour que sa mère entende qu'il y avait quelqu'un.

Elle appela : — Coucou, Maman ? Tu es là ? C'est Riley.

La porte d'entrée grinçante s'ouvrit et la tête de sa mère apparut, l'air beaucoup trop détendu à l'idée que quelqu'un se pointe après la tombée de la nuit dans sa maison isolée. Papa avait toujours dit que Maman avait des ovaires en acier. Riley avait été d'accord, mais là, c'en était la preuve.

Konrad s'avança à ses côtés. — Bonsoir, Madame Brand. Je suis Konrad Grey. Enchanté. Il lui tendit la main et sa mère la serra. Ils se lâchèrent la main. — Je sais qu'il est tard, mais nous cherchons Toby, le fils de Greta. Il n'est pas rentré et sa mère s'inquiète. Nous avons pensé qu'il avait pu venir jusqu'au vieux cimetière de l'église et nous voulions savoir si vous avez vu des voitures passer cet après-midi ?

— Le garçon de Greta ? J'ai vu une voiture tourner par ici vers quatre heures. Un de ces petits pick-ups Jumbuck. Bleu. Je ne l'ai pas vue repasser.

Konrad expira longuement. — C'est elle. Il croisa le regard de Riley et elle y vit flamber l'inquiétude avant qu'il ne regarde à nouveau la piste qui s'enfonçait. — On ferait mieux d'y aller. Il lui jeta un regard. — Ou tu peux attendre ici et je reviens te prendre tout à l'heure.

Elle se tourna vers lui. — Hors de question. Tu parles. — Tu pourrais avoir besoin d'aide.

— Bien sûr. Il regarda sa mère. — J'apprends qu'elle est têtue.

— On dirait que ça vous rassure. Vous voulez que je vienne aussi ? Je suis infirmière.

Riley répondit à sa place. — On repassera au retour, Maman, pour te dire si c'est une fausse alerte. Ou je t'appellerai.

Sa mère acquiesça, l'inquiétude creusant son visage. Beaucoup de plis. Sa mère avait des rides. Riley se figea un instant, le réalisant pleinement. Sa mère vieillissait. Voilà à quoi elle ressemblerait dans trente ans. Et pourtant, malgré cette inquiétude, elle dégageait une sérénité que Riley avait l'impression de n'avoir jamais remarquée auparavant, et qui, elle, lui faisait défaut.

Sa mère dit : — J'espère que tout ira bien.

Riley attendit que Konrad réponde, mais il ne dit rien ; elle prit donc la parole en le regardant d'un air réprobateur. — Toby prend probablement un peu de temps pour lui. Je suis sûre qu'on va le retrouver, Maman.

Il sembla que cela ne rassura personne. Elle et Konrad regagnèrent la voiture. Le silence tomba dans l'habitacle tandis qu'ils se remettaient en route.

— Tu as vraiment peur qu'il ait tenté de se suicider, hein ? demanda-t-elle.

— Pas toi ? Sa voix était sèche.

Elle s'efforçait de ne pas se faire des idées. Il y avait d'autres raisons pour lesquelles des gens partaient seuls. — Je ne l'ai rencontré qu'une fois et il me semble qu'il a une famille qui le soutient vraiment.

— Le soutien des familles ne met pas toujours les gens à l'abri. Parfois, il crée plus de problèmes qu'il n'en résout.

Ça, c'était du vécu, elle en était sûre. — Tu as vécu ça toi-même, n'est-ce pas ? dit-elle, même si elle avait le sentiment de connaître déjà la réponse. Puis elle s'est rappelé la remarque sibylline de Greta à propos de Konrad et de son frère.

— Oui.

Quand il a tourné vers elle son visage, on aurait dit qu'il avait été taillé dans un de ces blocs de rocaille devant la maison de sa mère. Elle a attendu. Il n'ajoutait rien, mais elle avait appris, au fil des années, qu'en laissant simplement une personne face au silence, on ne savait jamais.

Après une pause très, très, très longue, il a dit — Mon frère, William.

Elle a glissé sa main sur sa cuisse musclée, moulée dans un jean, et l'a touché. Il a tressailli, et sous ses doigts les muscles étaient tendus. Elle a serré une fois, en signe de compassion, puis a retiré sa main. Elle était presque sûre que ce n'était pas le bienvenu. — Je suis désolée. C'était le plus jeune, celui qui n'avait pas bouclé sa ceinture ? D'une certaine façon, elle le savait.

— Oui.

— Je suis désolée, Konrad. C'est déchirant. J'espère, pour Toby et pour toi, que Toby va bien.

Il n'a rien dit. La voiture a ralenti. — On le saura bientôt, a-t-il fini par dire.

Konrad a dirigé la voiture en franchissant de profonds nids-de-poule et le long d'un chemin à deux ornières qu'elle sentait à peine grâce à l'excellente suspension. Dans le balayage des phares, elle a remarqué un vieux panneau tordu où l'on pouvait lire : « SITE

DE L'ANCIENNE ÉGLISE ». À moins de 15 m plus loin sur le chemin, une grande aire de stationnement en gravier s'ouvrait sur un amoncellement de tôle et de matériaux de construction brisés.

Là, dans un coin, à côté de tas de déblais, était garé un petit pick-up bleu.

Aucune lumière. Aucun mouvement. Aucun bruit.

CHAPITRE SEIZE
Konrad

KONRAD EXPIRA UN SOUFFLE qui semblait être parti de ses bottes en cuir usées. Bon sang. Putain de merde.

Il n'avait aucune envie de sortir !

Il laissa les phares braqués sur l'endroit où il savait que certaines bouches de puits étaient dissimulées et poussa la porte, attrapant la lampe torche qu'il gardait dans la poche de la voiture en sortant. — Il y a une lampe torche de ton côté aussi, dit-il à Riley. — Juste dans la poche de la porte. Fais très attention à l'endroit où tu marches. Des puits peuvent se retrouver à découvert, et ils sont profonds.

— Super, merci. Je ferai attention.

Il entendit sa porte s'ouvrir. Il n'aurait pas dû l'amener. Le gravier était dangereusement inégal et il y avait trop d'endroits propices aux accidents. Surtout dans le noir. — Éclaire bien le sol devant toi avec ta lampe. S'il te plaît, ne fais pas d'idiotie et ne va pas tomber dans un puits de mine.

— Moi aussi je t'aime. Elle se mit carrément à rire. — Je suis une grande fille.

Son souffle se bloqua une seconde dans sa poitrine, puis ses épaules se détendirent. C'était une grande fille ; il aimait les femmes grandes et athlétiques, mais ce n'était pas le sujet. — J'aurais peut-être pu dire ça autrement.

Puis il chassa Riley de ses pensées et appela : — Toby ? Sa voix résonna au-dessus du gravier et dans la nuit. L'écho revint. Toby, Toby, en vibrations décroissantes. Il réessaya. — Toby ? Toby, Toby.

Il n'y eut pas d'autre réponse, jusqu'à ce que des cailloux crissent et qu'il tourne sa lampe torche vers le bruit. Il aurait donné n'importe quoi pour que la pleine lune soit levée ; elle aurait été bien utile pour éclairer les moindres recoins du paysage. Mais ici, malgré ses phares, il faisait noir comme dans un puits.

— Par ici. Une réponse lasse, découragée, les fit pivoter tous les deux sur la gauche. Un gros rocher et la silhouette avachie contre lui se matérialisèrent, comme un acteur avec deux projecteurs de scène braqués sur lui.

Le ruban de lumière de Riley fut le premier à tomber.

Konrad inclina son faisceau pour ne plus éblouir Toby et expira un souffle chargé d'un soulagement à couper le souffle, tandis que ses émotions oscillaient de l'exaltation à une colère instinctive qui menaçait de prendre le dessus et de combler le vide douloureux.

Il sentit la main de Riley sur son épaule, comme si elle avait perçu sa bascule d'humeur, et elle fit un pas en avant avant même qu'il ait cligné des yeux.

— Salut, Toby, dit-elle d'une voix posée, toute simple. — Ta mère s'inquiétait, et comme ma mère habite par ici, Konrad et moi avons fait un tour pour voir si tu étais là.

Le silence accueillit ses paroles, mais elle continua simplement d'avancer vers lui, sa lampe torche couvrait le sol devant ses pieds comme Konrad le lui avait dit. Lente, non menaçante, parfaitement à l'aise, et il s'en étonna un peu.

Le silence de la nuit s'étirait autour d'eux comme un élastique noir, tirant et vibrant avec un détachement étrange, mais il n'en restait pas moins menaçant. Comme si de mauvaises choses pouvaient encore arriver. Il la suivit.

Enfin, dans un souffle qui ressemblait à du dégoût, Toby marmonna : — Je n'avais pas prévu de me tuer. Il fixa le sol d'un air furieux, puis il glissa un regard vers Konrad et leurs yeux se croisèrent dans la lumière incertaine.

— Ravi de l'entendre, mon pote. Bien, sa voix fonctionnait, Dieu merci, et il eut l'impression qu'on lui avait retiré un arbre des épaules, mais ses tripes, elles, continuaient à se tordre.

— Je vais prévenir ta mère. Tu veux revenir et rencontrer la mère de Riley ? On pourrait laisser à la tienne le temps de redescendre un peu avant que tu ne rentres chez toi ?

Il vit Riley sursauter de surprise, mais c'était elle qui avait voulu venir, alors autant qu'elle serve à dissiper la gêne.

Il la vit hocher la tête dans la lumière diffuse tandis qu'elle allait s'asseoir sur le rocher, à côté de Toby. Bien sûr, elle prendrait ça avec décontraction. — Connaissant ma mère, elle aura réussi à préparer un truc en dix minutes depuis qu'on l'a vue, et ce sera délicieux, même hors réseau. Sa voix flottait dans l'air nocturne, calme et conversationnelle. Il n'y avait ni angoisse ni colère comme celles qu'il sentait encore tourbillonner en lui à cause de toute cette peur.

Toby s'était redressé, mais il ne la regarda pas. — Elle tire des conclusions hâtives comme ma mère ?

— Elle est cool, et c'est une bonne cuisinière, comme la tienne. Il vit Riley heurter l'épaule de Toby avec la sienne. — Tu fais quoi ici ?

Konrad avait désespérément voulu savoir ça, mais il n'avait pas trouvé comment le demander avec diplomatie. Typique. Si elle n'était pas si féminine, il l'aurait traitée de tête brûlée.

— Je jetais la bague de fiançailles par-dessus le bord.

Il la vit incliner la tête dans l'ombre. Sans jugement. À l'écoute, sans en faire trop. C'était un vrai talent. Puis elle regarda Toby, de près, scrutant son visage dans la pénombre. — Ça t'a fait du bien ?

— Non. Il se redressa complètement et laissa échapper un de ces soupirs las. — C'était un foutu gaspillage d'argent. J'aurais dû la mettre au clou.

Riley rit, et enfin Konrad sentit la tension en trop se dissiper dans ses épaules et son ventre. Il aurait parié que Toby se sentait mieux, lui aussi. C'était difficile à croire, mais Toby irait bien.

Riley se leva. — Tu viens avec nous ou tu restes ?

Konrad se mit en marche. Il ne voulait pas laisser Toby ici à ruminer toutes ses options.

Toby tressaillit aussi. — Tu me fais confiance pour rester ici et ne pas sauter dans un puits de mine ?

Son regard glissa vers Konrad, qui s'était arrêté, et il se força à imiter la désinvolture de Riley. Son haussement d'épaules fut un peu raide.

— Tu as dit que tu n'avais pas l'intention de te tuer. Tu mentais ?

— Non.

— À toi de voir, alors. Viens, Riley. Même si l'idée de partir venait d'elle, il ne voulait pas gâcher tout ce qu'elle avait réussi. D'un coup, il était crevé jusqu'à l'os et n'aspirait qu'à s'éloigner de la désolation du lieu.

Ils s'éloignèrent de Toby, qui s'était levé à contrecœur et serrait les poings, et Konrad soupçonna qu'il ne savait pas quoi faire. Il se retourna. — Viens rencontrer la mère de Riley. Je soupçonne qu'elle est exactement comme notre nouvelle toubib.

Toby souffla un bon coup et fit un pas. Puis un autre. — Bien sûr. Pourquoi pas ? Appelle ma mère pour qu'elle se calme. J'aurais dû dire à Maman pourquoi je venais jusqu'ici. Elle aurait dit de mettre la bague au clou.

Chapitre Dix-sept

Adelaide

Peu après que Riley et son patron intéressant furent partis dans un nuage de poussière invisible mais qui râpait la gorge, le téléphone portable d'Adelaide sonna. Elle venait de glisser une plaque au four et posa le gant pour décrocher.

— Salut, Adelaide. C'est Desiree. Tu as vu des voitures passer devant ta cabane aujourd'hui ? Cet après-midi ? Dans un sens ou dans l'autre ?

— Oui, j'en ai vu. Les grands esprits se rencontrent, évidemment. Et cela prouvait bien que Desiree savait tout. — Je peux te dire ce que je viens de raconter à Riley et à Konrad. Un pick-up bleu est passé vers seize heures. Ils sont allés voir les ruines d'une vieille église et j'attends leur retour.

— Ah. Elle entendit Desiree relayer l'info à quelqu'un d'autre. — D'accord. Appelle-nous si tu revois le pick-up ou quand ils reviendront. Je suis chez Greta. Si Riley ne s'arrête pas, au moins télé-phone-nous pour nous dire qu'ils sont revenus.

— J'imagine qu'ils s'arrêteront.

— Super, merci. À très vite. Puis Desiree raccrocha.

Adelaide glissa le téléphone dans sa poche en remerciant les dieux du téléphone pour le réseau. Elle pensa à la sollicitude des femmes d'ici, poussa la porte d'entrée et sortit attendre. Elle refusait d'envisager qu'il soit arrivé quoi que ce soit de grave à Toby. Elle croyait qu'à force de la redouter, on attirait la catastrophe. Quand les choses arrivaient, c'était bien assez tôt pour s'angoisser. Ils ne devraient pas mettre longtemps à vérifier et à revenir. Peut-être qu'ils ramèneraient aussi Toby ? Au moins, elle avait de quoi manger.

Adelaide soutenait la façade de sa cabane de tout son corps. Techniquement, elle se tenait sur la véranda, mais comme elle était à même le sol, c'était plus juste de penser à un porche sans plancher qu'il fallait étayer, plutôt qu'à une véranda au nom grandiloquent. Elle sourit à cette fantaisie en appuyant l'épaule contre le chambranle de la porte de sa petite auberge rustique. Ça ne branlait pas tant que ça, pensa-t-elle, en fixant la route sombre.

Rien à entendre. Rien à voir. Nulle part où aller.

Elle inspira l'air nocturne plus frais, s'avança hors de l'avancée de tôle et renversa la tête en arrière pour admirer l'ampleur de la Voie lactée qui traversait le ciel au-dessus en un ruban d'étoiles éparses, dans le ciel immobile, sans lune. La pleine lune ne tarderait pas à se lever, mais pour l'instant, elle avait des paillettes sur du velours. Des constellations ciselées et la Croix du Sud, qui lui rappelaient une fois encore pourquoi elle aimait tant être ici.

Elle respira profondément, sa poitrine se soulevant et s'abaissant en cadence. Ce ciel était un cadeau dont elle ne se lasserait jamais, de jour comme de nuit. Elle était devenue une vraie chasseuse de nuages depuis qu'elle s'était installée, mitraillant les changements de ciel avec son bon appareil photo. Saluant les couleurs du couchant. Saisissant les pastels de l'aube naissante. Cherchant à capturer la Voie lactée sur trépied, en longues poses, la nuit.

Le calme de la solitude l'avait imprégnée, la faisant savourer les sons des oiseaux et du vent, et le tonnerre lointain quand il grondait, ou le crissement du gravier quand une voiture passait, ou encore le déplacement de brindilles ou de cailloux par quelque bestiole au ras du sol quand l'orage était absent.

C'était si différent de la cacophonie trépidante de la ville, avec ses sirènes et les voisins et le bruit constant de leur propre télévision en fond depuis que son mari avait pris sa retraite. C'était la télé qui l'avait fait fuir. Sans compter les voitures qui rugissaient à toute heure dans la rue, depuis que les trois fils de sa voisine avaient décroché leur permis et des gros bolides.

Heureusement qu'elle avait pris le large. Elle était en train de se transformer en vieille retraitée acariâtre qui lançait des regards noirs par la fenêtre du salon. Bon, pas à ce point-là, mais qui sait où cela l'aurait menée. Elle savait juste qu'il lui fallait du changement. Désespérément.

Ici, il n'y avait pas de voitures. Aucune. Pas même celle qu'elle attendait.

Elle avait préparé à la va-vite une fournée de scones gratinés au fromage au cas où ils passeraient et qu'ils auraient faim après cette montée d'adrénaline. La bouilloire chuintait sur le poêle à bois.

Elle leva le nez et huma l'air tandis que l'odeur alléchante du fromage qui gratinait s'enroulait autour d'elle jusqu'au-dehors pour la narguer. S'ils ne mangeaient pas ce soir, elle serait parée pour le déjeuner de demain, mais s'ils revenaient et que tout allait bien, il leur faudrait à manger et du thé.

À moins que le pire ne soit arrivé. Non. Pas ça.

Pour se distraire, elle pensa à l'homme qui était venu avec sa fille, et un sourire releva le coin de sa bouche. Pour des gens qui ne se connaissaient pas quatre jours plus tôt, il y avait quelque chose entre eux. Une étincelle d'attirance qu'elle sentait, même s'ils faisaient semblant de l'ignorer. Et d'après les quelques minutes où elle l'avait aperçu, elle soupçonnait que Konrad Grey avait de la trempe. Ce n'était pas une mauviette gâtée que sa fille pourrait mener par le bout du nez, un homme à sortir pour un dîner ou un événement mondain puis à laisser tomber quand bon lui semble. Non, pas Konrad. Ça promettait.

Ce n'était pas pour autant qu'il y aurait un avenir. Elle n'imaginait pas Riley quitter la ville, certainement pas pour Lightning Ridge, et Desiree disait que Konrad était installé ici. Mais il pourrait tout de même convaincre sa fille qu'il y avait mieux que cette relation ennuyeuse qu'elle venait de quitter, avant qu'elle ne fasse une bêtise et ne laisse Josh revenir dans sa vie. Pitié.

Josh n'était pas un mauvais bougre. Il avait hérité de sa fortune et adorait gâter sa fille. Il n'était simplement pas l'homme qu'il fallait à Riley. Elle savait que quelqu'un qui acquiesçait à chacune de ses demandes et de ses remarques ne pourrait que l'ankyloser. Au bout d'un an, elle tournerait en rond. Adelaide avait été agacée dès la première heure passée avec Josh et elle ne comprenait pas ce que Riley lui trouvait.

Konrad, en revanche ? C'était une tout autre histoire. Konrad n'était pas du genre à dire oui à tout. En fait, il paraissait plutôt du genre à dire non, et cette idée élargit encore son sourire. Le mot non était celui qui mettait sa fille en ébullition. Quiconque affirmait que c'était impossible la voyait aussitôt repousser les limites.

Elle soupçonnait qu'avec Konrad Grey, il y avait tout un bureau de poste d'enveloppes marquées NON. C'était stupéfiant, l'impression qu'elle s'était faite en quelques minutes à peine. Elle se trompait peut-être complètement, mais elle n'en avait pas le sentiment. Viking sexe sur pattes. De larges épaules ravissantes, plus grand que Riley, ce qui était très appréciable, et des yeux bleus assortis à ses cheveux blonds un peu trop longs. Il lui rappelait l'un de ces acteurs australiens de films de superhéros... oh, comment s'appelait-il déjà ?

Adelaide laissa échapper un souffle amusé devant le plaisir inattendu d'avoir Riley dans les parages. Sa fille lui avait manqué. Et à Sydney, quand elles travaillaient toutes les deux, il n'y avait pas eu assez de visites impromptues.

Peut-être devrait-elle inviter Tyler à venir voir sa fille pendant que Riley était là. Ce serait un petit plus pour le décider. Et n'était-ce pas typique ? Elle devait appâter l'homme qui l'avait épousée avec la seule chose qu'il aimait plus que sa télé.

Sa fille.

Chapitre Dix-huit

Riley

Dans l'habitacle du véhicule tout-terrain de luxe, Riley attendait que Konrad dise quelque chose.

Il n'a rien dit.

Les phares perçaient la nuit et illuminaient les nids-de-poule et les monticules blancs de résidus miniers de part et d'autre de la piste. Le silence donnait l'impression d'aspirer l'oxygène de l'air entre eux.

Elle s'inquiétait vraiment pour lui, ce qui était étrange. Elle se demanda combien de temps il lui restait avant qu'ils n'atteignent la cahute de sa mère. Cinq minutes ? Environ trois minutes après leur départ, les phares de Toby étaient apparus derrière eux et, avec cette lumière en plus, elle avait remarqué le pouls battre sur le côté de la gorge de Konrad. Il transpirait le stress. Raide comme un piquet. Muet.

— Hein, dit-elle, faussement surprise. J'aurais imaginé que tu te sentirais plus détendu. De ma place, ça n'en a pas l'air.

Il n'a pas répondu.

Elle recommença. Le gars était du genre difficile, mais elle était tenace. — Ça va ?

— Ça va. Dit d'un ton plat. Eh bien, voilà qui lui faisait penser à ce film avec Meg Ryan.

— Quand tu dis ça, mon derrière tressaille. Ce n'étaient pas tout à fait les bons mots du film, mais elle n'avait jamais employé le mot cul de sa vie. Ce n'était pas son mot, ni celui de sa mère — quoique sa mère l'ait déjà lâché une fois, en plaisantant. Sa bouche se courba au souvenir de la blague de sa mère.

Toujours pas de réponse de Konrad. La détresse continuait à se dégager de lui par vagues.

— Tu n'as pas l'air d'aller, insista-t-elle.

Son regard revint vers elle et, grâce aux phares de Toby, elle put voir le froncement de ses sourcils. Il expulsa un souffle. — Aussi joli que soit ton petit derrière, garde tes tressaillements pour toi. C'était une piètre tentative d'humour, mais au moins il essayait. Elle pouvait lui accorder ça.

Elle renifla puis rit. Elle ne savait pas pourquoi ce type la faisait rire, parce que ce qu'il disait n'était pas si drôle. Une idée saugrenue l'effleura toutefois ; elle n'avait jamais déclenché le moindre rire quand Josh tentait une blague.

— D'accord, là je suis sérieuse. Tu ne sembles pas aussi ravie que moi de savoir que Toby est derrière nous dans sa voiture et pas tout au fond d'un puits de mine.

Il tressaillit. Son regard monta vers le rétroviseur puis revint sur la route. Les phares de Toby jetaient en plein relief les lignes fortes de son visage immobile, comme une statue ciselée souffrant d'hémorroïdes. Elle sourit dans le noir de sa propre idiotie.

— Je. Suis. Ravi. Il détacha chaque mot. — Mais je n'ai pas besoin d'en parler. Comme elle ne disait rien, il ajouta, d'un ton sec, comme s'il devait se plier aux attentes : — Cependant, je te remercie d'être venue avec moi.

— Fais donc. Et ensuite... Elle décida de saisir la brèche. Je pense que tu as besoin d'en parler. Je pense que tu es replongé dans le passé, dans la perte de ton frère.

Il se redressa et, oui, c'était possible qu'il paraisse encore plus sombre qu'avant. — Je croyais que tu étais obstétricienne, pas psychologue. Les mots avaient plus qu'une pointe de morsure.

Elle les ignora et adoucit sa voix. — Il y a combien de temps que William est mort ? Les mots se balancèrent entre eux comme des fils de toile d'araignée, solides et collants, s'étirant vers lui, comme portés par une brise inattendue, pas si faciles à balayer.

Elle entendit le grincement du volant et nota le mouvement de ses doigts qui se resserraient dessus. C'était une poigne sacrément serrée ; elle espéra qu'il n'était pas en train d'imaginer sa gorge. Elle avait le sentiment qu'il ne laissait pas grand monde entrer dans ses pensées.

— Non. Le mot jaillit de lui, lourd de finalité. Puis, plus bas, il dit : — Ne me fais pas regretter de t'avoir parlé de mon frère.

Ces mots doux démentaient l'émotion puissante qui les portait. Un signal d'arrêt. Comme si... parce qu'il en avait besoin.

Elle se tourna complètement vers lui. — Regrette tant que tu veux. Je me dis que si tu n'avais pas besoin de parler de William, tu ne l'aurais pas mentionné.

— Tu te trompes.

— Je ne crois pas.

Son pied quitta l'accélérateur et sa tête se tourna. Elle put voir ses yeux plissés la fusiller du regard. — Je commence à voir que tu crois n'avoir jamais tort.

Elle ignora cette remarque, même si elle détourna les yeux pour qu'il ne voie pas ses lèvres tressaillir. Au moins, il paraissait moins accablé et plus énergique que quelques minutes plus tôt. — Il y a combien de temps que William est mort ?

Cette fois, le souffle qu'il expulsa fut bruyant, écoeuré par sa persistance. — Dix-huit mois. D'accord ?

Moins de deux ans ? Pas étonnant. La plaie était encore si fraîche. — Ce n'est pas long, et bien sûr tu es en deuil.

— Merci, Capitaine Évidence. Ce pouls battit de nouveau dans sa gorge. Les tentatives de Toby l'avaient durement touché, comprit-elle, alors elle baissa la voix. — Ce qui est arrivé à William n'a rien à voir avec Toby. Tu ne peux pas être responsable des choix de vie de quelqu'un d'autre.

— Ou des choix de fin de vie. Quelque chose de sombre, gorgé de dégoût de soi, assombrissait ses mots. — Tu ne sais rien.

— J'aimerais bien. Il souffrait vraiment, et cela fit naître au creux de son ventre quelque chose de froid, de noué, une douleur qu'elle avait envie d'apaiser. Elle aperçut les lumières de la maison de sa mère devant eux. — Mais je peux attendre.

Il marmonna quelque chose entre ses dents qui, pensa-t-elle, devait bien être un tant mieux pour moi.

CHAPITRE DIX-NEUF
Adelaide

ADELAIDE APERÇUT LES PHARES comme un halo au loin et détacha son épaule du poteau rugueux pour se redresser. Puis elle capta la lueur d'une deuxième paire de phares et se laissa aller, un souffle échappé. Sans y penser, sa main alla à sa poche et ses doigts se refermèrent sur son téléphone, comme pour joindre la mère de Toby. Dieu merci.

Mais mieux valait attendre avant d'appeler, au cas où ce ne serait pas Toby.

La voiture de Konrad s'est arrêtée devant sa cabane et le regard de Riley la chercha ; elle inclina le menton. Bon signe. Ses épaules se sont encore un peu détendues.

L'autre voiture est apparue, a ralenti et s'est arrêtée juste derrière le gros véhicule de Konrad, puis le moteur s'est coupé. C'était le petit utilitaire bleu qu'elle avait aperçu plus tôt, et oui, il y avait un jeune homme au volant. Parfait.

Elle attendait, ne voulant bousculer personne, pendant que Riley descendait et venait vers elle, tandis que Konrad se dirigeait à grands pas vers l'autre véhicule et le jeune homme.

Donc, c'était Toby. Le garçon avait une vingtaine d'années, plus petit d'une bonne trentaine de centimètres que Konrad — mais la plupart des gens l'étaient. L'homme devait bien mesurer 1,98 m. Les cheveux de Toby étaient blonds, comme ceux de sa mère, et elle retrouvait chez lui la même douceur des traits que chez Greta.

Elle avait beaucoup entendu parler de ce jeune homme — à commencer par sa façon peu banale de faire la connaissance de sa fille —, et, par sa mère, les difficultés d'un garçon déprimé par sa maladie. Il avait l'air ordinaire, un peu penaud, mais il avançait vers elle aux côtés de Konrad, le dos droit. Et quand leurs regards se sont croisés, il a levé le menton et lui a offert un sourire hésitant.

Son cœur a fondu. Le jeune visage de Toby semblait plissé par tous les soucis du monde, alors elle a mis encore plus de chaleur dans sa voix. — Bonjour, Toby. Je suis ravie de te rencontrer. Je connais ta mère grâce aux soirées du vendredi entre dames chez Desiree.

La compréhension passa sur son visage et son sourire parut plus naturel cette fois. — Tu fais partie de ces dames.

Elle lui lança un sourire malicieux. — Eh oui. Elle fit un geste pour les inclure tous, parce que les autres restaient en retrait, et elle soupçonnait que Riley avait compté sur sa capacité à mettre Toby à l'aise pour l'amener ici. Elle ferait tout ce qu'elle pourrait. — Venez à l'intérieur prendre une tasse de thé ou de café, avec des scones au fromage tout chauds.

Elle surprit le regard de Toby revenir vers Riley et Riley éclata de rire. — Je t'avais dit qu'elle préparerait quelque chose. Contrairement à ma cuisine, ça va te fondre dans la bouche.

Tous, sauf Konrad, se sont engouffrés par la vieille porte en bois, qui a gémi et grincé comme si elle s'animait d'excitation à mesure que chaque corps forçait les gonds rouillés. Avoir autant de monde dans sa cabane n'était pas quelque chose dont elle avait l'habitude depuis son arrivée ici.

— Je vais appeler Greta, dit Konrad.

Quelques minutes plus tard, il est entré et la pièce a semblé encore plus petite.

Adelaide avait mis la table, après avoir déplacé le bric-à-brac qui les avait empêchées, elle et Riley, d'y manger l'autre jour, et cela avait l'air chaleureux et accueillant même avec tout ce monde. Ça la rendait fière de sa petite demeure.

Elle avait allumé toutes les lampes — elle le paierait plus tard, quand les batteries solaires seraient à plat et que tout s'éteindrait —, mais ce n'était pas grave. C'était une occasion. Un relâchement de la tension. Une célébration de la vie.

Cette pensée la rendit plus grave, et elle distribua les assiettes ébréchées qui avaient accompagné l'auberge. Elle devait vraiment filer à Sydney pour rendre l'endroit plus présentable avec les affaires que Tyler n'utiliserait jamais. Elle servit des mugs de thé, comme tout le monde l'avait souhaité, et s'affaissa enfin dans le fauteuil moelleux, le seul siège confortable de la maison. Les autres s'assirent sur ses trois chaises de cuisine branlantes et mangèrent et burent en parlant très peu.

Finalement, après avoir jeté un coup d'œil aux deux autres, Toby dit : — C'est sympa. Il prit un autre scone sur un signe d'encouragement d'Adelaide. — Je mourais de faim. Je n'ai rien mangé depuis le petit-déjeuner.

— Eh bien, s'il en reste, tu peux en emporter chez toi. Elle pencha la tête. — Ceci dit, je ne sais pas... Tu vis avec ta mère, ou tu as ton propre logement ?

Il baissa la tête. — Avec Maman.

— Dans ce cas, ne me dis surtout pas si ta mère trouve que j'aurais pu faire mieux pour les scones.

Toby sourit, et cette fois, c'était une joie de garçon, simple et naturelle. C'était vraiment un garçon adorable. — Maman n'a pas une once de méchanceté.

Elle se dit qu'il n'en avait pas non plus. — Maintenant, Toby, si tu t'ennuies dans les prochaines semaines, tu pourrais peut-être m'aider. J'ai entendu dire que tu te débrouilles bien en menuiserie. Si toi ou un de tes amis cherchez des petits boulots, j'ai quelques travaux ici pour lesquels une deuxième paire de mains me serait utile. Vingt dollars de l'heure. Pas d'urgence (c'est surtout pour plus tard) ; si tu penses à quelqu'un ou si tu veux le faire toi-même, appelle-moi quand tu seras prêt.

Ses yeux rencontrèrent les siens et il inclina la tête. — Merci. Je t'appellerai demain pour voir de quoi tu as besoin.

Les invités mangèrent rapidement et elle ne put s'empêcher de remarquer la nouvelle gêne entre Konrad et Riley. Riley lançait sans cesse de petits regards qui firent se demander à Adelaide s'ils s'étaient disputés, mais elle ne voyait pas comment cela aurait pu arriver alors qu'ils venaient juste de chercher le garçon. Ils auraient dû être soulagés, pas se chamailler en silence. Pensée étrange, mais qui collait parfaitement à leur dynamique.

Pourtant, Riley gardait le menton haut et elle avait plus de couleur aux joues que d'habitude, et cela a réveillé son instinct maternel. Qu'est-ce que sa fille manigançait donc ? Peut-être qu'elle titillait Konrad, parce qu'elle doutait fort que ce soit l'inverse.

Cela ne l'a pas surprise quand, dix minutes plus tard, ils ont tous été prêts à partir. Adelaide a serré la main des hommes, d'abord celles, calleuses, de Toby, qui ouvrait la marche. Les mains de Konrad étaient grandes, sa poigne ferme et reconnaissante. Un homme bien.

— Merci, dit-il, et elle comprit qu'il parlait de ce qu'elle avait fait pour aider Toby à laisser retomber un peu la pression.

— Avec plaisir. Elle se pencha et embrassa Riley sur la joue. — À vendredi, si on ne se voit pas avant.

Riley l'embrassa en retour. — J'ai hâte. Elles devaient aller chez Desiree ensemble.

Puis, ils sont tous partis et sa petite cabane résonnait du vide tandis qu'elle rangeait les tasses et les assiettes utilisées, une tâche pour laquelle elle avait refusé qu'on lui donne un coup de main. Bientôt, tout était revenu à la normale. Bien rangé. Beaucoup d'espace. Silence.

Mais la solitude s'est installée paisiblement et Adelaide a souri.

CHAPITRE VINGT

Konrad

KONRAD A TOURNÉ LA clé de contact et le véhicule s'est mis à ronronner doucement. Sans regarder Riley, il a dit — Ta mère est une femme sensée.

Elle a ri. Elle avait un rire formidable. Ça sonnait bien après la tension de la nuit. — Et moi, non ?

Il entendait l'amusement dans sa voix ; elle ne s'offusquait pas de sa grognerie, et il s'est demandé ce qu'elle gagnait à le faire tourner en bourrique. Il a décidé de ne pas mordre à l'hameçon, même si elle l'agaçait déjà. Et c'était lui qui avait lancé la conversation.

Konrad a passé la vitesse et s'est engagé doucement, le temps que la poussière retombe après le départ de Toby. Avec un peu de chance, plus loin, Toby n'aurait pas l'impression de les suivre jusqu'à la maison la queue entre les jambes. Ni d'être trop embarrassé pour garder Konrad comme son médecin traitant. Il s'inquiétait toujours pour Toby, mais il ne l'a pas dit à voix haute.

À la place, il a dit — Je suis sûr que, dans ton domaine, on est toujours sensé. Mais je voulais dire que ta mère a mis Toby à l'aise, et ça a été utile. Puis il a repassé ce commentaire dans sa tête. Il n'y avait pas que Adelaide Brand qui avait été formidable. Riley avait été excellente, elle aussi. Et elle avait proposé de l'accompagner ; il n'était donc pas juste en la jugeant trop durement. D'ordinaire, il

était équitable ; pourquoi, avec elle, se comportait-il de façon injuste
?

— Je m'excuse. Il l'a sentie bouger à côté de lui et elle a dit, très
doucement — Waouh. Ha. Il l'avait surprise. Bien. Mais ça ne l'a
soulagé qu'à peine.

Il avait besoin d'expliquer. De rendre à César ce qui lui appartenait.
— Tu t'en es bien sortie à la carrière. Je ne savais pas quoi dire et
tu as trouvé les mots justes. Ça avait été une grosse journée et une
source d'angoisse majeure jusqu'à ce qu'il voie Toby sur le rocher,
dans le noir. Et elle avait évité à la situation d'être gênante. Il le voyait
maintenant, avec le recul.

Il y a eu une pause, puis elle a dit simplement — Merci.

Sa façon légère d'accepter lui a détendu les épaules. Peut-être qu'ils
pouvaient juste rentrer en silence, maintenant.

— Pourquoi ai-je l'impression que tu t'en veux pour la mort de ton
frère ?

Il a aspiré une goulée d'air, sidéré, et a senti ses mains se crisper malgré lui sur le volant. Cette femme. — Bon sang, Riley, a-t-il articulé
très doucement entre ses dents serrées, laisse tomber.

Elle a tourné la tête pour regarder par la fenêtre de son côté. N'a
rien dit. Pendant des kilomètres.

À présent, elle s'est tournée pour l'observer. Depuis quelques minutes, elle ne le lâchait plus des yeux.

— Arrête de me fixer, a-t-il grogné.

Comme elle ne réagissait pas, il a relevé le menton. — Je ne
répondrai pas.

Nom d'un chien, elle le faisait se comporter comme un gamin. Du
coin de l'œil, il la voyait s'enfoncer un peu plus dans son siège, mais
elle n'a pas tourné la tête.

Il a laissé échapper un souffle. — Parce que je m'en veux de ne pas
l'avoir vu venir.

À sa surprise, mais pas à son déplaisir, pas du tout, elle est restée
silencieuse.

Comme poussé par il-ne-savait-trop-quoi, les mots lui ont échappé. — C'est moi qui l'ai vu vivant en dernier. J'aurais dû en faire plus. Je les ai laissés tomber, lui, mes parents et ma sœur.

Voilà. La vérité laide. Et la culpabilité du survivant.

Il savait que cela l'avait rongé depuis un an et demi. Que la culpabilité l'avait maintenu recroquevillé dans sa bulle, à Lightning Ridge. Et il savait qu'il essayait de créer en lui un endroit où il pourrait tout enfermer et ne plus jamais le revoir.

Ça marchait, jusqu'à ce que Toby tente de mettre fin à ses jours. Et puis ce soir, quand Greta avait appelé, la peur et la culpabilité l'avaient enseveli comme lors d'un effondrement de galerie là-bas, sur les champs d'opale. Ce qui lui a fait comprendre que, d'accord, peut-être qu'enfermer tout ça ne lui faisait aucun bien.

— Le fait de rester ici t'aide ?

Lisait-elle dans ses pensées ? Il l'a regardée par en dessous, les sourcils froncés. — J'ai déménagé ici pour être près de lui. Il y avait un poste à pourvoir.

— J'en suis sûre. Les généralistes des coins reculés, c'est de l'or. Son ton était sec. — Ou plutôt de grosses opales noires, par ici.

— Drôle de fille. Il a résisté à l'envie de baisser l'éclairage du tableau de bord, parce qu'il sentait toujours son regard sur lui.

Elle s'est tue pendant quelques minutes bénies, tandis qu'il se fustigeait de l'avoir emmenée.

— Qu'est-ce que tes parents ont dit quand tu as décidé de rester ici ? a-t-elle demandé au bout d'un moment.

— Tu es toujours aussi fouineuse ? Il n'a pas pu s'empêcher de prendre un ton narquois.

— Hmm. Elle a semblé réfléchir à la question, mais il doutait qu'elle en ait besoin. — Ouais, en gros. C'est peut-être la nature de mon travail. Nouveau silence. Il ne l'encourageait pas, même s'il était, juste un peu, intéressé.

— Peut-être parce que mon oncle était journaliste d'investigation et que j'ai passé beaucoup de temps avec lui quand j'étais à la fac.

Ah oui, se dit-il, ça se tient.

— Ou peut-être..., a-t-elle repris, et il a entendu le sourire dans sa voix. Malgré lui, son pouls s'est accéléré. — Tu m'intéresses. J'ai envie de savoir ce qui te fait vibrer.

Eh bien. Voilà qui devenait un peu plus intéressant. Était-ce réciproque ? — Ouais. Curieuse, s'est-il contenté de dire. Peut-être pouvait-il lui renvoyer la balle. — Alors, tu as des frères et sœurs ?

— Non. Je suis fille unique. L'enfant en or, comme dit mon père.

— Ça ne m'étonne pas. Il lui a lancé un coup d'œil en coin. — Et ta mère, si sensée, comment elle t'appelle ?

— Ma mère m'aime comme je suis.

Il a ri. Elle n'avait pas répondu à la question, ce qui signifiait qu'Adelaide ne l'appelait pas « l'enfant en or ».

— C'est mieux, dit-elle, et son rire s'est arrêté net. — Tu étais au fond du trou. Ce n'est pas une compagnie agréable, tu sais.

— Désolé.

Elle ignora son sarcasme. — J'imagine — sa voix était plus douce qu'il ne l'avait jamais entendue ; génial, maintenant elle le plaignait — qu'après que tu es resté ici pour te cacher, tu as été complètement sonné quand Toby a tenté de se suicider ?

Son pied a quitté l'accélérateur et il a ralenti le véhicule en freinant. — Stop. Et il était assez fier de l'absence d'émotion dans ce mot. Alors, il en a ajouté un autre. — Maintenant.

Ils ont tous les deux entendu le caractère définitif de ces deux mots abrupts. Peut-être que c'était trop en espérer, parce qu'elle a haussé les épaules et a rouvert cette bouche insupportablement bavarde. — Je dirai juste — derniers mots — que je suis contente qu'on ait retrouvé Toby.

Il a augmenté sa vitesse et a parcouru le dernier kilomètre jusqu'à la maison aussi vite qu'il le pouvait sans prendre de risques.

Quand ils se sont arrêtés, elle a simplement glissé hors de la voiture, est entrée dans son logement et a fermé la porte.

Konrad a verrouillé sa voiture et est resté silencieux dans la nuit, respirant l'air, laissant l'émotion se dissiper une fois qu'il était seul. Au bout d'une minute, il a relevé la tête et s'est dirigé vers son logement.

Le pire, c'est qu'il doutait que sa remplaçante laisse tomber la conversation. Et il allait devoir la revoir dès demain matin à la première heure. Un peu moins de quatre semaines à tenir. Ça ne lui apportait pas le soulagement auquel il aspirait.

CHAPITRE VINGT-ET-UN

Riley

RILEY FERMA LA PORTE et le verrou claqua. Non pas qu'elle imagine que Konrad allait entrer et lui appuyer un oreiller sur la tête pendant qu'elle dormait, mais il pourrait le faire en somnambule.

— Et tu l'aurais bien mérité, murmura-t-elle d'un ton moqueur. Elle n'avait aucune idée de pourquoi elle n'avait pas réussi à se taire et, elle le soupçonnait, des excuses ne feraient que le travailler encore plus.

Côté positif, Toby paraissait raisonnablement stable, même s'il avait encore besoin d'un ami. Pour elle, il n'y avait rien de mal à ce que Melinda et Toby comparent leurs blessures émotionnelles. Il lui suffisait de veiller à ne pas encourager ça à proximité de Konrad.

Elle jeta un coup d'œil à sa montre. Même si elle avait l'impression qu'il était minuit, il n'était que 21 h, assez tôt pour appeler son partenaire d'affaires noctambule et confirmer la logistique du parcours de soins. Elle s'assit à la petite table et à ses chaises et sortit son téléphone de son sac. Quant à la clinique de fertilité itinérante d'aujourd'hui, c'était une réussite.

Si elle ne parvenait pas à convaincre sa mère de retourner avec son père — et c'était moins un objectif, maintenant qu'elle avait cessé de fourrer son nez dans les choix de sa mère — la clinique était une raison valable d'être ici.

Ses pensées dévièrent, comme ce kangourou qui avait fait une embardée, vers le beau mec bourré de bagage émotionnel, peut-être en train de se déshabiller, dans la chambre d'à côté. Se déshabiller. Déshabillé. Nu.

Qui aurait cru qu'elle retrouverait sa libido dans l'outback de la Nouvelle-Galles du Sud ? Même si ça ne l'aidait pas du tout, là. Mais alors, pas du tout.

Riley redressa les épaules et appuya sur le bouton Appeler.

Riley se réveilla avant six heures, encore avec assez de temps pour aller courir avant le travail. Elle enfila des leggings longs et un T-shirt ample et chaussa ses chaussures de course. Glissant son téléphone et ses clés dans des poches extensibles, elle se faufila par la porte dans la fraîcheur qui précédait l'aube. L'air sentait le frais et le sucré des fleurs et des eucalyptus, et elle referma la porte tout doucement derrière elle.

Elle prendrait le sentier de sa mère, irait à mi-chemin puis ferait demi-tour ; ça lui ferait du bien de s'étirer les jambes. Elle gardait épaules et bras détendus, sans allonger exagérément la foulée, cherchant la légèreté sur ses appuis et une respiration régulière.

À mesure qu'elle courait, le matin l'enveloppa, enroulant des volutes apaisantes qui libéraient son esprit, jusqu'à ce qu'elle ne se concentre plus que sur la brise fraîche, qu'elle inspire la lueur rose et violette du lever du soleil, et qu'elle savoure la piste de gravier déserte qui s'ouvrait devant elle.

Les couleurs pastel de l'aube adoucissaient la tôle ondulée et le bric et broc réemployé en boîtes aux lettres et en panneaux surgissant dans les endroits les plus improbables. La lumière douce rosissait le gravier blanc d'un rose pâle et dardait des doigts d'or dans les ombres des arbres sporadiques.

Le crissement feutré de ses pas qui rebondissaient sur la piste de gravier se fondait rythmiquement avec l'appel des oiseaux cachés qui s'éveillaient. Une fois, un chien aboya bruyamment dans l'une des cours des campements qu'elle longeait, mais une voix furieuse lui lança — Silence ! sans équivoque. Elle sourit et laissa ce vacarme glisser sur elle.

Au bout de quinze minutes, elle fit demi-tour et revint sur ses pas. Elle voulait être de retour à temps pour le travail. À mi-chemin du retour, le chien aboya de nouveau, avec la même réplique de son propriétaire, alors peut-être essaierait-elle un autre itinéraire pour l'éviter la prochaine fois. Mais à l'approche de son hébergement, la coulée de sueur et la puissance dans ses muscles lui procuraient une sensation de vigueur, et son esprit qui moulinait s'était mué en calme et en concentration.

Le soleil franchit l'horizon quand elle tourna dans la ruelle où son hébergement était niché. Un autre coureur arrivait en face. Chacun avait choisi le sens inverse. Elle haussa les sourcils et le détailla : sa grande silhouette fine et compacte de muscles, ses jambes puissantes qui pompaient tandis qu'il sprintait dans la côte, la splendeur virile de ses cuisses et de ses biceps avalant le terrain entre eux tel un grand félin blond au beau milieu de la banlieue... Et me revoilà fixée sur lui.

Le calme sur lequel elle venait de travailler vacilla comme une bougie dans le vent et elle l'entoura de son esprit. Du calme. Elle leva la main vers Konrad et se détourna pour se glisser à l'intérieur, porte refermée, histoire de ne pas le dévisager.

Riley arriva avec une demi-heure d'avance pour être dans son bureau quand Konrad entrerait. Melinda était déjà là et elle lui tendit un café, exactement comme Riley l'aimait, dans sa tasse fétiche.

— Tu assures comme réceptionniste, dit Riley. Melinda lui adressa un sourire timide tandis que Riley prenait la tasse et la dépassait pour entrer dans sa minuscule pièce.

Quand elle alluma l'ordinateur et ouvrit son agenda de rendez-vous, sa première patiente de la journée, à sa surprise, était Melinda. Melinda, qui n'apparaissait pas quand elle avait fait défiler la veille matin, mais qui était maintenant programmée quinze minutes avant l'heure de début de Riley. Elle supposait que c'était logique, puisque Melinda devrait tenir l'accueil quand les patients commenceraient à arriver. Elle savoura une gorgée de café. Bonne tactique.

Elle se releva et alla vers sa porte. Konrad n'était toujours pas là. Peut-être l'évitait-il, lui aussi. Elle eut un sourire crispé à cette pensée, puis le remplaça par un plus accueillant lorsqu'elle se tourna vers la réceptionniste.

Elle replia les doigts pour l'appeler. — Entre. On va s'occuper de toi avant que quelqu'un d'autre n'arrive. Riley supposait que c'était le but.

Les joues de Melinda rosirent et, la tête baissée, elle frôla Riley pour entrer dans le bureau.

Riley ferma la porte et attendit que Melinda s'assoie avant de s'installer derrière son bureau pour étudier la jeune femme. Si elle devait deviner les émotions de l'autre, elle dirait fébrile mais déterminée. — Comment je peux t'aider ?

Les yeux de Melinda étaient grands ouverts, tendus, et ses mains tremblaient, même si elle les gardait serrées l'une contre l'autre. Riley ne savait pas si c'était nouveau ou si c'était devenu permanent depuis ce qui lui était arrivé.

Melinda rompit le silence et sa voix sortit tendue et un peu criarde. — Le Dr Konrad t'a dit que j'avais été prise dans un braquage à la banque où je travaillais ?

Ah. ESPT. Riley garda le visage neutre. — Non, il ne t'a rien dit. Je suis désolée que tu aies vécu ça, Melinda. Elle haussa les sourcils. — Melinda ou Mel ? J'aurais dû te le demander plus tôt.

Elle avait l'air timidement ravie. — Tu peux m'appeler Mel.

— D'accord, Mel. Il a dit que tu avais vécu une mauvaise expérience et qu'il avait essayé de t'offrir un environnement où tu te sentirais en sécurité.

— Oui, c'est ce qu'il a fait. Mais après l'événement, j'ai eu une aventure d'une nuit avec une connaissance. Quelqu'un avec qui je n'avais pas l'intention de coucher. D'après ce que j'ai lu, je crois que c'était parce que je voulais qu'on me prenne dans les bras. Melinda inspira profondément et ses épaules s'affaissèrent. — Enfin. C'était un choix idiot, et je crois que je suis enceinte.

D'où les vêtements amples, comprit Riley. Elle aurait dû s'en douter. Le braquage ne remontait sans doute pas aussi loin que Riley l'avait imaginé.

Avant qu'elle ne dise quoi que ce soit, Melinda aspira une bouffée tremblante comme pour se préparer à parler. Non pas que Riley comptait dire quoi que ce soit avant qu'on le lui demande. Konrad ne le croirait peut-être pas, mais elle savait se taire quand il le fallait.

— Bon. Melinda fit une grimace. — Je n'ai rien fait pour le confirmer, mais je suis bien ronde et je grossis du ventre. Je n'ai pas eu de règles depuis environ six mois. Elle s'arrêta comme à bout de souffle et inspira encore. — Et mon ventre bouge.

La dernière phrase avait été dite d'un ton factuel, comme si Melinda venait d'atteindre un état d'esprit résigné, sinon d'acceptation, à l'idée que c'était bien un bébé qui bougeait.

Oh, ma puce. — Alors, tu penses que cette grossesse vient de la personne avec qui tu as couché ? Et tu n'es plus avec cette personne maintenant ?

— Il a quitté la ville, et c'est tant mieux. Je ne l'aimais pas autant que je pensais. Et je n'ai eu aucune autre relation.

Ah. — Je comprends. Et ça rendait la situation encore plus injuste. — Je suis désolée que ça te soit arrivé et que ça ait eu de telles conséquences.

— Je ne crois pas qu'il y ait autre chose qui cloche... à part un bébé. Ses yeux s'agrandirent, et Riley soupçonna que Melinda n'avait peut-être pas encore prononcé le mot « bébé » à voix haute jusqu'à présent.

— D'après ce que tu as dit, c'est possible. Elle essaya de distinguer sa silhouette sous les vêtements amples, mais elle n'en fut pas capable. — Tu peux filer aux toilettes et me rapporter un échantillon d'urine dans un gobelet ?

Avant même qu'elle ait fini sa question, Melinda sortit de son sac un pot de Vegemite et le lui tendit.

La bouche de Riley tressaillit. — J'imagine qu'en étant là-bas à l'accueil, tu connais tout ça par cœur.

— Ouais. Elle n'en dit pas plus.

Riley se leva et prit le pot. — Tu veux bien monter sur la table d'examen derrière ce paravent, là-bas, que je palpe ton ventre ? Tu peux rester habillée si tu relèves ton haut pour que je puisse accéder à ton ventre. Il y a un drap propre.

Melinda acquiesça et Riley porta le pot à l'évier du coin, l'ouvrit et trouva une bandelette de test de grossesse. Elle consulta sa montre, plongea le test dans l'urine et se lava les mains. Puis elle revint jusqu'au rideau et l'écarta doucement.

Ses yeux s'agrandirent. Elle ne s'attendait pas à un ventre pareil. Le test de grossesse devenait superflu. — Oh là là, Melinda. Riley secoua la tête. — Tu as vraiment un ventre magnifique. On dirait même que tu caches un ballon de basket là-dedans.

— Bébé ? Une question.

— Bébé. Sans l'ombre d'un doute.

Melinda baissa les yeux, et quand Riley sourit, la jeune femme lui rendit son sourire. — J'imagine que je ne serai pas seule quand le bébé naîtra. C'est déjà ça.

— Non, tu ne le seras pas. Ta vie est sur le point de changer. En bien. J'ai entendu dire qu'on s'y attache, aux bébés.

— Ils grandissent en toi aussi, murmura Melinda, mais c'étaient là les paroles les plus positives que Riley lui avait entendues prononcer jusque-là.

— Ça, c'est sûr. Confirmons que tu es une jeune femme en bonne santé et que ton passager l'est aussi, et ensuite il faudra qu'on décide où tu vas accoucher, parce que, ajouta-t-elle en haussant les sourcils, je doute que tu aies encore très longtemps à attendre.

Le temps que Riley ait fini d'examiner le ventre de Melinda et de prendre sa tension — et qu'elles aient écouté le rythme cardiaque fœtal, au grand émerveillement de Melinda —, Riley estima que l'accouchement aurait lieu d'ici les quatre prochaines semaines. Quand elle recoupa cela avec la date du braquage de la banque, ça concordait avec sa propre estimation de la taille fœtale. Elle préleva du sang pour les analyses prénatales habituelles, mais douta qu'elles puissent faire grand-chose des résultats avant la naissance.

— On dirait que tu es faite pour avoir des bébés, Melinda. Ton ventre est de la taille parfaite pour tes dates, le bébé bouge bien et a un rythme cardiaque fœtal normal. Il ou elle est engagé dans ton bassin, bien orienté, prêt à sortir quand ce sera le moment. Cela dit, on fera une échographie dès que je pourrai en organiser une. Et savoir jusqu'où elle devrait se déplacer pour en obtenir une.

Le voile dans les grands yeux de Melinda laissait entendre qu'elle était encore en train d'encaisser la nouvelle de sa grossesse et que tout cela devenait réel. Riley attendit en silence jusqu'à ce que Melinda cligne des yeux, puis elle se leva.

— Je ferais mieux de retourner à l'accueil, dit-elle. — Les gens vont arriver.

— C'est un énorme choc. Tu es sûre que tu te sens d'attaque pour travailler ? Encore que, Dieu seul savait ce qu'elles feraient si elle disait non.

Le menton de Melinda se redressa. — Je ne vais pas rester seule dans ma chambre à fixer le mur.

Voilà une femme qui venait de trouver un nouveau cap. Riley aimait bien cette jeune femme. Vraiment. — Je m'occupe du dossier et on enverra ça, fit-elle en brandissant les tubes de sang, avec la prochaine tournée de prélèvements de mes patientes ce matin. Ça te va ?

Melinda acquiesça en se dirigeant vers la porte.

— Encore une chose. Tu veux annoncer la nouvelle au Dr Konrad ou tu préfères que je le fasse ?

Melinda reprit son air de lapin pris dans les phares. — Je n'ai pas réussi à le lui dire. Tu peux t'en charger ? Je n'ai rien dit à personne. J'imagine qu'il va falloir, maintenant, mais je redoute les questions.

Qui avait-elle de son côté ? — Tu as de la famille en ville ?

— Non. Mon papy — le père de ma mère — est mort l'an dernier. Je vivais avec lui. Sa tête s'inclina sous le poids d'une tristesse ravivée.

— Je suis vraiment désolée.

Melinda inclina la tête avec dignité. — Maman est quelque part à Sydney, mais je ne sais pas où. Après sa mort, je me suis installée au pub. Sa voix était douce. Pas plaintive, mais philosophique, comme si une existence rude avait toujours été son lot.

Elle ajouta : — Mrs Harris, c'est Greta du café, la mère de Toby ; elle est gentille avec moi. Après la mort de Pop, Desiree a dit que je pouvais venir au groupe des dames du vendredi soir pour avoir de la compagnie, mais je n'ai pas pu. Elle sembla se recroqueviller rien qu'à l'idée. — Elles sont marrantes, mais toutes ensemble, elles me rendent nerveuse.

— Ce sont des femmes gentilles. Et si Melinda devait rester à Lightning Ridge, elle aurait besoin d'un peu de maternage. — Vous pourriez peut-être y réfléchir. Des femmes d'expérience qui ont eu des enfants, ça peut être agréable d'en parler avec elles. Mais c'est peut-être mieux que vous vous fassiez d'abord à l'idée d'avoir un bébé.

Elle attendit que Melinda relève les yeux de ses mains. — Merci de me faire confiance, Melinda. Croyez-moi, c'est bien mieux ainsi que d'entrer en travail et d'avoir à tout expliquer. Personne n'a envie de raconter sa vie pendant que le ventre se serre toutes les trois minutes.

Melinda hocha la tête, comme frappée par l'idée. — Vous avez raison. Je suis contente que vous soyez là.

Riley acquiesça et regarda la réceptionniste ouvrir la porte et se faufiler dehors. Elle passa les quelques minutes suivantes à saisir les notes de la patiente, puis prit son téléphone.

CHAPITRE VINGT-DEUX

Melinda

MELINDA SE GLISSA DANS l'espace d'accueil et, tandis que son regard balayait la pièce, elle vit que deux couples étaient arrivés. Elle devait se concentrer sur eux. Sur son travail. Elle sentait la chaleur lui monter aux joues, honteuse de sa propre bêtise de ne pas avoir fait quelque chose plus tôt au sujet de sa grossesse.

Mon Dieu. Je vais vraiment avoir un bébé, pensa-t-elle. Et bientôt.

Elle le savait. Elle avait juste refusé d'y croire. Et maintenant, elle espérait pouvoir garder son travail. Même s'il lui faudrait prendre un congé, évidemment. Mais après ? Elle pourrait bien avoir un bébé et continuer à travailler, non ? Les femmes le faisaient. Ce qui signifiait aussi qu'elle garderait un toit. Elle aurait dû penser à tout ça avant. Elle s'était trop reposée sur la gentillesse du Dr Konrad.

Et voilà comment elle l'avait remercié. La culpabilité la submergea. Elle avait été lâche.

— Excusez-moi.

Melinda sursauta, cligna des yeux et leva le regard vers les deux femmes qui s'étaient approchées du comptoir. Déconcertée, elle dit :

— Je suis désolée. Vous êtes ici pour le Dr Brand ? Vos noms, s'il vous plaît ?

Elle se pencha vers l'écran de l'ordinateur et valida l'arrivée de chacune, prenant un instant pour mesurer leur situation. Ces personnes ne pouvaient pas avoir d'enfant et elle, elle s'en « retrouvait » avec un. Ça donnait une autre couleur à sa propre « mésaventure ».

Hier, elle avait compris que beaucoup de couples arrivaient en avance à cause de la longue distance parcourue. Ils faisaient en sorte d'être à l'heure parce qu'ils étaient impatients au possible d'obtenir de l'aide. Ce qui faisait que le Dr Brand n'avait jamais une minute sans que quelqu'un attende, car la plupart des consultations dépassaient et empiétaient sur le créneau suivant. Pourtant, la docteure les recevait tous. Elle ne bousculait jamais, dégageait calme, bienveillance et une attention sans hâte. Comme ce matin avec elle.

Les deux femmes s'assirent, satisfaites, et Melinda entendit le téléphone bourdonner dans le bureau du Dr Konrad. Le Dr Brand l'appelait à son sujet.

Ses joues chauffèrent de nouveau. C'était une piètre façon de le remercier de toute son aide, incapable de le lui dire elle-même. À présent, elle allait devoir lui faire face.

CHAPITRE
VINGT-TROIS

Konrad

KONRAD OBSERVA LE TÉLÉPHONE avant de le saisir. Il savait qui c'était. Il s'était remis de son agacement d'hier soir ; ce n'était donc pas la raison de son hésitation. Là, c'était à cause d'aujourd'hui.

Il se sentait encore pris de court par la vision de la déesse courant vers lui ce matin. Pris de court au point que l'image en technicolor s'était imprimée beaucoup trop nettement dans son cerveau — chaque courbe et chaque muscle délicieux, aussi nets qu'une photo numérique sur son téléphone — et que son corps avait réagi. La bouche sèche, le cœur tambourinant, et pas à cause de la course. Au moins n'avait-il pas été assez grossier pour prendre une photo.

Il ne put s'empêcher d'esquisser un sourire en coin face à sa propre idiotie, et il l'entendit dans le ton traînant avec lequel il répondit. — Dr Brand ?

— Pouvez-vous venir dans mon bureau, s'il vous plaît ? Quelque chose d'étrange planait dans sa voix. — Quand vous serez libre, bien sûr.

Il jeta un coup d'œil à sa liste surlignée de patientes déjà enregistrées et en attente. Les siens n'étaient pas encore arrivés. Autant le faire tout de suite, alors.

Pourtant, pensa-t-il en se levant, pourquoi ne pouvait-elle pas venir à moi ? Malgré tout, il ouvrit sa porte et traversa la petite salle d'attente qui se remplissait doucement de couples, frappa à sa porte ouverte et entra.

— Vous avez sonné ? Son imitation de Lurch lui valut un sourire appréciateur.

Elle souffla un petit rire, ce qui lui fit du bien. Il n'avait aucune idée de pourquoi ça lui faisait cet effet. — Vous aussi ? demanda-t-elle. — J'adorais cette série.

Et soudain, il se détendit, comme il aurait dû l'être plus tôt. — Un problème ? demanda-t-il d'un ton professionnel, et la question resta suspendue entre eux.

Elle inclina la tête vers la porte ouverte. — Discrétion ?

Il ferma la porte sans quitter son visage des yeux. Elle se referma dans un déclic derrière lui. Quelque chose se tramait, et il espérait qu'elle ne partait pas. Purement pour des raisons logistiques de remplaçante, bien sûr.

— Melinda est venue me voir ce matin.

Ça sortait de nulle part, mais c'était un sujet dont il avait voulu parler. — J'ai vu sur le planning que c'est là qu'elle était. Elle va bien ?

L'expression de Riley avait quelque chose d'étrange : distante et pourtant compatissante. — Elle va bien. Et sa date d'accouchement estimée est dans cinq semaines.

— Elle est enceinte ? Il sentit l'air s'échapper de ses poumons tandis que ses jambes se pliaient et qu'il s'affaissait sur la chaise des patients, devant le bureau. Comment avait-il pu ne pas le voir ? Konrad se frotta l'arrière du crâne. Et pourquoi Melinda ne le lui avait-elle pas dit ?

Comme si elle avait entendu ses pensées, Riley dit : — Elle m'a demandé de vous le dire.

Ça piqua. Malgré toutes ses tentatives pour offrir un environnement sûr et protéger Melinda, elle s'était tournée vers cette étrangère, cette femme, qui était là depuis moins de quatre jours. Encore une personne qui ne lui faisait pas assez confiance pour lui confier ses soucis ? Comme son frère. Non seulement il n'avait pas remarqué qu'une femme était enceinte de presque huit mois, mais manifestement ses compétences de manager manquaient de lien avec son équipe.

— Elle se sent stupide d'avoir tardé. De ne pas s'en être rendu compte plus tôt.

Comment avait-il pu passer à côté ? — Elle ne m'a rien dit.

— Elle a pris du volume. Jusqu'à ce qu'elle ne puisse plus l'ignorer. C'était plus facile pour elle de demander à une inconnue, moi, dit Riley. Ses propres mots sortaient de sa bouche.

— Je ne savais même pas qu'elle avait un petit ami. Avait-il remarqué quelque chose ?

— Un coup d'un soir regretté après le braquage.

Il se redressa. — Ah, bon sang.

— Oui. Absolument, confirma-t-elle, toujours avec ce ton compatissant qui commençait à l'agacer. — Mais elle n'a parlé du bébé à personne. Je soupçonne que c'est allé si loin qu'elle ne pouvait plus vous en parler sans avoir l'impression qu'elle aurait dû vous le dire plus tôt.

— C'est fou. Mais ça ne l'était pas. La culpabilité vous fait faire des choses bizarres. — Je n'arrive pas à croire que je n'ai pas vu que ma réceptionniste était très enceinte.

Elle émit un son étrange dans sa gorge. — C'est ma spécialité et je ne l'ai pas vu.

Oh. D'accord. Il se sentit mieux... à peine. Tout cela prendrait du temps à digérer, mais au moins son cerveau refonctionnait. Il se mit à penser à ces affreux vêtements informes qui étaient là depuis le début. Des vêtements qu'il avait pris pour la volonté de Melinda de se cacher du danger. — Pauvre Melinda.

— Je suis impressionnée, lui dit-elle. — Je savais que vous y arriveriez.

Son irritation monta d'un cran. — Qu'est-ce que c'est censé vouloir dire ? Voilà quelqu'un contre qui il pouvait s'agacer. Quelqu'un qui n'était pas Melinda et qui, sans aucun doute, lui tapait sur les nerfs.

— C'est dur à avaler, j'imagine. Elle l'a dit à l'étrangère, pas à vous. Et la femme de l'autre côté du bureau le remit aussitôt à sa place. Il en avait assez de la sous-estimer.

— D'accord. Il y pensa. — Cinq semaines ? On va bientôt se retrouver sans réceptionniste, en plus. Vous avez une solution pour ça ? Il sentit son sourire venir et l'agrandit. — C'est vous la débordée au planning surchargé.

— On trouvera une solution. Elle se renfonça dans sa chaise et jeta un coup d'œil à son écran. Sans doute que quelqu'un d'autre venait d'arriver. — Mais maintenant vous savez. Elle se leva et lui aussi. — Nous avons tous les deux des patients qui attendent. Je vous reparlerai plus tard de sa prise en charge à venir.

Oui. Elle le faisait bouger comme une marionnette alors que c'était lui le patron, mais ce n'était pas le moment de régler ça. Il le ferait, toutefois.

Il se retourna en ouvrant la porte, une pensée sensée perçant à travers les autres, agacées. — Merci. Et il le pensait. Quoi qu'il en soit, c'était une bonne chose que Melinda ait quelqu'un à qui se confier.

Alors qu'il retraversait vers son bureau, il jeta un coup d'œil à Melinda. — Tout ira bien, dit-il doucement, avec délicatesse, et elle lui rendit un sourire, hésitant d'abord puis avec un soulagement manifeste.

Même s'il n'avait aucune idée de la façon dont tout cela s'arrangerait.

CHAPITRE VINGT-QUATRE

Adelaide

— LE VENDREDI REVIENT si vite, murmura Adelaide. Elle faisait souvent ça : penser à voix haute. Elle haussa les épaules en se hissant dans son gros vieux 4x4, et ses muscles protestèrent après la journée passée à s'agenouiller et à creuser. Pourtant, c'avait été excitant. Une minuscule veine dans le puits recelait des stries de couleur. Le dernier seau de roche laiteuse qu'elle avait lavée avait brillé au soleil quand elle était remontée à la surface.

Elle n'attendait pas vraiment le vendredi. Quand elle avait été infirmière, week-ends et jours de semaine se mélangeaient avec le travail en équipes, mais savoir quel jour on était, ça changeait. Et ne plus jamais faire de nuit, c'était fabuleux.

— La retraite, c'est merveilleux, dit-elle à la mouche des broussailles aux yeux rouges qui crapahutait sur le pare-brise, à l'intérieur du véhicule. Elle n'était absolument pas en train de se parler à elle-même. — Je ne suis responsable du bien-être de personne, sauf du mien, et je fais quelque chose que j'adore.

Les mots résonnèrent et la mouche ne fit aucun commentaire. Elle se contenta de bourdonner devant son nez et de s'échapper par la fenêtre, et elle se retrouva de nouveau seule.

La solitude la déstabilisait parfois un peu. Son boulot d'infirmière l'avait intégrée à une équipe dynamique, pleine de plaisanteries, de soutien et d'idées nouvelles, qui lui manquait et, bien sûr, c'était pourquoi elle était si contente de sortir ce soir pour être avec du monde. Et, cerise sur le gâteau, avoir sa fille en ville pour partager tout ça la rendait plus consciente d'être seule.

Elle avait appelé son mari — il semblait qu'elle en avait toujours un — et Tyler s'était montré assez intéressé à l'idée de venir maintenant que Riley était là. Elle lui avait dit qu'elle aurait de la place s'il voulait venir, même si, à dire vrai, l'idée la perturbait, parce qu'elle aimait avoir sa maison pour elle. Ou était-ce parce qu'elle ne voulait pas que Tyler dise que sa cabane manquait de confort ? Non, pas ça. C'était son choix de ne pas se laisser influencer à regarder son petit chez-elle d'un œil négatif.

Ce serait bien, se dit-elle. Ils parleraient, ce dont ils avaient besoin.

Elle avait adoré, autrefois, rester allongée dans le lit la nuit à parler avec Tyler, à murmurer dans le noir, surtout de Riley, de l'actualité ou d'un contrat qu'il avait négocié au travail. Mais surtout, ils se tenaient la main en discutant. Oui, ça lui manquait vraiment.

Mais c'était vendredi, et bientôt elle récupérerait Riley derrière le cabinet médical et aurait l'occasion de jouer les curieuses dans le logement de sa fille. Et elle se réjouissait d'avance de ces pâtes à emporter pour deux.

Quand Adelaide arriva, sa fille avait déjà les doigts sur le loquet, en train de tirer la porte du studio. Zut. Adieu sa chance de jeter un coup d'œil.

— Prête, dit Riley, et quelque chose dut se lire sur le visage d'Adelaide, car Riley rouvrit la porte. — Entre. Viens voir ma grotte. Tu avais exactement le même air quand tu venais me voir au pensionnat.

Vraiment ? Sans doute.

Ce minuscule studio semblait compact, propre et sombre — et rappelait le dortoir de l'école. Il avait tout de même plus de confort moderne que chez Adelaide, mais elle ne voyait pas sa fille s'en contenter. — Ça te convient ?

Riley fit un geste de la main comme pour s'égoutter les doigts. — Ça va. Je suis tellement occupée la journée que je suis contente d'avoir un endroit tranquille où poser la tête le soir. Et je cours 5 km le matin, c'est génial.

La porte voisine s'ouvrit et Konrad apparut dans un léger nuage d'après-rasage, les cheveux encore mouillés, comme s'il sortait lui aussi quelque part.

Adelaide se dit que si elle avait eu vingt ans de moins, il lui aurait fait battre le cœur un peu plus vite. Il portait une chemise à carreaux bleu pâle, boutonnée, qui tombait à merveille sur ses épaules, manches retroussées jusqu'aux coudes, avant-bras tout en tendons et en puissance lorsqu'il leva la main pour saluer.

Adelaide jeta un coup d'œil à sa fille et surprit un léger voile dans son regard, ce qui lui chatouilla les côtes d'amusement. Elle le savait. L'attirance était bien là.

Il leur sourit à toutes les deux et c'était quelque chose à voir. L'homme paraissait encore plus grand, peut-être parce qu'il s'avançait vers elles.

— Bonjour, Konrad, dit-elle. — Ravie de vous revoir.

— Vous aussi, Adelaide.

Un silence gêné s'ensuivit. Adelaide pencha la tête et observa les deux qui tentaient d'éviter le regard de l'autre. Ses lèvres frémirent.

Finalement, Konrad dit : — Vous sortez pour une nuit de folie chez Desiree ?

Riley hocha la tête sans répondre, alors Adelaide ajouta : — Nous y allons.

Elle surprit un éclair passer entre les deux plus jeunes et se sentit comme une pièce rapportée jusqu'à ce que Konrad dise : — Votre fille a bien mérité un verre de vin après cette grosse semaine.

— En effet. Et vous ? lança de nouveau Adelaide d'un ton enjoué, même si elle pensait que sa fille devait dire quelque chose.

— Je file au Club in the Scrub. J'ai un rendez-vous.

Riley hocha la tête comme si elle comprenait, puis elle referma la porte de sa chambre. — Passez un bon week-end.

— Vous de même, murmura Konrad, et il s'éloigna dans la direction opposée à celle de sa voiture. Qu'était-ce que ce « bon week-end » ? Ils allaient forcément se croiser au cours des deux prochains jours. Ils vivaient à 3 m l'un de l'autre.

Tout cela était curieux et elle aurait aimé savoir. — Ta semaine a été plus chargée que tu ne l'imaginais ? demanda Adelaide en se tournant vers sa voiture.

— De la folie. Et la semaine prochaine sera pire, répondit Riley en s'arrêtant pour la regarder. — Tu ne serais pas intéressée par deux semaines de boulot comme infirmière de cabinet et réceptionniste ?

Adelaide haussa les sourcils. — Je suis à la retraite.

Riley souffla un rire. — Oui, je sais, mais tu es toujours infirmière diplômée. Même une demi-journée pour mes rendez-vous de l'après-midi ? Notre réceptionniste doit avoir un bébé dans environ quatre semaines — longue histoire. Ce sera compliqué si on ne trouve pas de remplaçant, avec tous les patients supplémentaires qui arrivent.

Adelaide n'était pas contre l'idée de travailler. Pas à temps plein, mais peut-être quelques heures après le déjeuner, quand il commençait à faire chaud dehors. — Je vais y réfléchir, mais repose-moi la question si Konrad ne trouve personne pendant que tu es ici.

CHAPITRE VINGT-CINQ

Riley

QUAND ELLES ARRIVÈRENT à la soirée entre filles de Desiree, la discussion tournait autour de la grossesse inattendue de Melinda. À cet instant, une joute verbale portait sur ce que les femmes pouvaient faire pour l'aider.

— Qui est Melinda ? La question à mi-voix d'Adelaide prit Riley au dépourvu, puisque sa mère était à Mica Ridge depuis plus longtemps qu'elle. Pourtant, elle n'avait pas non plus rencontré Konrad avant lundi soir.

— Notre réceptionniste médicale.

— Ah oui, celle-là. Adelaide acquiesça tandis que Riley se demandait comment Desiree, qui savait tout, l'avait appris. Peu importait comment l'information s'était transmise, les femmes étaient en train d'organiser une baby shower. Riley ne savait même pas si Melinda voulait qu'on en fasse tout un plat — elle doutait que la jeune femme ait songé à demander de l'aide et des vœux. Riley se sentait un peu mal à l'aise, même si le geste partait d'un bon sentiment. Elle savait que ce n'était pas de sa faute si la nouvelle avait circulé et devait supposer que Melinda en avait parlé à l'une d'elles.

— Il lui faudra des couches, dit Greta. J'achèterai les couches. Et un de ces petits porte-couches à suspendre. Avec ces petites surculottes duveteuses qui évitent que l'humidité ne mouille les vêtements.

— De nos jours, ils utilisent des jetables. Desiree secoua la tête. Elle jeta un regard à Riley. — Demande à l'obstétricienne. Des jetables, pas vrai, Riley ?

Oh, mince, pourquoi moi, pensa-t-elle. — Beaucoup, oui.

Greta parut dépitée et Riley ajouta vite : — Je suis presque sûre qu'elles ont toutes des couches en tissu sous la main quand elles n'ont plus de jetables, cela dit.

— Je me disais bien qu'elle en aurait besoin, dit Greta d'un ton satisfait. Et six bodies taille 00.

— On s'est proposées pour offrir la tenue de sortie de maternité du bébé et une paire de langes en mousseline, dit Gerry, et Elsa acquiesça. Une des filles de Walgett fabrique ces langes dans des tons pastels, avec Peter Rabbit dessus. Ils sont magnifiques et on peut avoir les tenues assorties. On en vend beaucoup à la boutique. J'ai entendu dire que si on emmaillote les bras d'un bébé dans de la mousseline, il se calme plus vite. Elle aussi regarda Riley. — Tu es d'accord ?

Comment était-elle devenue l'experte des vêtements et des emmaillotages pour bébés ? Elle, c'était l'obstétricienne. Mais elle avait effectivement entendu ça à propos des langes. — Ça a l'air très bien.

Elle sentait le regard amusé de sa mère sur elle. Chez Riley, l'instinct maternel avait sauté son tour. Ou alors il se cachait. Le plus souvent, elle voulait aider celles et ceux dont elle voyait la souffrance, et sa joie, elle la trouvait dans les petits paquets roses et bleus des autres.

Desiree plissa le visage, pensive. — J'ai un énorme vieux landau derrière, que ma fille a dit qu'elle n'utiliserait jamais. Elle veut un de ces nouveaux modèles si jamais elle tombe enceinte. Elle lança un coup d'œil en coin à Riley avant de poursuivre. — Je ferai briller le chrome comme du neuf, je mettrai un matelas pour bébé dedans, de jolis draps et tout le tralala. Le petit pourra y dormir quand Melinda reprendra le travail.

Ça, ça a enthousiasmé tout le monde.

— Et si je m'occupais des chemises de nuit, des sous-vêtements et de la trousse de toilette. Le sac de maternité, quoi.

Les femmes s'arrêtèrent et la regardèrent. Elles souriaient et elle sentit ses joues s'échauffer. Quoi ? Bien sûr qu'elle allait aider. Elles pensaient qu'elle ne le ferait pas ?

— C'est une excellente idée, dit Desiree en hochant la tête.

Sa mère se redressa à côté d'elle. — Et j'aimerais équiper un sac à langer, pour quand elle sortira avec le bébé. Avec un thermomètre, des crèmes pour bébé et un tapis à langer. J'ai vu ce que les mamans y mettent. Et puis une jolie grenouillère comme tenue de rechange. Adelaide regarda Desiree. — Elle pourra l'accrocher à l'arrière de ton landau.

Tout le monde acquiesça.

— Alors, on fait ça quand si elle n'a plus que quatre semaines ? demanda Silvia. Elle pourrait accoucher en avance.

— Le plus tôt sera le mieux, dit Desiree. Greta l'emmène à l'hôpital de Moree demain matin. Pour l'échographie. Greta nous dira si elle achète des trucs là-bas.

— On a de très beaux cartons d'invitation peints à la main, dit Gerry. Elsa et moi, on peut s'occuper des invitations. Melinda pourra garder sa carte d'invitation à la baby shower pour son album de bébé. On distribuera les autres et on en déposera un pour le Dr Konrad au cabinet.

— Et si on faisait ça samedi prochain dans l'après-midi ? proposa Selina. Ça nous laisse une semaine pour faire les courses ou commander. Et le temps que Melinda s'habitue à l'idée. Je réserverai un espace au club et on pourra décorer et préparer un beau buffet. Elle fit un clin d'œil à sa cousine. — On partagera les frais de nourriture et de boisson, vu que je fais payer un bras.

— Ça me va, dit Silvia. Elle lui rendit son clin d'œil. — Je mettrai du jaune, comme ça on me servira.

— Tu crois qu'elle va rester dans ce petit studio derrière le cabinet du médecin ? demanda Desiree à Riley, qui observait les échanges et la répartition des indispensables avec une sorte d'émerveillement. Elle n'avait jamais rien vu de tel. Ces femmes avaient des talents cachés et des cœurs aussi grands que des opales boulder. Étrange comme elle avait commencé à se sentir plus liée à elles qu'à beaucoup de collègues avec qui elle avait travaillé pendant des années à Sydney.

Riley répondit à Desiree, mais elle savait que toutes s'étaient tues, attendant sa réponse. — Je ne vois pas Konrad lui demander de partir. Il reste encore trois logements vides au cas où il aurait besoin d'un autre remplaçant, donc tant qu'elle n'a pas envie de déménager, je suppose qu'elle restera là. Ce qui, en y repensant, disait beaucoup de la générosité de Konrad Grey et de son soutien à Melinda.

Cette ville n'était pas l'endroit dur et brutal qu'elle avait cru au début.

Les dames réglèrent le reste des détails, se servirent un autre verre et s'installèrent dans une discussion sur la dernière affaire du coin rachetée par des néo-rurales venues de la ville. Desiree disait que c'étaient deux jeunes femmes qui lançaient une boutique de vêtements. Elles n'étaient apparemment pas encore arrivées, et Riley se demanda comment Desiree pouvait connaître autant de détails. Elle en secoua la tête.

Sa mère sortit son téléphone et se leva. — C'est ton père, dit-elle en s'éloignant pour répondre à l'appel.

CHAPITRE VINGT-SIX

Konrad

LE SAMEDI MATIN, KONRAD entra dans le premier studio libre au bout de l'alignement de six qu'il avait acheté à l'ancien médecin quand il avait décidé de rester. À l'intérieur, la lumière était tamisée, le mobilier désuet. Et la kitchenette se résumait à un micro-ondes et une bouilloire.

Il ressortit et fit la grimace. Déverrouillant le logement suivant, il entra et ouvrit la porte communicante. Puis il ressortit, recula pour étudier les deux portes ouvertes et hocha la tête. Ça pouvait marcher.

Quand il était arrivé en ville, il avait vaguement envisagé d'ouvrir les portes entre les logements pour en faire deux ou trois plus grands. Un pour lui et un pour les remplaçants. Mais s'il restait ici — ce dont il n'était plus très sûr maintenant, sans trop savoir pourquoi — il achèterait sans doute un terrain hors de la ville et construirait une maison, histoire de s'éloigner du cabinet.

Peut-être qu'il avançait enfin.

L'une des portes plus loin s'ouvrit et Riley glissa dans la lumière du jour, vêtue d'un long T-shirt bleu ample et de collants noirs qui l'enlaçaient comme deux mains amoureuses. Elle avait des jambes à tomber.

— Bonjour, Konrad. Elle se déhancha vers lui, ses baskets muettes sur l'herbe. — Tu fais quoi ?

L'argot lui fit tressaillir la bouche. Pas vraiment le genre de chose que la très correcte Dr Brand dirait, pensa-t-il, et il supposa qu'ils étaient désormais en bons termes, même s'il n'avait aucune idée de ce qu'il avait fait pour le mériter.

À sa surprise, il se confia : — Je pensais que je pourrais peindre le studio vide au bout, ouvrir la porte communicante et l'aménager en petit appart. Je demanderais à Toby de m'aider. Il est doué avec le bois et un pinceau, à condition de le tenir loin de l'échelle. Il détourna le regard des yeux soudain intenses de Riley et haussa les épaules. — Au cas où Melinda aurait besoin de plus de place quand le bébé arrivera.

— Intéressant, murmura-t-elle.

Il désigna les avant-toits. — On pourrait faire courir une véranda le long de la façade de tous les logements jusqu'à un coin salon extérieur, et avoir un endroit à l'abri de la pluie pour ouvrir la porte. Cela fonctionnerait mieux que l'herbe clairsemée qui se trouvait là maintenant entre l'arrière du cabinet et les logements.

— Ça te va si elle reste ici même si elle ne peut pas travailler pendant un moment ?

Il fronça les sourcils. Hein ? — Bien sûr. Je ne comprends pas. Était-il encore hors du coup ? — Elle a dit qu'elle voulait aller ailleurs ?

— Non. Elle leva la main comme pour l'empêcher de penser ça. — Pas du tout. Je suis contente qu'elle ait un endroit sûr où vivre. Tu es un homme bien.

Il secoua la tête, balayant le compliment. — N'importe qui ferait pareil. Bon sang. — À ma connaissance, Mel n'a pas de famille, à part sa mère peu aidante à Sydney, et très peu d'amis. Elle est mieux ici, où elle est en sécurité, jusqu'à ce qu'elle ait envie de partir. Et ces travaux ne seront pas perdus.

— Un homme bien, répéta-t-elle. — Cela dit, je ne dirais pas qu'elle n'a pas d'amis. Les filles du vendredi soir organisent une baby shower samedi prochain. Tu es invité.

— C'est bon à entendre. Il n'en fut pas surpris. Les femmes savaient se serrer les coudes et faire le bien quand il le fallait, et il l'avait constaté maintes fois. Mais lui, à une fête de filles ? — Il faut que je vienne ?

Je ne peux pas juste participer pour un cadeau ? Les hommes vont-ils seulement à des baby showers ?

— Aucune idée. Elle rit. — Je n'ai jamais mis les pieds à une, et ce n'était pas sur ma liste de choses à faire avant de mourir.

Ça l'amusa et un aboiement de rire lui échappa. — Tu veux dire que tu ne sens pas ton horloge biologique tourner ? Une spécialiste de la fertilité non maternelle ? Quelle ironie.

Elle redressa le menton. — Pitié. Tu dirais ça à un homme ? J'aimerais qu'elle tourne plus vite pour que les gens arrêtent de me demander quand je vais avoir des enfants.

— Pas pressée, alors ?

— Pas pressée, jamais.

Oh. D'accord, alors. Différent, mais... — Moi non plus. Chacun son truc.

— Si seulement les gens pensaient vraiment ça. Elle haussa les épaules. — Ce n'est pas mon problème, de toute façon. À plus tard. Elle se retourna et partit en petites foulées vers la route.

Il regarda son derrière en secouant la tête. Il avait besoin de sortir davantage. Il devait faire plus d'efforts pour être cet homme bien qu'elle pensait qu'il était et arrêter de laisser traîner ses yeux sur son derrière.

CHAPITRE VINGT-SEPT

Riley

AU MOINS, KONRAD N'AVAIT pas eu l'air surpris quand elle avait dit qu'elle n'avait pas la fibre maternelle. En revanche, il avait semblé amusé. Elle devrait peut-être se balader avec des réveils pour les jeter à la figure de ceux qui mettaient en doute son instinct maternel.

Non, elle n'était pas en mal d'enfant. Elle ne l'avait jamais été. Oui, elle aimait bien les enfants. Mais ceux des autres, pas les siens. Il n'avait posé aucune de ces questions, heureusement.

Elle avait pas mal d'amis à Sydney, hommes comme femmes, qui avaient choisi de ne pas avoir d'enfants. Elle avait de la peine pour sa mère, qui avait dit qu'elle adorerait câliner des petits-enfants. Cela dit, elle était sûre que Melinda la laisserait câliner son bébé quand il viendrait au monde. Parfait.

Ses pieds claquaient plus fermement que d'ordinaire sur la route bitumée tandis que ses pensées revenaient à Konrad, debout devant les petits bungalows du motel, en train d'envisager des travaux pour Melinda. Quel homme attentionné. Il avait dit que des rénovations seraient avantageuses plus tard, même si elle se demandait quelles étaient les perspectives de revente à Lightning Ridge.

Puis elle se surprit à se demander combien de temps les travaux prendraient et si les ouvriers empiéteraient sur ses moments de tranquillité. Elle était vraiment égoïste. Sauf dans son travail. Là, elle donnait volontiers. Personne n'est parfait, se dit-elle.

Quand elle tourna sur le gravier, la route s'ouvrit devant elle, et le chien n'aboya pas cette fois ; peut-être s'habituait-il à la voir passer en courant. Ses pensées allèrent aux couples qu'elle avait vus dans la semaine. Tant de femmes et d'hommes tenaillés par l'angoisse de rêves inassouvis. Elle avait mis au jour — ironique, dans une ville minière — une variété de raisons pour expliquer les infertilités, jusqu'ici. Elle soupçonnait que deux des femmes qu'elle avait vues devraient envisager de rester deux semaines à Sydney pour des examens complets et une éventuelle intervention chirurgicale.

Une hormone folliculo-stimulante (FSH) devrait être efficace pour plusieurs autres, et des changements d'hygiène de vie pourraient produire plus que ses clients ne l'imaginaient pour un certain nombre d'entre eux. Elle pouvait faire du bien ici pendant le bref temps où elle resterait. Et cela lui suffisait.

Chapitre Vingt-huit

Melinda

À HUIT HEURES, SAMEDI matin, Melinda redressa le dos devant sa porte d'entrée en attendant Greta. Elle n'utilisait pas souvent cette porte, car elle n'avait pas de voiture à garer là. Il lui faudrait peut-être en acheter une. Ses doigts lissèrent le haut de maternité qu'on lui avait offert la veille, tandis qu'il retombait sur son ventre. Greta l'avait fait en un tournemain.

Ce n'était pas une tente ample aux couleurs sombres, comme celles qu'elle portait ces derniers mois. C'était une pièce audacieuse d'un joli jaune citron qui mettait en évidence la rondeur de son ventre et son nombril qui pointait. Ce haut proclamait qu'elle portait un bébé et l'exposait aux yeux de tous. Elle ne savait pas trop ce qu'elle en pensait, mais elle avait passé beaucoup de temps à se regarder dans le miroir ce matin et, la plupart du temps, elle s'en était éloignée avec un sourire.

Elle avait dû le porter avec une jupe à taille élastique, la ceinture descendue sous son ventre, parce qu'à part ses fameuses « tentes » plus grand-chose ne lui allait, et Greta avait dit qu'elle devrait porter deux pièces pour qu'ils puissent voir son ventre pendant l'échographie.

Elles devaient partir à huit heures. Il leur faudrait presque trois heures pour rejoindre Moree pour leur rendez-vous de onze heures à l'hôpital.

La docteure Brand voulait que l'échographie soit faite au plus vite et elle téléphonait pour obtenir les résultats cet après-midi auprès du service de radiologie. La ville la plus proche, Walgett, n'était qu'à une heure de Lightning Ridge, mais ils ne faisaient pas d'échographies le week-end.

Après l'échographie, Melinda avait un rendez-vous à la clinique prénatale de l'hôpital. Ensuite, elles allaient faire quelques achats !

Melinda avait son permis de conduire, mais elle n'avait pas conduit depuis une éternité et n'était certainement pas allée faire des courses dans une autre ville. Pas depuis que son grand-père avait été malade et que sa mère était venue reprendre la Holden de Papi. Peut-être devait-elle repenser la question des transports avec l'arrivée du bébé. Il lui faudrait peut-être une voiture si le bébé tombait malade ? Elle mettait de côté son salaire, déduction faite de son loyer minuscule, depuis le début. Pourquoi pas — elle n'avait rien sur quoi le dépenser —, elle pouvait donc se permettre d'acheter et d'entretenir un véhicule.

Et si elle ne pouvait pas vivre à l'arrière du cabinet du médecin ? Comme lorsqu'elle avait dû déménager après avoir quitté la banque ? La panique lui monta à la gorge et elle la ravala. Pas maintenant. Ce serait une inquiétude pour plus tard. Mais elle attendrait peut-être pour la voiture.

Greta s'arrêta et Melinda remarqua que quelqu'un d'autre se trouvait à l'avant à ses côtés. Toby bondit dehors et lui tint la portière.

— Je descends ici, dit-il. — J'ai une journée de boulot.

— Oh. Je suis contente pour toi. Elle avait détesté que le patron de Toby à Moree l'ait licencié après cette première crise, et qu'il ait dû rentrer. Toby n'avait pas travaillé, sauf quelques piges avec des hommes sur des concessions — ce qu'il n'aimait pas —, et deux jours chez la mère de Riley la semaine dernière.

Elle se glissa devant Toby et s'installa sur le siège passager de la petite Toyota de Greta. Elle était allée à l'école avec Toby et il avait toujours été gentil.

Elle s'étira pour passer la ceinture autour de son ventre, mais c'était plus difficile à atteindre qu'elle ne l'avait pensé, et l'instant d'après,

Toby l'attrapait et la lui tirait. Il lui tendit l'attache avec un de ses sourires doux. Il fixait son ventre, dans son nouveau haut.

— Une échographie, ça a l'air super. Fais coucou à ton bébé de ma part, dit-il, ce qui était peut-être la plus gentille chose qu'on lui ait dite depuis le début de cette grossesse. Elle rougit et hocha la tête, trop embarrassée pour le remercier. Il referma sa portière et recula, et elles s'éloignèrent.

Greta dirigea la voiture vers la route qui sortait de la ville.

Melinda jeta un regard timide à sa conductrice. — C'est bien que Toby ait du travail.

Greta acquiesça en regardant la route. — Oui. Il en a besoin. Ça lui donne le sentiment d'être utile. La douleur qu'elle tentait de dissimuler vibrait dans la voix de Greta, et Melinda eut envie de lui toucher l'épaule en signe de soutien. Les six derniers mois avaient été éprouvants pour Toby et sa mère.

— Tu as déjà vu une échographie ? Greta rompit le silence avec sa question et Melinda sursauta.

— Non. Et toi ?

— Juste celle que j'ai eue pour Toby, il y a vingt ans. Elle rit. — Je parie que ça a bien changé, maintenant.

Les joues de Melinda s'échauffèrent. Sa voix lui parut hésitante lorsqu'elle dit, — Tu es la bienvenue pour entrer avec moi, si tu veux ? Ils ont dit que je pouvais amener quelqu'un. Elle ne voulait pas y aller seule et avait eu envie de le demander.

Le visage de Greta s'illumina. — Si ça te va, j'adorerais voir le bébé.

À l'intérieur, quelque chose dégelait en elle. Cette zone froide de solitude qu'elle avait ressentie lorsqu'elle avait caché son secret à tout le monde. Sa main glissa pour se poser sur son ventre. — Merci. Elle mordilla sa lèvre. — Je suis un peu nerveuse.

— C'est normal, dit Greta d'un ton averti. Elle tourna la tête une seconde. — Tu es toujours contente de m'avoir demandé de prévenir Desiree ?

— Oui. Plus de tension s'échappa d'elle. — Desiree s'assurera que tout le monde soit au courant et que personne ne pose de questions. Elle n'avait pas envie d'être prise de court par des conversations surprises. De cette façon, son bébé pourrait simplement arriver, naturellement.

Greta poursuivit. — Les filles aimeraient t'organiser une baby shower samedi prochain. Ça te dérangerait ?

Ah bon ? Melinda inspira brusquement. — Pourquoi ?

— Pourquoi on ne le ferait pas ? L'arrivée d'un bébé, c'est excitant, surtout quand il a une gentille maman comme toi. Tu seras une merveilleuse mère.

La route devant elle se brouilla tandis que les yeux de Melinda s'embuèrent. Le serait-elle ? Elle n'en savait rien. Elle savait simplement que son bébé n'y était pour rien dans la façon dont il avait été conçu. Et elle voulait être une bonne mère. Sauf qu'elle ne savait pas comment faire. Elle n'avait pas eu de bonne mère à prendre pour modèle. Mais Greta était une bonne mère, alors peut-être pourrait-elle la copier. — Merci.

— Tu sais que les dames aiment avoir quelque chose à attendre avec impatience. On s'est dit qu'on ferait ça au club. Selina voulait que ce soit là. Même Silvia s'est proposée.

Melinda n'avait aucune idée du budget à prévoir pour une fête. — Ça va coûter cher ?

Greta a secoué vigoureusement la tête. — Rien pour toi. Et tout le monde partage les frais comme un cadeau pour toi et ton bébé. Tu as parlé au Dr Konrad du moment où tu vas t'arrêter de travailler ?

Arrêter ? Fallait-il qu'elle le fasse ? Où allait-elle trouver de l'argent ? — Non ? Son front se plissa. Elle pensait simplement qu'elle s'arrêterait quand le travail commencerait. — Faut-il arrêter de travailler avant la naissance ?

Le visage de Greta se plissa. Elle avait un joli sourire bienveillant, et Melinda se détendit. C'était si bon de pouvoir parler de tout ça avec quelqu'un. C'était pour ça qu'elle avait tout dit à Greta et lui avait demandé de prévenir les autres dames. Elle avait besoin d'y voir clair. Au début, elle avait repoussé toute pensée de l'avenir, mais maintenant qu'elle en avait eu la certitude, eh bien, Greta l'aiderait à découvrir ce qu'elle avait besoin de savoir.

Greta a dit : — Je suppose que si tu te sens bien, tu pourrais continuer à travailler, mais il faut que tu réfléchisses à l'accouchement.
Et à la façon de savoir quand il faudra aller à l'hôpital. Tu as lu des
choses sur la grossesse et l'accouchement ?

Pas encore. Elle avait essayé de chercher des informations sur son
téléphone, puis elle avait renoncé devant le trop-plein. — Je ne l'ai su
avec certitude que cette semaine.

— La consultation prénatale d'aujourd'hui t'aidera. Ensuite, demande au Dr Brand, qui est si gentille. Je suis sûre qu'elle te suggérera
la meilleure chose à faire. Ou parle à quelqu'un d'autre qui a eu un
bébé en ville.

Toutes les personnes que Melinda connaissait étaient plus âgées ou
n'avaient pas d'enfants. Elle avait bien rencontré quelques patientes
avec des bébés, mais elle ne les connaissait pas vraiment.

Greta a froncé les sourcils. — C'est drôle. Je ne connais personne
qui ait un bébé. Et toi ?

Quand elles sont arrivées à Moree, Melinda mourait d'envie d'aller
aux toilettes. Elle n'avait pas été assez bête pour boire trop d'eau, vu la
longue route, mais, comme disait son papy, « elle avait la vessie pleine
à ras bord ».

Greta semblait savoir où elle allait et, quand elle a conduit Melinda
jusqu'au bureau d'accueil du service de radiologie, il n'y avait qu'un
homme qui attendait. Avec un choc, Melinda réalisa que la personne
qui allait faire l'échographie n'était pas la dame à laquelle elle s'attendait, mais un homme.

Elle s'arrêta et Greta posa la main sur son bras. — Ça va aller,
dit-elle doucement.

Il était jeune, n'avait pas l'air beaucoup plus âgé que Toby, et sa
carrure mince n'avait rien de menaçant, mais Melinda tourna quand
même vers Greta un regard où pointait la panique.

— Melinda aimerait que j'entre avec elle pendant l'échographie. Le
ton de Greta était calme mais ferme. Il disait clairement que Greta
entrerait avec elle, sinon il n'y aurait pas d'examen. La respiration de
Melinda s'apaisa d'un rien.

Quand l'homme a dit — Bien sûr —, elle s'est détendue un peu plus. — Je suis Noah. Le Dr Brand a appelé pour dire que vous veniez. Le samedi, on ne fait d'ordinaire que les urgences. Vous avez une envie pressante d'aller aux toilettes ?

Melinda a hoché la tête. Il a pincé les lèvres dans une sorte de grimace. Elle pensa que c'était peut-être de la compassion. — Parfait. Ça facilite la visualisation du bébé, parce que les échographies fonctionnent avec des ondes sonores qui permettent de créer une image de votre bébé. Le liquide dans votre vessie rend les images plus nettes. Il a indiqué du geste. — Par ici.

Dix minutes plus tard, Melinda ne se souvenait même plus que l'échographiste était un homme. La main de Greta serrant la sienne, elles regardaient toutes les deux l'écran devant elles, fascinées. Elles avaient vu la colonne du bébé, les courbes des jambes et des bras, le contour de la tête et les mouvements du cœur du bébé. Chaque valve des cavités cardiaques leur était montrée pendant que le bruit pulsatile résonnait fort. Encore plus net que dans le cabinet du Dr Brand hier.

Dans la poitrine de Melinda, on aurait dit qu'une nuée d'oiseaux battait des ailes tandis que l'excitation tourbillonnait, et son bébé a donné un coup, lui arrachant un hoquet de surprise. Sa main libre a glissé vers le bas et, à l'écran, elles ont vu le mouvement de minuscules jambes. — Oh là là, murmura-t-elle. C'était réel. C'était son bébé. Un minuscule être humain parfait dans son ventre.

— Voulez-vous savoir si c'est un garçon ou une fille ? demanda l'échographiste.

Melinda a cligné des yeux, arrachant son regard à l'écran pour le poser sur le visage de Greta.

— C'est toi la maman, fit Greta en haussant les épaules. — C'est toi qui décides.

Melinda songea qu'elle aurait le temps d'intégrer le sexe du bébé avant la naissance. Est-ce que ça avait de l'importance ? Elle décida que non. — Non. Je vais attendre. Tant qu'il est en bonne santé, c'est tout ce qui compte pour moi.

L'échographiste acquiesça sans la regarder. — Peu de gens disent non. Ses yeux restaient fixés sur l'écran, calculant et vérifiant. — J'ai pris les mesures de la tête, de l'abdomen et de la longueur du fémur, dit-il. — Le flux placentaire est excellent. Cela signifie que les nutriments et l'oxygène circulent normalement entre vous et le bébé. — Les cavités cardiaques paraissent normales. — Et l'ensemble des mesures correspond à un fœtus de trente-cinq semaines. — La date affichée par l'appareil correspond à votre date prévue d'accouchement. Il s'est adossé. — Y a-t-il autre chose que vous voudriez voir ? Il lui a tendu deux clichés imprimés de l'échographie. Un petit visage gris ressortait, avec un long nez comme le sien. Le second montrait le corps entier, avec la colonne et les membres.

Elle serra les photos, les doigts tremblants. Sa tête lui semblait encore plus pleine que sa vessie. Son bébé était réel.

CHAPITRE VINGT-NEUF

Konrad

TOBY ÉTAIT RESTÉ SILENCIEUX depuis son arrivée, se disait Konrad en descendant vers les appartements. Il jeta de nouveau un coup d'œil au jeune homme à ses côtés. Il avait l'air de bonne humeur, surtout quand il a évoqué combien le ventre de Melinda s'arrondissait.

— Je trouve qu'elle a un sacré courage de garder le bébé.

Konrad a hoché la tête. Il a repensé à la remarque de Riley sur Melinda et Toby qui se soutenaient, mais le souvenir de son frère lui est revenu et il a vite reculé. Si ça devait arriver, ça arriverait sans que personne ne s'en mêle.

— C'est gentil de la part de ta mère de l'emmener à Moree.

Le visage de Toby s'est éclairé. — Maman aime faire les magasins. Elle n'en a pas souvent l'occasion. Je parie qu'elles iront au grand magasin acheter des trucs pour le bébé. Elle n'a parlé que de ça ce matin.

Les ondes de bienveillance qui avaient parcouru la ville depuis que la grossesse de Melinda avait été rendue publique le rendaient fier de faire partie de cette communauté. Les dames du vendredi, Greta, et Toby. Il se disait qu'il en faisait partie, lui aussi. Cela contribuait à lui rendre une foi en la bonté humaine qu'il s'était aperçu avoir perdue depuis le traumatisme de Melinda et les tentatives de suicide de Toby après son licenciement.

— C'est une journée importante pour Melinda, a-t-il dit. — Allez, entrons voir ces appartements. J'ai besoin de ton avis.

Il a essayé de ne pas réagir au plaisir stupéfait de Toby devant sa remarque lancée en l'air.

Deux heures plus tard, Konrad regardait Toby terminer la sous-couche du long mur du premier appartement. Lui, il avait fini le long mur du second.

Ils avaient retrouvé deux pots d'une teinte vert menthe pâle des dernières rénovations du cabinet et, après avoir lessivé les murs tous les deux, ils s'étaient mis directement à passer une sous-couche blanche par-dessus le gris terne existant.

Le temps, aujourd'hui, était devenu assez chaud et sec pour que les murs soient prêts pour la couche suivante presque aussitôt la première passée. Une fois cela terminé, il leur faudrait s'occuper des plinthes.

Konrad détestait peindre près du sol, mais ça allait plus vite qu'il ne l'avait pensé. Et les deux appartements avaient fière allure avec la porte ouverte entre les deux, les meubles sortis, tous les rideaux enlevés, les fenêtres ouvertes et la lumière qui inondait les pièces.

Riley est revenue, telle une jonquille au printemps. Cela faisait deux heures qu'elle était dans son cabinet à rattraper les résultats d'examens de sa semaine de patients, et ses pensées sont revenues à ce matin, quand elle était revenue de son footing et avait trottiné devant lui. Il voyait encore son T-shirt collé comme une seconde peau, et elle sentait la femme, l'effort et peut-être la sérénité. Quelque chose à quoi il ne s'attendait pas. Elle lui avait fait un signe de la main puis avait disparu un moment, avant de réapparaître après la douche dans une robe jaune, avant de filer au bureau. Elle devait avoir fini à présent, car elle a tiré la porte arrière du cabinet et il l'a entendue se fermer à clé.

Elle est venue vers eux, longue, svelte et terriblement sexy dans sa robe vaporeuse. — Je peux aller voir ce que vous avez fait ?

— Bien sûr. Il lui a fait signe de passer et elle a disparu dans les deux appartements tandis que lui et Toby restaient dehors à débattre de la suite.

Quand elle est ressortie, son visage s'était adouci. — C'est déjà plus lumineux. Beau boulot, les gars. J'ai promis à Maman de venir pour le brunch, sinon je vous aurais proposé un coup de main.

Il a détaillé sa robe. — J'aimerais bien voir ça. Tu n'as pas franchement le profil de bricoleuse.

Son dos s'est redressé, ce qui a mis sa poitrine en avant et a creusé son décolleté, mais il ne pensait pas qu'elle l'avait fait exprès. — Je viens d'une lignée coriace. Tu n'as aucune idée de mes ressources cachées.

— Non. Je. N'en. Ai. Pas. Même lui entendait, à la lenteur de ses mots, combien il aimerait les découvrir.

Toby a regardé de l'un à l'autre puis ailleurs. Elle a froncé les sourcils vers Konrad et il a levé une main. — Je te taquine, c'est tout. Sa voix est tombée. — Et je suis curieux.

Elle a haussé les épaules. — Pas de chance. Je meurs de faim. Un sourire pour Toby, pas pour lui. — Je vais voir si elle a d'autres scones pour toi, Toby. Je pourrai peut-être t'en rapporter, vu que ta mère est partie à Moree avec Melinda. Alors qu'elle s'éloignait d'un pas décidé, il a arraché son regard à la robe qui mettait à la perfection en valeur ses jambes somptueuses.

— La salle de bains, c'est compliqué, a dit Toby.

La salle de bains ? Il a cligné des yeux. Rénovations. D'accord.

Toby a poursuivi. — J'ai déjà vu des modules qui rentreraient là-dedans si on retirait les équipements, mais il faudrait choisir le bon.

— Tu dis qu'on peut tout arracher, mais que c'est risqué ?

— Peut-être. Toby a haussé les épaules, l'air inquiet. — Je ne garantis pas que j'arriverai à faire fonctionner ça correctement après, et elle aura besoin d'une salle de bains.

— Moi non plus. Et si j'appelais les Construction Girls ?

— Je pense que c'est une bonne idée, a dit Toby, dont le soulagement était palpable.

Konrad aimait que Toby connaisse ses limites et n'hésite pas à les dire. L'entreprise locale de menuiserie et de réparations, tenue par l'une de ses patientes, était réputée pour des rénovations efficaces. Il les aurait bien recommandées comme employeur à Toby, mais, après avoir repris la suite d'une société qui perdait sans cesse ses ouvriers masculins, emportés par la fièvre de l'opale, elles étaient devenues une entreprise entièrement féminine — un club de filles terriblement efficace.

— On verra ça pour après l'installation de Mel, si elle le souhaite. Peut-être qu'elles pourraient venir ce week-end jeter un œil, ou la semaine prochaine pour une journée de chantier en dehors des heures d'ouverture et faire les modifications structurelles, a dit Konrad. Et elles pourraient voir Toby à l'œuvre aussi, mais il ne voulait pas susciter d'espoirs en disant ça. On ne sait jamais, toutefois.

Il a sorti son téléphone et a composé le numéro.

CHAPITRE TRENTE

Adelaide

ADELAIDE JETA UN COUP d'œil à l'horloge pour la centième fois de la matinée. Riley allait arriver d'une minute à l'autre. Et elle ne serait pas la seule.

Tyler venait aujourd'hui !

Il avait dit qu'il partirait à 4 h pour éviter les heures de pointe. Celles en sortant de Sydney. Ici, à la Ridge, il n'y avait pas d'embouteillages. C'était presque drôle d'imaginer de la circulation par ici.

Sa respiration s'accéléra de nouveau. Elle ne savait toujours pas vraiment ce qu'elle ressentait à l'idée que Tyler arrive, mais surtout elle ne savait pas où il dormirait. Elle avait l'impression d'un premier rendez-vous, ce qui était ridicule après quarante ans de mariage, mais cela faisait plus de deux mois qu'elle ne l'avait pas vu. Et s'il avait changé ? Ou s'il la trouvait changée ?

Son arrivée imminente la laissait à la fois un peu excitée, un peu horrifiée, et surtout très inquiète à l'idée qu'il déteste sa cabane — et la nouvelle elle — et que leur vie entière de couple se délite en un divorce triste et dévastateur.

Elle n'avait jamais voulu ça — elle n'en voulait pas — mais elle ne retournerait pas non plus à la case bonne à tout faire.

Elle regarda son lit-banquette, clairement prévu pour une seule personne. Ça n'allait pas le faire. Elle n'aurait qu'à lui faire un lit par terre et voir comment il s'en sortait. Si c'était trop spartiate, il pourrait aller au camping. Ce n'est pas comme si les caravanes sur place affichaient complet.

Elle avait récuré toute la matinée et la vieille cuisinière luisait d'un noir brillant dans lequel elle voyait son reflet. Elle avait cuit une tarte pour le déjeuner et frotté la salle de bain et les toilettes jusqu'à les faire étinceler.

Elle ne savait toujours pas comment elle allait l'occuper. Elle lui avait dit qu'il n'y avait pas de télé. Elle espérait qu'il ne l'avait pas oublié. Dans le meilleur des cas, elle pourrait initier son mari citadin à l'extraction de l'opale.

Le bruit de la voiture de Riley dehors la fit reposer le spray nettoyant. Elle avait assez fait briller la table. Au moins, sa fille pourrait manger à l'intérieur, car la petite table de cuisine était impeccable à présent.

Le claquement de la portière de Riley la fit avancer jusqu'à l'entrée pour lui ouvrir. — Bonjour, ma chérie. Ça me fait plaisir de te voir. Sa petite fille était ravissante et paraissait peut-être plus légère qu'elle ne l'avait semblé depuis des lustres, ce qui était un bonheur supplémentaire.

— Salut, Maman chérie. Elle se pencha et posa ses lèvres fraîches sur sa joue. — Le café est là.

Adelaide s'émerveillait encore de la tournure inattendue qu'avaient prise les choses quand elle avait décidé de faire cette folie et de déménager ici. Soudain, elle se sentait plus proche de sa fille qu'elle ne l'avait été depuis des années, elle s'était fait de nouveaux amis et s'était découvert un passe-temps exaltant. Elle n'avait pas envie de réduire son travail à un hobby, car cela ressemblait à une nouvelle passion. Si seulement Tyler pouvait le comprendre.

Son mari comprendrait-il le sens de toutes ses décisions ? Serait-il assez intéressé pour rester un peu ? Ou ferait-il demi-tour pour ne jamais revenir ? Elle n'avait plus qu'à attendre pour voir. C'était elle qui avait été à l'origine de ce changement. Il y avait eu un risque, mais elle avait ouvert la voie à un nouveau départ. Pour l'instant, Riley était là.

Elle devrait acheter deux de ces superbes gobelets réutilisables peints que Gerry et Elsa vendaient à la boutique pour l'emporter et les donner à Riley. Ou mieux encore, envoyer Riley s'en acheter elle-même. Elle changeait vraiment.

— Le café sent bon, dit-elle tandis que les gobelets jetables étaient posés sur la table.

Riley désigna le plan de travail. — Et les muffins au bacon que je vois, aussi. Je peux en prendre pour Toby quand je repars ?

— Bien sûr.

Elle-même entendit le flottement dans son assentiment. Son cerveau était tendu (entre l'arrivée de Riley et Tyler en route), ce qui la empêchait de se concentrer.

— Ça va ? Tu as l'air ailleurs. Le regard de Riley s'était fait plus perçant alors qu'Adelaide restait, l'esprit vagabond, au milieu de la pièce, et elle sortit de ses pensées décousues.

— Je te raconterai plus tard. On mange.

Sa fille acquiesça. — Je meurs de faim.

Adelaide inclina la tête et sourit. — Depuis quand tu meurs de faim ? Elle avait eu tant de mal, pendant les premières années de lycée, à faire manger suffisamment Riley. Ado, Riley avait été maigre comme un clou.

Sa fille haussa les épaules. — Je ne sais pas. Il y a un truc avec cet endroit, je suppose. Je pars courir puis je reviens et je m'enfile un énorme bol de céréales au petit-déjeuner. Le soir, je mangerais un bœuf. Je prends vraiment plaisir à manger.

— C'est peut-être parce que tu zappes le déjeuner avec ton planning chargé ?

Elle haussa les épaules. — Je n'ai jamais déjeuné à midi. C'est très étrange. Avec un peu de chance, je ne vais pas doubler de volume d'ici à ce que je rentre.

Adelaide sortit les assiettes ébréchées de l'étagère. Au moins, Tyler apportait son service de table préféré en venant. Elle ne l'avait toujours pas dit à Riley — sans doute parce qu'elle ne savait pas comment répondre aux questions que sa fille ne manquerait pas de poser.

À la place, elle dit : — Je suis sûre que ça n'arrivera pas. Tu as vu Konrad ce matin ?

— Oui. Riley prit une assiette et y posa un gros muffin salé, dans lequel elle planta aussitôt les dents avant de mâcher comme si c'était la meilleure chose qu'elle avait mangée depuis des années.

C'était toujours étrange, songea Adelaide, en poussant l'assiette de muffins plus près de sa fille.

Quand elle eut fini sa bouchée, elle dit : — En fait, il m'impressionne pas mal.

Plus qu'hier ? — Je l'ai remarqué. Adelaide haussa les sourcils, amusée.

Riley leva les yeux au ciel, comme l'ado à laquelle Adelaide venait de penser. — Ce n'est pas ce que je veux dire. Elle avala. — Je parle de ce qu'il fait aujourd'hui. Lui et Toby peignent les deux appartements pour les réunir en un seul pour Melinda et le bébé. Pour quand elle rentrera de l'hôpital. J'ai été impressionnée qu'il y pense. C'est d'une gentillesse à laquelle je ne m'attendais pas.

— Et généreux.

Le visage de Riley s'adoucit. Ça aussi, elle ne le voyait pas souvent. — Généreux, en effet. Il y a des gens adorables dans cette ville. Ils me donnent envie d'en faire plus pour les autres.

Elle pensa aux discussions animées du vendredi soir sur la façon d'aider Melinda. — Moi aussi — a approuvé Adelaide.

— Parfait. Riley s'essuya les mains, les yeux plus vifs, animés d'un but. — Viens faire l'infirmière de cabinet et la réceptionniste pour nous quand Melinda sera en congé.

— Je ne pourrai peut-être pas. Ton père arrive aujourd'hui. C'était lâché. Sa fille n'avait pas l'air surprise.

— Ah. Je m'en doutais. Ce qui voulait dire que Riley avait soupçonné qu'il viendrait. Et puis la question qu'elle redoutait est tombée. — Et toi, comment tu le sens ?

Elle devait être honnête. Et peut-être avait-elle besoin de mettre des mots sur le tourbillon qui lui vrillait le cerveau. — Je ne sais pas. Elle croisa le regard de sa fille. — Une part de moi est excitée. L'autre espère qu'il ne va pas me gâcher la fête. Enfin, façon de parler : ici, il ne pleut pas. Elle baissa les yeux sur ses mains qui faisaient tourner le gobelet en carton sur la table. — Je n'ai aucune idée de ce qu'il va faire, vu qu'il n'y a pas de télévision. Elle lança un regard noir vers l'extérieur. — Et je n'en prendrai pas.

Riley rit. — Tu devrais croiser les bras en disant ça.

Adelaide fit une grimace. Elle laissa l'émotion accumulée s'échapper dans un souffle, sentit la pression tomber et ses épaules se détendre. Elle avait été si crispée qu'elle ne s'en était pas rendu compte... mais elle pariait que Riley, elle, l'avait remarqué.

Sa fille poursuivit. — À ton avis, qu'est-ce qu'il attend en arrivant ?

Adelaide écarta la mèche échappée de sa queue de cheval du coin de ses yeux. — Aucune idée.

— Franchement, on s'en fiche. Amuser Papa, ce n'est pas ton problème. Papa est comme il est. Elle balaya la maison du regard. — Ta petite cabane brille autant que possible. Tu t'es esquintée les bras ?

Elle s'y était mise pendant des heures, ce qui était fou, évidemment. — Oui.

— Il arrive à quelle heure ?

— Vers midi.

Riley leva le poignet pour voir l'heure. — Hmm. Bientôt. Elle prit son café et en avala deux longues gorgées. — Je ferais mieux de finir mon café et d'y aller.

L'estomac d'Adelaide se noua. Zut. Elle avait prévu que Riley ferait tampon face aux éventuels reproches.

Sa fille lui lança un regard malicieux en coin. — Si tu m'emballes encore quelques-uns de ces diaboliques délices au bacon, je file.

— Je pensais que tu serais là quand ton père arriverait ? Elle s'efforça de garder sa voix posée en préparant un grand sac en papier de nourriture à emporter. Konrad en mangerait aussi.

— Hors de question. Ça, c'est entre vous.

Typique. — Dit celle qui a fait toute la route jusqu'ici pour m'embobiner et me faire rentrer à la maison.

Riley eut la décence de paraître penaude. — D'accord, oui. Mea culpa. Mais vous avez des choses à régler, tous les deux. Son visage s'éclaira. — Et je vais peut-être me mettre à la peinture de la maison.

Elle finit son café d'une longue gorgée et traversa la pièce, la main tendue. — J'espère que ça se passera bien. Elle prit le sac de nourriture. — Je t'aime. Et je vois un peu des deux côtés, et j'espère vraiment, vraiment que vous trouverez un juste milieu.

Utile. Ou pas. — Merci, ma chérie. Bon sang, Riley était presque à la porte. Soudain, elle n'avait plus du tout envie qu'elle parte. — Avant que tu partes, parle-moi de Melinda. Elle s'arrête quand ?

Riley s'arrêta et se retourna. — Elle ne m'en a pas parlé, je ne sais pas pour Konrad, mais je ne crois pas qu'elle y ait encore réfléchi. Riley fit tinter ses clés de voiture, songeuse. — Cela dit, elle passe la journée avec Greta à Moree pour faire une échographie, donc la discussion va avoir lieu.

Elles sourirent toutes les deux à l'idée de Greta en maman poule. — Greta va, avec bon sens, l'informer de tous les petits changements qui vont bientôt bouleverser sa vie. Avec un peu de chance, je pourrai bien parler avec Melinda cet après-midi ou demain. Avant que nous soyons tous replongés dans le bazar qu'est ma clinique de fertilité, en plus du cabinet de médecine générale de Konrad.

Un autre sujet. Parfait. — Et tout ça, ça avance comment ? Adelaide se sentit démesurément fière du travail de sa fille. Et de son choix de venir ici, même si c'était pour cacher sa véritable intention.

Les yeux de Riley brillèrent de plaisir. On pouvait dire qu'elle avait bien la bride entre les dents — des dents redressées par l'orthodontie. — Ça se passe bien. Il y avait dans les mots de Riley de la satisfaction. Une satisfaction profonde.

— Je suis contente, dit Adelaide. — Je me demandais si être loin de la ville ne rendrait pas les choses trop difficiles.

— On devra externaliser certains aspects. Mais on peut commencer à traiter les problèmes ici. Je me sens utile et je vois comment on peut encore simplifier. — Je me sens — sa voix se fit encore plus déterminée tandis qu'elle lissait l'ourlet de sa robe — presque gênée de ne pas avoir pensé à ces femmes plus tôt.

— Tu n'es pas la seule, Riley. D'autres auraient pu aussi. Mais tu es là, maintenant.

— Pour certaines, c'est trop tard. Elle planta dans les yeux d'Adelaide un regard vert farouche. — C'est un crime alors que j'ai les moyens de faire bouger les choses. Son menton se releva. — À partir de maintenant, ce sera différent. Il y a une occasion formidable de créer un réseau de femmes capables de toucher la vie de celles qui ne demandent normalement pas d'aide. De grands changements pour l'accès et l'accompagnement des couples infertiles. Ça fait longtemps que ça aurait dû arriver.

Dans la passion, les mots et la détermination que portait la déclaration de sa fille, une partie de la tension d'Adelaide s'allégea. Ce qui l'inquiétait n'était que des broutilles. Oui. Ses soucis étaient mineurs comparés à ceux des couples infertiles. Elle et Tyler avaient eu des vies satisfaisantes à leur manière, même si ce n'était pas toujours ensemble. Elles avaient été si chanceuses par rapport aux familles dont parlait Riley. Et elle pouvait aider pendant que Melinda aurait son bébé. Pourquoi hésiterait-elle à aider sa fille dans cette vision ?

Était-ce parce qu'elle craignait maintenant que son mari s'ennuie faute de compagnie ? Il n'aurait qu'à se trouver quelque chose à faire, lui aussi. Adelaide se détendit et leva la tête pour croiser le regard de sa fille.

— Si vous ne trouvez pas de remplaçant, j'adorerais venir vous aider tant que vous êtes ici.

CHAPITRE TRENTE ET UN

Riley

RILEY TAPA SUR LE haut du volant en s'éloignant. Youpi. Elle avait une réceptionniste et une infirmière de cabinet en renfort. Merci, Maman. Et grâce à l'efficacité de sa mère, Riley pourrait recevoir plus de patientes, puisqu'elle n'aurait plus à gérer les coups de fil en plus.

Croisons les doigts pour que les retrouvailles de Maman et Papa se passent bien, elles aussi. Qui aurait cru que tout ça arriverait quand elle avait décidé de venir jusqu'ici pour harceler sa mère afin qu'elle rentre à la maison ? Il y avait eu des complications inattendues et de sacrés bonus. Peut-être qu'elle s'était encroûtée dans son confort privilégié à Sydney. Elle avait besoin de sortir de sa bulle, comme sa mère l'y avait poussée. Comme son père allait bientôt le découvrir.

Elle savait qu'il songeait à venir à la Ridge, parce qu'elle l'avait appelé et lui avait exposé la réalité : ne pas s'attendre ni au confort ni à l'électricité. Cette pensée la fit rire. Elle lui avait même suggéré qu'il serait plus heureux au camping, à passer de temps en temps pour « faire la cour » à Maman, plutôt que de se poser chez elle et d'attendre qu'elle le serve.

Pourtant, Riley doutait que ça arrive. Maman s'était émancipée. Il avait ri et dit qu'il se débrouillait tout seul depuis un moment, et que c'était très bien. Papa avait été choyé pendant des années en tant que directeur d'entreprise, avec des subalternes qui exécutaient le moindre de ses ordres et Maman pour le dorloter à la maison.

Riley renifla en tournant sur la route principale. Il n'avait pas vu la nouvelle Adelaide. La femme calme et assurée qui savourait son espace et sa solitude. La chercheuse d'opales hors réseau. Riley ne voulait même pas être une mouche sur le mur en tôle ondulée. Ah ça, non. Beaucoup trop d'infos.

En revanche, d'autres murs, c'était différent. Elle avait envie de voir ce que Konrad et Toby avaient accompli pendant son absence. En vérité, elle voulait voir la tête de Konrad quand elle dirait qu'elle venait aider à peindre. Elle soupçonnait qu'il ne la croyait pas capable d'être utile concrètement. Certes, elle n'avait aucune expérience, mais elle pouvait tout apprendre. Elle avait une tête et un corps en forme. Elle aurait à peine besoin d'un escabeau dans ces unités aux plafonds bas.

— Je suis de retour. Riley frappa à la porte de l'unité 6 et jeta un œil à Konrad, juché sur l'échelle, le derrière tourné vers elle et ses muscles hâlés en évidence pendant qu'il passait le rouleau sur le plafond bas. Un vrai régal pour les yeux.

Il posa le rouleau sur le bac et tourna la tête. — Tu es déjà de retour ? Y avait-il dans son ton quelque chose qui disait qu'il était content de la voir ?

— Ouais. Mon père arrive et je ne voulais pas être là pour les retrouvailles. La troisième roue du carrosse, tout ça.

L'amusement malicieux dans ses yeux la rendit consciente de sa taille, de lui qui la regardait de haut, et de sa robe au décolleté qui invitait au coup d'œil. — Arrête de reluquer.

— Je suis presque sûr que tu as regardé mes fesses en entrant.

— Coupable. Comment diable avait-il vu ça ? — Je me suis dit que je pouvais vous donner un coup de main, si ça vous dit ?

Ses sourcils se haussèrent. Ce fut toute la surprise à laquelle elle eut droit. — Tu sais peindre les plinthes ?

Elle inclina la tête. — Je peux tout peindre si tu m'indiques quoi faire.

— Bien sûr que oui. Il eut l'air pensif. — Cela dit, je t'ai vue préparer le café. Tu as des TOC et tu feras un boulot parfait.

Il l'avait percée à jour. — Alors je reviens dans une minute. Elle s'essuya les mains sur le devant, désignant le joli tissu. — Je vais juste me changer d'abord.

Elle sentit le poids de son regard et sut que ce qu'il voyait lui plaisait. Il aimait cette robe. Elle espérait sincèrement ne pas l'avoir mise pour cette raison-là. Changer de tenue était une excellente idée. Peut-être même une chemise à col de prêtre. — Comment va Toby ? Je lui ai apporté des muffins.

— On se fait une petite compétition. Je dirais qu'il est un peu plus rapide que moi sur les murs, mais je le bats à plate couture sur les plafonds, parce que lui doit utiliser une perche.

Elle rit. — Si moi j'ai des TOC, toi tu as l'esprit de compétition typiquement masculin.

Sans quitter le plafond des yeux, il se remit à passer le rouleau. — En effet.

— Alors je vais devoir te faire la course sur les plinthes. Il éclata de rire et l'échelle vacilla. Elle sourit et s'éloigna pour se changer, en lançant par-dessus son épaule : — Maman en a mis assez pour toi aussi, des muffins.

Au bout de deux heures passées à ramper par terre pour peindre les plinthes, Riley savait qu'elle ne battrait pas Konrad à la course à la peinture, mais ses plinthes à elle étaient bien plus nettes que les siennes, ce qui adoucit la déception.

Le travail était terminé. — Le menthe poivrée rend super bien avec le blanc, dit-elle en s'adossant et en arquant le dos. Konrad rinçait ses pinceaux dehors, sur l'herbe, et tourna la tête vers elle. Si elle ne se trompait pas, son attention glissa vers la tension du tissu sur son corps, ce qui lui donna envie de s'étirer davantage pour le faire languir. Les taquineries échangées sous l'échelle cet après-midi avaient réveillé les phéromones.

— Toby est allé au café acheter des sandwichs, dit-il en revenant à l'intérieur.

Ils n'étaient donc plus que tous les deux dans l'unité. Il s'essuya les mains sur une serviette et s'avança tranquillement vers elle, puis lui tendit une grande main pour l'aider à se relever du sol.

Elle pouvait se lever seule, mais saisit quand même son aide. Des doigts forts et masculins, tièdes contre les siens, encore légèrement humides par les pinceaux, et quand il la hissa, il ne lâcha pas sa main tandis qu'elle se redressait. Ils étaient tout près. Torse contre poitrine. Lui avec une bonne quinzaine de centimètres de plus, bien au-delà de la hauteur de regard à laquelle elle était habituée avec un homme, et il la regardait d'en haut avec un défi qu'elle reconnut et qui lui fit lever le menton.

Il dit : — Tu sens bon.

Elle n'en était pas convaincue et résista à l'envie de lever le bras. — Je sens la sueur.

— Tu sens les fleurs, dit-il doucement en cherchant son regard, puis ses yeux glissèrent vers sa bouche. — Et les muffins. Il jeta un coup d'œil à leurs mains enlacées. — Et la peinture. Son regard descendit vers sa poitrine, remonta le long de son cou, passa sa bouche et retrouva ses yeux. — Et la femme.

Elle avait ressenti chaque balayage brûlant de cet examen comme un pinceau trempé dans du chocolat. Une vague de chaleur lui a remonté le cou et elle a cligné des yeux pour briser le charme qu'il avait tissé. — Ça n'a pas l'air si terrible, côté odeurs. Toi— Parler l'aidait à se raccrocher à la réalité, décida-t-elle en reculant et en retirant ses doigts des siens—tu sens la peinture.

Il arqua un sourcil comme s'il savait ce qu'elle ressentait sans le dire. — Je bosse depuis plus longtemps que toi ce matin, mais... Il renifla sous son bras. — Ça passe encore.

En effet. Elle humecta ses lèvres. — Mais tes finitions sont à revoir. Sa voix était plus douce qu'elle ne l'aurait voulu. Elle avait peut-être mis un pas entre eux, mais ses yeux s'étaient de nouveau accrochés aux siens. Comme si sa force gravitationnelle ne la laissait pas sortir de son orbite. Sa lune autour de sa planète plus massive, et juste tous les deux dans le système solaire.

Konrad se pencha et prit ses mains, les deux, rassemblées lâche-
ment mais retenues. Elle savait qu'il voulait l'embrasser. Elle le savait
parce qu'elle en avait envie, elle aussi. Ce qui relevait carrément du
pays des dingues, mais sa vision était remplie des couleurs qui se
déplaçaient et se fonçaient dans ses yeux d'un bleu, bleu profond. —
Tu as un anneau couleur saphir autour de tes iris.

Les plis au coin de ses yeux se plissèrent d'amusement. — Et toi, tu
as autour des tiens un halo vert forêt, un peu fumé.

— Ça doit être toute cette peinture : on remarque les contours. Elle
recula et il rit.

— Tu prends la fuite, Dr Brand ? lança-t-il, taquin. — On devrait dîner ensemble ce soir. C'est ton tour d'acheter des plats à emporter. Ou on peut sortir, juste pour le plaisir. Une terrasse de pub
l'après-midi, et le dîner après.

Surprise mais pas déplaisante à l'idée, Riley inclina la tête. — On
peut sortir à Lightning Ridge ?

— Un pub. Un club. Plusieurs restaurants. Ou on peut faire le
Club in the Scrub ou pique-niquer au coucher du soleil.

— D'accord. Elle rit. — On pourrait partir à la chasse aux bagues
de fiançailles sur l'ancien site de l'église et la rendre à Toby. En fait, ce
n'était pas drôle. Quelle remarque idiote. Elle vit le moment où le rire
quitta ses yeux.

— Ou pas. Il se retourna et ramassa ses pinceaux et sa boîte de
peinture. — Je m'occupe de ça si tu veux te débarbouiller avant la
prochaine tournée de plinthes.

Quel lunatique. — Je suis éclaboussée de peinture ? Elle marqua
une pause. — Ou congédiée ?

— À toi de choisir. Il lui tourna le dos en se dirigeant vers la porte
avec son matériel de peinture.

Après la pause, ils passèrent la deuxième couche de blanc au niveau
du sol, puis remirent l'ensemble du lit dans la chambre six. Le reste
des meubles avait été réparti à côté, ce qui avait vu le lit disparaître et la
pièce se transformer en salon. Ils firent attention à ne pas toucher les
murs encore fragiles, mais les fenêtres étaient ouvertes et les dernières
couches de peinture avaient presque séché.

Toby les laissa debout dans la porte communicante entre les unités en rentrant chez lui, content de sa paye du jour et peut-être encore plus du résultat du travail.

— Ça fait vraiment frais. Riley alla d'une pièce à l'autre. — Le vert menthe pâle et le blanc vont toujours bien ensemble.

— Je ferai nettoyer les moquettes à la vapeur et installer des stores enrouleurs neufs. Pour l'instant, je laisse les tringles à rideaux au cas où Melinda voudrait mettre ses propres rideaux. Il haussa les épaules comme si de rien n'était. — Je pourrai toujours changer plus tard si, et quand, elle s'en va.

Deux jeunes hommes étaient arrivés plus tôt et avaient pris l'autre lit queen-size.

— Elle vient d'où, cette commode ?

Konrad haussa encore les épaules, les lèvres serrées. — Je l'ai échangée contre l'autre lit. Au moins, le matelas était neuf. Un de mes patients s'est plaint d'un mal de dos hier. Il détailla la superbe pièce de mobilier. — Je ne pensais pas que la commode ferait autant d'effet.

Des histoires dans l'histoire. Quelque chose a éclos en elle devant sa gentillesse et sa gêne à l'idée que d'autres la voient. Le sentiment montait depuis qu'ils avaient peint ensemble, la tension sexuelle frémissant comme une brume depuis qu'il l'avait relevée du sol et qu'ils s'étaient livré à ce duel de regards sur la couleur des yeux.

Pendant un moment après ça, ils s'étaient évités, mais la gêne s'était dissipée au déjeuner et la présence de Toby avait aidé. Melinda n'était pas attendue avant encore quelques heures, vu la longue route qu'elle devait faire aujourd'hui.

Mais maintenant, le grondement d'énergie entre eux vibrait contre sa peau. Maintenant que le travail était terminé et qu'ils se retrouvaient juste tous les deux, Riley avait l'impression que son corps était branché sur un chargeur alors qu'elle aurait dû être fatiguée.

— Elles te plaisent ?

Son regard s'était posé sur elle. Viscéral. Plus intense.

Lentement, elle cligna des yeux et revint à l'ici et maintenant, sentant la chaleur poisseuse de la journée sur sa peau, la sécheresse de l'air et la proximité de Konrad. Mais le point de référence de cette conversation était perdu. — J'aime quoi ?

— La commode. Il rit doucement et elle sut, elle sut juste qu'il voyait bien qu'il était en train de la troubler.

D'accord. La commode. Concentre-toi. — Sa couleur est parfaite pour la pièce avec ce bois clair. Belle pièce de mobilier. Elle relâcha encore ses épaules.

Son regard revint vers le chiffonnier. — Je demanderai à Bob s'il a besoin de linge pour compenser la différence de valeur. De toute façon, j'en ai trop maintenant. — On laissera le reste des meubles jusqu'à ce que Melinda décide ce qu'elle veut. Moi, je file à la douche et je prends une bière. Ça te tente ?

— La douche ou la bière ? C'était sorti avant qu'elle puisse s'arrêter. Tant de sous-entendus et de bêtise en six mots. Son visage s'embrasa, mais elle releva le menton. Elle l'avait pensé. Mais elle pouvait faire comme si de rien n'était.

— Les deux, sans hésiter, dit-il en lui tendant la main.

Elle rit. Pas trop tremblante, mais trop fort. — Autant pour moi. Je te taquine. On se retrouve dans la salle commune dans vingt minutes.

CHAPITRE
TRENTE-DEUX

Konrad

KONRAD OBSERVAIT RILEY S'ÉLOIGNER. Encore. Il faisait beaucoup ça, comme un pigeon voyageur revenant au bercail pour se percher. Il a ri et a secoué la tête. Qu'est-ce qu'il allait faire ? Se poser sur ses fesses et roucouler ?

Il s'est demandé si elle avait vraiment été, fugitivement, intéressée par l'idée de la douche, avec ou sans bière, parce qu'il n'avait aucun mal à imaginer la scène. Cela dit, les douches des chambres étaient petites. Il devrait vraiment songer à acheter sa propre maison avec une grande salle de bains. Et une douche immense.

Mais elle serait partie depuis longtemps avant qu'il n'atteigne le statut de propriétaire, alors être créatifs, serrés l'un contre l'autre, nus, dans une cabine de motel, ne lui paraissait pas une si mauvaise option. Un rire lui chatouillait la gorge et il a ramassé les derniers chiffons et serviettes, puis a essuyé les gouttelettes sur le lavabo avant de se diriger vers la porte.

Le travail d'aujourd'hui avait été satisfaisant, voire amusant avec Riley dans les parages. Il avait été bluffé par l'éthique de travail de Toby et savait qu'ils n'auraient pas terminé sans son jeune ami. Il devait faire davantage pour aider Toby à se stabiliser professionnellement. Il leur fallait trouver quelqu'un pour être son binôme au travail, de sorte que si quelque chose arrivait — comme une crise de grand mal — cette personne soit là pour lui et sache quoi faire.

Où trouvait-on quelqu'un comme ça ? Il y réfléchirait plus tard, mais pour l'instant, ses pensées étaient monopolisées par une grande rousse, spécialiste de la fertilité - il a ri ; il devait se surveiller - capable de tenter et de faire tourner la tête comme pas deux.

Où pourraient-ils aller cet après-midi ?

Et ce soir après le dîner, ils iraient où ? Sa chambre à lui ou la sienne ?

Demain, c'était dimanche, promesse d'une longue grasse matinée luxueuse — à deux ? Il a reniflé en fermant les portes à clé. Il était peu probable qu'elle vienne se glisser dans son lit, mais on peut toujours rêver.

Ils ont fini au pub de Silvia pour jeter un œil au jardin du pub. Enfin, c'est ce que Riley avait dit qu'elle voulait faire, alors il l'avait suivie.

On a levé quelques sourcils en voyant deux médecins célibataires siroter un verre ensemble — sa bière légère à lui et son vin pétillant à elle — mais, finalement, les quelques habitués dans le jardin du pub les ont ignorés. Des nouveaux venus leur ont fait des signes amicaux et il s'est rendu compte qu'il faisait rarement ça : sortir et sociabiliser avec les gens du coin. Il ne les voyait que dans son cabinet et restait dans son coin.

Aujourd'hui, il s'est concentré sur sa cavalière, mais, hélas, c'était elle qui avait les questions et, bien sûr, elle n'hésitait pas à les dégainer. Son menton volontaire posé dans sa paume, le coude sur la table, ses yeux verts fixés sur lui tel le chat curieux qu'elle était. — Tu travaillais où avant d'arriver ici ?

— Surtout dans le sud de Sydney, puis à Port Macquarie.

Elle a hoché la tête. — Je vois où c'est. À mi-chemin entre Sydney et Brisbane, sur la côte.

— Tu y es déjà allée ?

Elle a secoué la tête. — Une patiente est venue de là-bas pour me consulter.

— Les gens font de la route pour venir te voir, hein ?

Sa bouche s'est relevée d'un côté, adoucissant son expression habituellement sérieuse. — Pas autant que certains de ceux que j'ai rencontrés cette dernière semaine. Mais je ne me laisse pas distraire. On parlera de mon travail plus tard. Elle a balayé sa vie d'un geste. — Tu étais généraliste à Port Macquarie ?

— Ouais. Juste un moment, pour aider mon père à réduire ses heures. Je ne sais pas comment les médecins avec de jeunes familles s'en sortent. Là-bas, ils doivent se dédoubler pour être à la fois papa et mari, ou maman et épouse, tout en étant généraliste d'astreinte. Ma sœur est généraliste et elle disait la même chose. On est tous les deux revenus chez nos parents quand on a diagnostiqué à William une dépression sévère, pour alléger la charge. Puis je l'ai suivi jusqu'à the Ridge.

Elle a hoché la tête avec compréhension. Évidemment qu'elle comprendrait. — Alors, tes parents vivent toujours là-bas ?

— T'es curieuse. Comme elle n'a ni répondu ni détourné le regard, il a soupiré. — Toujours à Port Macquarie, oui. Il n'avait pas envie d'en dire plus. Il a balayé l'air de la main, comme pour écarter le sujet. — Tu sais ce qui s'est passé ensuite.

Eh bien, elle ne savait pas, mais il n'en dirait pas davantage. Il était temps de changer de sujet. — Comment ça s'est passé pour tes parents, la réunion de ce matin ?

Elle a tapoté son verre du bout de l'ongle, les yeux grands ouverts. — Je n'ai même pas pensé à eux. Ce qui est étrange, en fait, puisque c'est pour ça que je suis ici.

— Nul doute que ça leur ferait plaisir de l'apprendre, dit-il d'un ton sec. — Tu peux être indiscrète.

Elle a ri - ça lui allait bien, ses yeux s'adoucissant, sa bouche sensuelle s'arrondissant - et il a glissé la question pendant qu'elle était détendue. — Parle-moi de ton mec ?

Il a vu le changement dans ses yeux quand elle a détourné le regard et le pincement de sa bouche. Son regard est revenu sur lui. — Josh ?

Elle paraissait calme. Bien. — Si c'est son nom, alors oui.

— Pourquoi ?

— Je veux savoir si tu es libre, évidemment. Il savoura l'arrondi surpris de sa bouche, le rose à ses joues et le minuscule mouvement nerveux de sa langue. Autant d'endroits qu'il avait envie d'explorer, goûter, savourer plus tard, ce à quoi il pensa pendant tout le long moment qu'elle mit à répondre.

CHAPITRE TRENTE-TROIS

Riley

RILEY VIT LE BLEU des yeux de Konrad s'assombrir jusqu'à prendre des nuances de chambre à coucher, et sa bouche se retrousser en un sourire canaille, comme s'il imaginait... quoi ?

Il se pencha jusqu'à rapprocher sa tête de la sienne, son souffle caressant doucement sa joue. — Si tu es un cœur à prendre, j'aimerais beaucoup t'emmener au lit. Il fit onduler ses sourcils. — Pas pour dormir.

Il attendit. Elle le fixa. Leurs regards ne cillèrent pas.

Seigneur, Seigneur.

Au rythme de ses mots, le cœur de Riley fit un bond et, au creux de son ventre, quelque chose griffa et ronronna comme un félin ensommeillé qui s'étire. Sa main gauche glissa et s'enfonça dans sa cuisse, la pétrissant au rythme des vagues qui roulaient en elle. Il annonçait clairement la couleur. Et elle la captait. Partout.

— Pas d'attaches ?

— Pas d'attaches.

Riley accueillit le picotement le long de ses terminaisons nerveuses — un léger bourdonnement de danger et d'excitation, et oui, c'était bien du désir. Quelque chose qu'elle n'avait pas vraiment écouté depuis longtemps, dans son monde surchargé, mais il n'y avait aucun déni possible : une étincelle d'énergie vibrait entre eux en cet instant. Une énergie puissante. Brûlante. Si brûlante qu'elle en avait du mal à respirer.

Elle se redressa et se cala dans sa chaise comme pour rompre cette conscience, mais le lien s'étira simplement entre eux, tel un caramel bouillant et collant, tandis qu'elle détaillait cet homme incroyablement chaud, outrageusement franc.

Des yeux saphir se plantèrent dans les siens, diablement sombres et intenses, mais la peau au coin de ses yeux se plissait d'amusement. Il inclina le menton, épaules rejetées en arrière, manches roulées jusqu'aux coudes sur ces muscles et tendons noueux de ses bras absolument magnifiques. Il leva les mains en question, la mettant au défi. Seigneur, ces bras. Elle avait entendu parler des amateurs de seins et des amateurs de jambes ; peut-être était-elle en train de devenir une fille à bras.

Le silence s'éternisait. Elle humecta ses lèvres sèches et baissa les yeux sur son verre. Pas sur lui. — D'un côté... Elle tenta la légèreté, sans être sûre d'y parvenir mais en y mettant tout son cœur. — J'admire que tu dises ne pas vouloir briser des couples.

Son regard remonta vers le sien et elle ne put s'empêcher d'être amusée qu'ils parlent de tout cela à voix haute, albeit doucement, dans un lieu public, comme si c'était un plat du jour qu'ils étaient en train d'étudier.

Elle fit glisser son doigt autour du bord du verre, enfonçant le rebord dans la pulpe douce, regrettant soudain que la flûte vide ne contienne plus de vin. — D'un autre côté, dit-elle en agitant les doigts, j'ai peur que tu aies une sacrée haute opinion de toi.

Mais elle n'avait pas répondu à sa question. Son sourire demeura paresseux. Une main s'étendit au-delà de la table et un long doigt ferme glissa le long de son pouce posé contre le verre, tandis que sa main se refermait sur le pouls à son poignet. Sa main tenait. Serrait. Mesurait. — Il n'y a qu'une façon de le savoir.

Il vérifiait son rythme cardiaque. Bon sang, voilà un indice qu'elle ne pouvait pas dissimuler. Elle avait toujours été attirée par l'honnêteté et son instinct lui disait que ce type ne mentait pas. Ces dernières années, elle n'avait couché avec personne d'autre que Josh. Dieu seul savait depuis combien de temps, d'ailleurs, ce qui expliquait son aversion pour une relation plus engagée avec Josh s'il ne la faisait pas chavirer.

Pas qu'elle ait été tentée de coucher avec quelqu'un d'autre. Jusqu'à maintenant. Là, tout de suite.

Elle tenta l'humour. — Je suis censée dire quoi ? Qu'on fait une pause, donc c'est OK si je couche avec toi ? Konrad avait précisé qu'il ne serait pas question de beaucoup dormir.

Son regard ne quitta pas le sien. — Ça me va. C'est vrai ?

Elle inclina la tête. — On fait une pause. Définitive, j'imagine. Il veut plus que moi.

— Eh bien... Le mot s'étira, traînant. Oui, il essayait sérieusement de la séduire pour l'emmener dans son lit, sans laisser le moindre doute sur le fait qu'il la désirait. Il lâcha d'une voix traînante : — Je suis libre et je demande un long après-midi. Jusqu'au soir. Qui pourrait se prolonger par un dimanche matin paresseux au lit, pour finir en beauté.

Il était arrogant, elle lui reconnaissait bien ça. — Tu n'en demandes pas beaucoup, toi.

— Tout. Ça t'intéresse ?

Oh, Seigneur, oui. Son visage s'embrasa. — Voyons comment se passe la suite de l'après-midi.

Et là, dans un souffle et un jaillissement de chaleur, la cuisinière de la cuisine du pub prit feu et quelqu'un poussa un cri.

Konrad fut hors de sa chaise avant même que Riley ne comprenne le problème. Tandis qu'elle repoussait la sienne, une nappe de flammes, plus chaude que ses joues qu'elle croyait à vif, grimpa le long du mur de la cuisine, assez loin de leur table, et pourtant la chaleur balaya le jardin du pub. Au passage, Konrad saisit un extincteur et fonça vers les flammes.

Par l'ouverture du passe-plat donnant sur la zone de préparation, elle aperçut un homme en tenue blanche de chef qui frappait sa barbe et sa chemise, essayant de reculer pour sortir de la cuisine envahie par les flammes.

Riley n'était pas loin derrière Konrad tout en cherchant la couverture anti-feu du regard. Tous les restaurants en avaient. Elle la trouva juste à l'entrée de la cuisine ; coup de chance, car la chaleur repoussait Konrad alors qu'il déchargeait l'extincteur à la base des flammes pour laisser passer l'homme. Riley tira le carré de tissu de sa housse et le déploya d'un coup sec à sa largeur maximale.

Tandis que Konrad refoulait les flammes avec l'extincteur, le cuisinier se coula le long du mur du fond, sa chemise couvant encore, ses mains frappant son torse et sa barbe.

Riley replia la couverture sur ses mains et l'enroula autour de lui. — À terre, et roule, dit-elle, et l'homme s'abattit au sol pendant qu'elle le tapotait pour étouffer les flammes.

— C'est bon, c'est éteint, dit-elle, puis elle lança par-derrière, vers le jardin du pub : — De l'eau glacée en pichets, s'il vous plaît.

Les clients se ruèrent vers le bar et, en moins d'une minute, elle eut un pichet d'eau froide, qu'elle versa sur les mains du cuisinier, et un torchon de bar qu'elle trempa. — Mets ça sur ton visage. Deux autres pichets arrivèrent. — Maintenant, donne-moi la serviette. Je m'en charge. Garde les mains dans l'eau glacée.

Elle lui a pris la serviette et lui a tamponné le visage, tandis qu'il aspirait l'air entre ses dents quand l'eau a recouvert ses doigts et ses poignets. Les mains étaient le pire, la peau déjà rouge pelait, mais tout s'était passé si vite et des premiers secours prodigués rapidement amélioreraient le pronostic à long terme.

Riley a de nouveau trempé la serviette qu'elle tenait et a replacé le tissu froid sur les touffes de sa barbe qui n'avaient pas brûlé au point de laisser la peau du visage rouge à vif. Là, ce n'était pas si grave. Ses lèvres étaient rouges et ses joues échaudées, mais cela ressemblait davantage à du premier qu'à du second degré. Elle ne voyait pas de brûlures franches du troisième degré. Dommage pour les cils et les sourcils, qui avaient tous disparu. Elle espérait que Konrad avait gardé les siens.

Il faudrait surveiller ce type pour un éventuel état de choc jusqu'à ce qu'on puisse le transférer à l'hôpital. Elle a jeté un coup d'œil par-dessus son épaule, où Konrad avait rapidement étouffé le feu et tendait l'extincteur à un autre homme, qui semblait savoir ce qu'il faisait.

Le hurlement d'une sirène s'est glissé dans la pièce enfumée et elle a supposé que quelqu'un avait appelé les pompiers ou une ambulance. Les deux seraient bienvenus.

Chapitre Trente-quatre
Adelaide

ADELAIDE A ENTENDU LE ronronnement feutré de la voiture de son mari dehors et ses doigts se sont resserrés sur son autre poignet tandis qu'elle regardait sa montre. Un petit éclat de rire, plus nerveux qu'amusé, lui a échappé. Midi une. Ça, c'était bien du Tyler.

Elle a ouvert la porte d'entrée et s'est appuyée contre l'encadrement, remarquant la poussière sur son précieux bijou, qui ternissait la peinture noire brillante et couvrait d'un voile les vitres et les jantes habituellement étincelantes. Ça, il détesterait.

Elle a attendu qu'il descende. Il lui fallait toujours une éternité pour sortir d'une voiture. Il vérifiait les kilomètres parcourus, le niveau d'essence, que tout était bien rangé dans la console et que toutes les vitres étaient complètement fermées avant de couper le contact.

Quand elle a rencontré Tyler Brand pour la première fois, elle restait debout dehors, à côté de la voiture, de longues minutes à leur arrivée et, à la fin, elle avait appris à attendre dedans. Plutôt que de l'agacer, ça l'amusait désormais. Ce n'était qu'une de ses petites manies et elle en avait quelques-unes, elle aussi. Elle en avait même de nouvelles auxquelles Tyler devrait s'habituer, s'il voulait rester avec elle ici, le temps de sa visite.

Le moteur s'est arrêté. Non, elle n'allait pas dévaler l'allée pour l'attendre à la porte de sa précieuse Audi, un autre de ces objets que Tyler aimait sans doute plus qu'elle. Bon sang, elle se mettait déjà sur la défensive, et il n'était même pas encore sorti. Arrête, se dit-elle.

La portière s'est ouverte et Adelaide s'est redressée, un sourire aux lèvres, tandis qu'elle regardait son mari depuis quarante ans se déplier. À sa surprise, des papillons ont remonté de ses pieds jusqu'à sa poitrine en le découvrant. Une douceur, de la chaleur et l'attrait oublié de l'homme — son homme — lui ont picoté la peau. Ses joues sculptées, sa bouche pleine et son menton volontaire étaient les mêmes. Un peu froissés, plissés, marqués, mais Tyler paraissait mince, bronzé et étonnamment décontracté. Ses cheveux courts et foncés étaient largement grisonnants aux tempes et sur les côtés, mais dans l'ensemble, il avait une sacrée allure.

Il portait un jean, ce qu'elle ne lui avait pas vu depuis au moins trente ans, même s'il avait l'air neuf et, comme la chemise blanche et les bottes brunes, affichait un look très R.M. Williams. Il essayait de se fondre dans le décor. Cette pensée lui a fait chaud au cœur.

Leurs regards se sont croisés par-delà le gravier entre la route et l'auberge, et la reconnaissance d'une vie partagée a grésillé entre eux. La petite barrière de protection qu'elle avait dressée s'est amollie et fissurée, tandis que le lien des années s'étirait pour l'effleurer et la balayer. Ce lien lui a paru inattendu et puissant. C'était son Tyler, son magnifique Tyler, dont elle était tombée amoureuse il y a des décennies, même si, d'une façon ou d'une autre, ils s'étaient perdus en chemin.

Ils étaient tous les deux plus âgés et plus bêtes, peut-être. Ils s'étaient braqués, chacun pour de mauvaises raisons, sans se retrouver pour les bonnes, et trop de distance s'était creusée entre eux.

— Oh, Ty, dit-elle doucement, oubliant son vœu de rester et traversant le gravier ratissé, la main tendue. — Ça me fait tellement plaisir de te voir.

Arrivée face à lui, elle a levé les mains, les a posées de chaque côté de son visage et a plongé son regard dans ses yeux gris.

Un instant, elle a cru y voir de l'incertitude (et, non, pas de l'angoisse, chose qu'elle n'avait jamais remarquée chez lui), et ce bref éclair a suffi à la propulser dans ses bras.

— Del. Sa voix était grave, vibrante d'émotion, autre chose qu'elle entendait rarement chez son mari. — Tu m'as manqué. C'est vraiment, vraiment bon de te voir, toi aussi.

Elle a enfoui son nez contre sa poitrine. Ils faisaient presque la même taille, Tyler la dépassant de quelques centimètres. Le parfum familier de son après-rasage épicé lui a piqué les yeux, mais pas question de laisser les larmes sortir. Elle a serré sa taille, là où reposaient ses mains, sentant ses muscles solides (cette chaleur douloureusement familière), puis elle a reculé.

— Tu dois être fatigué par la route. Viens à l'intérieur, à l'abri de la chaleur. Mais quand elle s'est tournée pour s'éloigner, sa main a jailli et a capturé ses doigts. Un geste qu'il faisait des années plus tôt quand ils se tenaient encore la main. Elle se souvenait de cette sensation de sa main dans la sienne. Une autre chose qui s'était perdue, sauf la nuit. Si triste, si bête, cette perte-là.

— Attends, dit-il doucement. — Laisse-moi rester là une minute et juste regarder ta petite cabane et cet endroit où tu t'es installée avant qu'on rentre. Il a tiré sur son bras et son autre main s'est enroulée autour de sa hanche jusqu'à ce que son dos soit contre son torse, tandis qu'il la tenait doucement dans le cercle de ses bras. Son menton s'est posé sur son épaule alors qu'ils regardaient tous les deux vers l'auberge.

— Je veux m'en imprégner. Elle a senti son menton bouger pendant qu'il parlait. — Tu as toujours été incroyable quand tu te lançais dans un projet. Regarde-toi, à gérer tout ça. Son bras a englobé d'un geste le gravier, la cabane et la brouette pleine d'outils. — Pas de voisins, juste un grand ciel, du désert et de la poussière. Il a de nouveau secoué la tête. — Je ne sais pas si je l'ai en moi, mais je veux que tu saches, dès le début, que je suis très, très fier de ta détermination à suivre tes rêves.

Cette fois, une larme s'est échappée pour lui courir sur la joue, mais ce n'était pas grave, il ne pouvait pas la voir. Elle a renversé la tête contre lui et ses mains se sont resserrées.

— Merci. Ça compte beaucoup. Je suis contente que tu sois venu jusqu'ici pour voir mon Wayfarers.

— Il y a de la place à l'auberge pour moi ? Elle a perçu la malice dans sa voix.

— On verra. Elle a pris le même ton. — Tu n'auras peut-être pas envie de rester quand tu verras à quel point c'est sommaire. Et c'était vrai.

— Si ça convient à ma femme, je suis sûr que ça me conviendra aussi. Il paraissait résolu, mais elle percevait l'incertitude.

Elle a ri. — Allez, viens. Je vais te montrer le bout de sol qui est à toi. Elle a pivoté dans ses bras et a surpris dans son regard l'espoir qu'elle plaisantait. Elle a de nouveau ri. Sa présence la mettait toute chose, et ce n'était pas du tout ce à quoi elle s'attendait. — Tu n'es attaché à rien. On va voir ce qui te convient et on fera avec. Il y a toujours un mobil-home sur place au camping, en ville.

Elle lui a pris la main pour le guider à travers le gravier (ici, il n'y avait pas d'allée de jardin) jusqu'à la véranda bancale et au toit en tôle rouillée.

Il l'a regardée de côté. — Je dois enlever mes chaussures ?

Adelaide pinça les lèvres pour retenir un autre petit rire bête. — Non, chéri. Tu vas sûrement te retrouver avec des graviers dans tes pieds délicats de citadin.

Elle poussa la porte grinçante, parce que ce satané truc aimait se refermer tout le temps et, même si les rideaux étaient écartés, il faisait encore sombre à l'intérieur quand elle l'ouvrit en grand. Mais, décida-t-elle, c'était frais et accueillant, et bon sang, elle était fière de sa petite cabane. Elle se recula pour laisser son mari passer devant elle.

Il secoua la tête, en souriant. — Après toi, dit-il, alors elle passa devant, mais elle le sentait à son épaule. Ça faisait du bien. C'était juste. Merveilleux.

Quand il se tint au centre de sa maison, il tourna sur lui-même, ses yeux voyageant sur ses livres et ses assiettes ébréchées, son petit

coin cuisine, et enfin l'unique lit de jour fait de coussins et de courte-
pointes. — Mon amour, dit-il, la voix intriguée, presque fascinée, à
son grand soulagement. — Ma femme campe. Mais c'est tellement
chaleureux, je te vois bien ici.

Au moins, il n'avait pas tourné son petit monde en dérision. Et il
l'avait appelée sa femme. Son amour. Quand même. — C'est mieux
que le camping. Le soleil me fournit l'électricité et la cuisinière fonc-
tionne au bois. Même si la pluie ne me fournit pas souvent de l'eau,
je suis autonome.

Il pencha la tête vers elle. — Je suis sûr que tu as une solution pour
l'eau ?

— Eh bien, oui. Je paie un gars pour venir pomper de l'eau dans la
cuve. J'ai appris à gérer le solaire et les batteries et je suis redoutable
pour jauger la température d'un four à bois.

Il la regardait, secouant la tête d'admiration. — Tu es incroyable.
Je l'ai toujours su, mais visiblement j'avais besoin qu'on me rappelle
à quel point.

Adelaide s'abreuva de ces louanges comme une plante privée d'eau,
clairement en manque, et elle essaya d'empêcher son visage de trahir
trop visiblement sa joie. Ce qui était idiot, aussi.

Son regard s'emmêla au sien. — Tu m'as manqué, Del.

Dieu merci. — Toi aussi, tu m'as manqué.

Ils se dévisagèrent, avec encore trop de distance entre eux, à la fois
physique et émotionnelle, mais c'était un début.

— Est-ce que tu te sens parfois seule ? Il désigna l'embrasure vide
d'un geste d'une main élégante.

Son regard glissa vers ses doigts. Elle avait toujours aimé ses mains.
Son alliance accrocha la lumière. Il la portait encore. Bien. — Bien
sûr, parfois. Mais je m'absorbe dans ce que je fais. J'adore être ici. Elle
lui lança un grand sourire. — Je suis tellement contente que tu sois
venu, parce que j'ai hâte de tout te montrer.

Il se frotta les mains, d'un air enjôleur. — J'ai hâte de voir. Leurs
regards se croisèrent et se retinrent. C'était comme si une nouvelle
brique du mur entre eux venait de se détacher.

— Tu veux boire quelque chose ? demanda-t-elle.

— Qu'est-ce que tu as ?

— De l'eau.

Il rit. — Evian ? Il la taquinait encore.

— Mieux que ça, plaisanta-t-elle. — De l'eau de forage. Mais si tu en bois trop, ça pourrait te donner mal au ventre.

Au cours de l'heure suivante, à part quand Tyler s'extasia sur la tourte au bacon et aux œufs qu'elle avait préparée pour le déjeuner, ils parlèrent des gens et des changements à Sydney, et bien sûr de Riley, mais curieusement, Riley ne tint pas une grande place dans leur conversation. C'était comme s'ils savaient tous les deux combien il était important de retisser des liens entre eux qui n'impliquaient pas les autres.

Une fois la vaisselle faite — elle avait failli tomber à la renverse quand Tyler avait attrapé le torchon et rangé les restes — elle lui montra ses trouvailles.

— Tu as extrait cette opale ? Dans les parois, sous terre ? Tyler tenait la paume pleine de tout petits éclats d'opale, maladroitement taillés et polis, mais elle continuait d'apprendre de nouvelles compétences. Si elle trouvait quelque chose qui semblait vraiment prometteur, elle le faisait examiner par quelqu'un. Desiree lui avait présenté Kelly.

— Oui. La fierté gonfla en elle. Elle l'avait fait ! — Je pioche la paroi grise jusqu'à ce que je voie de la couleur. Une femme adorable, Kelly — elle est mineuse de troisième génération — me taille les pierres prometteuses. Elle est venue me montrer comment manier la pioche et repérer les veines et les couleurs dans la roche. Comment prendre des blocs et des gravats et les treuiller jusqu'à la surface pour les laver et les trier.

— Et tu fais tout ça toute seule ?

— Oui.

— Tu me montres ? Tyler était impatient de voir la mine. Apparemment, plus qu'impatient. Qui l'aurait cru ?

— Bien sûr. Elle ne cessait de scruter son visage, mais autant qu'elle pouvait en juger, il avait l'air sincère.

Elle le regarda arpenter toute la cour, étudier les outils et les tas de pierres, puis le deuxième puits où il examina le treuil et le seau, avant qu'ils ne descendent réellement dans la mine. Tyler avait eu envie de tout voir sur sa minuscule parcelle — plus intéressé qu'elle ne l'aurait cru par la mécanique de la recherche d'opale — et il avait été particulièrement frappé par le puits et la galerie au fond du jardin.

Quand vint le moment de s'aventurer sous terre, elle fit enlever à Tyler ses bottes à semelles de cuir et enfiler des baskets. Elle n'avait pas besoin qu'il dérape d'un barreau de l'échelle et lui tombe sur la tête.

— Je dois vraiment porter un casque avec une lampe ? demanda-t-il, comme si elle le maternait.

— Oui. Tu dois. Je ne te porterai pas dehors si tu te cognes la tête au plafond. Et puis, même si le groupe électrogène éclaire, il peut tomber en panne.

— Je ne sais même pas faire marcher un groupe électrogène, dit-il.

— Moi non plus, avant, mais maintenant si. Elle désigna d'un geste la grosse machine sous une tôle. — Ça engloutit du carburant mais alimente l'éclairage de la galerie, donc ça en vaut la peine.

Adelaide passa la première dans l'échelle, basculant facilement par-dessus le bord du puits et disparaissant sous terre, mais elle s'arrêta quand il n'apparut pas dans la lumière au-dessus d'elle. — Tu viens ?

Son pied apparut puis le second. La lumière se trouvant occultée et les doigts crispés sur les barreaux, il commença à descendre. Raide. Saccadé. De toute évidence, mal à l'aise et tendu.

Elle a terminé sa propre descente et l'a attendu en bas. Il a pris son temps, s'assurant que chaque pied était bien assuré avant de poser l'autre. C'était bien. Elle ne voulait pas d'accidents. L'échelle bougeait un peu, mais c'était toujours comme ça.

D'en bas, elle le regardait. Oooohhh. Le vieux avait encore un beau postérieur, pensa-t-elle, puis presque aussitôt une petite voix négative en elle lui souffla qu'elle était trop vieille pour ces bêtises, ce qui lui hérissa le poil. Peut-être pas. Elle détourna la tête et esquissa un sourire dans le tunnel sombre pour qu'il ne le voie pas.

Quand Tyler est arrivé en bas, il s'est retourné et a levé les yeux vers l'échelle et l'anneau de lumière. Puis, lentement, il a fait le tour des parois tassées, avec des poteaux qui soutenaient le plafond. Il a remarqué la guirlande de lampes qui serpentait le long du plafond dans deux directions et disparaissait au détour d'un angle. — Ma femme est mineuse d'opales, dit-il lentement, puis il sembla se refermer, comme s'il ne pouvait pas en dire plus.

— Tu le savais. Elle lui prit la main. — Allez, Tyler Brand. Viens voir ma mine.

Il la retint d'un geste. — C'est terriblement sexy.

— Vraiment ? Elle secoua la tête, amusée.

— Tu réalises, bien sûr, que si je t'embrasse ici, personne ne peut nous voir ?

Elle rit. — Coquin.

Il s'approcha. — Alors ? Ça te dit ?

— Comment ça ? Qui aurait cru qu'il avait ça en lui ? Elle se pencha et l'embrassa rapidement. — Voilà. On y va.

— À mon tour.

Elle rit de nouveau, mais quand il se pencha, Tyler encadra son visage entre ses belles mains, frotta doucement son nez contre le sien et effleura ses lèvres des siennes, jusqu'à y mettre un peu de passion.

Ouah. Elle répondit, sans doute sous le choc, puis elle laissa tomber les pourquoi et les comment, se pencha davantage et glissa les mains dans ses cheveux jusqu'à ce qu'ils se perdent tous les deux dans un baiser dont elle avait oublié qu'ils étaient encore capables.

CHAPITRE
TRENTE-CINQ

Melinda

DE RETOUR VERS LIGHTNING Ridge, sur le siège passager de la petite voiture de Greta, Melinda se dit qu'elle avait peut-être vécu la plus belle journée de toute sa vie.

Après l'émerveillement de l'échographie et la confirmation bien réelle de la nouvelle vie qu'elle rencontrerait bientôt, Melinda était sur un petit nuage. Puis les sages-femmes du rendez-vous prénatal lui avaient remis un sac rempli de brochures et d'informations pour bébé. Elles avaient certes parlé du travail, de l'accouchement et de l'allaitement — autant de notions auxquelles elle n'avait pas voulu penser —, mais au moins, elle avait maintenant une idée générale pour l'avenir.

Après ça, elles étaient allées déjeuner dans un endroit appelé le Relaxing Café. Et c'était... relaxant et succulent, et tout un monde dont elle ignorait l'existence. Enfin, elle savait bien que des cafés et des expériences de ce genre existaient, mais pas pour elle, en tout cas. Il n'y avait eu qu'un seul problème — une petite prise de bec avec Greta quand Melinda avait demandé qu'on la laisse payer le déjeuner. Elle travaillait, elle avait de l'argent, avait-elle argumenté, et puisque Greta ne la laissait pas payer l'essence, pouvait-elle au moins régler le déjeuner ? Finalement, Greta avait accepté, mais ça avait failli faire pleurer Melinda.

Après ça, elles étaient allées au grand magasin. Et oh là là. Melinda n'était pas entrée dans un magasin aussi grand depuis avant la mort de Pop. Et encore, ça remontait à des années avant. Il y avait des portants et des portants de vêtements pour bébé, des berceaux et des draps, des poussettes et des surcouches imperméables, des couches et des serviettes de bain blanches et moelleuses avec capuche pour garder la tête du bébé au chaud. Et des vêtements pour femmes où Greta n'arrêtait pas de vouloir l'emmener, mais elle résistait. Melinda aurait pu rester dans le rayon bébé toute la journée.

Finalement, Greta promit de la ramener la semaine suivante quand elle devrait retourner à la clinique prénatale. Elles pourraient faire une liste pour les achats après la baby shower.

Maintenant, elles rentraient à la maison. Et elle se dit une fois de plus qu'elle avait eu une sacrée chance que Greta vienne avec elle aujourd'hui. Melinda jeta un coup d'œil à sa marraine la bonne fée.
— Je crois qu'il faut que j'achète une voiture et que je réapprenne à conduire, Greta.

Elles avaient pris la route en direction de Lightning Ridge.
— C'est une excellente idée. Tu voudras avoir un moyen de transport après l'arrivée de ton bébé, je pense. Greta inclina la tête avant de reporter son regard sur la route. — Tu as ton permis sur toi ?
— Oui. Le cœur de Melinda s'emballa. Elle l'avait dans son téléphone.
— Tu veux essayer maintenant, pour un petit moment ? On a deux heures de route devant nous.

Melinda regarda la campagne défiler et le long ruban de bitume noir derrière le pare-brise. Elle pouvait conduire la voiture sur la route droite, juste pour retrouver les sensations.

Comme si elle avait entendu ses pensées, Greta dit : — C'est une automatique. Et il n'y a quasiment personne sur la route. Ce n'est pas l'heure des camions ni des livreurs.

Les yeux de Melinda la picotèrent de nouveau. Ça lui était arrivé tant de fois aujourd'hui, devant la gentillesse de la femme en face d'elle. — Comment peux-tu être aussi attentionnée ? Tu ne me connais même pas si bien que ça.

— Ne dis pas de bêtises. Je te connais depuis des années. Toi et Toby alliez à l'école ensemble et il disait toujours que tu étais une fille attentionnée. J'en sais assez. Greta lui tapota l'épaule, mit son clignotant pour tourner et ralentit le véhicule. — Tu en es sûre ? Ne me laisse pas te pousser à faire quelque chose avec lequel tu ne te sens pas à l'aise. Tu transportes une cargaison précieuse dans ton ventre.

Melinda laissa échapper un petit rire tremblant. — J'adorais conduire. La voiture de Pop était une automatique. À l'intérieur, une part craintive de Melinda, qu'elle avait laissé suppurer et l'empoisonner depuis le braquage, se délita et s'éloigna.

— Si tu n'es pas trop inquiète pour ta voiture, j'adorerais conduire un peu. Pop disait que j'étais une bonne conductrice. Et peut-être que Toby l'aiderait à choisir une voiture d'occasion avant la naissance du bébé.

Elle se glissa derrière le volant ; Greta avait reculé le siège, et elle rentra le ventre, un sourire de pur ravissement aux lèvres. Elle serait responsable de la sécurité de son bébé sans défense. Conduire ferait partie de cela.

CHAPITRE TRENTE-SIX

Konrad

APRÈS L'INCENDIE, ET LE temps qu'ils soient de retour au centre médical OPAL, l'humeur badine et leurs projets de séduction s'étaient bel et bien évaporés. Konrad se demanda s'ils devaient quand même sortir dîner ou si, comme lui, Riley avait plutôt envie de lever le pied, de ne pas se rhabiller et d'éviter d'être sociable une nouvelle fois.

Ned du pub avait des brûlures au deuxième degré sur 10 % du corps, et ils l'avaient transféré au Centre de santé polyvalent dans la voiture de Konrad pour le stabiliser. L'ambulance était encore sur le trajet de retour de Moree avec un autre patient, alors ils avaient attendu une heure de plus avant de pouvoir le transférer. L'ambulance aérienne était déjà mobilisée ailleurs et ne pouvait pas répondre avant au moins quatre heures.

Ils avaient rappelé une infirmière en renfort, et à eux quatre, ils avaient posé des perfusions, administré des antalgiques et fait les pansements des plaies suintantes pour préparer Ned au transfert. Il était relativement à l'aise quand l'ambulance est arrivée pour le transporter, et ils l'avaient vu partir, satisfaits que leur patient soit stable.

Une fois encore, Konrad avait été impressionné par les gestes de premiers secours efficaces de Riley et par son calme. Cela faisait longtemps qu'il n'avait pas pu partager la responsabilité en situation médicale, et il n'avait pas réalisé à quel point un·e partenaire à la hauteur dans le cabinet lui avait manqué. Peut-être que sa sœur, Bella, pourrait demander à ses amies si elles seraient intéressées par un poste à Lightning Ridge. Il ne voyait pas Bella ici, mais elle devait bien connaître d'autres jeunes médecins.

Alors qu'ils tournaient pour se garer devant son appartement, la voiture de Greta s'arrêta. Il était plus tard qu'il ne le pensait, et il vit alors Melinda au volant. Ça le fit écarquiller les yeux.

Greta sortit côté passager, l'air ravie, fit le tour jusqu'au côté conducteur et ouvrit la portière pour Melinda. Il percevait à peine la voix de Greta. — Ton grand-père avait raison. Tu es une excellente conductrice.

Melinda se hissa hors de la voiture, un large sourire aux lèvres. Son jeune visage rayonnait de joie et il sentit sa propre bouche se courber.

À voix basse, à l'adresse de Riley, il dit — Je n'ai jamais vu Melinda paraître aussi heureuse. Quelle perle, Greta.

— Chapeau à Mel d'avoir osé prendre le volant.

Leurs regards se croisèrent et se retinrent, et l'étincelle de leur connexion d'un peu plus tôt passa entre eux. Il secoua la tête. — Bien joué, Greta.

— C'est une championne. Riley les observait, heureuse comme un parent fier d'un enfant doué.

— Hé, Melinda, Greta, cria-t-il. — Vous avez passé une bonne journée ?

Melinda leva le bras et fit signe. — La meilleure de toutes. J'ai fait les boutiques. Elle enlaça ensuite Greta, chose qu'il n'avait presque jamais vue faire à la jeune fille avec qui que ce soit, et elles se dirigèrent toutes les deux vers l'arrière de la voiture.

Il s'avança vers elles. Il parierait que le coffre était bien rempli. Il valait mieux aider ; elle était enceinte, après tout. Il secoua la tête devant tous les changements de sa vie. Au lieu de passer à côté des gens, il se mettait à s'intéresser à eux et à leurs vies. Il avait perdu l'habitude, mais on aurait dit qu'on le forçait à tisser des liens avec ses collègues de travail.

Il s'attendait à ce que Riley s'éclipse, mais elle resta à ses côtés tandis qu'il avançait vers les femmes. La voix pleine de chaleur, elle demanda — Alors, ton échographie, Mel, c'était comment ?

Le visage de la jeune femme se tourna vers eux et ses joues s'illuminèrent de joie. Il vit les traits de Riley se détendre encore, sa nature attentionnée transparaissant. Comment avait-il pu passer à côté jusque-là ? Il se doutait, bien sûr, qu'elle avait de l'empathie, vu son métier, mais il n'avait pas compris à quel point elle s'était attachée à Melinda en si peu de temps.

Un désagréable picotement de honte lui démangea sous le col : il travaillait avec Melinda depuis sept mois et n'avait pas vraiment essayé de créer du lien, à part s'assurer qu'elle était en sécurité. C'était différent pour les hommes, se rationalisa-t-il. Ce n'était pas sa faute.

Quand il revint à la conversation, Melinda était expansive. — On a vu les petits membres bouger. Et le visage. J'ai deux photos. Elle tapota son sac à main. — Les battements du cœur étaient si forts et réguliers, et le monsieur a dit que tout est parfait.

— On dirait que Mel a passé une journée incroyable avec toi, dit Riley à Greta.

— Toutes les deux. Le visage de l'aînée rayonnait d'allégresse. — Mel m'a demandé d'entrer avec elle pour l'échographie. C'était tellement émouvant.

— C'est merveilleux. Riley se tourna de nouveau vers Melinda. — Et la consultation prénatale ?

Elle hocha la tête. — Ils étaient adorables. Ils m'ont donné tous ces livres. Elle agita vaguement la main vers l'arrière de la voiture. — Je dois y retourner la semaine prochaine. Greta a dit qu'elle m'y conduirait. Melinda regarda Greta. — Si je trouve une voiture d'ici là, je pourrais y aller toute seule. Même s'ils ont dit que je ne devrais pas conduire pendant le travail.

La mâchoire de Konrad se décrocha, puis il la remit vite en place. — Vous allez acheter une voiture ?

— Si j'en trouve une. Greta a dit que Toby pourrait m'aider à dénicher une bonne affaire. Elle releva le menton. — J'ai mis de l'argent de côté. Ses yeux croisèrent les siens et la gratitude qu'il y lut le fit se tortiller. — Grâce à vous, j'ai pu économiser tout en ayant un logement.

Il haussa les épaules, mal à l'aise, et détourna le regard. Il soupçonna Riley de se moquer de lui, mais le seul indice était une lueur supplémentaire dans ses yeux.

Il se tortilla un peu plus. — De rien. Ça nous convenait à tous. Il se demanda si c'était le bon moment pour lui montrer la pièce couleur menthe, quatre portes plus loin, pendant que Greta était là. À un moment de son raisonnement, il envisagea de demander l'avis de Greta pour le mobilier et les rideaux. Il regarda Riley et aurait aimé pouvoir le lui demander à elle.

Elle haussa les sourcils et indiqua l'appartement d'un petit mouvement de tête, et il rit sans bruit. Bien sûr qu'elle comprenait. Sacrée femme. Elle comprenait trop bien. Et puis, pourquoi l'appelait-elle Mel ?

Il a relevé le menton, se préparant à davantage de remerciements, dont il savait qu'il ne pourrait pas se dérober, même s'il n'en avait aucune envie. — En fait, si tu n'es pas pressée de filer, Greta, peut-être que toi et Melinda aimeriez descendre voir ce qu'on a fait dans les logements cinq et six ?

Greta avait l'air intéressée. Elle devait le savoir à cause de la journée de travail de Toby, mais elle faisait semblant de ne pas être au courant. Melinda avait l'air déconcertée.

Il a haussé les épaules. — Je me suis dit qu'à la naissance du bébé, vous aimeriez peut-être emménager dans un logement fraîchement repeint. On ne les utilise pas, alors si on ouvre la porte entre deux des logements, vous pourriez avoir un espace plus grand et aménager une petite chambre pour le bébé. Sa voix s'est éteinte alors que la chaleur lui montait dans le cou.

Le visage de Melinda s'est plissé et, peu à peu, ses yeux se sont remplis de larmes.

Il a détourné les yeux rapidement et s'est mis à marcher. — Enfin, venez jeter un œil. Mince. Il s'est ravisé, une pensée lui traversant l'esprit. Pourquoi n'y avait-il pas pensé ? — Bien sûr, vous n'avez aucune obligation. Personne ne vous impose quoi que ce soit, vous

savez. Se sentirait-elle tenue de rester si elle avait envie de partir ? —
Évidemment, vous pouvez partir quand vous voulez.

Il parlait pour ne rien dire, mal à l'aise, en souhaitant savoir comment s'arrêter.

Riley lui a donné un léger coup d'épaule. — Tu verras, dit-elle à Melinda en l'interrompant.

Il s'est tu. Ouais. Il s'était déjà bien embourbé.

Ils ont tous défilé devant les quatre premiers logements et il a ouvert la porte du cinq, puis du six, avant de se reculer.

— Toby et moi… Il jeta un coup d'œil à Riley. — Et Riley, on a fait un peu de peinture ce matin. On s'est débarrassés des meubles en trop et je me suis dit que Greta pourrait peut-être vous aider avec quelques idées de rideaux, si vous voulez.

Melinda et Greta sont entrées et il a jeté un coup d'œil à Riley.

Elle se moquait de lui en riant. — T'es un grand sensible qui déteste qu'on le remercie.

La chaleur lui est montée dans le cou. — Et alors ?

Elle a éclaté de rire et s'est penchée pour lui tapoter l'épaule. — C'est mignon. Elle a haussé les sourcils et a ajouté : — Je ne l'aurais jamais deviné.

CHAPITRE
TRENTE-SEPT

Riley

IL L'A FAIT ÉCLATER de rire et Riley a savouré le léger rose de la peau à l'encolure ouverte de la chemise de Konrad — et d'autres aspects de ses muscles solides. Quelques poils bouclés dans ce V ne demandaient qu'à être inspectés, aussi.

Elle a ri doucement, encore, tandis qu'il se tortillait sérieusement sous la gratitude de Melinda jusqu'à ce que la fille disparaisse à l'intérieur. Même s'il paraissait ravi des petits couinements de plaisir et des murmures de Greta, tandis qu'elles ouvraient et refermaient les tiroirs et s'exclamaient devant la couleur de la peinture.

Oui, pensa-t-elle, il a fait du bon travail et rendu une jeune femme heureuse. Cet homme est quelqu'un de bien. Pourquoi elle se sentait toute chose, mystère. Elle connaissait à peine ces personnes. La journée avait été étrange, entre la peinture des plinthes, le drame de l'incendie et, maintenant, toute l'excitation autour de Melinda. Et elle avait à peine pensé au rapprochement intéressant de ses parents. Elle devrait appeler sa mère à un moment donné.

Là tout de suite, elle n'avait envie que de s'asseoir quelque part au calme et de décompresser. Juste fermer les yeux et se détendre. Étrangement, elle serait heureuse de se poser avec Konrad. Peut-être parler de la journée et des gens qui en avaient fait partie. Des gens qui, de façon inhabituelle, l'intéressaient et qu'elle avait envie de voir heureux. Comment diable en était-elle arrivée là ?

C'était curieux à quel point elle sentait qu'elle pouvait se détendre avec lui. Plus tôt dans la journée, il n'avait été question que de savoir qui sauterait sur l'autre, mais pas en cet instant. Avec ce gars, plus elle notait de facettes, plus elle l'aimait. Quel fichu dommage qu'il n'habite pas à Sydney.

Melinda réapparut à la porte et s'avança vers Konrad, inclina la tête et passa le revers de sa main sur ses yeux. Puis elle lui fit une étreinte rapide, gênée, un peu malhabile avec son gros ventre. — Merci. C'est magnifique. J'adorerais emménager quand ce sera fini. Greta a dit qu'elle avait exactement le tissu pour les rideaux. Elle parut songeuse, le front plissé. — Je devrais te payer deux fois plus de loyer, quand même.

— Non. Tu ne paieras pas davantage.

Gentil mais pas diplomate, pensa Riley avec amusement, en voyant la mâchoire de Melinda se crisper, têtue. Riley pensa aux conséquences financières et se demanda si ça n'exploserait pas trop le budget de Melinda. Surtout si elle achetait une voiture.

— Si, insista-t-elle.

Greta rit. — Elle ne m'a pas laissé payer le déjeuner non plus.

Konrad secoua la tête. — Personne n'habite ici. Il nous reste encore un logement de libre. Tant qu'on n'a pas besoin de plus de logements, il serait resté vide, de toute façon.

Ça se tenait, admit Riley, mais elle soupçonnait que Melinda n'était pas contente.

— Alors, la moitié en plus, persista-t-elle. — Tant que je peux garder mon boulot quand le bébé naîtra.

Il fit un geste vague en direction du cabinet. — Oui, tu as ton boulot avant et après. Amène le bébé avec toi.

Oh, cet homme est tellement gentil, pensa Riley.

Mais Konrad n'avait pas fini. — Et non, tu ne paieras pas plus. Mais tu peux n'occuper qu'un seul logement si tu veux.

Donc, pensa Riley en observant l'affrontement, Dr Grey peut être têtu, lui aussi. Elle le vit lever les sourcils et hausser les épaules avec innocence.

Enfin, les yeux plissés, Melinda dit : — Je trouverai une solution.

Elle le ferait. Cette nouvelle Melinda s'était catapultée hors de son cocon protégé après une seule journée passée en compagnie de Greta. Qui l'aurait cru ?

Quand tous les achats de la journée avaient été transférés du coffre de la voiture de Greta à l'ancien logement de Melinda et que Greta était repartie, Riley et Konrad, eux, restaient plantés à regarder les feux arrière qui s'éloignaient.

Konrad leva ce fameux sourcil. — Il veut dire quoi, ce sourcil ? Comme si elle ne le savait pas. — C'est trop classe. Elle avait toujours rêvé de savoir faire ça. Elle se moqua d'elle-même de sa lubie.

— Alors, où en étions-nous ? dit-il, l'expression malicieuse.

Elle secoua la tête. — Pas là.

— On a eu deux heures bien chargées. Ça te dit un thé ? dit-il.

— Bientôt. Quoique j'aie peut-être besoin d'un Aspro et d'une bonne sieste, dit-elle, l'expression vieillotte surgissant de on ne sait où. Peut-être de sa grand-mère paternelle ? Konrad était probablement trop jeune pour la comprendre, mais il rit.

— Ça fait des années que je n'ai pas entendu ça. Je me dis que toute notre brûlante impatience sexuelle est en veilleuse et qu'on a besoin de reprendre notre souffle.

C'était agréable qu'il comprenne ça. — Je file sous la douche. Je pue la fumée.

Elle vit ses yeux s'assombrir et, même s'il ne le dit pas, elle entendit presque la suggestion d'utiliser sa salle de bains avec son aide.

— Toute seule, dit-elle en riant. — On se retrouve dans la salle commune dans une demi-heure. Je dois me sécher les cheveux.

— C'est encore samedi soir.

— En effet, la soirée est encore jeune.

Son téléphone sonna, numéro privé, souvent affiché quand les hôpitaux appelaient, alors elle répondit. — Dr Riley Brand.

— Ici Dr Lee. Je suis le radiologue rapporteur de Hunter New England Health. J'ai les résultats de l'échographie morphologique de Melinda Lowenthal faite aujourd'hui à Moree.

Waouh, elle ne s'attendait pas à recevoir les résultats officiels avant lundi. La sonographe avait déjà téléphoné pour dire que tout allait bien. Pour un week-end, c'était un service sacrément rapide. À moins que...

— Allez-y. Elle avait raté son nom pendant que son esprit faisait le lien. Riley jeta un coup d'œil derrière elle — est-ce que Konrad était parti ? — mais il était toujours là, en train de la regarder. Elle écarquilla les yeux vers lui en guise de question, et il haussa les sourcils. — Je suis désolée, quel était déjà votre nom ?

Quand elle le répéta à voix haute, Konrad acquiesça d'un signe qu'il connaissait l'homme. — Allez-y.

— Je vous ai envoyé les résultats officiels par e-mail. Il s'agit d'un appel de courtoisie, car je crois comprendre que la patiente en est déjà à trente-cinq semaines de grossesse.

— Oui. Riley n'aimait pas ce qu'elle entendait. Elle en avait reçu trop, des appels comme celui-là.

— Au premier examen, rien n'apparaissait anormal, dit Dr Lee en marquant une pause. — Après un examen plus poussé, nous souhaiterions revenir sur ce résultat. Il semble y avoir un petit orifice abdominal et une ombre gazeuse sur l'abdomen fœtal, évocatrices d'anses intestinales externes enroulées, de type laparoschisis ou omphalocèle. La patiente nécessite une échographie complémentaire, dans un centre de niveau supérieur si possible, et probablement une orientation vers un chirurgien néonatal. Un matériel plus avancé permettrait de trancher.

— Je vois. Trop clairement, et douloureusement. Pauvre bébé. Pauvre Melinda. Elle a soufflé, contrariée. Elle détestait l'idée du stress à venir pour la jeune maman. Et peut-être pour beaucoup de femmes de la ville qui soutenaient Melinda.

Il a poursuivi. — Si vous pouviez aborder cela avec votre patiente et organiser d'autres examens la semaine prochaine, le centre de diagnostic de Moree la reverra. Ou, mieux encore, Sydney ou Newcastle pour un service de niveau 5 ou 6, si vous pouvez l'organiser.

— Je vois. Je lirai les rapports dès que je raccroche. Merci. L'appel s'est terminé.

— Un problème ? Ce qui lui a rappelé qu'elle n'était pas seule pour gérer ça. Une infime part de sa détresse s'est apaisée quand elle a croisé le regard inquiet de Konrad.

D'une voix basse, elle a dit — L'échographie de Melinda. Possiblement laparoschisis ou omphalocèle. Je prends une douche et je te retrouve dans une demi-heure.

Il a fait une grimace et a hoché la tête, et elle a déverrouillé son appartement.

Eh bien, ça craint. Elle pensait à la Melinda joyeuse et pétillante d'il y a cinq minutes, et à quel point cela allait changer les prochaines semaines, voire des mois, des années de la vie de la jeune maman. Avec un peu de chance, le problème de santé serait un souci mécanique isolé, réparable chirurgicalement — vite — à la naissance ou quelques jours plus tard. C'était le meilleur scénario. Alors Melinda et son bébé pourraient rentrer dès que le bébé serait rétabli. Croisons les doigts.

Mais, au fond de son esprit, il y avait les autres problèmes qui pouvaient parfois accompagner l'orifice déjà vu dans la paroi abdominale. Avec un peu de chance, il s'agirait d'un laparoschisis isolé et non d'un élément d'un syndrome chromosomique.

Pour l'instant, elle allait prendre une douche, lire le rapport envoyé par mail et en discuter avec Konrad. Ensuite, elle devrait annoncer la nouvelle à Melinda.

Quand elle est entrée, en pantalon de lin tout frais et haut sans manches couleur crème, dans la salle commune, Konrad avait préparé une énorme théière d'Earl Grey et sorti de quelque part des biscuits au chocolat. En cas de doute : du réconfort à grignoter. Elle appréciait ça. Beaucoup.

— Ça va mieux ? Son regard la parcourut des pieds à la tête et laissa entendre qu'extérieurement, elle avait fière allure. Étonnamment — ou pas — ça lui a remonté le moral.

— Est-ce que je sens bon, maintenant ?

Ses yeux se sont plissés. — Je n'avais rien à redire. Ce n'est pas parce qu'ils ne se lançaient pas dans le sujet qu'ils avaient en tête qu'ils ne pensaient pas à Melinda. Elle le savait avec une certitude qui l'étonnait.

— Oui, je me sens mieux, merci. Elle a désigné la table d'un mouvement de tête. — Merci pour le thé, et le chocolat. J'imagine que c'est à partager ?

Il a hoché la tête. — Du réconfort. Il lui a servi une tasse et n'a offert ni lait ni sucre ; il avait donc remarqué qu'elle le prenait noir, sans sucre et pas trop corsé. Il garda la sienne entre les mains. — Alors, Melinda doit y retourner pour des examens complémentaires ?

Elle a hoché la tête. — Ça va lui gâcher la fête.

Il a laissé échapper un souffle inquiet. — Combien encore devra-t-elle encaisser ? Et toute seule. Il s'est passé la main dans les cheveux, faisant se dresser les pointes encore humides. Elle eut envie de les aplatir, mais aujourd'hui on ne boudait pas une occasion de sourire. Le reste n'avait rien de drôle.

— Elle n'est pas seule. Elle nous a, Greta et ses amies. Elle a bu — le thé était chaud et parfait — et a senti ses épaules s'abaisser un peu plus. — Ce n'est pas une gamine. Elle l'a montré aujourd'hui, et je pense qu'elle va encaisser sans broncher et avancer. Je pense que ta Mel va être une petite mère redoutable.

— Pourquoi tu l'appelles Mel ?

— Elle a dit qu'elle préférait Mel. Tu ne le savais pas ?

— Tu le lui as demandé ? À voir son expression, non.

— Oui.

Konrad a baissé les yeux vers sa tasse. — Je suis juste content qu'elle ait eu un peu d'excitation et de joie avant que tout s'écroule, dit-il.

— Je soupçonne qu'elle ira bien. Toi, je ne sais pas. Je ne t'aurais jamais imaginé si tendre.

— Pas tendre. Il a relevé brusquement la tête, vexé. — Réaction normale, concernée, d'adulte typique.

— Vraiment ? De la part de l'homme qui rougit et se ratatine dès qu'on lui témoigne de la gratitude ?

Elle l'a regardé bouger sur sa chaise et a secoué la tête. — Merci pour le sourire, Docteur Grey.

— Tais-toi, grommela-t-il, et elle a souri de nouveau.

— Bref, de là où je suis, c'est vraiment agréable de pouvoir t'en parler. Tu as lu le rapport ? Elle le lui avait transféré dès qu'elle avait terminé sa lecture, avant la douche.

— Oui, merci de me l'avoir envoyé.

— Techniquement, Melinda est ta patiente, pas la mienne. Je partirai dans trois semaines.

Les mots sont restés en suspens entre eux, étrangement, et, bizarrement, elle n'avait plus aussi hâte de quitter la ville qu'elle l'aurait cru. Mais c'était un sujet à décortiquer plus tard.

Retour aux détails. — Pour l'instant, ça ressemble à un petit défaut. Mais on ne sait jamais quelle portion d'intestin peut s'engager dans la hernie avant la naissance. Ni à quel point il sera difficile de le réduire et de refermer l'orifice qui le laisse s'échapper.

Il la regarda du coin de l'œil. — Je n'ai aucune expérience là-dedans. Où recommandes-tu qu'elle accouche ?

— À moins que Melinda ait de la famille à Brisbane ou à Newcastle, je pencherais pour le Children's Hospital de Sydney. Je vérifierai d'abord avec elle, puis je contacterai un ami à moi qui consulte pour l'unité de chirurgie là-bas.

— Donc, encore une fois, on a de la chance que tu sois venue à la Ridge, au final.

À présent, c'était à elle de ne pas vouloir de remerciements. Ça la mettait un peu mal à l'aise. — Tu t'en serais débrouillé. Quelqu'un aurait su vers qui t'orienter. Je suis contente qu'on ait le temps de tout régler.

CHAPITRE TRENTE-HUIT

Melinda

MELINDA ÉTAIT ASSISE DANS son petit appartement, tenant deux photos en noir et blanc de son bébé. Il ou elle serait là bientôt. Son enfant. Elle allait être maman. Sans sa propre mère comme modèle, comment, bon sang, était-elle censée savoir quoi faire ? Mais des gens l'aidaient avec générosité. Elle savait qu'elle était bénie.

— On va y arriver, mon bébé. Elle glissa soigneusement les clichés d'échographie dans deux coins d'un cadre photo, en attendant de décider comment elle allait les fixer. — Ta maman va acheter une voiture. Le Dr Konrad a repeint pour nous notre nouvel appartement. Quand tu arriveras, nous retournerons travailler dès que possible et nous recommencerons à économiser. Parce qu'un jour, nous aurons notre propre maison ici.

Douche prise et vêtue d'une robe de grossesse en coton léger que Greta avait achetée en secret au grand magasin et lui avait donnée pendant qu'elles déchargeaient le coffre, Melinda se servit un verre de lait bien froid. Elle s'assit, stylo et papier en main, et tenta de calculer quelle part de ses économies elle pouvait consacrer à une voiture tout en gardant un petit matelas de sécurité.

Son regard dériva vers l'endroit où tous les sacs de courses étaient alignés le long du mur. Elle avait dépensé de l'argent, mais raisonnablement, pour des choses formidables et indispensables. Des affaires de bébé. Inutile de ranger quoi que ce soit si elle allait déménager bientôt. Elle pensa au joli appartement couleur menthe poivrée, trois portes plus loin, et son cœur se gonfla de joie.

C'était une journée tellement exaltante. Tant de coups de chance inattendus s'étaient produits. Elle caressa doucement son ventre.

— C'est toi qui m'as apporté toutes ces bonnes choses, mon bébé. Maman t'aime très, très fort.

On frappa à sa porte. Personne, à part le Dr Konrad, ne frappait à sa porte. Jamais. Elle fronça les sourcils.

En traversant la pièce, elle remarqua qu'à présent elle se dandinait vraiment comme un canard en marchant, et sa moue disparut, remplacée par un petit rire hoqueté. Quand elle ouvrit, le Dr Brand se tenait là.

— Oh. Bonjour, Docteure Brand. Elle remarqua l'expression bienveillante mais prudente sur le visage de la docteure, et une peur aiguë la transperça. — Est-ce que quelque chose ne va pas ? parvint-elle à demander.

— Mel. Vous pouvez m'appeler Riley, au moins quand nous ne sommes pas au travail, s'il vous plaît. Toby le fait maintenant et vous devriez en faire autant.

Melinda acquiesça. — Voulez-vous entrer ?

— Je ne vais pas entrer, merci. J'espérais que, si vous n'étiez pas occupée, vous viendriez jusqu'à la salle commune. Konrad est là. Nous vous proposons une tasse de thé pour que nous puissions discuter de votre grossesse. J'ai de nouveaux résultats.

— Oh ? Le cœur de Melinda fit une embardée. Mais puis Riley — il lui faudrait un peu de temps pour s'y habituer — sourit, et une partie de l'appréhension de Melinda s'apaisa. Peut-être que tout allait bien ? — Oh. D'accord. Elle jeta un coup d'œil dans la pièce. Elle n'avait besoin de rien et tira la porte derrière elle, avant de suivre Riley dans la pièce d'à côté.

Konrad se leva de table quand elle entra et désigna une énorme théière qu'elle n'avait jamais vue auparavant sur la table. Ses lèvres se courbèrent aussi, mais ses yeux paraissaient tendus. L'angoisse revint.

— Voulez-vous une tasse de thé ? Sa voix sonnait bienveillante. Trop bienveillante.

Elle vit deux tasses à moitié pleines et une pour elle. Un malaise se glissa le long de ses épaules. De mauvaises nouvelles allaient-elles tomber ? Avaient-ils été assis là à parler d'elle avant d'aller la chercher ? Juste au moment où tout semblait enfin s'arranger. Non. Elle devait arrêter de supposer et écouter. Elle redressa le menton.

— Oui. Merci. Elle s'assit, ce qui n'était pas facile car son ventre semblait pousser si vite maintenant qu'elle ne pouvait plus se rapprocher de la table.

Konrad lui poussa le lait et le sucre, et Riley s'assit aussi. Puis Konrad reprit sa place. Le silence tomba. Melinda leva le menton. — Avez-vous quelque chose à me dire ?

Riley acquiesça, comme si Melinda avait fait preuve d'une grande perspicacité alors qu'elle n'avait fait que poser la question. — Oui, Mel, et j'ai une grande confiance en votre bon sens. C'est à propos de votre échographie. J'ai reçu un appel du chef radiologue du service de santé.

Melinda l'interrompit, comme si elle pouvait empêcher quelque chose qu'elle ne voulait pas entendre. — L'échographiste a dit que tout allait bien à Moree.

— Je sais. Il m'a appelée aussi et m'a dit la même chose. Il pensait que c'était le cas, mais chaque échographie et chaque radiographie est vérifiée par un radiologue spécialiste, en second contrôle, pour s'assurer que rien n'a été manqué. Elle laissa ses mots retomber.

Melinda était tout sauf apaisée. L'alarme vibra le long de ses nerfs et dans sa gorge. Sa main descendit et elle vint soutenir, en coupe, la protubérance de son ventre, comme pour mettre son estomac à l'abri de toute mauvaise nouvelle.

Riley dit : — Ils ont détecté un petit orifice dans la paroi abdominale de votre bébé qui ne s'est pas refermé comme il aurait dû pendant la croissance du bébé. La peau du ventre, près de l'ombilic, présente une ouverture.

— Comme une hernie ? Melinda acquiesça, la bouche sèche, se sentant raide, anguleuse et desséchée comme l'un de ces tas de déblais blancs à l'extérieur d'une mine. Son cœur battait à ses oreilles, ses doigts se crispant sur son ventre. Konrad approcha sa tasse de thé et elle la prit d'une main pour en siroter une gorgée. Ce n'était pas trop chaud et elle en prit une deuxième pour se calmer. Riley attendit qu'elle repose la tasse.

— En quelque sorte. Une hernie est recouverte de peau, alors qu'ici, c'est un trou. Une partie de l'intestin de votre bébé est sortie par cet orifice. On appelle cela un laparoschisis ou une omphalocèle, selon que l'intestin est recouvert par une membrane ou non.

— Mais mon bébé ira bien ?

— Votre bébé va bien pour l'instant. Pour l'issue la plus sûre, il faut que votre bébé naisse dans un hôpital tertiaire où l'on pourra faire l'opération pour refermer le trou dès que possible. C'est une bonne chose qu'ils l'aient repéré maintenant et non à la naissance, parce que c'est plus sûr pour le bébé si tout le monde est préparé. Elle s'interrompit, mais Melinda lui fit signe de continuer. — Je voudrais que vous ayez une consultation et des examens complémentaires à Sydney. Toutefois, si vous préférez, vous pourriez aller à Brisbane ou à Newcastle ?

— Sydney, c'est très bien. Peu importait où. Son bébé n'allait pas mourir. — Est-ce une opération dangereuse ? Elle n'arrivait pas à imaginer qu'un minuscule nouveau-né — son minuscule bébé — soit opéré. Sa gorge se serra.

— L'intervention en elle-même n'est généralement pas dangereuse.

Pas en général — quelle réponse était-ce ? Les yeux de Melinda se plissèrent et Riley dut le remarquer, car elle leva la main et se lança dans une explication.

— Le chirurgien remettra délicatement l'intestin à l'intérieur du ventre du bébé, puis refermera l'orifice par des points. Le temps que cela prend dépend de la quantité d'intestin qui est sortie. Parfois, il faut plus d'une opération, mais le plus souvent non. Tout peut être réglé en quelques jours. Si toi et ton bébé n'avez pas de chance, ça peut prendre des semaines, voire des mois. La semaine prochaine, tu passeras des examens avec des échographies plus puissantes et le chirurgien pourra t'en dire davantage.

Elle ne comprenait pas. — Pourquoi l'homme ne l'a-t-il pas vu aujourd'hui ?

— Ce n'est pas facile à voir à l'échographie et ça peut passer inaperçu, dit le Dr Konrad.

Elle dit : — Et après l'opération ? — Est-ce que mon bébé ira bien ?

— L'opération devrait être simple, mais je ne peux pas vous donner cette réponse parce que je ne sais pas.

Melinda acquiesça. Elle apprécia cette honnêteté.

Riley dit : — Parfois, un problème comme celui-ci peut être associé à d'autres soucis. Quand tu auras davantage de résultats du laboratoire d'analyses, on pourra en écarter certains. Pour l'instant, on sait que ton bébé bouge bien et est actif. L'examen d'aujourd'hui l'a montré. Il ou elle est en sécurité dans ton ventre et le rythme cardiaque était bon.

Melinda se repassa ces informations. Oui, elle avait entendu les battements et les mouvements de son bébé étaient bien là. — Donc, ce que tu es en train de dire, c'est que je dois aller à Sydney pour passer les examens, revenir pour une semaine ou deux, puis retourner à Sydney pour l'accouchement. Mais une semaine ou deux après la naissance, avec un peu de chance, on pourra simplement rentrer à la maison et reprendre une vie normale.

— Oui, dit Riley. — C'est ce que j'espère. Dans le meilleur des cas.

Oh. — Il y a d'autres possibilités, alors ? Melinda savait que sa voix sonnait l'horreur. — Et quel est le pire des scénarios ?

— Je dois remettre cette réponse à plus tard, jusqu'à ce qu'on sache vraiment ce qui se passe. Tu veux que je t'organise le transport et l'hébergement à l'hôpital de Sydney en début de semaine prochaine ? Le foyer est gratuit pour les patients des régions reculées.

— Tu ferais ça ? Alors, oui. Merci. Elle n'y avait même pas pensé. Il lui faudrait rester en ville. Elle n'était jamais allée en ville. Elle serait seule, comprit-elle, et la panique lui papillonna dans la gorge, se propagea à son ventre et son bébé donna un coup. Tout au fond d'elle, Melinda trembla à l'idée des dangers possibles pour son bébé et de son manque d'expérience hors de sa ville natale. Mais elle s'en sortirait, parce qu'elle n'avait pas le choix.

Elle inspira pour se calmer. Non, elle n'était pas seule. Elle aurait son bébé et ils feraient ça ensemble. Son bébé bougea et donna de nouveau un coup, comme pour dire que oui, tous les deux formaient une équipe.

CHAPITRE
TRENTE-NEUF

Riley

RILEY OBSERVA LES ÉMOTIONS défiler sur le visage de Melinda et savoura la détermination de la jeune maman à traverser cette crise pour son bébé. — À Sydney, tu passeras des examens et tu verras le chirurgien pédiatre pour discuter des résultats. S'il y a un problème, ils organiseront aussi une visite en réanimation néonatale pour te montrer où ton bébé sera admis après la naissance.

— Est-ce que je peux rester avec mon bébé ? Clair comme de l'eau de roche, Mel ne voulait pas que son bébé soit seul. Un amour. Elle serait une merveilleuse maman.

Riley dit, — Tu peux rester assise près de ton bébé aussi longtemps que tu veux en réanimation néonatale. Ton hébergement sera à quelques minutes à pied de là.

Riley se doutait de l'endroit où Mel passerait la plupart de son temps. Ce ne serait pas allongée sur un lit dans une chambre isolée.

— Merci. Mel pinça les lèvres. — Est-ce que je serai rentrée à temps pour la baby shower samedi prochain ?

— J'en ai entendu parler. Riley avait oublié. Pas Mel. Mais avoir quelque chose à attendre, c'était bien. — J'en saurai plus lundi matin, mais je devrais pouvoir organiser le départ pour mardi, les examens et les résultats mercredi et jeudi, et tu devrais pouvoir rentrer à la maison vendredi.

— Je serai à Sydney trois nuits, plus les trajets. Melinda regarda Konrad. — Je vais te faire faux bond à l'accueil.

Il secoua la tête. — On trouvera une solution. Toi et ton bébé êtes bien plus importants que le travail.

Riley lui jeta un coup d'œil. Sa mâchoire carrée s'était tendue, mais ses yeux n'exprimaient que l'inquiétude et la bienveillance.

— Merci à vous deux. Mel jeta un regard à la porte. — Je crois que je vais retourner dans ma chambre pour réfléchir à tout ça. Et je vais peut-être appeler Greta.

Elle et Konrad se levèrent quand Mel se leva. — Ça me paraît une idée très sensée, répondit Riley. — N'oublie pas, tu n'es pas seule, Mel. On est tous là pour toi.

La jeune femme baissa la tête. Konrad lui ouvrit la porte et Melinda sortit la tête haute, le menton levé. Riley avait envie d'applaudir. Ou de pleurer. Ou de serrer Konrad dans ses bras.

La porte se referma et, très peu après, une autre porte claqua au loin. Konrad dit : — Vous avez géré ça mieux que je ne l'aurais fait.

Ça s'était bien passé, mais c'était presque entièrement grâce à la force de Melinda. Riley ferma les yeux. — J'ai plus l'habitude des résultats inattendus.

Quand elle les rouvrit, son regard se posa, interrogateur, sur son visage, et ces satanées petites ridules si séduisantes étaient revenues au coin de ses yeux. Ses deux iris d'un bleu profond s'assombrirent encore lorsqu'il dit : — Puis-je vous dire à quel point je vous admire ? Vous êtes une femme impressionnante, Dr Brand. Puis, plus douce-ment : — À bien des égards.

Son regard se mêla au sien et, sûrement, quelqu'un avait monté le chauffage dans la pièce. Elle résista à l'envie de jeter un coup d'œil au réglage de la clim. Elle humidifia ses lèvres et sentit son regard se déplacer. — Vous n'êtes pas en train d'essayer de m'enjôler, n'est-ce pas, Dr Grey ? Parce que ça marchait, et elle ne put s'empêcher d'incliner imperceptiblement son corps vers lui.

Ses yeux s'agrandirent et ces lèvres mutines se courbèrent. — L'idée m'a traversé l'esprit. Et je ne mens pas. Vous susurrer de belles paroles me paraît une idée formidable après les coups du sort qu'on a encaissés aujourd'hui. Il s'approcha. Tendant une grande et belle main, il accrocha ses doigts aux siens. Elle savait qu'elle pouvait se dégager, mais elle ne le fit pas — elle n'en avait aucune envie. Étrange, ça. Elle n'avait aucune envie de partir, tout simplement.

Lentement, il l'attira plus près, jusqu'à ce qu'ils soient poitrine contre poitrine. Son parfum masculin, sensuel, en volutes subtiles autour d'elle. Ses pectoraux musclés contre sa douceur. — Il fait chaud ici, non ? demanda-t-il d'un air innocent, et son doigt glissa le long de sa joue tiède.

Riley inclina la tête et plongea ses yeux dans les siens. — Vous devriez peut-être m'embrasser, pour le découvrir ?

Sa bouche plana soudain, délicieusement, tentante, tout près de la sienne. — Je vous ai montré la porte communicante entre ici et ma chambre ? Il le dit doucement, plus comme une promesse que comme une question, et elle se hissa jusqu'à ce que ses lèvres effleurent les siennes.

— Maintenant, c'est le bon moment.

CHAPITRE QUARANTE

Adelaide

ADELAIDE S'ÉVEILLA AU LÉGER rose de l'aube qui peignait le pla-fond sombre. Elle remua le dos, un peu raidi par la dureté du sol sous elle, et tourna la tête sur son oreiller. Elle et Tyler avaient tous les deux fini par terre, et elle avait passé la nuit blottie contre lui, comblée et doucement ravie qu'il soit resté.

Ses lèvres se courbèrent. La veille, il avait chuchoté dans le noir — J'arrive pas à croire que tu sois devenue mineuse d'opale. Elle avait répondu — Si tu es sage, je te laisserai jouer.

Oh, ils avaient joué, et pas qu'un peu.

Mais c'était agréable de le voir captivé, pour l'instant, par l'idée de la mine. Riley avait été impressionnée aussi, la première fois où elle était venue.

Allongée là, elle repensa à l'absence de leur fille la veille au soir. Elle s'était à moitié attendue à ce qu'elle vienne dîner ou qu'au moins elle téléphone pour organiser quelque chose pour aujourd'hui, mais elle n'avait pas eu de nouvelles. Sans doute leur laissait-elle du temps et de l'intimité. Elle l'appellerait après le petit-déjeuner pour voir si elle voulait passer aujourd'hui, ou peut-être qu'elle et Tyler pourraient aller en ville.

— Tu es réveillée ? Le souffle de Tyler chatouilla son épaule tandis que ses doigts se posaient sur sa hanche et qu'il la ramena contre lui.

Elle se pelotonna, le taquinant. Elle ne pensait pas que cette intimité lui avait manqué, mais lorsque le désir lui chauffa le ventre, elle se rappela combien c'était amusant d'être au lit avec Tyler.

Riley n'avait toujours pas appelé lorsqu'ils eurent terminé le petit-déjeuner, alors Adelaide appuya sur la numérotation rapide de sa fille. Quand le téléphone décrocha et que Riley parla, elle semblait encore ensommeillée, la voix étouffée. Adelaide pencha la tête. Était-elle malade ? Elle faisait rarement la grasse matinée.

— Allô, ma chérie. Je me demandais si tu venais aujourd'hui voir ton père et moi pour le brunch du dimanche ?

— Oh, oui, bien sûr. La voix de Riley sonna plus éveillée, puis elle s'adressa à quelqu'un en arrière-plan et les sourcils d'Adelaide se haussèrent en même temps que le coin de sa bouche.

— Je viendrai pour déjeuner, si ça vous va. Une pause. — Konrad viendra peut-être, lâcha-t-elle avec une nonchalance feinte qui ne trompa pas sa mère.

Lui aussi, il avait la voix ensommeillée ? Délicieux. — Ça semble parfait, dit Adelaide en veillant à ne mettre aucune inflexion dans sa voix pendant que son esprit s'emballait. — Tu as fait une belle sortie ce matin ? demanda-t-elle, espiègle.

— Je n'ai pas couru ce matin.

— Ah. Le dimanche, tout le monde a droit à une grasse matinée. On se voit tout à l'heure, alors. N'apporte rien. Ton père a débarqué avec le coffre plein de victuailles. Ce qu'elle ne savait pas comment garder au frais, puisqu'elle n'avait pas de place dans son frigo hors réseau.

Elle raccrocha, mais le petit ricanement qui lui échappa attira l'attention de son mari. — C'est quoi, ce sourire diabolique ?

— Je n'ai pas un sourire diabolique. Et rien du tout. Riley vient déjeuner et elle amène Konrad Grey, le généraliste du coin pour qui elle travaille.

Tyler s'interrompit dans son essuyage en tenant une assiette. — Elle le voit en dehors du travail ?

— Il n'y a pas grand-chose d'autre à faire par ici, dit Adelaide, puis elle aurait aussitôt voulu ravaler ses paroles. — Enfin, pas pour une jeune femme comme Riley. Ou pour un mari citadin. Elle, en revanche, avait de quoi faire. Comme vider toute la vieille vaisselle et recharger les étagères avec son service préféré de la maison. Elle avait hâte.

Tyler termina de sécher la vieille vaisselle et ramassa la couverture qui avait fini sur une chaise. Il n'avait jamais été d'une grande aide à la maison, mais peut-être que vivre seul avait élargi ses compétences. Elle aimait cette idée et se demanda comment elle n'y avait pas pensé plus tôt. Elle s'était figuré qu'il aurait engagé une femme de ménage quand elle n'était pas revenue.

Il avait déjà remonté leur lit, qui n'était plus à même le sol, pendant qu'elle était sous la douche. Et, de manière éloquente, aucun d'eux n'avait évoqué l'endroit où il dormirait ce soir.

— Qu'est-ce que tu fais le dimanche, ici ?

— Normalement, la même chose que du lundi au vendredi — nettoyer les outils et polir la pierre. Bricoler, creuser, glaner.

— C'est quoi, le glanage ? Il feignit la jalousie. — Pas du câlinage, j'espère ? Il venait carrément de faire une blague, ce trait attendrissant qu'il semblait avoir perdu avec les années. Au début, il la faisait rire tous les jours.

Elle rit. — Le glanage, c'est de la prospection : trier à la recherche de petits morceaux d'opale dans la roche que je remonte de la mine. Les mineurs qui possédaient cet endroit avant visaient des opales extra, pas les fragments qui jonchent partout. Moi, je trouve de très jolies pièces, même si elles sont petites. C'est grisant quand quelque chose brille sous tes doigts. Ou quand un morceau de pierre crayeuse s'ouvre et révèle des couleurs qui promettent davantage. Parfois, ça laisse même entrevoir quelque chose de spectaculaire.

Il la regardait avec tendresse, comme si son visage lui avait manqué. Comme si elle lui avait manqué. — Je vois bien, oui. Il jeta un coup d'œil autour de lui. — Je sais que tu n'as pas de télé, mais tu as une radio ?

— Non. La réponse était venue plus vite qu'elle ne l'aurait cru, mais elle n'aurait pas dû être surprise. Il était accro aux infos.

Il fronça les sourcils. — Comment tu te tiens au courant de l'actualité ?

— En fin de semaine, on a notre soirée entre filles. Les filles du vendredi soir. S'il y a quelque chose d'intéressant, ça sort dans la conversation. Sinon, dit-elle en haussant les épaules, je ne m'en soucie pas.

Les yeux de Tyler faillirent loucher d'horreur et elle éclata de rire. Toujours visiblement consterné, il jeta un regard vers son téléphone posé sur la table. Puis il cligna des yeux, comme en se rappelant qu'il avait prévu cette éventualité. — Tu as Internet. Un fort soulagement transparaissait dans ses mots.

— Ça va et ça vient, mais assez pour que tu t'aperçoives si on part en guerre. Elle secoua la tête en le regardant. — Tu veux une autre tasse de café ?

Riley et Konrad arrivèrent à midi, et Adelaide réalisa que son mari était ici depuis vingt-quatre heures sans télévision. C'était long, sans média visuel, pour lui. Pas un mot plus haut que l'autre entre eux. Elle espérait que ça continuerait. Elle eut envie de lever discrètement le poing en signe de victoire.

Ils sortirent à la rencontre de leur fille et de son accompagnateur. Avec un peu de chance, Josh avait été remplacé. Beaucoup d'indices laissaient penser que Riley ne poursuivrait pas cette relation si elle s'était sentie aussi facilement attirée ailleurs. Sa fille n'avait jamais été du genre à jouer sur deux tableaux et elle devait avoir le cœur libre pour être avec Konrad. Même à court terme — ce qui était tout ce que ça pouvait être pour l'instant — c'était une excellente nouvelle.

C'était un si beau jeune homme ; elle ne pouvait pas en vouloir à sa fille. — C'est tellement gentil à vous d'être venu avec Riley, Konrad. Elle a senti une présence à son épaule. — Voici mon mari, Tyler. Tyler, le Dr Konrad Grey.

Les deux hommes se sont serré la main, Konrad dominant Tyler d'une bonne tête, ce qui a semblé amuser Riley, qui s'est avancée et a serré son père dans ses bras. — Contente de te voir, Papa.

Tout au long des salutations à l'extérieur, Adelaide ne pouvait pas s'empêcher de répertorier les subtiles différences chez sa fille. Les joues de Riley étaient teintées de rose et ce n'était pas du maquillage ; il y avait juste cette pointe de vulnérabilité qu'elle ne voyait pas d'habitude dans son regard, et sa bouche paraissait plus pleine, ses yeux plus doux.

Konrad restait tout près, à la hauteur de son coude, l'attitude vaguement protectrice, empiétant un peu sur l'espace de Riley, et son regard suivait son visage comme pour s'assurer qu'elle allait bien.

Comme cela ne ressemblait pas à sa fille de laisser un homme s'approcher d'aussi près. Quel ravissement, et quel bonheur. Même si ce n'était que fugace. Pour autant, la dernière chose qu'elle voulait, c'était les mettre mal à l'aise, mais, oh que oui, elle soupçonnait très fortement qu'ils avaient couché ensemble.

Qui l'aurait cru, mais elle s'en délecterait plus tard.

CHAPITRE QUARANTE ET UN

Konrad

KONRAD OBSERVAIT LA DYNAMIQUE de la famille Brand tandis que ceux qui se tenaient à la porte commençaient à s'engouffrer dans la petite cabane. Le regard attendri que Tyler Brand lançait à sa fille en la faisant passer devant lui, contrairement au petit air méfiant qu'il avait jeté par-dessus son épaule à l'adresse de Konrad, lui fit tressaillir les lèvres. La petite fille à son papa, ça ne fait aucun doute. Il ne pouvait pas lui en vouloir. Princesse Riley.

Il se souvenait de l'amusement d'Adelaide quand ils étaient entrés par le portail. Il ne doutait pas une seconde que la mère de Riley se doutait qu'il se passait quelque chose entre sa fille et lui. Adelaide n'était pas née de la dernière pluie. Il doutait qu'elle l'ait jamais été.

Et sa Riley — la sienne, pour le moment — qui étreignait son père, faisant aller son regard de son père à sa mère, vérifiant qu'ils étaient en bons termes. Comme n'importe quelle fille soucieuse de l'équilibre de ses parents.

C'était vraiment pour ça qu'elle était ici, à la Ridge, à faire ce qu'elle avait à faire. Il l'avait compris. Quand elle serait sûre qu'ils allaient bien, qu'ils s'étaient retrouvés, elle repartirait à Sydney.

Il n'était pas sûr que la nuit dernière ait été la meilleure chose qui lui soit arrivée ou la pire, parce qu'il savait que cela s'était imprimé en lui de façon permanente. Tatoué dans son âme par Riley. Il supposait qu'il n'avait plus qu'à attendre pour le découvrir.

Tout ce qu'il savait, c'est que Riley l'avait complètement soufflé hier soir. Toute la nuit. Et se réveiller avec elle ce matin avait été incroyable. À en trembler. Dangereusement addictif.

La journée d'hier avait été parsemée de saynètes. Le pinceau de Riley le narguant le long des plinthes. Riley soignant les brûlures au pub. Riley annonçant la nouvelle à Melinda avec une délicatesse infinie. Beaucoup de moments forts concentrés en une seule journée, mais même cette journée avait fini par s'achever. En franchissant la porte.

Ils s'étaient soudain retrouvés plaqués contre le mur de sa chambre. Collés l'un à l'autre. Affamés. Il ferma les yeux à ce souvenir et étouffa presque un gémissement.

La réponse affamée, totalement inattendue, de Riley, et sa malice, mêlées à quelque chose qui tenait de l'innocence dans sa façon d'aimer, avaient glissé des menottes d'argent dans son âme et tiré sur quelque chose en lui qui lui donnait envie de la mettre à l'abri de la vie. De la protéger de la douleur. De la garder contre lui pour toujours. Une femme qu'il connaissait depuis une semaine. Ce qui était insensé, parce que cette femme était coriace, culottée et d'une intelligence redoutable — autant de qualités qu'il se rendait compte admirer profondément mais qu'il n'avait encore jamais cherchées chez quelqu'un qui l'attirait à ce point.

C'était bien là le problème. Elle jouait dans une autre cour. La consultante spécialiste, mondaine de Sydney, et lui, un médecin de campagne installé dans une bourgade isolée. Ils étaient aux antipodes l'un de l'autre.

— Vous venez, Konrad ? Les yeux bienveillants et clairvoyants d'Adelaide étaient braqués sur son visage. Il hocha la tête, se força à esquisser plus une grimace qu'un sourire en retour et se demanda ce que sa famille pensait de lui. Il doutait de le savoir un jour, mais ce serait pour une autre fois.

À l'intérieur, son regard croisa celui de Riley à travers la pièce et elle haussa les sourcils, interrogative. Il fit un petit geste du doigt pour balayer ses rêveries, et elle acquiesça. Elle le détailla, puis inclina la tête avant de détourner les yeux pour répondre à quelque chose que son père venait de dire.

Comme c'était étrange. Ils venaient d'avoir une conversation silencieuse d'un bout à l'autre de la pièce, alors qu'il y avait du monde. C'était dingue pour une seule nuit de connexion, surtout qu'en gros ils s'étaient chamaillés depuis son arrivée.

— Vous voulez une tasse de café ?

La voix d'Adelaide le ramena là où il devait être présent. — Ce serait parfait. Merci.

— Riley a dit que vos parents vivent à Port Macquarie ? Tyler s'était tourné vers lui. Il ne retrouvait pas grand-chose de Riley en lui ; ce n'était pas le cas pour Adelaide. Il voyait tellement de Riley dans sa mère — les yeux, la silhouette, les traits fins — mais Tyler était un homme sûr de lui et en forme, dans la soixantaine avancée, et qui avait cette aura d'intellect qui irradiait aussi chez Riley.

— Oui, mon père est généraliste et avait un cabinet là-bas. Ma sœur y travaille maintenant, à sa place.

— Donc, il est à la retraite ?

— Sauf pour quelques remplacements de temps en temps, si c'est dans un endroit où lui et ma mère ont envie d'aller. Ils sont à Broome en ce moment. Il a du mal à ne pas travailler.

— Je comprends. Ma femme est comme ça, mais elle n'a aucun mal à savoir quoi faire. La voix de Tyler avait baissé d'un ton, mais elle vibrait de fierté, et l'homme jeta un regard vers l'endroit où les deux femmes examinaient une pierre crayeuse, la tenant à la lumière de la fenêtre.

Konrad dit, — Pour certains, il est plus facile de sortir du moule. Ici, on voit beaucoup de gens changer de cap, se découvrir de nouvelles aventures, ou sombrer quand les choses ne tournent pas comme ils veulent. C'est un endroit idéal pour repartir à zéro.

— C'est ce que vous faites ?

En fait, non, il faisait l'inverse. Il se vautrait dans la culpabilité. — J'élargis mes compétences en médecine en milieu isolé.

— Et c'est le cas ? Vous développez vos compétences, ici ?

— Cette semaine, j'en apprends long sur l'infertilité et les anomalies néonatales.

Riley avait dû entendre sa remarque, car elle tourna la tête vers lui, puis toucha le bras de sa mère. Elle dit, — Maman. Tu sais, quand je t'ai demandé s'il y avait une chance que tu travailles au cabinet après le départ de Mel pour son bébé ?

Riley avait évoqué l'idée la veille au soir et il s'y était aussitôt raccroché. Ni l'un ni l'autre n'avaient la moindre envie de répondre au téléphone et de prendre des rendez-vous tout en assurant les consultations.

Sans laisser à sa mère le temps de répondre, elle continua. — Il se trouve que Melinda doit aller à Sydney pour des examens pour son bébé et j'espère pouvoir la faire admettre mardi. Elle lança un regard à son père. — Je sais que Papa est là, mais est-ce qu'il y aurait une chance que tu fasses quatre journées complètes cette semaine, jusqu'au retour de Melinda ? J'imagine qu'elle reviendra ici jusqu'à trente-huit semaines, puis qu'elle repartira à Sydney pour attendre le travail.

— Entretien d'embauche plutôt facile. Adelaide regarda Konrad. — Cela vous va ?

— Je vous en serais éternellement reconnaissant. Votre fille a ses après-midi surbookés pour les trois prochaines semaines. Ce n'était pas loin de la vérité. À mesure que le bouche-à-oreille se propageait, de plus en plus de femmes appelaient pour consulter Riley et elle les casait du mieux qu'elle pouvait dans le temps dont elle disposait.

Adelaide a regardé son mari et il a haussé les épaules. Oups, le père n'est pas content, a pensé Konrad. Tyler a secoué la tête avec résignation et a agité la main. Sa main disait : pas sa décision. Cette communication silencieuse d'un vieux couple. Lui et Riley venaient de faire exactement la même chose. Était-ce significatif, ou pas ?

Adelaide avait pris sa décision. — Que devrais-je faire ?

Bingo. Il n'allait pas laisser passer l'occasion s'il pouvait l'éviter. — Prendre les appels, enregistrer les patients dans le logiciel médical et saisir les rendez-vous.

— Pas de tâches d'infirmière de cabinet ?

Riley a ri. — Si seulement. On adorerait que tu le fasses, mais tu n'auras pas le temps.

CHAPITRE
QUARANTE-DEUX

Riley

ALORS QU'ILS S'ÉLOIGNAIENT DU Wayfarers Inn, Riley a vérifié son téléphone pour voir s'il y avait des messages et des appels manqués. Il n'y avait pas de réseau. Le réseau allait et venait. Aujourd'hui, c'était un jour « sans ». Mon Dieu, elle était gavée de nourriture et de thé... et de culpabilité.

— J'espère que je n'ai pas tout fichu en l'air en mettant Maman à notre poste de secrétaire dès que Papa est arrivé.

— On n'y peut rien. Et ce n'est pas avant mardi, et c'est temporaire. Konrad lui a lancé un rapide coup d'œil. — Avec un peu de chance, Melinda sera de retour avant la fin de la semaine. D'ici à ce qu'elle parte en congé maternité, ton père sera soit retourné à Sydney, soit installé ici.

— Oui, je comprends. J'espère. Konrad avait droit à une sacrée immersion dans sa famille. Il avait été adorable. Gentil avec Maman, pas du tout mal à l'aise avec son père, et tellement calme et sûr de lui. Ça lui avait facilité les choses. — Qu'est-ce que tu as pensé de mon père ?

— C'est un chic type, a-t-il dit prudemment, puis il a marqué une pause. — Tu ressembles beaucoup à ta mère — déterminée, bienveillante — mais ton père, je le cerne moins facilement. Je pense toutefois qu'il est aussi fier des choix de ta mère que de toi, et ça en dit long sur lui.

Les compliments qu'il adressait aux gens qu'elle aimait lui ont fait chaud au cœur. Et pourquoi ? Elle n'avait jamais été en demande à ce point. Cet endroit commençait à la travailler. À la transformer en quelqu'un qu'elle n'était pas — ou peut-être en quelqu'un qu'elle fuyait. — Je suis fière de Maman, moi aussi. Je la trouve incroyable d'avoir suivi ses rêves.

— Je te trouve incroyable, a-t-il dit, et son ton ne laissait pas place à la plaisanterie. Un frisson d'inquiétude l'a traversée. C'était une aventure — elle se l'était répété. Elle ne devrait pas accorder autant d'importance à ce qu'il pensait.

Elle a minimisé. — Merci, gentil monsieur.

Il a tourné la tête vers elle, comme s'il avait perçu quelque chose dans sa voix sans trop savoir quoi. Eh bien, ils étaient deux dans ce cas. Il a ramené son regard sur la route. — Tu veux faire un petit tour touristique ? Voir les bains artésiens ou les champs d'opale ?

Elle avait envie de son lit, mais pas question de le dire. Pas à voix haute, en tout cas. — Pas aujourd'hui. Cela dit, j'ai très envie de voir les bassins chauds, j'ai lu un article intéressant sur les bienfaits de l'eau artésienne pour l'arthrite. Peut-être le week-end prochain.

— Alors, tu veux juste rentrer et prendre ça en douceur ?

Quelque chose dans sa voix lui a fait frémir les lèvres. — C'est quoi, ta définition de « tranquille », Docteur Grey ?

Il a haussé ces épaules magnifiques, et elle a eu aussitôt envie de le voir recommencer. Faire se tendre sa chemise sur son torse, pour qu'elle puisse imaginer la peau qui se mouvait sous le tissu. Imaginer ses mains là. Sa bouche.

Cette fois, quand il a tourné la tête, leurs regards se sont croisés. Le sien était sombre et très, très intéressé. — Oh, je ne sais pas. Une sieste du dimanche. Allongés. Des draps froissés. Il lui a lancé un sourire canaille. — Je ne présume de rien.

— Moi non plus, a-t-elle répliqué d'un ton pincé, mais sa bouche s'est soudain asséchée. Elle a vérifié son téléphone à nouveau. Une barre de réseau, et quatre messages sont arrivés.

— On dirait qu'à notre retour, il n'y aura pas moyen de faire la sieste. Ni quoi que ce soit d'autre. — Les dames du vendredi soir débarquent en force avant que Melinda n'aille à Sydney. Greta veut savoir si on peut faire la baby shower ce soir ? Dans l'espace entre les logements et l'arrière du cabinet.

Le téléphone de Konrad a sonné quatre fois, lui aussi.

Riley a lu la suite. — Cinq heures, ça te va, pour cette baby shower qui s'est soudain retrouvée au premier plan de nos vies ?

— Je ne vois rien que je préférerais faire, a-t-il menti. Elle a ri. C'était vraiment drôle, mais un peu frustrant. Ce qui, en soi, était drôle aussi.
— Moi non plus.

À cinq heures et demie, tout le monde était arrivé, y compris Adelaide et Tyler. Les dames avaient créé une cour fantaisiste de guirlandes devant la porte du nouveau logement de Melinda, avec des ballons et des fanions, même si le fil servant d'armature aux fanions ressemblait à du ruban de clôture électrique.

Les ballons étaient bleus et roses, et Gerry et Elsa installaient une longue table de pique-nique sur la pelouse. À une extrémité, des cadeaux aux papiers vifs s'entassaient ; à l'autre, un saladier de punch, des verres et des assiettes d'amuse-bouches étaient disposés.

Konrad avait ouvert le logement inoccupé en guise de toilettes pour les invités, et lui et Tyler avaient sorti dehors les chaises et la table de salle à manger, ainsi qu'une douzaine de chaises prises dans les autres logements. Ils avaient fait un sacré boulot en peu de temps, et la température de l'après-midi avait baissé, laissant place à un crépuscule agréable.

Tandis que Riley se tenait avec sa mère, toutes deux secouant la tête avec affection devant la détermination des dames, elle a dit : — Dieu sait où elles ont déniché tous ces cadeaux.

— Peut-être que quelqu'un a filé jusqu'à Walgett, mais le week-end, rien ne doit être ouvert. Adelaide a haussé les épaules. — La boutique de Gerry et Elsa a sûrement été prise d'assaut. Elsa était là aujourd'hui pour assurer des ventes dominicales en vue de ce soir. Elle avait déjà emballé mon sac de voyage pour bébé, et ton père et moi l'avons récupéré en passant. J'achèterai le reste plus tard quand le bébé sera né.

Riley, elle, s'occupait de la trousse de toilette et des chemises de nuit. Il faudrait qu'elle commande en ligne et se les fasse envoyer pour la semaine prochaine. — Cet endroit est dingue. Et Mel a l'air remarquablement calme, vu qu'elle est au centre de l'attention.

On avait installé Melinda sur l'une des chaises. Elle était jolie et très enceinte dans la robe qu'elle portait hier. Son visage affichait une grande détermination et elle tapotait son ventre comme si elle faisait faire son rot à un bébé.

— Greta est assise à côté d'elle. Ça peut aider.

— Et Toby est là. C'est probablement lui qui a gonflé les ballons.

Adelaide a ri. — À moins que Desiree ne les ait tous gonflés avec le tuyau d'air à la station-service.

— Et elle a dit à tous ceux qui voulaient payer leur essence qu'ils devraient attendre. L'idée les a fait toutes les deux rire.

CHAPITRE QUARANTE-TROIS

Melinda

MELINDA REGARDAIT LES GENS qui l'entouraient, des femmes et des hommes, certains qu'elle connaissait à peine. Pourquoi étaient-ils tous là ? Pour elle ? Elle ne comprenait pas, mais, au fond, dans cet endroit froid et solitaire que l'indifférence de sa mère et la perte de son grand-père avaient lacéré et qui avait ensuite été presque détruit le jour où on l'avait braquée, elle sentait ce sentiment d'appartenance frémir, repousser, se renouveler très lentement. Redevenir un lieu sain et vivant, avec de l'espoir à nouveau. L'espoir de pouvoir être heureuse. L'espoir d'y arriver. L'espoir que, elle et son bébé, auraient un foyer et des amis autour d'eux.

C'étaient des choses qu'elle ne s'attendait pas à ressentir de nouveau. Peut-être qu'elle avait été déprimée et qu'elle en sortait. Qu'elle guérissait. Ou bien le fait de savoir pour le bébé, de voir son bébé à l'écran, provoquait ce changement en elle, ce qui collait bien avec la fibre maternelle qu'elle venait de découvrir. Celle qui criait qu'elle ferait n'importe quoi pour son bébé. D'ordinaire, elle n'élevait jamais la voix. Jamais. Mais elle le ferait si nécessaire. Elle ne comprenait toujours pas pourquoi toutes ces personnes se souciaient d'elle. Elle n'avait rien fait pour eux.

— Ça va ? demanda Toby.

Elle s'est rendu compte qu'elle fixait le vide, et a senti la chaleur lui monter aux joues et sa gorge se dessécher de gêne. — J'ai juste un peu soif. Elle n'avait aucune idée de pourquoi elle avait dit ça à voix haute.

Toby a jailli du siège à côté d'elle et a presque couru jusqu'au bout de la table pour lui verser un verre de punch. Il l'a rapporté et le lui a tendu. — Il est sans alcool. Tu ne peux pas boire d'alcool avec le bébé, a dit Maman quand elle a mélangé les ingrédients.

— Ce que tu sais, Toby. Elle a senti une partie de la tension se relâcher et, soudain, c'était facile. — Je ne suis pas une buveuse. J'en ai trop vu au bar pour avoir envie d'y toucher.

Il a hoché la tête d'un air sage, pensif, les yeux fixés sur le sol entre ses pieds. — Parfois, je bois trop parce que j'ai peur. Mais ça ne règle rien, ça ne fait qu'empirer les choses. Il a relevé la tête. — Tu vas bientôt avoir ton bébé. Tu as peur ?

Elle a plissé les yeux vers lui. Demandait-il ça parce que son bébé aurait un drôle d'air avec son ventre à l'extérieur ? Parce que son bébé ne serait pas « normal » ? — Peur de quoi ?

— De l'accouchement. Les yeux de Toby se sont arrondis. — De devoir le pousser dehors. Il a secoué la tête, horrifié par l'idée. — Les femmes sont tellement courageuses.

Melinda a ri. Ce n'était donc pas à cause du problème de son bébé. Elle aurait dû savoir que ce n'était pas le genre de Toby. — Non. La moitié des femmes ici sont passées par là. C'est le moindre de mes soucis. J'ai peur pour mon bébé. Qu'ils ne puissent pas réparer son ventre, et qu'on doive subir plusieurs opérations au lieu d'une. Qu'on ne puisse pas rentrer vite. Elle a fait tourner le verre entre ses doigts. — Et j'ai peur d'aller à Sydney toute seule. Elle a redressé le menton. — Mais je sais qu'il le faut.

— C'est une grande ville, a dit Toby, la tête baissée comme s'il se souvenait de son séjour là-bas. — J'y suis allé avec Maman.

Elle s'en sortirait. — Riley a demandé à sa secrétaire à Sydney de m'envoyer par e-mail les billets de train et de bus et les correspondances. Demain, je recevrai un planning de tous les rendez-vous. Une fois sur place, je dois prendre des taxis et payer avec des bons spéciaux. Elle a redressé les épaules. — Je vais juste croire que tout ira bien.

Elle a jeté un coup d'œil à Toby. Il ne s'était jamais montré ennuyé en sa présence comme les autres garçons. Avec lui, elle se sentait toujours bien. — Tu savais qu'ils allaient faire ça ce soir ?

— J'ai entendu Maman au téléphone dès que tu lui as parlé des examens.

Il y avait beaucoup de monde ici. Beaucoup de bruit et de remue-ménage, on déplaçait des meubles. Tout ça pour elle. — J'espère que ça ne dérange pas Konrad.

Toby a pouffé. — Il a l'air content. Je crois qu'il a un faible pour Riley. Il a jeté un regard vers elle, un peu gêné. — Elle a dit de l'appeler comme ça, hier, quand on peignait.

— Oui, elle l'a dit. Hier. Malgré les résultats pour son bébé, ça restait l'un des plus beaux jours de sa vie. — Je n'arrive pas à croire ce que vous avez fait. Les logements sont si beaux, Toby, merci d'y avoir participé.

Son cou a pris une teinte rouge, signe évident de son embarras, et cela lui a rappelé qu'il avait toujours été maladroit. Doux. Fiable. Mais vite gêné. Elle ne l'embarrasserait jamais.

— Maman a dit que tu as très bien conduit sa voiture. Et que tu veux t'en acheter une à toi ?

— Ouais, enfin. Ça, c'est tombé à l'eau, pensa Melinda. — Oui. Maintenant, je dois économiser mon argent jusqu'à notre retour de Sydney. Juste pour être sûre que je n'en aurai pas besoin pour le bébé, ou l'hébergement, ou les transports, ou d'autres choses qui pourraient arriver.

Il a hoché la tête, compréhensif. Il avait l'air... impressionné ? Par elle ? Elle a senti, l'espace d'un instant, un peu de la pression de toutes ces responsabilités s'alléger. Au moins, Toby comprenait qu'elle devait penser à tout ça maintenant, et pas seulement à ce qu'elle voulait.

— Je garderai l'œil ouvert, de toute façon, dit-il. — Il y a un type là-bas, sur les champs de Grawin, avec une petite Barina, qui voudrait plutôt un de ces petits pick-up comme le mien. Il va à Sydney le mois prochain pour chercher. Je parie qu'il me la vendra pas cher s'il en trouve un. Elle est sale et personne n'en voudrait en l'état. Je pourrais te la retaper, la nettoyer comme il faut pour le bébé, et te faire économiser de l'argent.

Elle aimait les petites voitures. Elle aimait la gentillesse de Toby. Elle aimait Toby. — Ça me plaît. Dis-moi. D'ici un mois, je saurai mieux combien d'argent il me restera. Si tout s'aligne, je pourrai te payer à l'heure pour la nettoyer.

Toby a froncé les sourcils et a ouvert la bouche, mais elle a levé la main. — Pas de discussion.

CHAPITRE QUARANTE-QUATRE

Adelaide

LE LUNDI APRÈS-MIDI EST arrivé bien vite. Adelaide a mis du rouge à lèvres pour sa séance d'intégration au Centre médical OPAL. Melinda partait pour Sydney demain et devait lui montrer les logiciels pour son nouveau poste de réceptionniste intérimaire.

Tyler avait les bras croisés sur la poitrine. — Pourquoi diable n'ont-ils pas pu trouver quelqu'un d'autre pour faire le boulot ? Tu n'es pas à la retraite ? Comme si tout tournait autour de lui ; des remarques qui, étrangement, la rendaient encore plus décidée à donner un coup de main à sa fille.

— Je suis toujours inscrite à l'Ordre des infirmières, Tyler. Riley n'est ici que pour encore quelques semaines. Elle a besoin d'aide administrative pour faire son travail.

— Tu n'es pas réceptionniste.

— Non, mais je suis sûre de pouvoir l'être pendant quelques semaines. Tu veux y aller et le faire ? Tu t'y connais en logiciels et en relation clientèle.

— Pas question.

À présent, il avait juste l'air grognon. Cette facette-là ne lui manquait pas du tout, mais elle n'était plus l'Adelaide conciliante d'autrefois. — Ça ira. Prends la pioche et descends à la mine. On fouillera les seaux de déblais demain matin. Tu pourrais faire fortune.

— J'ai déjà fait fortune avec la compagnie. Encore des grognements.

Adelaide sourit. — Alors trouve-moi une opale. J'adorerais devenir riche grâce à ma concession. Je rapporterai quelque chose de délicieux du café de Greta pour le dîner.

Elle est arrivée en ville avant l'ouverture de la consultation de l'après-midi à 13 h, et il y avait déjà deux couples assis dans la salle d'attente. Rien qu'au coup d'œil qu'elle leur a jeté, elle a vu qu'ils étaient pleins d'espoir, mais nerveux. Son cœur s'est serré pour eux et elle s'est demandé combien de couples du bush n'avaient jamais demandé de l'aide parce que cela signifiait laisser leurs stations sans surveillance pendant des jours, voire des semaines.

En parcourant du regard l'accueil du cabinet (c'était vert menthe, comme les nouveaux appartements de Melinda), elle a jugé les pièces accueillantes et sans chichis, à l'image de Konrad, avec de la place pour dix chaises et un comptoir d'accueil moderne. Melinda avait déjà une chaise de plus derrière le bureau, et la jeune femme s'est levée pour lui faire signe vers une autre porte.

— Tu peux mettre ton sac ici. C'est la salle de pause.

Elle a rangé son sac et Melinda lui a montré les sanitaires à trois accès, avec un évier de vidange et une porte menant à la salle d'observation. — L'infirmière du cabinet faisait des ECG et des pansements là-dedans. On s'en sert pour les urgences. Elle a désigné la pièce d'à côté. — C'est le cabinet de consultation de Konrad. La porte était ouverte et semblait déserte. — Il est en pause déjeuner. Elle a indiqué l'autre côté de la pièce. — C'est le cabinet de Riley. Elle n'a généralement pas le temps de déjeuner.

La porte du cabinet de sa fille était fermée.

Melinda a murmuré à voix basse pour que les patients n'entendent pas. — Je lui fais un café et elle le boit vers deux heures, tout en voyant les patients.

Hmm. Demain, elle lui apporterait à manger. Des protéines faciles à grignoter.

— C'est parce qu'elle prend des patients en plus et n'a refusé personne.

Ça, c'était bien Riley. Adelaide a senti la fierté lui gonfler la poitrine. — Elle a toujours dit qu'elle voulait changer la vie des gens. Elle s'est assise au bureau et a regardé l'ordinateur. Ça faisait un moment qu'elle n'avait pas touché un clavier. — D'accord. On s'y met.

Melinda s'est installée malaisément sur la chaise à côté d'elle, son gros ventre la repoussant du bureau au point qu'elle devait se pencher en avant pour atteindre les commandes. Adelaide s'est demandé comment Melinda n'avait pas mal au cou ou au dos. Ou peut-être que si, et qu'elle ne se plaignait pas. Oui, c'était plus probable.

— Tu as déjà utilisé un logiciel de cabinet médical ? chuchota Melinda.

— Non, répondit-elle d'un ton normal, pour lui faire comprendre qu'elle pouvait dire qu'elle débutait. — Mais j'ai utilisé le logiciel de NSW Health pour le service des urgences.

Melinda a hoché la tête. — C'est probablement similaire. Au moins, tu comprendras toute la terminologie médicale. Moi, j'ai dû suivre un cours en ligne pour apprendre ça. De toute façon, le programme est assez simple une fois qu'on l'a fait deux ou trois fois. Elle a baissé la tête. — Je sais le faire.

— Oui, mais tu es une jeune femme futée, à l'aise avec la tech, lui dit Adelaide. — Et je parie que tu es une super prof. Cet onglet sert à quoi ?

Le temps de répondre à quelques coups de fil et qu'Adelaide saisisse les nouvelles données de chaque femme qui attendait de voir Riley, elle savait entrer un nom, vérifier une date de naissance et une adresse pour celles qui arrivaient, et « les mettre en salle d'attente » à l'écran, pour que les médecins puissent voir qui attendait.

La porte de Riley s'est ouverte et Riley est sortie en compagnie d'un grand homme velu, tatoué, l'air penaud.

Riley a dit : — Continuez tout ce que vous avez mis en place, Cyrus. Il y a du mieux. Votre tension va continuer à baisser.

— Merci, Docteur. Il a baissé la tête, ravi de l'approbation. — Je me sens mieux, c'est vrai.

— Ravie de l'entendre. Prenez un rendez-vous auprès de ma mère, là-bas, et de Melinda, pour me voir dans une semaine, avant mon départ. J'attends beaucoup de vous, Cyrus. Elle s'est tournée vers les couples qui attendaient. — Je ne serai pas longue, leur a-t-elle dit, puis elle s'est éclipsée dans les sanitaires.

Melinda s'est redressée plus vite qu'on ne l'aurait cru. — Je vais juste lui faire un café.

L'homme prénommé Cyrus — un colosse à l'hygiène un peu douteuse, nota-t-elle à mesure qu'il s'approchait — a adressé à Adelaide un sourire amical, un peu édenté, et a posé deux mains puissantes sur le comptoir. — Il me faut un rendez-vous.

Adelaide était ravie de son enthousiasme à l'idée de revoir sa fille. — Elle m'a sauvé la vie, vous savez, a dit le colosse. — Je ne savais même pas que j'avais de l'hypertension. Le doc vers qui elle m'a envoyé a dit que j'étais à quelques jours de l'AVC. Il a secoué la tête. — Vous êtes sa mère ? Vous devez être fière.

— Je le suis. Adelaide a hoché la tête en trouvant l'écran des prochains rendez-vous, a cherché un créneau le matin avec Riley — il n'en restait plus beaucoup — puis a inscrit l'homme dans la boîte de dialogue.

— Alors..., a-t-il lancé d'un ton traînant en regardant autour de la pièce, vous habitez ici ? Comme si elle avait un lit sous l'une des chaises.

Elle a réprimé un sourire. — J'ai racheté l'ancien camp Cooper. Elle entendit la machine à café et se demanda si sa fille avait apporté la sienne. Elle doutait que Konrad soit du genre à se formaliser d'un café soluble qui vient d'une boîte.

— Cooper, hein ? Une bonne petite mine, ça, a dit Cyrus. — Elle a encore du potentiel. Faites juste attention à l'échelle. Elle a toujours été un peu bancale.

Adelaide a inscrit le rendez-vous sur la carte et la lui a donnée, puis elle lui a accordé toute son attention. — Une échelle bancale ? Et elle avait envoyé Tyler là-dessous cet après-midi pour creuser. — C'est un peu inquiétant.

Cyrus a balayé l'air de la main. — Ça devrait aller. Cooper ne m'a pas cru et n'a jamais eu de problème, mais je peux y passer jeter un œil si vous voulez ? Voir comment elle se tient ?

— Mon mari est là-bas en ce moment. C'était bien de faire passer le message qu'elle n'était pas seule. — Peut-être que vous pourriez lui montrer ?

— Bien sûr. Je m'y arrêterai en rentrant. C'est la moindre des choses pour les parents de mon doc. Il a pris sa carte de rendez-vous et a disparu juste au moment où Riley sortait des toilettes pour dames. Pendant ce temps, Melinda avait préparé un café, s'était glissée dans son bureau et l'avait posé sur le bureau.

Aussi fraîche qu'une fleur sauvage de l'arrière-pays, Riley s'est arrêtée à la porte et a regardé les personnes qui attendaient. — Monsieur et Madame Lawson ? Un couple en jean s'est levé. — Par ici, s'il vous plaît.

Melinda s'est rassis. — Alors, ça s'est passé comment ?

Adelaide a levé les sourcils, étonnée. — Ça a été, je crois. Tu es une très bonne prof. Le téléphone a sonné et, à sa grande satisfaction, elle a réussi à enregistrer une patiente sans se tromper dans les détails, puis à créer un rendez-vous alors qu'il n'y en avait plus. On lui avait montré comment rogner sur l'heure de déjeuner de Riley jusqu'à la faire disparaître. Il fallait qu'elle en parle à sa fille. Mais oui, elle en était capable.

Melinda dit sérieusement : — N'y prends pas trop goût. Je veux récupérer mon boulot.

Adelaide a étouffé un rire. — La retraite, c'est vraiment tout ce qu'on en dit. Je serai ravie d'arrêter dès que tu seras prête.

Melinda a rougi. — Désolée, ce n'était pas très poli.

— L'honnêteté a sa propre politesse.

La porte extérieure s'est ouverte et Konrad est entré, un petit sac en papier kraft à la main. — Bonjour, Adelaide. Il avait l'air enchanté de la voir. C'était agréable. — Comment ça se passe ?

— Très bien. Melinda est une prof formidable.

— Bien sûr, a-t-il dit, comme s'il n'en doutait pas. Il a incliné la tête vers l'autre salle de consultation. — Riley a déjeuné ?

Melinda a dit : — Non, mais je viens de lui apporter son café.

— D'accord. Il a hoché la tête d'un air approbateur à son employée. — La prochaine fois qu'elle sort, donnez-lui le sandwich. Dites-lui que le patron a dit qu'elle doit manger, a-t-il dit à Adelaide avant de disparaître dans son cabinet ; deux secondes plus tard, il est ressorti, a fait entrer un homme d'âge mûr dans son bureau et a refermé la porte.

Donc, il se souciait de savoir si Riley mangeait. Et il faisait vraiment quelque chose pour ça. Voilà qui était intéressant.

17 h est arrivé vite, mais elle a peu vu Riley. À part quelques brèves apparitions pour dire au revoir aux derniers et faire entrer un nouveau couple, sa fille a passé tout le temps enfermée dans ses salles.

Konrad a fini avant Riley et est parti pour une visite à domicile chez un homme âgé qui ne pouvait pas se déplacer. Il a dit qu'il reviendrait voir Riley.

Melinda a montré à Adelaide comment éteindre l'ordinateur et fermer pour la nuit, et Riley n'avait toujours pas terminé. Il n'y avait pas d'échange d'argent parce que tout le monde était au tiers payant, y compris les clientes de la clinique de fertilité de Riley, et Adelaide a salué le service qu'ils offraient, tout en étant impressionnée par l'éthique de travail en jeu.

Le téléphone n'en finissait pas de sonner. Pour une ville de moins de 2 300 habitants — même si beaucoup de personnes n'étaient pas enregistrées parce qu'elles campaient hors de la ville et prospectaient —, il semblait y avoir besoin des deux médecins, ce qui la faisait se demander comment Konrad faisait quand il était ici tout seul.

Les matinées paraissaient particulièrement chargées, à en juger par le manque de créneaux qu'elle avait à proposer aux appelants. Pourtant, Riley semblait deux fois plus débordée l'après-midi.

Alors qu'elle rentrait enfin chez elle en voiture, l'épaule d'Adelaide la lançait un peu à cause du stress d'apprivoiser de nouveaux systèmes et d'endosser un nouveau rôle. Peut-être que Tyler avait raison. Peut-être qu'elle avait pris sa retraite pour une bonne raison. Était-elle trop vieille pour travailler ? Elle ne le pensait pas. Juste en manque d'entraînement.

Étrange comme l'idée de reprendre un poste permanent ne lui paraissait plus si séduisante maintenant qu'elle avait essayé une journée. Elle aimait l'idée d'être libre d'aller et venir, de travailler ou de se reposer quand elle le voulait, et de n'avoir de patron qu'elle-même. Travailler chamboulait tout ça. Bon. Elle avait dit qu'elle le ferait pour les deux prochaines semaines et elle pouvait gérer ça, mais elle doutait chercher quelque chose sur le long terme.

Elle avait récupéré chez Greta un risotto au parfum divin, commandé plus tôt, ainsi qu'une bouteille de vin blanc, mais elle soupçonnait qu'après un demi-verre elle s'endormirait. Ça ne ferait pas plaisir à Tyler, car il penchait plutôt pour un rythme de couche-tard, et il n'y avait rien à faire à moins qu'il ait changé son fusil d'épaule et tente de lire un livre.

Tyler avait l'air de meilleure humeur qu'au moment où elle était partie. Il l'a embrassée sur la joue et lui a pris la bouteille. — Prends une douche et je vais mettre la table.

— Qui es-tu ? Et qu'est-ce que tu as fait de mon mari ? Tyler a levé les yeux au ciel. À Sydney, il n'aurait jamais dit ça, mais elle s'est contentée de lui adresser un grand sourire et elle est allée se mettre debout dans son seau pour se détendre sous l'eau chaude, tant que l'eau resterait chaude. Elle récupérait l'eau de rinçage pour ses quelques plantes. Et elle sentait qu'elle avait besoin de se retaper pour être prête à gérer toute seule la réception demain.

Quand elle est ressortie, elle se sentait effectivement plus détendue.

— Le type que tu as envoyé... Cyrus. C'était un sacré numéro.

— Ah, il est venu vérifier l'échelle du puits. Elle est en bon état ?

— Ça va. Il a rajouté un autre boulon dans le bois qui la soutient et a aussi mis du fil de fer en bas. Il est du genre à parler sans reprendre son souffle, si tu veux mon avis.

— Ça avait l'air d'être un homme, un vrai.

Tyler a hoché la tête, se rengorgeant un peu à ses mots, en servant le risotto, qui fumait encore grâce au sac isotherme dans lequel elle l'avait ramené. La vie n'était pas simple sans micro-ondes pour réchauffer les plats. — Tu sais ce qu'il a dit ?

— Non. Elle a bu une gorgée de vin puis a porté à sa bouche une fourchette de riz moelleux et parfumé. — Quoi ?

— « Je creuse la terre, je me salis et j'adore ça. » Il a ri. — Il était intarissable sur l'histoire des champs d'opale et sur les personnages qui ont vécu ici.

Adelaide s'est fourré la bouche de risotto pour étouffer un bâillement. Elle a mâché, a serré la mâchoire et a hoché la tête, un sourire plaqué sur les lèvres. Tyler a froncé les sourcils mais a continué. — Il m'a raconté comment il a ramassé son premier morceau d'opale et comment il est devenu accro. Ses histoires étaient à mourir de rire.

Et, elle en aurait mis sa main au feu, plutôt grivoises. Elle a avalé la dernière bouchée, a siroté son vin et s'est adossée, agréablement détendue. Elle n'a pas pu s'empêcher de bâiller de nouveau.

Tyler a soupiré. — Tu es fatiguée.

— Je n'ai pas bien dormi la nuit dernière. Elle savait, elle, qu'il avait bien dormi. Il avait ronflé pendant la majeure partie de la nuit, même si c'était moins prononcé maintenant qu'ils avaient un peu plus de place sur le matelas. Ils avaient acheté, au magasin de bricolage, un lit gonflable format queen pour le temps où Tyler serait ici, et il était en fait très confortable. — Ça te dérange si je m'allonge pendant que tu parles ? Histoire de fermer un peu les yeux. Elle voyait bien qu'il mourait d'envie de lui raconter tout sur Cyrus, et elle n'a pas pu retenir un nouveau bâillement en se glissant dans leur lit.

Tyler a terminé son repas et a mis la vaisselle dans l'évier. — Ça va. On en parlera demain. Toi, écroule-toi, et moi, je vais aller marcher un peu le long de la route avant qu'il ne fasse trop sombre.

Il faisait son jogging tôt le matin et allait marcher après le dîner, le soir, quand il faisait plus frais. Il disait qu'il devait rester en forme. Elle devrait le faire pelleter les déblais.

Elle lui a fait un signe de la main alors que sa tête touchait déjà l'oreiller, et elle a à peine senti la pression sur sa joue quand elle a sombré dans le sommeil.

CHAPITRE QUARANTE-CINQ

Riley

AUJOURD'HUI, LA CLINIQUE AVAIT connu une journée de folie. Riley avait réussi à éviter une conversation avec Konrad en ne coupant pas le défilé de ses patients. Elle n'y pouvait rien, ces tactiques d'évitement. Son esprit luttait encore pour appréhender l'ampleur de l'attirance entre eux, et elle avait besoin de prendre du recul pour reprendre son souffle. Pour comprendre ce qui s'était passé, il lui fallait du temps.

Konrad n'allait pas le lui donner. Elle avait le sentiment qu'il allait lui tomber dessus dès que le cabinet serait vide ; ensuite, il voudrait parler de toutes ces choses auxquelles elle ne savait pas quoi répondre, et elle n'en était pas capable. Rien que l'idée la pétrifiait, par peur de ce à quoi elle pourrait finir par consentir.

Dès que Melinda et sa mère sont parties, elle entrouvrit la porte de son cabinet, le cœur battant ridiculement vite en tendant l'oreille, et elle l'entendit au téléphone dans son bureau.

Oui, maintenant. En silence. Elle se faufila dehors et referma sa porte à moitié, sans un bruit, pour donner l'impression qu'elle était encore là, sans patient, puis elle se glissa par la porte de derrière telle une ombre. Elle espéra ressembler à une ombre, pas à un éléphanteau.

Mais il ne l'appela pas. Elle glissa sa clé dans la serrure de son appartement, se faufila et referma la porte. C'était ridicule. Mais elle n'y pouvait rien. Il l'avait mise dans cet état.

La terre avait tremblé samedi soir et elle frissonnait encore des répliques. Ce dont elle avait vraiment besoin, c'était d'une course rapide, à fond. Ce n'était pas une métaphore de son envie de fuir. Pas du tout. Elle avait juste besoin d'évacuer la tension accumulée.

Après s'être changée à toute vitesse, elle se dirigea vers la porte du parking et sortit par l'arrière. Elle jeta un coup d'œil à sa montre : il lui avait fallu trois minutes pour s'échapper.

Elle commença par un petit trot, mais ses jambes la démangeaient d'aller plus vite ; elle accéléra bien avant d'être échauffée et se mit à courir. Et qu'était-elle en train de fuir ? Le désir. L'envie. L'attirance. Elle savait qu'elle était tombée amoureuse du médecin de la brousse. Elle aimait peut-être même Konrad.

Riley filait le long de Harlequin Street, traversa Opal Street et alla jusqu'à Gem Street, où elle bifurqua, au pas de course, vers l'hippodrome à la sortie de la ville. À sa connaissance, il ne courait pas par là. Elle non plus, d'ailleurs, sauf qu'elle était déjà venue en voiture pour voir l'extérieur de la pépinière de cactus et de la mine ouverte au public. Elle n'avait pas besoin de voir une mine : il lui suffisait d'aller chez sa mère. Rien qu'à cette idée, une partie de la tension retomba. Elle pourrait parler de tout ça avec sa mère.

Les maisons disparurent et elle retrouva la terre et le gravier ; elle se rendit compte qu'elle avait déjà parcouru deux kilomètres et que le retour en ville ferait une bonne trotte. Une petite butte, un peu plus loin sur la gauche, l'attirait et promettait peut-être une vue agréable ; elle irait jusque-là, puis ferait demi-tour.

Alors qu'elle coupait par le coin d'un des champs miniers, quelque chose accrocha sa chaussure, quelque chose de solide, une brique ou un rebord, et cela la projeta hors de son équilibre. Son autre pied s'emmêla dans un carré de grillage qui glissa sur le côté, et elle sut qu'elle allait tomber. Et que ça allait faire mal.

Elle tendit les mains, s'attendant à s'écraser le visage contre le sol. Sauf qu'elle ne toucha que le bord de quelque chose qui s'effrita sous sa main, puis elle chuta, de l'air frais sur le visage en basculant, éraflant une paroi en tombant, et son esprit hurla : un puits de mine !

Elle allait mourir.

Riley s'est réveillée dans le noir, sachant que quelque chose clochait. Il s'était passé quelque chose. Elle gémit sous la douleur qui la traversait et, chose étrange, le gémissement qui s'échappa de ses lèvres sembla résonner.

Sa tête, qui battait la chamade, rivalisait avec les élancements dans sa jambe et son épaule, et tout son corps la faisait souffrir alors qu'elle était étendue, dans une position de grenouille inconfortable, sur ce qui ressemblait à des roches tranchantes et fracturées.

Rien ne lui était familier. Elle n'arrivait pas à penser clairement. Elle peinait même à penser tout court.

L'obscurité se refermait sur elle comme du goudron, mais elle entrouvrit les yeux. Elle les força à s'ouvrir davantage, mais il n'y avait toujours aucune lumière. Sa langue accrocha du gravier fin sur ses lèvres et sa bouche s'encombra d'une pâte collante, tandis que de petits cailloux anguleux se détachaient de sa joue quand elle fit glisser sa main sur la rugosité jusqu'à sa bouche.

Du gravier sur sa joue, ça n'avait aucun sens, et elle tenta de comprendre la situation.

Elle se redressa jusqu'à une position assise et sa tête se mit à tourner tandis que la nausée montait. Elle eut des haut-le-cœur, mais rien ne vint. Commotion cérébrale ? Avait-elle perdu connaissance ? Sa tête pulsait, donc ça se tenait. Était-elle tombée quelque part ?

Une fois à peu près redressée, exploit accompli par minuscules à-coups sur un long moment, elle fit glisser sa main derrière la hanche et sentit une paroi rugueuse contre son dos endolori. En tendant prudemment sa cheville douloureuse, elle repoussa avec précaution ses jambes sur plus de gravier rêche jusqu'à ce que ses chaussures de course touchent une autre paroi. La paroi était courbe, peut-être circulaire, étroite. Elle leva la tête pour regarder vers le haut.

La nausée tourbillonna et elle ferma précipitamment les yeux. Reposant la tête contre la paroi rugueuse, elle inspira et expira bruyamment par la bouche jusqu'à ce que l'envie de vomir passe. Quand elle put rouvrir les yeux et lever la tête, à travers un tunnel de noir, des étoiles scintillaient et ponctuaient le ciel sombre. Très loin au-dessus.

Ah. Idiote. Elle ferma les yeux tandis que les souvenirs se ruaient comme l'eau d'une canalisation rompue qui la traversait, apportant une clarté implacable.

Elle était partie courir, pour éviter Konrad. N'étant pas prête à lui faire face, elle s'était lancée dans un footing du soir sans boire ni manger. Et, stupidement, elle avait coupé par le coin de l'un des champs miniers.

Elle se souvenait maintenant avoir trébuché sur une brique, ou quelque chose de solide (peut-être un rebord en béton ?), puis que son pied s'était pris dans une plaque de grillage renforcé qu'elle avait fait glisser sur le côté, avant de basculer en avant dans un puits.

Bon sang, je suis au fond d'un puits de mine.

Personne ne savait qu'elle était partie courir. Et elle n'avait aucune idée depuis combien de temps elle était là. Plus de deux heures évanouie, en tout cas, puisqu'il faisait nuit, ce qui n'était pas bon signe. Elle avait déjà de la chance de s'être réveillée, tout simplement.

Elle chercha son téléphone dans sa poche serrée, mais quand elle y glissa la main, le craquement et la morsure du verre la firent la retirer en hâte. Elle remonta sa manche longue sur ses doigts et retira, pièce par pièce, le métal et le verre tordus en essayant de ne pas se couper. À tâtons, du bout des doigts, elle palpa les dégâts dans le noir ; elle tâtonna du côté gauche de l'écran de son téléphone, mais aucune lumière ne s'alluma. Il n'y avait plus d'écran. Il était complètement fracassé. La tête lui tourna et toute envie de faire quoi que ce soit s'évanouit. Elle verrait ça au matin.

Elle avait la bouche si sèche qu'elle devait être déshydratée, et sa tête battait comme si on y enfonçait des burins à coups de marteau. Mais elle était en vie, c'était déjà ça. Sauf que, à moins que quelqu'un ne la trouve, elle allait rester là un moment. Pourquoi n'avait-elle dit à personne qu'elle partait courir ? C'était incroyablement bête.

Prudemment, elle entreprit de palper et de faire glisser ses doigts le long de ses membres. Son épaule lui semblait rudement tirée, et elle se rappelait confusément s'être agrippée à quelque chose en tombant, alors peut-être que ça avait un peu amorti sa chute. Elle s'était visiblement cogné la tête en descendant, ce qui rendait difficile de se concentrer.

C'était peut-être une bonne chose qu'il fasse noir, elle avait l'impression que la lumière lui ferait mal aux yeux. Elle tapota doucement la bosse à la tempe, là où elle avait dû cogner. Aïe. Ses doigts se retirèrent, puis revinrent aussitôt tâter de nouveau. C'était bien une bosse, mais ça ne saignait pas. Il fallait respirer plus lentement, plus profondément. À la longue, la douleur s'apaisa alors qu'elle restait immobile.

Elle constata que ses genoux étaient écorchés. Le bas de sa jambe droite allait bien, mais sa cheville gauche... douloureuse. Sa main glissa et tâtonna, mais elle ne sentit aucune déformation. Cela dit, elle n'avait presque pas bougé. Si elle n'avait rien cassé, elle était très, très chanceuse.

Elle se rappela avoir lu l'histoire d'une jeune femme du coin tombée dans un puits quelque part hors de la ville il y a quelques années, qu'on n'avait retrouvée qu'au bout de soixante-douze heures. Cette fille-là n'avait rien cassé non plus, donc Riley n'avait rien d'exceptionnel. Mais elle n'avait pas l'intention de rester aussi longtemps ici. Et elle avait lu au sujet de l'homme mort.

Son gémissement haletant sonnait comme un croassement rauque et elle se dit à nouveau à quel point elle avait la bouche sèche. Elle était là depuis bien plus que quelques heures et il y avait peu de chances que quelqu'un parte à sa recherche avant le matin, lorsqu'elle ne se présenterait pas au travail.

Et si elle avait une hémorragie cérébrale lente ? Elle pourrait être morte d'ici le matin.

Aucun bruit ne filtrait jusqu'ici. Personne ne travaillait les champs d'opale dans le noir, ce qui, supposait-elle, était une chance, puisqu'elle n'aurait de toute façon pas pu crier pour se sauver. Enfin, elle le pourrait, mais ça lui ferait mal de cent façons.

Au moins, Konrad avait une clé de son appartement, alors, avec un peu de chance, il verrait qu'elle n'y avait pas dormi et commencerait à la chercher. C'était un type efficace. Futé. Peut-être très investi à la retrouver. Ce qui, à la base, l'avait mise dans cette situation. Elle ferma les yeux et le sommeil vint facilement. Trop facilement.

CHAPITRE
QUARANTE-SIX

Konrad

KONRAD REVINT D'UNE VISITE à domicile et bricola deux ou trois choses dans son bureau, attendant que Riley termine sa dernière patiente, mais il avait dû détourner le regard, car elle s'était éclipsée avant qu'il remarque que sa porte était ouverte.

Elle n'avait rien dit, ce qui était étrange. Presque comme si elle l'évitait. Tout à fait ça. Et pourquoi ?

Adelaide et Melinda étaient déjà parties, alors il verrouilla la porte de derrière après avoir vérifié que le bâtiment était vide et poussa la porte de l'unité commune - le salon et la cuisine étaient vides de bruit et de mouvement, à part le ronronnement du réfrigérateur.

Il referma la porte et fixa la porte close de Riley. Il s'était dit à plusieurs reprises qu'elle l'évitait aujourd'hui, mais il s'était repris : ridicule, elle était juste débordée. Complètement débordée. Le problème, c'est qu'ils n'avaient pas échangé un mot depuis dimanche soir, quand elle avait dit en riant — Merci pour ce week-end incroyable. Retour au boulot demain. Il avait cru à une plaisanterie, mais peut-être pas ? L'irritation et autre chose, sûrement pas de la blessure, lui coururent sur les nerfs ; il repoussa ça, puis toqua à sa porte.

Comme elle ne répondit pas, il lança un regard noir à la porte faute de pouvoir le lancer à Riley. Il n'avait pas l'habitude de ce malaise, de cette fébrilité, de cette incapacité à se poser.

Ça ne lui plaisait pas.

Il alla vérifier devant. Sa voiture était là, donc il se dit qu'elle était sûrement partie courir. Ses parents avaient peut-être prévu un dîner et il n'en avait pas été informé. Il n'avait certes aucun droit d'être inclus dans les conversations familiales, mais ça lui aurait fait plaisir de l'être.

Sur cette idée, il traîna sa carcasse chez Greta pour dîner et se coucha tôt.

Le lendemain matin, Konrad traversa jusqu'au cabinet de bonne heure pour qu'elle ne puisse pas se glisser dans les salles sans qu'il la voie. Il se fit un café avec sa machine à café et, dès la première gorgée, avoua que c'était bien, bien meilleur que son café habituel.

Le temps de rincer le récipient à lait et de nettoyer la plaque de tassage, Adelaide était là. Pas Riley.

Il se força à sourire. — Bonjour. Il fut à nouveau frappé par la ressemblance de Riley avec sa mère. Elles étaient toutes deux des femmes remarquables, et débrouillardes. — Vous êtes prête pour une grosse journée ?

— Ça ira. Elle rit. — Mais je me suis endormie dès que je suis rentrée hier soir. Je dois vieillir.

— Jamais. Mais ses pensées se focalisèrent sur les mots. Riley n'était pas allée chez ses parents comme il l'avait cru. Alors où était-elle allée ? Où pouvait-elle bien aller ?

— Riley n'est pas encore là ?

— Ce n'est pas souvent que je la devance. Il leva sa tasse. — Vous voulez un café de Riley ?

À 8 h 30, Konrad appela son premier patient, mais son attention resta fixée sur la porte ouverte en face de lui.

Riley n'était toujours pas là. Elle aurait dû l'être. Deux femmes l'attendaient déjà.

Son patient se glissa devant lui, qui tenait la porte ouverte, et s'assit sur la chaise réservée aux clients, et, à contrecœur, Konrad ferma la porte. Riley n'avait encore jamais été en retard depuis son arrivée. Est-ce qu'il en faisait trop ? Elle pouvait être coincée au téléphone.

— Bonjour, ravi de vous voir, Jim, dit-il à son patient âgé, mais il ne parvint pas à continuer. — Vous pouvez me donner une seconde ? Au hochement de tête de l'homme, il ajouta : — Merci, puis il prit son téléphone.

— Adelaide ? Pouvez-vous appeler Riley et lui demander si tout va bien ? À l'affirmation fervente de sa nouvelle réceptionniste, il la remercia et raccrocha.

Il força son attention sur Jim et l'écouta pendant que son vieux compagnon de route parlait des douleurs dans ses os et de la poussée d'arthrite dans ses doigts. Il repensa à l'intérêt de Riley pour les bassins d'eau chaude plus bas sur la route et à leurs bienfaits médicinaux. — Dites-moi, Jim, quand êtes-vous allé pour la dernière fois aux bains artésiens ?

Jim renifla. — C'est pour les touristes.

— Allons, ce n'est pas vrai. Beaucoup d'habitants y vont.

Jim grommela.

— Les sources minérales sont vraiment, vraiment bonnes pour l'arthrite, vous savez. Elles sont bénéfiques pour beaucoup de choses. Ça pourrait même faire baisser votre tension. Vous devriez essayer.

Jim fit une grimace. — Voyons, Doc. Je vais y attraper une saleté.

Il avait déjà une maladie — l'arthrite, lui dit-il en silence. — Je n'ai jamais entendu dire qu'on y attrapait quoi que ce soit, l'eau est renouvelée en permanence, dit-il posément. — Mais, ajouta-t-il en se penchant en avant, en tant que votre médecin, je vous suggère d'essayer. Vous êtes venu ici pour être aidé, alors je vous donne mon avis médical. Allez aux bassins. Tous les matins ou les soirs, comme cela vous convient, voire les deux. Plongez, restez dix à quinze minutes. Vous savez que les bains sont ouverts vingt-deux heures sur vingt-quatre. L'entrée est gratuite.

Jim grogna un juron. — J'aurais l'air d'un idiot dans mon slip de bain moulant.

Konrad retint un sourire et tenta d'effacer de son esprit l'image des jambes maigres de Jim et de son maillot type Speedo sans doute tout avachi, avec le paquet bien moulé devant. Bon sang, non.

— Essayez jusqu'à la fin de la semaine et pendant le week-end. Prenez un autre rendez-vous lundi prochain et je veux savoir comment ça s'est passé. Je pense que vous serez surpris. Et pourquoi ne lui avait-il pas suggéré ça plus tôt ? Peut-être, quand elle serait arrivée au travail, demanderait-il à Riley si elle avait envie d'y aller ce soir, et ils pourraient essayer ensemble. Puis son malaise lui retomba dessus et il regarda le téléphone, le sommant mentalement de sonner pour lui annoncer qu'elle était là.

Jim a plissé le nez. — Alors, vous n'avez pas un autre comprimé à me faire essayer ?

Konrad a cillé, puis a regardé le dossier médical ouvert sur son écran, qui recensait tous les médicaments qu'il avait essayés avec Jim pour lui apporter un peu de confort. — Essayez les bassins d'eau chaude pendant une semaine. Il y a beaucoup de minéraux et la chaleur aidera certainement. Si vous avez une poussée de douleur après votre bain, prenez un de ces derniers comprimés que je vous ai donnés. Et moins de vin rouge pourrait aider.

— Bon sang, Doc, vous devenez un vrai père-la-vertu.

— Vous voulez vous débarrasser de la douleur, Jim ?

L'homme bourru a acquiescé, a gémi, puis a fait une autre grimace.

— Une semaine à faire trempette et je vous revois lundi. Konrad s'est levé.

Jim s'est hissé sur ses pieds avec un soupir de longue souffrance. — D'accord, mais si j'attrape une de ces maladies vulnérables sur mon vieux machin, ce sera votre faute.

Vulnérables ? Ah, vénériennes. — Ça n'arrivera pas. C'était extrêmement improbable, se rassura-t-il, et il a ouvert la porte.

L'entrée d'en face donnait sur le cabinet de Riley et était ouverte ; les mêmes femmes attendaient encore. Ses yeux ont croisé ceux, inquiets, d'Adelaide et il a porté la main à sa poche pour ses clés. Il les a sorties, les lui a montrées, et elle a hoché la tête. Jim s'est dirigé vers le bureau et Konrad s'est faufilé par la porte de derrière. Il a traversé à grands pas le petit espace dégagé jusqu'aux studios et a frappé à sa porte. Comme il s'y attendait presque, il n'y a pas eu de réponse, alors il a déverrouillé la serrure et a poussé la porte lentement.

— Riley ? Il a passé la tête par l'entrebâillement. — Tu es là, Riley ? Il pouvait dire que c'était vide — vide depuis un moment — car il n'y avait aucune odeur de savon, de shampoing, ni de Riley.

Il a jeté un œil à l'armoire dans le coin, a traversé la pièce et a cherché rapidement ses baskets sous le lit et dans la chambre. Elles n'y étaient pas. Était-elle partie courir de bonne heure et était-elle assise quelque part avec une cheville tordue ? Mais alors, pourquoi n'aurait-elle pas appelé ?

Un malaise lui a dévalé la nuque et il a vu le chargeur de téléphone, mais le téléphone avait disparu. Elle avait son téléphone. Il a sorti son propre portable et a essayé son numéro, pour tomber sur la messagerie.

Quand l'avait-il vue pour la dernière fois ? Quand quelqu'un l'avait-il vue pour la dernière fois ? À quelle heure ?

Il a jeté un regard vers le lit. Refaisait-elle son lit chaque jour ? Il n'en savait rien. Elle l'avait aidé à faire le sien.

Une douleur le transperça. Et si elle n'y avait pas dormi et avait passé la nuit dehors ? Blessée. Seule. À attendre que quelqu'un la trouve.

À attendre qu'il la trouve.

Il n'avait pas trouvé son frère à temps.

Konrad a pivoté et s'est dirigé vers la chambre d'à côté pour frapper chez Melinda, puis il s'est rappelé qu'elle avait pris le bus de 5 h 50 pour Walgett, en correspondance avec le train pour Sydney, et qu'elle ne reviendrait pas avant trois jours.

Il est revenu d'un pas vif vers les salles et a pris une grande inspiration avant de poser la main sur le comptoir qui le séparait des quelques patients à l'intérieur. En poussant la porte, il a regardé directement Adelaide.

— Elle n'y est pas, a-t-il dit. — Ses baskets et son téléphone ont disparu. Je me dis qu'elle a peut-être tordu la cheville quelque part et cassé son téléphone. Sa voix paraissait calme, maîtrisée, capable de régler ce petit problème, ce qui était remarquable et totalement faux. Il s'est tourné vers les patients qui attendaient pour eux deux et a forcé un sourire.

— Je suis vraiment désolé. Il semble que nous ayons égaré le Dr Brand, qui est d'ordinaire ponctuelle. Je vais être pris ce matin le temps que nous la retrouvions. Pourriez-vous rappeler après le déjeuner et nous vous donnerons un nouveau rendez-vous en priorité dès que possible ? Raisonnable, posé, mais il était loin d'être calme à l'intérieur.

— Bien sûr. Les deux femmes qui attendaient Riley se sont levées, se sont regardées puis ont regardé Adelaide. — On va aller prendre un café et si vous ne nous avez pas appelées d'ici qu'on ait fini, on rappellera cet après-midi.

— Parfait. Konrad leur a ouvert la porte. — Adelaide vous fixera des rendez-vous alors.

Elles se sont empressées de partir, sans doute pour partager la nouvelle que la docteure était introuvable avec les habitués du café, mais il n'y pouvait rien. Ça pouvait être une bonne chose. Peut-être que quelqu'un se souviendrait d'avoir vu Riley.

Les deux autres patients qu'il devait voir se sont levés aussi. — Désolé, leur a-t-il dit, mais ils ont balayé cela d'un geste.

— On espère que vous retrouverez le doc bientôt.

Lui aussi.

Dès que la porte s'est refermée sur eux tous, Konrad a demandé : — Vous avez une idée d'où elle aurait pu aller ?

— Je vais demander à mon mari de faire le tour des rues en voiture au cas où elle aurait fait une chute. Entre ici et chez moi, je suppose que c'est une bonne piste de départ comme une autre.

— Excellente idée. Son regard a croisé celui d'Adelaide. — Elle ne va pas hors des sentiers, d'habitude, n'est-ce pas ?

— Pas à ma connaissance. Il va la retrouver. Il n'y a pas d'autre endroit. Vous avez raison. Elle a dû casser son téléphone. Le ton d'Adelaide sonnait aussi inquiet que les pensées qui fusaient dans sa tête.

— Je vais prévenir quelques personnes pour qu'elles se mettent à chercher et on va commencer à tourner en voiture. Avec votre mari aussi, on pourra couvrir la ville assez vite.

— Oui. Ça ne devrait pas être difficile de la retrouver. Des yeux verts familiers ont plongé dans les siens. — Mais quelqu'un ne serait-il pas déjà tombé sur elle, si elle était blessée ?

Ils ont tous les deux jeté un coup d'œil à l'horloge. Huit heures quarante-cinq. — Les mamans d'élèves sont dans les parages, dit-il. — La plupart des touristes sont levés. Quelqu'un va bientôt tomber sur elle. Il ne voulait pas penser aux similitudes avec la fois où il avait perdu son frère. — Si nous ne l'avons pas retrouvée dans le prochain quart d'heure, j'appellerai la police pour demander de l'aide.

— Je suis d'accord. Adelaide a pris son propre portable. — Je vais appeler Tyler, puis tous les autres patients.

Il réfléchissait à l'organisation. — Fermez le cabinet jusqu'après le déjeuner. En fait, annulez tous les rendez-vous de la tournée de Riley pour cet après-midi. Essayez de les joindre avant qu'ils ne quittent leur domicile. Les plus éloignés d'abord.

— Je vais m'en charger. Elle a porté le téléphone à son oreille et il l'a entendu parler pendant qu'il se rendait dans son propre bureau pour passer des appels. — Tyler. J'ai besoin que tu fasses un tour en voiture et que tu cherches Riley. Il l'entendait expliquer la situation, en présentant à Tyler le scénario le plus optimiste possible. Mieux valait ne pas y penser. Il devait cesser de la comparer à William.

Konrad a frissonné et a décidé de demander de l'aide aux mineurs. Il demanderait à Cyrus de rassembler quelques hommes. Cyrus serait motivé et persuasif. Konrad savait, au fond de lui, qu'ils allaient devoir commencer à chercher dans des puits de mine, parce que c'était là que les gens disparaissaient.

Certains y étaient même morts.

Il y avait des centaines de puits, mais tous devraient être recouverts de grillages ou protégés par des clôtures. Sauf que la loi n'a imposé le comblement des anciens puits inutilisés qu'à partir des années 1980. Il y en avait des kilomètres, disséminés partout.

Chapitre Quarante-sept

Adelaide

Le cœur d'Adelaide cognait dans sa poitrine tandis qu'elle passait chaque appel pour annuler les rendez-vous, en se forçant à paraître calme. Un calme qu'elle ne ressentait pas. Un calme qui vacillait et tremblait alors même que sa voix restait posée. — La docteure est souffrante aujourd'hui. Je reprogrammerai le rendez-vous cet après-midi ou demain matin dès que nous saurons quand elle pourra revenir. Merci. Nous vous prions de nous excuser pour la gêne occasionnée.

Konrad jaillit de sa chambre en faisant tinter ses clés. — Je pars. Vous pouvez fermer le cabinet. Il agita la main dans cette direction. — Quand vous aurez joint tout le monde, mettez la pancarte FERMÉ. Vous pouvez enregistrer un court message sur le répondeur pour dire que le cabinet est temporairement sans personnel. Ils peuvent laisser un numéro pour que vous les rappeliez quand nous aurons retrouvé Riley.

Il s'arrêta et croisa son regard. — Je la retrouverai, Adelaide.

Une part de cette horrible peur se desserra, un tout petit peu. Elle croyait qu'il ferait tout ce qui était en son pouvoir pour y parvenir. — Bien. Prévenez-moi quand vous l'aurez retrouvée. Elle resterait ici de toute façon. Au cas où Riley reviendrait.

Sans sourire, il hocha la tête et s'en alla.

Adelaide appela le patient suivant, et ainsi de suite. Douze fois, pour être précise. Tout le monde se montra extrêmement conciliant, ce qui était une chance, pas quelque chose à quoi elle s'attendait, mais dont elle était très reconnaissante.

Tyler avait téléphoné après avoir fait le tour de la ville et n'avait rien de positif à ajouter. Il roulait toujours. Konrad avait prévenu la police, qui élargissait les recherches. Ce n'était pas le genre de Riley d'être négligente, et l'angoisse lui rongeait la gorge. Elle voulait être en voiture, à conduire, à chercher. Être là quand ils la retrouveraient. Mais elle ne pouvait pas partir. Elle devait rester ici, tenir le standard et préparer la suite. Quand ils la retrouveraient, pas si !

Qu'était-il arrivé à Riley ? Qu'est-ce qui avait bien pu se passer ? Elle n'avait pas pu être agressée et blessée. Enlevée. Tuée. Non. Elle ferma les yeux et pria.

Cette panique était absurde. Elle devait croire que Riley allait bien, qu'elle était quelque part avec une légère blessure. Ils n'étaient certains de son absence que depuis moins d'une heure, alors elle réapparaîtrait forcément bientôt. L'horloge indiquait 9 h 45.

Une heure d'inquiétude. Elle n'arrivait pas à imaginer comment les familles de personnes disparues tenaient des jours, des semaines, des années. Elle soupçonnait qu'aujourd'hui pourrait être la journée la plus longue de sa vie jusqu'au retour de sa fille.

CHAPITRE QUARANTE-HUIT

Riley

QUAND RILEY S'EST RÉVEILLÉE à nouveau, elle s'était retrouvée allongée, repliée en accordéon, les genoux sur le côté, sur le dos, le regard tourné vers le haut. Elle avait dû glisser le long de la paroi et bouger pendant son sommeil. Dormir. Mouais. C'était plutôt un état semi-comateux.

Au moins, de là, elle voyait un cercle de lumière en haut du puits. C'était le matin. Elle espérait que ce n'était pas l'après-midi. Dire qu'elle avait passé sa vie à courir partout, toujours en mission... Ici, pas de mission. Rien du tout. Pas même une échelle.

Assez de lumière tombait pour lui montrer la perche brisée qui menait hors du puits, près du sommet. C'était trop loin pour l'atteindre.

Bon. Ce n'était pas comme le puits de sa mère, et il n'y avait pas d'échelle en acier fixée à la paroi comme à la sortie d'une piscine. Non pas qu'elle se sente déjà assez forte pour se hisser dehors, même si son cerveau s'était réveillé plus clair. Mais il y avait quelque chose de rassurant dans cette petite fenêtre lumineuse sur le monde extérieur au-dessus de sa tête.

Elle se redressa prudemment pour s'asseoir, prenant le temps d'attendre que les vertiges cessent à chaque étape du mouvement, comme une grimpeuse sujette au vertige. Le puits avait été creusé en un cercle étroit, d'environ un mètre de diamètre, avec des lignes horizontales gravées dans la roche et ce qui ressemblait à des prises de pied taillées dans les parois. Malheureusement, ce n'étaient pas des prises qu'elle avait envie d'utiliser. Pas si elles risquaient plus sûrement de la renvoyer tout en bas.

On aurait dit que quelqu'un avait tracé un cercle au sol et creusé de 15 cm dans les roches, à la recherche d'opales dans les stériles. Puis qu'il avait encore creusé de 15 cm, fouillé toutes les pierres, et encore de 15 cm, jusqu'à décider d'aller creuser ailleurs. Le puits semblait faire au moins 10 m de profondeur, peut-être 15 si elle n'avait pas de chance. Mais il était temps de prendre les choses en main, même si elle n'avait qu'une envie : se recroqueviller et se remettre en « sommeil ».

Il faisait jour, le moment idéal pour être entendue par d'éventuels sauveteurs. La seule chance que quelqu'un l'entende si elle appelait. Riley se força à relever sa tête lourde. Elle devrait paniquer et hurler pour sortir, mais l'étrange léthargie qui la tenait lui pompait toute son énergie.

Non. Il fallait sortir maintenant. Elle pinça les lèvres et appela aussi fort qu'elle put. Le petit pépiement de sa voix appelant à l'aide sonnait comme un timide... « secours ». Super. Elle était tellement desséchée qu'elle pouvait à peine émettre le moindre son. Elle réessaya, et cette fois le mot tout entier sortit. — À l'aide. Mais elle doutait que ça monte à un mètre au-dessus de sa tête, alors 10 m...

Elle tourna les yeux vers l'écran éclaté de la bouée de sauvetage électronique qu'était son téléphone, et, à la faible lumière, elle douta que le fait de le secouer, de le tripoter ou d'enfoncer des morceaux lance le moindre appel. En supposant qu'il y ait du réseau à 10 m sous terre. Note à moi-même : acheter une coque antichoc pour la prochaine fois.

— D'accord. Arrête d'être défaitiste, murmura-t-elle. Elle ne pouvait pas taper de message : sans écran, elle n'avait aucune idée d'où se trouvaient les touches du clavier, mais elle pouvait maintenir ensemble les boutons latéraux et un signal d'urgence se déclencherait. Du moins, elle l'espérait.

D'une main tremblante, elle pressa à la fois la touche de volume et le bouton marche/arrêt sur les côtés du téléphone. Cinq fois. À la cinquième pression, le téléphone lança trois hurlements de sirène espacés qui la firent sursauter, puis sourire.

C'était bien plus fort que son minuscule appel à l'aide. Elle avait toujours compris que si elle ne coupait pas les hurlements d'alerte, l'appareil enverrait automatiquement un signal de détresse aux services d'urgence. Elle avait enfin fait quelque chose d'utile pour se sauver. Il était temps.

— À l'aide, croassa-t-elle. Avec les martèlements dans sa tête, ce serait terriblement facile de simplement fermer les yeux et d'attendre un miracle, mais même les miracles demandaient un effort. Elle se hissa tant bien que mal pour se mettre debout en vacillant et leva le bras, ce qui rapprocha le bruit de la surface. — À l'aide.

Riley appuya de nouveau sur les boutons, cinq fois. Après le troisième hurlement, elle se laissa glisser contre la paroi et retomba accroupie, en ménageant sa cheville, et attendit. Quel dommage de ne pas y avoir pensé la nuit dernière.

CHAPITRE QUARANTE-NEUF

Konrad

À L'HEURE DU DÉJEUNER, la frustration et l'angoisse de Konrad menaçaient de l'engloutir comme l'un de ces puits vides, là-bas. L'air plein d'espoir d'Adelaide lui déchirait le cœur chaque fois qu'il revenait vérifier que Riley n'était pas rentrée. Le grognement de Tyler — Des nouvelles ? — quand il lui adressait la parole, le faisait grimacer.

Son dernier appel à la police avait indiqué qu'il y avait près de cinquante personnes sur le terrain et que les chiens de recherche arriveraient cet après-midi. Il avait besoin de faire quelque chose de plus physique que conduire. Il avait roulé lentement et méthodiquement dans toute la ville, cherchant une coureuse blessée, parcouru toutes les rues une douzaine de fois — plus qu'une douzaine — et la police avait déployé un drone qui volerait jusqu'à la nuit, tournant en cercles et inspectant les champs d'opale en cercles concentriques à la recherche de quelqu'un de blessé et sans défense.

Il avait enfilé des chaussures de course et un short, et depuis une heure il trottinait dans les ruelles en périphérie, jetant des coups d'œil dans les arrière-cours, se penchant par-dessus les clôtures et vérifiant derrière les véhicules. Ses yeux balayaient sans cesse à la recherche d'une silhouette au ras du sol, blessée, malade, inconsciente.

Avait-elle fait un AVC, un anévrisme, ou quelque bombe à retardement congénitale inconnue l'avait-elle terrassée ? Avait-elle pu être agressée ? Enlevée ? Ce n'était pas quelque chose de courant en ville, mais c'était tout de même possible.

Non. Pas Riley, hurlait son esprit.

Il continua à courir, plus loin hors de la ville, vers les vastes étendues d'anciennes zones d'exploitation, les secteurs plus déserts ; les semelles de ses baskets claquaient désormais la terre, loin du bitume. Serait-elle venue courir jusqu'ici ?

Il longea la lisière des champs au petit trot quand il entendit le bruit. Étrange, comme le hurlement lointain d'une sirène. Trois brèves salves ; il s'est arrêté et a essayé de déterminer d'où cela venait.

La brise lui repoussa des mèches dans les yeux et il les a chassées d'un geste pressé, sans ciller tandis qu'il pivotait lentement. Et il a attendu, le cœur battant à tout rompre.

Puis cela a recommencé. Lointain, et pourtant non. Un hurlement. Puis un autre. Encore un. Il comprit ce que c'était : l'alerte d'urgence d'un téléphone.

Riley.

Il se retourna dans la direction du bruit, scrutant par-dessus les tas de déblais blanchâtres, des hommes au loin, et le vrombissement du drone quelque part derrière lui dans le ciel. Ses yeux balayaient tandis qu'il commençait à marcher prudemment dans le champ désert. Ils avaient tout vérifié plus tôt, quand il était avec Cyrus, et ils n'avaient rien entendu. Et ils avaient appelé à plusieurs reprises.

Tous les 6 mètres environ, un autre puits abandonné était clôturé, couvert ou à moitié comblé. Certains peu profonds, d'autres plus profonds, tous bordés de tas de roches blanches rejetées, comme un paysage lunaire en monticules.

L'alerte étouffée retentit de nouveau et cette fois, il la suivit jusqu'à la source. Un puits dont le filet de sécurité renforcé avait été à moitié repoussé, couvrant à peine le rebord en béton au-dessus. Est-ce que ça venait de là ?

Il s'agenouilla prudemment et se pencha au-dessus du rebord de béton blanc qui protégeait l'orifice du puits, et regarda en bas. Il faisait sombre, mais le soleil était haut et brillait presque directement à l'intérieur.

— Riley ?

Quelque chose bougea légèrement et son souffle se coupa. — Riley ? appela-t-il de nouveau.

— Konrad ? La voix était faible, à peine un souffle, mais il l'entendit. Au loin, il entendait des sirènes.

— Dieu merci, grogna-t-il presque de soulagement. — Ça va ?

— Tu es en retard. Deux mots, réprobateurs, dans une voix mince et éraillée.

Sa gorge se serra et il eut envie de descendre pour la serrer dans ses bras. — Hé, je t'ai trouvée. Le SOS d'urgence a marché. Ça aurait été bien si tu l'avais utilisé plus tôt.

Elle émit un son ; il n'était pas sûr que ce soit un rire ou un sanglot. Une voiture de police, une ambulance et, par-dessus le marché, un camion de pompiers fonçaient vers lui. Au moins, ils auront des échelles.

Chapitre Cinquante

Adelaide

ADELAIDE ÉTAIT ASSISE à la réception, Tyler à ses côtés, la chaleur de son corps collée contre elle. Sa chaise ne pouvait pas se rapprocher davantage et, au moins, il l'aidait à ne pas grelotter, mais sa présence n'enlevait ni la peur ni l'appréhension.

Il lui avait apporté le déjeuner, mais au fond, il voulait s'assurer qu'elle allait bien, et elle en était tellement heureuse. Voilà à quoi servaient quarante ans de vie partagée. Dans les moments difficiles, les partenaires de vie se comprenaient, sans mots. Ils partageaient la douleur et l'inquiétude, et comprenaient parce qu'ils mettaient en commun les instants qui changent une personne.

Sur le bureau, son portable sonna. Elle manqua le laisser tomber tant elle se précipitait pour décrocher, et Tyler maintint ses doigts avec les siens. Elle plaqua le téléphone contre son oreille à deux mains.

— Allô ? Konrad ? Tu l'as retrouvée ?

— Oui, elle est en vie.

— Dieu merci. Les mots s'échappèrent en un murmure de ses lèvres sèches, et son propre soulagement se refléta dans le regard de Tyler, rivé au sien. Elle appuya sur le haut-parleur pour que Tyler entende.

— Où ?

— Elle est tombée dans un puits désaffecté, hors de la ville. Elle s'est cogné la tête. Elle est vaseuse, mais elle a pu appuyer sur les boutons SOS d'urgence de son téléphone.

Donc, pas inconsciente. — Dieu merci, dit-elle encore, tandis que ses épaules s'affaissaient et que le bras de Tyler l'enveloppait. Elle se laissa aller contre lui et ferma les yeux.

Konrad reprit. — Je l'emmène au centre d'urgences et on va la faire examiner là-bas. Pour voir si elle doit être transférée quelque part.

— Je te retrouve là-bas, dit-elle, reconnaissante d'avoir enregistré plus tôt le message pour le cabinet. Elle doutait d'être capable d'avoir les idées claires si elle devait le refaire maintenant. Elle bascula le téléphone du cabinet sur le répondeur avant que quiconque ne puisse appeler.

— Je leur dis que tu arrives. Il raccrocha.

Elle se dégagea de Tyler et sa main libérée tâtonna à l'aveugle pour attraper son sac. Il n'était pas là.

— Tiens, dit Tyler en lui tendant son sac. — Tu l'as mis dans le tiroir.

Adelaide expira bruyamment. Elle devait se calmer. — Merci. Sa voix sonnait étrangement, et, ensemble, ils fermèrent et montèrent dans la voiture de Tyler. Adelaide était reconnaissante de ne pas avoir à conduire. Visiblement, quand sa propre fille était impliquée dans une urgence médicale, elle n'était plus du tout posée ni professionnelle.

Lorsqu'ils arrivèrent devant le petit bâtiment, les places se faisaient rares, entre l'ambulance, une demi-douzaine de voitures particulières, un véhicule de police et même un camion de pompiers garés devant.

— Feu à la mine ? La piètre tentative de blague de Tyler lui arracha une grimace, mais elle tapota son bras.

Il haussa les épaules. — Désolé. Remarque stupide.

Elle voyait la tension gravée sur son visage, comme si quelqu'un avait repassé au Bic les lignes de son front et les côtés de sa bouche. De profondes lignes sombres d'une affreuse inquiétude ressortaient.

— Comique. Rentrons voir notre fille.

Il lui prit la main et ses doigts serrèrent les siens, chauds et forts, mais parcourus d'un tremblement presque imperceptible. Ils entrèrent main dans la main, unis par l'inquiétude et l'amour pour leur fille devenue femme.

Elle croisa Cyrus, qui lança : — On l'a trouvée. Elle lut son soulagement. Charmant, et qui sentait fort.

Elle passa devant le policier qui l'avait un jour arrêtée, à son arrivée en ville, pour vérifier la largeur de ses pneus. Elle l'avait trouvé casse-pieds à l'époque, mais s'il avait été dehors à chercher sa fille, c'était un saint à présent. Elle lui adressa un sourire, ainsi qu'au pompier qui parlait à un ambulancier. Ils étaient tous là pour aider. Tous eurent droit au sourire de cette mère reconnaissante.

La réceptionniste se leva et les dirigea, sans poser de questions — Konrad avait dû faire passer le message —, vers une porte close, puis dans une pièce qui semblait pleine de monde.

À y regarder de plus près, ils n'étaient que quatre. Et Riley.

Ce n'était pas une grande pièce, à peine un peu plus grande que la salle d'observation du cabinet du médecin, et Riley était allongée au centre sur une table d'examen, des couvertures remontées autour d'elle. Une femme à l'air efficace, qui hocha la tête à leur entrée, se remit à poser discrètement des électrodes de monitoring cardiaque sur la poitrine de Riley, sous la couverture.

Riley tourna la tête et leurs regards se croisèrent. Les siens étaient un peu flous. — Salut, Maman. Papa. Désolée de vous avoir inquiétés.

Adelaide, la calme Adelaide, enfouit son visage contre la large poitrine de son mari et pleura en silence.

Chapitre Cinquante
et un

Riley

L'infirmière termina de fixer la dernière électrode sur les pastilles adhésives de sa peau et Riley essaya de se concentrer sur les personnes inquiètes dans la pièce. Elle avait provoqué un gros incident et se ratatinait sous l'attention, souhaitant pouvoir s'éclipser pour panser ses plaies en privé. Mais elle savait que non.

Elle allait être tristement célèbre en ville. « La docteure tombée dans le trou ». On aurait dit un livre pour enfants avertissant les petits de faire attention. L'avertissant, elle, de faire plus attention. Se tortiller.

Ses parents s'enlaçaient. Au moins, c'était un point positif. C'était déjà ça.

Konrad restait là, la hanche appuyée contre le lit, scrutant ses constantes sur le moniteur. Il n'avait pas été à plus de 30 cm d'elle depuis qu'on l'avait hissée au treuil hors du puits.

Apercevoir l'échelle qui descendait en douceur à côté d'elle avait été une vision merveilleuse. Voir Konrad y grimper avait été encore mieux, même si l'espace était très exigu dans le puits. Ses grandes mains avaient entouré son visage avec douceur quand il avait murmuré — Dieu merci, tu es saine et sauve. Puis il lui avait fait un examen rapide du regard et avait levé la tête. — Retirez l'échelle. On aura besoin du treuil.

Elle avait chuchoté — Tu peux voir ça rien qu'en me regardant ?

Sa voix avait été sombre. — Oui.

Elle avait alors su qu'elle avait eu la chance de s'en sortir vivante.

Au moins, maintenant, elle se sentait bien mieux que lorsqu'on l'avait amenée sur un brancard, mais les coups dans sa tête ressemblaient toujours à une pioche qui martelait son cerveau.

Konrad disait à ses parents — Nous ne pensons pas que sa cheville soit cassée, mais nous ferons une radio très vite. Elle doit être transférée à Moree pour un scanner cérébral. Je veux ce scanner pour exclure une hémorragie intracrânienne. Elle a eu une perte de connaissance prolongée, ce qui n'est jamais bon. On voudra peut-être la garder. Avec ça, et sa nuit passée dans le puits, il lui faut une surveillance, mais ça ne l'enchante pas.

L'infirmière dit — Les médecins font les pires patients. Elle accompagna ses mots d'un clin d'œil, puis inclina la tête vers Konrad. — Il a dit qu'il l'accompagnerait. Son ton laissait entendre que les médecins font aussi les pires amis inquiets.

La dernière chose que Riley avait envie de faire, c'était de passer trois heures à bringuebaler à l'arrière d'une ambulance, mais elle ne voulait pas non plus se retrouver avec un hématome sous-dural. D'une voix lasse, elle dit — Je pars quand ?

— Dès que la prochaine ambulance sera libre. Je viens avec toi.

Elle pensa à tous les couples infertiles qui avaient conduit des heures pour venir jusqu'à elle. — Et la clinique ?

— Ta mère a contacté tout le monde. Elle fait un travail formidable. On réglera tout ça la semaine prochaine avec tes patientes, quand tu t'en sentiras capable.

Elle referma les yeux, espérant que le mineur d'opale obstiné qui tambourinait dans sa tête rangerait sa pioche. Elle avait envie de tout laisser entre les mains de Konrad, ou de ses parents, ce qui ne lui ressemblait pas. Elle avait peut-être vraiment une lésion cérébrale. D'ordinaire, elle ne laissait personne faire quoi que ce soit pour elle, mais elle était trop fatiguée pour s'en soucier.

Le trajet jusqu'à Moree en ambulance passa plus vite qu'elle ne l'aurait cru. Konrad lui tenait la main, contrôlait son pouls et ses pupilles. Elle s'assoupissait entre deux contrôles, se sentant en sécurité. Si ç'avait été Josh qui la cajolait, elle se serait sans doute agacée de ses attentions aux petits soins, mais le Konrad sans chichis lui faisait trouver la surveillance tout à fait acceptable.

Il avait dit que ses parents suivaient l'ambulance, Maman dans la voiture de son père, Papa dans celle de Konrad, pour qu'il puisse rentrer une fois l'ambulance partie. Tout serait réglé.

Une heure après l'arrivée, le scanner de son cerveau montrait un important œdème mais pas d'hémorragie. En d'autres termes, une commotion cérébrale sévère.

Quatre heures plus tard, la cheville bandée et l'épaule immobilisée, elle quitta l'hôpital en boitant, Konrad lui tenant le bras valide tandis qu'il la guidait jusqu'à sa voiture.

Il a conduit en silence trop longtemps après avoir quitté l'hôpital.

Riley le relança. — Aloooors. J'imagine que j'ai eu pas mal de chance, dit-elle.

Ses jointures blanchirent sur le volant, mais il ne dit rien.

Elle lui donna un petit coup à l'épaule. — Tu es là ?

Finalement, il a dit — Oui.

— Ça va ?

Il expira dans un souffle sifflant, étira les doigts comme s'ils étaient crispés, puis reprit le volant. Elle soupçonna qu'il s'était perdu dans un mauvais endroit dans sa tête. — Beaucoup mieux que si on ne t'avait pas retrouvée.

Ah. Un mauvais endroit. Le scénario du pire. — Je dois te dire merci pour ça. C'est toi qui m'as trouvée.

Il secoua la tête. — Tu y as passé la nuit et tu aurais pu mourir. Et en plein jour, tu t'es sauvée grâce à la balise de détresse.

— Mais mon cher, très cher ami Konrad, tu arpentais les rues à ma recherche. Tu m'as trouvée le premier.

Il sourit à cela, mais ça ne semblait pas lui venir facilement. — Beaucoup de gens étaient dehors à te chercher.

— Entendre ta voix a été le meilleur moment de ma journée.

— Pareil, dit-il. — J'ai été plutôt autoritaire depuis qu'on t'a retrouvée. Désolé.

Elle balaya ça d'un geste. — Tu es toujours autoritaire.

Il rit. — Je vois que tu vas mieux.

— C'est vrai. Le type — je l'ai appelé Cyrus — qui me martelait la tête s'est calmé : il ne donne plus que de petits coups de pioche.

— Ravi de l'entendre. Je ne te proposerai pas de vin pendant quelques jours.

— Ça me va. Tu es sûr que je ne peux pas travailler demain ?

— Tu veux que je sois encore autoritaire ? Son ton était amusé. — Parce que je peux l'être. Il lui jeta un coup d'œil. — Et non. Tu as eu une commotion cérébrale sévère. Attendons lundi. Puis on augmentera l'activité progressivement toute la semaine, jusqu'à ce qu'on soit d'accord tous les deux que tu es prête à reprendre tes patients. Ensuite, des demi-journées. On peut me transférer tous tes rendez-vous de généraliste du matin. Contente-toi de tes patients. Je m'en sortirai.

— Ça va te faire trop de boulot.

— Je peux encore prendre les urgences. Les patients qui le peuvent seront un peu décalés. Ils seront quand même vus.

Elle savait qu'elle n'était pas en état de travailler pendant quelques jours. Elle n'avait pas les idées assez claires et la dernière chose dont elle avait besoin, c'était de faire des erreurs. Ses patients avaient besoin d'un médecin parfaitement concentré. — D'accord. Lundi, ça me va. Des consultations toute la journée. Mais je pourrais passer vendredi après-midi à mon bureau pour ne pas me noyer dans la pathologie. Peut-être voir quelques habitants du coin.

Il fronçait encore les sourcils. — Hmm.

— Quoi ?

— Ça ne me plaît pas que tu dormes seule ce soir dans ton studio.

Elle arqua les sourcils, ce qui tira sur le côté douloureux de sa tête, la fit grimacer et gâcha l'effet qu'elle recherchait. — Docteur Grey ? Tu me fais des avances ?

Cette fois, c'était un vrai sourire, qui le rendait si beau qu'elle dut fermer les yeux. — J'aimerais bien. Je me disais que si tu dormais dans mon lit, je pourrais dormir par terre. Il haussa les épaules, lui lançant un regard en coin pour voir comment elle le prenait. — Il n'y a pas de place dans la cabane de ta mère. Et je me sentirais mieux si je pouvais t'entendre respirer pendant la nuit.

Cet homme était tellement adorable, mais elle n'avait pas besoin d'un chaperon. Il lui avait déjà donné un nouveau téléphone. — Ça ira dans ma chambre. Tu peux m'envoyer un SMS pour vérifier. Et je peux appeler si j'ai besoin de toi. C'était à son tour de sourire. — Ou je peux simplement appuyer sur l'alarme d'urgence. Tu sais que j'en suis capable.

— Et tu sais que j'accourrai.

CHAPITRE
CINQUANTE-DEUX

Melinda

LE VENDREDI MATIN, MELINDA a pris le train de 7 h depuis Central Station, à Sydney, jusqu'à Dubbo. Six heures et demie de trajet. Deux heures plus tard, elle a pris l'autocar pour Lightning Ridge, et à 19 h ce soir-là, elle est descendue du bus, épuisée mais soulagée. Douze heures de voyage et elle avait le dos en compote.

Il ne faisait pas tout à fait nuit, mais elle était trop fatiguée pour presser le pas sur la courte distance jusqu'aux studios derrière le cabinet du médecin, et elle espérait que personne ne surgirait.

La porte du studio de Konrad était ouverte et il se leva au bruit de sa valise qui roulait devant sa porte. — Mel. Bon retour. Son regard vif la fit repousser d'une main molle les cheveux devant ses yeux. — Tu dois être épuisée. Je te fais une tasse de thé ?

Elle n'avait pas été aussi fatiguée depuis longtemps et n'aspirait qu'à son lit, mais un thé sonnait comme le paradis. Elle s'affaissa un peu et desserra sa prise sur la petite valise à roulettes. — Je pose juste le sac et je me rafraîchis. Elle mourait d'envie d'aller aux toilettes. — Mais oui. Ce serait merveilleux. Merci.

Elle se détendit davantage, retrouvant l'aura familière de sécurité qu'elle ressentait toujours avec Konrad. Il demanda : — Je dis à Riley que tu es là ?

— Ce serait super aussi, lança-t-elle par-dessus son épaule. Elle avait des choses à raconter, mais d'abord elle traîna sa petite valise sur les derniers 4,5 m jusqu'à sa porte. Pas la nouvelle chambre, l'ancienne. Elle n'y avait pas encore emménagé. Pourtant, un petit élan d'excitation la traversa. Elle emménagerait demain.

Le temps de se laver le visage et de se brosser les dents, elle se sentit presque humaine et retourna à la salle commune. Riley et Konrad étaient assis à la table, avec cette grosse théière entre eux. Konrad désigna l'appareil à croque-monsieur. — Tu as mangé ? Ça fait des muscles.

Son estomac gargouilla comme s'il goûtait déjà aux gourmandises au fromage de Konrad. Il les lui avait préparées juste après son emménagement, quand elle sursautait encore au moindre bruit. Il avait dit qu'elles étaient surpuissantes. Elle ne l'avait pas cru à l'époque, pas plus que maintenant, mais l'idée la fit sourire. — Depuis Dubbo, rien.

— Tartines grillées au fromage ?

Melinda se laissa tomber sur la chaise, ses fesses n'ayant aucune envie de se rasseoir, mais à l'idée d'un repas qu'elle n'aurait pas à préparer, son humeur remonta. — Parfait.

Konrad se leva. — Riley ?

— Non, merci. Ses yeux pétillèrent en le regardant et Melinda se demanda ce qu'ils avaient fabriqué pendant son absence. — Tu as l'air pâle et endolorie, dit Riley.

Melinda jeta un coup d'œil à Riley. En fait, toi aussi, pensa-t-elle, quand Riley demanda : — Journée longue dans le bus ?

Pfff, le bus. — Bien trop longue. Cinq heures. Mais le train, ça allait, parce que je pouvais me lever pour marcher quand j'en avais besoin. C'est un long voyage pour une grande ville. J'aimerais ne pas avoir à le refaire.

— Tu t'en es bien sortie pour faire deux gros trajets en quatre jours. C'est pour quand, le déclenchement ?

— Dans deux semaines. Au moins, elle savait ce qui l'attendait maintenant. Et elle était plutôt sereine. — Césarienne à trente-huit semaines. Ils ont dit que les dernières images montraient qu'ils devraient pouvoir remettre l'intestin hernié en place et réparer l'ouverture au niveau du ventre dans la même opération. Et ils pourraient le faire assez vite si le bébé va bien après la naissance.

Le visage de Riley s'illumina. Elle se souciait vraiment d'elle, et Melinda sentit une chaleur chasser une partie de son épuisement. — C'est une excellente nouvelle. Et l'assistante sociale ?

Elle pensa à Chris, qui lui avait présenté Janey, et à quel point celle-ci lui avait sauvé la mise. — Incroyable. Elle avait avec elle une étudiante assistante sociale de la fac, et Janey est venue à tous les rendez-vous avec moi. Ça a tout changé, parce qu'elle savait où elle allait et s'est occupée de me présenter à tout le monde. Elle a dit qu'elle serait là pour l'opération aussi, si je le voulais. Elle regarda Riley. — Oui, je veux.

— Tu as raison. Il n'y a aucune raison qu'elle ne puisse pas être là.

Ce fut un soulagement. Elles en avaient parlé après avoir vu l'obstétricien. Melinda pensa au grand sourire de Janey et à son assurance. — Tu pourrais vérifier ça pour moi, s'il te plaît ? Je n'en ai pas parlé à l'obstétricien. Janey est originaire de Dubbo, ses parents y ont une ferme, et on s'est entendues comme larrons en foire.

— Bien sûr. De toute façon, je dois l'appeler lundi. Un autre regard passa entre les deux médecins, comme s'ils pensaient la même chose et savaient ce que l'autre pensait. Ils avaient clairement quelque chose entre eux.

Konrad dit : — C'est formidable, Melinda. Je suis vraiment content que tu aies trouvé quelqu'un pour être là avec toi.

Riley demanda : — Et le spécialiste ?

— Les médecins étaient top. L'anesthésiste m'a vue en même temps — on avait une réunion de groupe à la clinique — et je serai éveillée pendant l'opération. Elle y pensa, mais aussi aux raisons. — Comme ça, le bébé n'a pas à s'endormir quand moi je m'endors, et c'est plus sûr pour lui. Ils m'ont promis que je ne sentirais rien, mais ils surveilleront mon visage tout du long pour s'en assurer.

— Excellent. Et la nurserie ?

La nurserie. C'était un endroit qui fichait la trouille, avec des bébés minuscules. Elle avait dû mettre une blouse et un masque et se laver les mains. — Janey est venue avec moi en soins intensifs néonatals. Le personnel m'a montré un berceau comme celui où il ira.

— Tu as dit « il » deux fois, taquina Konrad. — Ils t'ont dit le sexe ?

Melinda leva les yeux au ciel. — Pas avant d'avoir vu un pénis d'une évidence criante à l'échographie, souffla-t-elle. — Comme un doigt en trop dressé. J'ai demandé et on en a tous rigolé.

Elle se laissa aller contre le dossier. Elle était entourée de gens bienveillants, et Sydney n'avait pas été si terrible une fois Janey entrée en scène.

— Il faut qu'on trouve quelqu'un qui va à Sydney la semaine prochaine, dit Riley. — Pour te simplifier la vie au lieu de reprendre le bus. IPTAAS, c'est le Isolated Patient's Travel and Accommodation Assistance Scheme, prendrait en charge leur essence. Elle regarda Konrad. — Je demanderai aux dames du vendredi et toi, tu pourrais tendre l'oreille avec tes patients.

— Excellente idée. Il acquiesça.

Les cheveux de Riley retombèrent en arrière et un hématome bosselé, violet foncé, apparut sur son front. Melinda eut un hoquet. — Qu'est-ce que tu t'es fait à la tête ?

Riley regarda Konrad. Il dit : — On a eu des aventures ici aussi. — Riley est tombée dans un vieux puits de mine pendant son footing et elle s'est assommée.

Melinda frissonna, se rappelant un homme, assez récemment, qui était mort exactement comme ça. — La vache. C'est terrible. J'espère que le puits n'était pas profond.

— 13 mètres, dit Konrad. — Elle s'est fait remonter les bretelles pour nous avoir fichu une peur bleue à tous, mais, depuis, elle se la coule douce et a pris le reste de la semaine de repos.

Ça sonnait comme s'il y avait plus que ça, pensa Melinda, mais elle ne voulait pas être indiscrète. — Ça va ?

Riley acquiesça. — Oui, merci. Je suis bien plus reposée. On a annulé mardi et toute cette semaine pour moi, mais je devrais pouvoir travailler des demi-journées la semaine prochaine. Si ça te va, la suivante je ferai matin et après-midi pour rattraper.

Elle serait là pour ça. Sa dernière semaine de travail. Melinda regarda Konrad. — Tu vas être bien occupé.

Riley approuva, amusée. — C'est ce que j'ai dit. Il assure une permanence demain matin.

— Oh. Ses épaules s'affaissèrent. — Tu as besoin de moi ?

— Non. Konrad secoua la tête. — Tu te reposes demain.

— Eh bien... Elle ne se reposerait pas. Un pincement de culpabilité la traversa. — Dans le bus aujourd'hui, j'ai appelé Greta pour lui parler de Sydney et des examens. Elle et Toby passent demain matin pour m'aider à emménager dans le nouvel appart, si ça te va.

Il lui adressa un large sourire ravi et elle se détendit. — Tant mieux. Ça tombe très bien. Adelaide vient à l'accueil parce qu'on s'est dit que tu serais trop fatiguée, juste pour la demi-journée, et Riley pourra s'asseoir sur une chaise et regarder le va-et-vient que vous faites.

— Sympa, merci, dit Riley, mais elle n'avait pas l'air de s'en formaliser. Ces deux-là se comportaient vraiment bizarrement.

Melinda se réveilla le samedi matin, reposée après une bonne nuit de sommeil dans son propre lit. Dieu merci, elle était chez elle. Le bébé bougea et lui donna de petits coups, et une bulle d'excitation lui monta à la poitrine à l'idée que bientôt les soucis seraient derrière elle et qu'elle pourrait ramener son bébé à la maison. Aujourd'hui, Greta avait dit qu'elles iraient au magasin d'occasion chercher un berceau ou quelque chose pour que le bébé y dorme. Ce soir, elle dormirait dans le nouvel appart.

Elle s'habilla, marcha jusqu'à l'IGA et acheta de la crème fraîche, de la confiture de fraises, du vrai beurre et trois paquets de petites crêpes déjà prêtes pour la pause du matin. Quand des gens vous rendent service, ils méritent qu'on leur offre de quoi se régaler.

Toby et sa mère arrivèrent à neuf heures et Riley sortit voir si elle pouvait aider. Greta la renvoya s'asseoir. — On s'occupe de ce petit boulot. Repose-toi.

On aurait dit que la ville veillait maintenant sur Riley. Riley grimaça et sortit une liseuse, lançant un regard noir à Greta.

On veillait sur elle aussi. La plus grande surprise fut quand Desiree apparut à neuf heures et demie, poussant un énorme landau ancien qui roulait sans un bruit et avait été astiqué comme jamais. Les roues brillantes étaient grandes comme des assiettes et les côtés, d'un noir lustré. Il avait une capote noire arrondie pour faire de l'ombre au visage du bébé, un matelas neuf et de beaux draps. Comme le landau d'une nounou anglaise dans un film.

Les larmes lui montèrent aux yeux. — Oh, Desiree, souffla-t-elle.

— C'est magnifique. Greta battit des mains et elle comprit alors que tout ça avait été planifié.

— Ça donnera à votre bébé un endroit où dormir jusqu'à ce que vous ayez un lit à barreaux, dit Desiree. — De toute façon, les lits à barreaux sont trop grands pour un tout petit. — Vous pouvez pousser le landau à côté de votre lit ou le sortir en balade si vous voulez.

Melinda serra timidement la femme bourrue dans ses bras et Desiree lui tapota le dos, maladroite. — Contente que ça vous plaise.

— Je l'adore.

— Parfait, dit Desiree, je dois retourner au travail. Et elle s'éloigna en hâte.

Toby dit : — Quand tu retourneras au travail, Mel, tu pourras aussi pousser le landau là-bas.

Elle le pourrait. Ça prendrait une place folle, mais elle ne pensait pas que Konrad s'en formaliserait. — Tout s'arrangera une fois que ce bébé sera à la maison et en bonne santé.

— Moi aussi, dit Toby.

Toute l'équipe du déménagement avait tout déplacé et rangé avant l'heure du déjeuner. Greta dit qu'elle reviendrait demain faire le ménage de l'appart vide. Non sans un sérieux avertissement à Melinda de ne surtout pas s'en occuper.

Melinda rit. — D'accord, merci. Merci à vous deux. Prenez encore une petite crêpe.

Greta avait mené Toby à la baguette toute la matinée, mais il l'avait pris avec un humour inépuisable, levant les sourcils vers Melinda quand sa mère l'expédiait d'un endroit à l'autre. Il y avait eu beaucoup de blagues et, eh bien, du bonheur comme elle ne s'en souvenait pas.

Ils étaient tous tellement gentils avec elle, comme la famille qu'elle n'avait pas.

À présent, c'était fait. Elle joignit les mains de plaisir. — Je suis tellement contente d'avoir tout rangé.

Ça ressemblait à un vrai chez-soi ! Les nouveaux rideaux vert menthe que Greta avait confectionnés laissaient passer la lumière mais empêchaient les gens de l'extérieur de la voir. Les tiroirs étaient pleins de vêtements de bébé. Il y avait un matelas à langer sur l'ancien plan de travail qui courait le long du mur et une petite baignoire pour bébé sur pied pour faciliter le bain. C'était tellement incroyable d'avoir tout cet espace dans le salon et pratiquement une vraie cuisine rien que pour elle. Elle n'aurait pas pu rêver mieux.

CHAPITRE
CINQUANTE-TROIS

Konrad

KONRAD AVAIT PASSÉ LA matinée du samedi à rattraper les consultations avec des patients un peu plus mal en point que d'habitude, parce que lui et Adelaide avaient trié sur le volet ceux qui avaient besoin de rendez-vous avancés.

Les défis de diagnostic et de traitement l'avaient comblé, comme s'il avait retrouvé la raison pour laquelle il était entré en médecine. Avec le recul d'aujourd'hui, il voyait qu'une bonne part de cette joie s'était étiolée après la mort de son frère et, d'une manière ou d'une autre, avec Riley, il l'avait retrouvée.

Sauf que, quand il ouvrait la porte pour raccompagner un patient et qu'il apercevait, en face, la porte ouverte de la salle de Riley, la réalité le percutait de plein fouet : elle serait partie dans une semaine.

Qu'est-ce qu'il allait bien pouvoir faire ?

— Riley vient prendre le thé cet après-midi, dit Adelaide en rangeant son sac à main et en fermant la porte d'entrée à clé. — Tu veux venir avec elle, Konrad ?

Oui. La pensée fut instantanée et il fronça les sourcils contre lui-même. Ça faisait désespéré. — Si tu es sûre que je ne m'incruste pas. Les moments en famille, tout ça.

Adelaide s'approcha, leva les yeux vers lui et lui planta un doigt dans le torse, exactement comme sa fille l'aurait fait, et brandit ledit doigt. — Toi, monsieur, tu as été remarquable et je te remercie pour les soins que tu as prodigués à toute notre famille pendant la disparition de Riley. Tu es comme de la famille et tu es le bienvenu chez moi n'importe quand.

Elle le pensait. Fermement, même. Il en rougit presque. — Merci. On pourrait peut-être faire la route ensemble si Riley veut.

— Fais ça. Elle lui fit un signe de la main et se faufila par la porte de derrière, le laissant réconforté par sa sincérité. Bien sûr, passer voir la mère de Riley une fois que sa fille serait repartie à Sydney serait plus délicat.

Quand Riley serait repartie à Sydney.

Dans une semaine.

Six jours.

Il rentra dans son cabinet et fixa l'écran d'ordinateur sans le voir, sachant qu'il se rapprochait d'une conclusion qui pouvait changer sa vie. S'il parvenait à la convaincre qu'ils devaient être ensemble. Pour toujours.

Ouh là, voilà. La décision était prise. Adieu l'idée d'y aller pas à pas.

Si elle voulait bien de lui. Elle ne pourrait jamais s'installer ici, mais avec Riley à ses côtés, il pourrait partir ailleurs. N'importe où.

Les gens d'ici étaient formidables, mais il n'imaginait pas Riley vieillir à Mica Ridge. Il se voyait, lui et Riley, sur la côte. S'ils n'avaient pas d'enfants, ils pourraient au moins se poser. C'est vrai, elle ne voulait pas d'enfants. Sa mère à lui serait déçue, mais tous adoreraient Riley. Et lui pouvait vivre sans enfants. Ils pourraient affronter ça ensemble.

Ce n'était pas obligatoirement Sydney, même s'il imaginait qu'elle préférerait ça, mais c'était un sujet dont ils pourraient parler s'il y avait un avenir. Tout ce qu'il savait, c'est qu'il voulait cet avenir avec Riley. Ensemble. Où que ce soit.

Il ferma les fenêtres, éteignit la lumière de son cabinet et emboîta le pas à la mère de Riley vers la porte de derrière. C'est là qu'il vit Riley faire signe à sa mère, un peu voûtée pour ménager son épaule. Voir

son inconfort lui serra le cœur comme un étau. Il avait été si près de
la perdre que ça le réveillait encore en sueur froide en pleine nuit.

Il ramassa la chaise qu'il avait mise dehors pour Riley ce matin et
la rapporta dans la salle commune. Le temps qu'elle arrive à la porte,
il l'attendait déjà.

Son sourire illumina son beau visage. — Tu t'incrustes encore chez
ma mère ?

Il avait envie de lui caresser la joue, mais elle était juste un peu trop
loin. — Ordres du médecin. Il s'avança, se pencha et effleura sa joue
de la main. Et, pensa-t-il, on s'arrêtera quelque part en route pour
avoir cette discussion que nous devons avoir sur notre avenir.

CHAPITRE CINQUANTE-QUATRE

Adelaide

SUR LE TRAJET DU retour, Adelaide pensa à Tyler qui l'attendait à l'ancienne auberge. L'homme avait été piqué par le virus de l'opale et, si elle aussi avait été piquée, elle n'y passait pas douze heures par jour comme lui ces deux derniers jours.

Du coup, Tyler devait soit descendre au fond du puits pour creuser, soit rester en surface à scruter les déblais en plein soleil. C'était amusant et agréable de partager l'enthousiasme qu'elle avait découvert en arrivant ici. Ils étaient plus proches que jamais. Peut-être aussi rapprochés par leur inquiétude pour Riley.

Difficile de croire que leur relation ait pu changer autant en si peu de temps. C'était presque comme si leur mariage avait eu besoin de cette parenthèse, de ce coup de fouet. Le nouveau Tyler aidait à la maison, cuisinait, se plongeait dans ses ouvrages de référence, et ils parlaient tout le temps des différents défis pour trouver des opales et les extraire. Il y avait de l'excitation à admirer les trouvailles de l'autre, à se demander d'où viendrait la prochaine découverte, et, mieux encore ...

Pas de fichue télé ni de Netflix. Ni de discussions sur Netflix. Victoire, victoire, victoire !

Cela lui donnait envie de ne pas avoir de boulot alimentaire, mais ce n'était que temporaire. En fait, elle avait la semaine suivante de congé avant de retrouver l'ordinateur. Melinda avait redit qu'elle voulait récupérer son poste après la naissance du bébé, et Adelaide l'avait rassurée, très chaleureusement : il était bien à elle.

Ce n'est pas qu'elle n'aimait pas travailler avec Konrad. Cet homme était l'employeur rêvé. L'idée de voir davantage Riley était aussi un énorme bonus, et la raison principale de sa présence. Au moins, elle pourrait vérifier que sa fille prenait des pauses et mangeait quand elle y retournerait, même si elle se doutait que Konrad veillerait, lui aussi, au grain.

Adelaide soupçonnait aussi que Konrad était tombé raide amoureux de sa fille et, avec la tyrannie de la distance qui se profilait, elle espérait simplement qu'il ne souffrirait pas. Il n'y avait aucune chance que Riley s'installe à Lightning Ridge tout en conservant son statut professionnel d'experte dans son domaine. Elle avait besoin d'exercer dans un grand centre, à Sydney, dans le domaine de la procréation médicalement assistée, où ses compétences et son expérience avaient toute leur place. Il serait trop facile de se laisser distancer par les derniers traitements et de perdre l'accès au réseau de professionnels dont elle avait besoin, et c'était précisément ce dont elle était si fière : offrir un service de pointe irréprochable.

Adelaide se demandait jusqu'où Konrad pensait que leur relation pouvait aller. À moins qu'il n'envisage de suivre Riley. Quitterait-il Lightning Ridge ? Pour Riley ?

Riley avait paru plutôt peu intéressée par le mariage avec un homme, ce que sa mère approuvait, puisqu'aucun d'entre eux ne l'avait inspirée — jusqu'à présent. Et l'idée de se poser pour devenir mère avait aussi été évoquée, ce qu'Adelaide n'approuvait pas, mais elle eut la sagesse de n'en rien dire.

Elle se demanda si Konrad savait tout cela, mais c'était l'affaire de Riley et de Konrad, pas la sienne, et elle tourna donc dans son allée et coupa court à ces incursions indiscrètes.

À la place, elle contempla sa petite maison un peu folle et imagina des possibilités où cela pourrait tout à fait fonctionner si Tyler et elle partageaient leur temps entre Sydney et Lightning Ridge jusqu'à ce qu'ils soient trop âgés pour voyager.

Chapitre
Cinquante-cinq

Riley

Riley se glissa dans le véhicule spacieux de Konrad et inspira le parfum subtil de l'homme à côté d'elle. Il ne démarra qu'une fois qu'elle eut bouclé sa ceinture, pas comme la première fois où elle était montée dans sa voiture. Il se comportait bizarrement. En fait, c'était le cas depuis qu'il l'avait tirée du puits.

Elle comprenait qu'il avait eu peur pour elle, tout comme sa mère et son père, et elle éprouvait une joie inattendue à l'idée que tant de gens en ville avaient ressenti la même chose. Certains avaient même déposé des fleurs et des cartes, ce qui était dingue alors qu'elle n'était là que depuis deux semaines à peine. Certes, elle avait rencontré des personnages hauts en couleur pendant ce temps, mais quand même, Konrad agissait bizarrement.

— Plus pour longtemps avant que tu sois débarrassé de moi, lança-t-elle d'un air faussement nonchalant et, du coin de l'œil, elle vit sa tête se tourner vers elle.

— Hmm, fit-il. — Tu en penses quoi ?

Ses mots lui claquèrent au visage comme un sac en papier qui éclate. Elle ne s'attendait pas à ce qu'il lui renvoie la question.

Elle cligna des yeux. Qu'est-ce qu'elle en pensait, au juste ? Bien, évidemment. Même si, ces deux dernières semaines, elle n'avait pas beaucoup pensé à son vrai chez-elle. Et, à vrai dire, elle n'avait pas envie d'y penser maintenant. — J'ai hâte de retrouver mon appart, dit-elle. — M'assurer que tout va bien. Et avoir un peu plus de place pour me retourner. C'était vrai, même si elle ne mentionnait pas que la maison lui manquait.

Après un long silence, il dit : — C'est essentiel, l'espace pour se retourner.

Elle hocha la tête, mais il ne regardait pas. OK. Gênant.

Soudain, elle se sentit obligée de combler le blanc dans la conversation. — La prof dit qu'elle a hâte que je rentre. Apparemment, il y a un tas de dossiers en retard qu'elle veut que je traite. Il paraît que, depuis que je suis partie, une ribambelle de mes anciennes patientes sont revenues pour leur deuxième bébé. Elle devrait s'en réjouir davantage.

Il inclina la tête, les yeux toujours sur la route. — Tu fais un travail important.

La prenait-il de haut ? — Et toi, non ?

Cette fois, il lui lança un coup d'œil. — Si, mais je n'ai pas l'intention de rester à Lightning Ridge pour toujours.

C'était intéressant. Elle se pencha un peu vers lui. — Tu irais où ?

— À terme, je crois que j'aimerais m'installer sur la côte. J'adore l'océan et le surf me manque.

Elle l'imaginait, grand, solide et hâlé, ses cheveux blonds balayés par le vent, chevauchant un longboard jusqu'à la plage comme un champion de sauvetage côtier. — Les minettes vont adorer, dit-elle d'un ton léger, mais les mots avaient un goût amer.

— Les minettes, ce n'est pas vraiment mon truc, dit-il.

Il se fichait d'elle ou quoi ? — Ce n'est pas l'impression que j'ai eue quand tu m'as séduite.

— Ha. Un son sceptique s'il en fut. — Je pensais que c'était toi qui m'avais séduit. Cette fois, il lui accorda toute son attention pendant bien trois secondes. Heureusement, il avait ralenti la voiture jusqu'à presque s'arrêter. — Et tu n'es pas une minette.

Il reporta son attention sur la route et accéléra. Qu'est-ce que ça voulait dire ? Qu'elle n'était pas sexy comme un petit oiseau de plage ? Elle demanda : — Je suis quoi, du foie haché ?

— Bien mieux.

Ça lui arracha un sourire. Elle ne put pas s'en empêcher. Cette conversation était dingue. — Je suis bien mieux que du foie haché ?

Il se rangea et laissa le moteur tourner pour que la clim continue à les rafraîchir. Ils étaient sur la route de chez sa mère, donc il n'y avait pas de circulation. — Je n'aime pas vraiment le foie, alors laissons tomber ça.

Il se tourna sur son siège pour lui faire face, ses yeux bleu océan fouillant les siens. La commissure de sa bouche se releva avec une sensualité amusée, comme s'il se moquait d'eux deux. — Riley Brand, tu es une femme superbe et sexy. Une femme bien, d'une intelligence farouche, défenseure des femmes. Tu es aussi quelqu'un avec qui j'aimerais passer beaucoup plus de temps. Mais le temps file et je ne sais pas quoi faire de ça.

— Oh. Ce n'était pas la réponse la plus intelligente qu'elle ait jamais donnée, mais elle repassait en boucle ce qu'il venait de dire. — Tu me connais à peine.

— En temps passé ensemble, c'est vrai.

— Je te connais à peine.

— Vrai.

— Arrête d'être aussi diablement d'accord. Ce n'est pas parce qu'on a fait l'amour pendant douze heures que ça veut dire quoi que ce soit.

— Ah bon ? Il haussa les sourcils et les rides plus profondes autour de sa bouche s'accentuèrent. — Moi, je crois que si. Je crois que ça veut dire qu'on se plaît. Terriblement. Ni toi ni moi ne sommes du genre à papillonner d'un lit à l'autre pour des plans d'un soir. Il y a bien quelque chose, ajouta-t-il en soulevant les mains du volant comme pour poser une question, qui a dû nous relier pour que ce soit devenu impératif de tomber dans le même lit et de n'en plus sortir pendant très, très longtemps.

Les mots lui manquèrent, et il le savait. Bon sang.

— Parce que, dit-il d'une voix plus grave, plus rauque, qui la traversa d'un frisson comme le vent brûlant qui balaie les champs d'opale, quand j'en ai eu l'occasion, je n'aurais pas pu rester hors de ton lit, même si on m'avait enchaîné à un mur.

Une vision de Konrad enchaîné à un mur, arrachant les menottes du béton pour venir à elle, lui traversa l'esprit. Une pensée brûlante, brûlante. Ses joues chauffèrent, tout comme son ventre. Qu'est-ce qu'on répond à ça ? Merci ?

— Alors, c'est à ça que tu penses ? À moi ?

— Je pense toujours à toi.

Elle rougit comme une collégienne. Que ressentait-elle à l'idée de partir d'ici, de le quitter ? Elle n'en savait rien. Ça aurait dû être simple : mission accomplie, il était temps de rentrer. C'était tout sauf ça.

— Je n'ai pas envie que tu partes, dit-il, lisant dans ses pensées, ne laissant aucun doute sur ce qu'il ressentait. Il était plus courageux qu'elle. Bien plus. — Quand tu partiras, je veux te suivre.

— Me suivre... où ? demanda-t-elle, un peu abasourdie.

— Sydney. N'importe où. Il a haussé les épaules. — Mais ce sont de grandes décisions : il faut qu'on y réfléchisse, puis qu'on en parle. Il a repassé une vitesse. — Je veux que tu y réfléchisses. Je vais m'enchaîner à ce mur et te laisser de l'air. Je ne te harcèlerai pas pour du sexe. Et, dans les prochains jours, on devrait parler de l'avenir.

Et si elle avait envie de sexe, elle ? Était-elle censée le demander ? Bon sang, comment les choses avaient-elles pu aller aussi loin, aussi vite et avec une telle intensité ? Elle se souvenait de ce moment flou où elle était coincée au fond du puits, attendant que Konrad la retrouve, voulant que ce soit lui qui la trouve. Sachant que Konrad la retrouverait. Puis elle pensa à l'avoir près d'elle, sur qui compter tout le temps. Mais c'était un type qui jouait à parts égales. Lui aussi compterait sur elle.

Se renvoyer la balle sur des sujets médicaux, comme elle n'avait pas pu le faire avec Josh. La façon dont il ne lui cédait pas, à moins d'être sûr que sa façon de faire à elle était meilleure, et la ramenait même sur terre quand elle devenait trop sûre d'elle, comme elle le faisait pour lui. La façon dont il la faisait rire, et elle le lui rendait bien.

Tout cela méritait réflexion. — D'accord, dit-elle. — Je peux y réfléchir.

Chapitre
Cinquante-six
Melinda

Le dimanche, Melinda se sentait à cran. Pas des démangeaisons sur la peau ou le ventre, non : ses nerfs, à fleur de peau, comme si des fourmis lui couraient sous la peau.

Toby avait appelé pour lui demander si elle voulait sortir. Il avait proposé d'aller faire un tour dans son pick-up. Surprise par l'invitation inattendue, elle avait dit non. Une réaction stupide, réflexe de petite souris timide, ce qui était idiot, parce qu'elle avait justement envie de sortir, d'aller quelque part et de profiter de son dernier jour avant les cinq prochains jours de travail, après quoi elle repartirait pour Sydney.

Ce n'est pas qu'elle n'attendait pas son bébé avec impatience, mais elle savait maintenant quand il arriverait, c'est-à-dire lundi en huit, et elle savait qu'elle serait de retour à Sydney dimanche soir prochain. Demain marquerait le début de sa dernière semaine de travail jusqu'à l'opération de son bébé. Jusqu'à ce qu'elle ait apprivoisé le fait d'être mère.

Une mère. Greta disait qu'elle s'en sortirait très bien, que Melinda serait une maman née — même si elle ne voyait pas comment, quand sa propre mère à elle était tout sauf naturelle. Sa mère l'avait laissée chez son grand-père alors qu'elle n'avait que six ans. Mais Greta disait qu'elle aiderait Melinda à y voir clair.

Elle faisait les cent pas dans la pièce. Toby avait dit de lui faire signe si elle changeait d'avis pour le tour en voiture. Elle regarda la petite liste de contacts dans son téléphone — Greta, Konrad, Toby et quatre autres — et décida qu'un texto serait plus simple.

« Salut Toby, c'est Mel. Si tu n'es pas occupé, une balade en voiture me dirait bien. Sinon, pas de souci. M. »

Toby est arrivé en quinze minutes, faisant tournoyer les clés de son petit pick-up. Il lui a tendu une petite bouteille de jus d'orange. — Maman m'a déposé. Elle a dit de ne pas te déshydrater ni te retrouver en hypoglycémie.

Douce Greta, pensa Melinda.

Il fit la grimace. — Elle m'en a donné une aussi. Et elle a dit qu'on n'avait pas le droit de rouler sur des bosses.

— Je ne pense pas que quelques bosses vont me faire du mal. Il y en avait déjà pas mal dans le bus l'autre jour.

Il éclata de rire. — Parfait. Je me suis dit que je pourrais te montrer où Riley est tombée dans le puits, et ensuite on pourrait aller jusqu'à l'emplacement de la vieille église qui s'est envolée, après la maison de la mère de Riley. Puis je pourrai te montrer où habite Adelaide.

Melinda avait envie de voir ces deux endroits. Parfait. — Oh, j'aimerais bien. J'avais juste besoin de sortir, ce qui est affreux de ma part après que tout le monde a fait un boulot formidable pour rendre mon chez moi si beau. Je me sens à cran.

— Ça va. Ça ne me gêne pas si tu conduis. J'ai la trouille qu'on me retire mon permis pour de bon si mon épilepsie n'est plus contrôlée. Il détourna le regard et ses oreilles rosirent. — Tu n'as pas à t'inquiéter que je ne voie pas une crise venir. Je le sais toujours. J'ai une odeur et un goût bizarres dans la bouche, alors tu pourras arrêter la voiture.

Melinda avait été avec Konrad quand Toby avait convulsé une fois, avant l'arrivée de Riley. Elle se rappelait les gestes de premiers secours : elle n'aurait qu'à le mettre en sécurité et attendre que la crise passe. Ça ne durait jamais longtemps. Et elle pourrait conduire quand il se réveillerait, parce qu'il serait un peu dans les vapes pendant un moment.

— Je ne suis pas inquiète. Et, chose étrange, elle ne l'était pas. Certaines choses faisaient peur, mais l'épilepsie de Toby, c'était juste injuste pour Toby. — Je sais quoi faire.

L'expression de Toby était difficile à lire, mais elle la fit rougir. Il dit : — T'es formidable. Tu le sais, hein ?

Elle rit, de nouveau mal à l'aise, gênée par le compliment. — Non, je suis barbante.

Ils parcoururent les petites rues et regardèrent les maisons, les jardins et les panneaux, ces portières de voitures fixées aux arbres ou aux poteaux, peintes en rouge, bleu et jaune — les circuits des portières pour que les touristes trouvent la route vers la prochaine attraction.

Toby lui montra l'endroit où Riley était tombée dans le puits ; c'était plus près de la route qu'elle ne l'avait imaginé. Melinda contempla les tas de déblais déserts dans la lumière de l'après-midi et pensa à quel point cela aurait été effrayant, la nuit, au fond du puits, seule. La tête endolorie après s'être cognée, coincée, sans que personne n'entende ses appels.

— J'aurais été morte de peur.

— Moi aussi, dit Toby.

Melinda rit. Toby la faisait rire. Toby dit : — Elle et Konrad, c'est des super-héros. Plus grands que nature. Tu ne trouves pas ?

Son grand patron, sûr de lui, était si gentil, et Riley était une Amazone, grande, intrépide, et si brillante que Melinda ne pouvait qu'en secouer la tête. — Tu as raison. Ils le sont. Elle regarda son ami. — Il va falloir qu'on devienne, nous aussi, des super-héros. Il n'y a pas de raison qu'on ne puisse pas.

— Tu parles, ricana-t-il. — Capitaine Épilepsie, comme dans la BD. Il la regardait encore avec cette expression-là, les yeux grands ouverts et un sourire en coin qui lui tordait la bouche. — Toi, tu pourrais être une héroïne, Mel, mais pas moi.

Mais l'idée faisait son chemin en elle. — Les super-héros naissent dans des endroits inattendus. J'ai comme l'impression que tout va peut-être s'arranger. Elle jeta un coup d'œil de son côté. — Riley disait que tu allais chercher des enfants épileptiques au lycée ? Tu l'as fait, finalement ?

— Ouais. On va se voir le premier de chaque mois. Je passe au lycée et on parle de ce qui s'est passé pendant le mois écoulé. Je pourrais utiliser ce truc de super-héros, comme les BD que la Fondation de l'épilepsie crée pour les enfants. Riley m'en a parlé et c'est cool, et peut-être qu'on pourra inventer nos propres histoires avec les vrais prénoms des enfants et les situer à Mica Ridge.

Chouette. Et il semblait vraiment enthousiaste. — Je me souviens qu'au lycée tu écrivais de bonnes histoires en anglais.

— Peut-être. On verra. Elle pouvait presque voir son cerveau tourner, comme s'il n'avait besoin que d'encouragements. Des encouragements comme ceux que Konrad lui avait donnés ces derniers mois. Elle n'avait fait que recevoir, sans rendre, en restant une petite souris. C'était fini, maintenant. Son bébé arrivait, et un bébé avait besoin d'une lionne super-héroïne pour mère. Pas d'une souris.

CHAPITRE CINQUANTE-SEPT

Konrad

LUNDI MATIN, KONRAD JETA un coup d'œil par-delà l'accueil du cabinet vers la porte close de Riley et se demanda comment une pièce occupée pouvait le rendre heureux.

Il était fichu. Ses sentiments fous pour Riley étaient sortis de nulle part, comme une tornade déchaînée, l'avaient aspiré et fait tournoyer depuis le jour où elle était arrivée. Était-ce le coup de foudre auquel il n'avait jamais cru ? Assurément, l'attirance farouche l'avait frappé dès ce premier jour.

Puis il avait cru l'avoir perdue. Depuis samedi, après cette conversation en route pour chez sa mère, il avait surpris Riley à l'observer. À réfléchir. À jauger. Elle n'avait pas dit grand-chose, mais elle ne l'avait pas repoussé non plus.

Et lui s'était retenu. Même s'il n'avait eu qu'une envie, la soulever pour l'emporter jusqu'à son lit à nouveau et s'assurer qu'elle était bien en vie — et dormir avec elle dans ses bras — il avait mis entre eux une distance prudente. Et elle respectait cette distance. Souvent avec les yeux plissés, ce qui l'obligeait à ravaler un sourire, mais elle n'avait pas réclamé plus.

Quelqu'un s'éclaircit la gorge. Melinda. Prochain patient, disait son regard. C'en était un autre tournant : Melinda qui jouait les nouvelles patronnes. Il balaya la salle du regard et tous les patients avaient les yeux rivés sur lui. — Jim. Entrez.

Jim se leva. Le vieux bonhomme semblait se déplacer plus facilement. Peut-être que les bains artésiens avaient fait leur magie. Il paraissait assurément plus enjoué que d'habitude.

Konrad referma la porte derrière lui et fit un geste. — Prenez place, Jim. Il observa l'homme s'asseoir avec moins de précautions. — Alors, comment ça s'est passé ?

Jim grogna. — Eh bien... je suppose qu'on peut dire que vous me l'aviez bien dit.

Bingo. — Parfait, alors. Ça vous a pris combien de jours ?

Jim le regarda sous ses sourcils broussailleux. — Mes doigts allaient mieux dès la première fois, et ça n'a fait que s'améliorer. Il haussa les épaules sans grimacer. — Je n'ai pas pris un seul cachet contre la douleur depuis deux jours.

La joie se dilata en lui. — Magnifique, dit-il en tapant les résultats dans le dossier de Jim. — J'espère que vous allez en parler à vos potes, Jim ?

— On a commencé à s'y retrouver deux fois par semaine juste après midi, quand ils rouvrent après le ménage, au lieu d'aller au pub. Puis on file au pub après. Jim renifla. — Faut dire merci, Doc. Bonne idée.

— Je ne pourrais pas être plus content. Konrad termina la saisie et se laissa aller contre son dossier pour étudier son patient. — Autre chose qui vous tracasse ?

— Je voulais juste dire que j'ai un peu réduit le vin rouge.

Bravo, Jim. — Que de bonnes nouvelles, mon vieux. Vous avez bien lancé ma journée. Il se pencha en avant. — Je peux vous prendre la tension ? Il pressa la poire et le brassard du tensiomètre se resserra autour du bras maigre de Jim. Tiens, tiens. Sa tension avait baissé de vingt depuis le dernier contrôle. Systolique et diastolique.

Pendant qu'il y était, Konrad nota, sur l'avant-bras, une de ces taches de soleil occasionnelles qui semblait inflammée, plus rouge que d'habitude. — Il faudra sans doute faire aussi un bilan cutané, Jim. Peut-être en faire brûler deux ou trois la prochaine fois que vous viendrez, avant que ça ne tourne mal.

— Je peux aller à la piscine si vous faites ça ?

— Pas pendant une petite semaine.

— Ouais, bon, alors pas tout de suite.

Konrad eut un large sourire. — On repoussera de deux semaines. Mais Melinda vous fixera un rendez-vous pour le bilan cutané. Il se leva. — À bientôt, alors.

Jim le regarda fixement et Konrad crut qu'il allait décliner, mais, au lieu de ça, il sourit vraiment. Konrad ne se souvenait plus de la dernière fois qu'il avait vu ça. Jim tendit la main pour serrer la sienne. — Je ferai ça. Je voulais juste dire : merci, Doc.

Le reste de la matinée fut à l'avenant. Le dernier patient de Konrad avant le déjeuner fut Cyrus, avec Konrad en second choix parce qu'il n'avait pas pu avoir Riley. Konrad réprima un reniflement amusé à l'idée d'être le numéro deux. Melinda lui avait dit qu'il ne s'agissait que d'une prise de tension et de vérifier que les nouveaux comprimés que le spécialiste avait prescrits à Cyrus faisaient bien effet.

Cyrus, au visage d'ordinaire rubicond, affichait une mine plus saine et un pas plus alerte en entrant. — Vous avez bonne mine, Cyrus. Et mieux encore, il s'était douché. Il se passait de sacrés bons changements.

— Ouais. Je fais plus attention à moi. Je me suis fichu la trouille avec ce que le spécialiste a dit. Il s'assit sur la chaise et se pencha en avant, baissant la voix. — Et la doc ? Elle va bien après son épreuve ?

— Presque complètement remise. On apprécie vraiment votre aide pendant les recherches, Cyrus. Vous êtes un chic type d'avoir organisé les gars.

— Fallait pas qu'il lui arrive quoi que ce soit. Il secoua sa grosse tête. — Ce serait une terrible perte.

Konrad frissonna intérieurement en se rappelant sa peur. — Vous avez raison. Mais elle va bien maintenant. Il était temps de changer de sujet. — Et si je vous prenais la tension ? Il saisit l'avant-bras massif de Cyrus et lui passa le brassard. — Des effets secondaires avec les comprimés ?

— Aucun.

Il termina la prise — encore une tension qui s'améliorait. — Ça descend, Cyrus. Tendez les mains, paumes vers le haut. Il y avait aussi moins de tremblements que d'habitude. — Retournez-les. Il tapota le dessous des paumes de Cyrus avec le dessus de ses propres mains. — Vous pouvez serrer mes doigts ? Il garda les doigts immobiles, attendant que Cyrus les étreigne. — Les deux en même temps ?

Cyrus retira les mains. — Je ne dirai à personne que vous m'avez tenu la main, taquina Konrad.

Cyrus lui lança un regard, puis laissa échapper un rire soufflé. — Sacré emmerdeur.

Cyrus serra fort et Konrad retint une grimace. —Vous avez retrouvé de la force, à ce que je vois. Il reste encore une petite perte de force à gauche, mais pas grand-chose. Vous le remarquez au travail ?

—Plus maintenant.

—Bien. Ça s'améliore. Vous avez entendu que Jim va à la piscine tous les jours pour son arthrite ? demanda Konrad.

—Je l'ai entendu, oui. Les gars s'en moquaient au pub. Il secoua la tête. —Maintenant, la moitié de ces guignols y vont.

—Vous devriez les rejoindre. Ça pourrait faire encore baisser votre tension, et si vous faisiez travailler votre main dans l'eau chaude, ça pourrait aider la circulation et la renforcer.

Cyrus avait l'air pensif, ce qui n'était pas son expression habituelle. —Je vais y réfléchir. C'est tout ?

—Si vous n'avez pas d'autre souci. Comment va l'éruption ?

—Mieux depuis que je me douche tous les jours, comme le doc l'a conseillé.

Konrad pinça les lèvres et réussit à dire —Ça, ça aide.

Cyrus se pencha. —Assurez-vous que notre femme médecin ne risque rien.

Il y avait de la sincérité dans ses mots, et une menace à peine voilée. —Je m'en chargerai, l'ami.

Il semblait que chaque patient qui entrait voulait savoir comment allait Riley. Konrad n'arrivait pas à croire à quel point elle avait marqué les esprits. En fait, si. Elle l'avait certainement marqué, lui. Et puis, supposa-t-il, avec quelques filles de la ville qui pensaient qu'elles ne tomberaient jamais enceintes, tout le monde se sentait concerné.

Il raccompagna Cyrus. Il était douze heures trente. Il leva les sourcils en direction de Melinda.

Melinda jeta un coup d'œil à sa montre. —Elle devrait bientôt avoir terminé. J'ai laissé la pause déjeuner libre, comme vous l'avez demandé.

—Bon travail. Je mets la bouilloire en route.

Chapitre Cinquante-huit

Riley

Les derniers patients de la matinée. Riley pouvait admettre qu'elle avait été légèrement agacée par l'autoritarisme de Konrad lorsqu'il avait décrété que la pause déjeuner était devenue non négociable. Mais, avec un léger mal de tête qui pointait à force de concentration, elle serait ravie de souffler un peu.

Un mal de tête malgré le plaisir absolu qu'elle avait tiré de cette consultation avec Olivia et Aiden, la fille de Desiree et son gendre. Ils avaient chacun perdu 4 kg en trois semaines et avaient allongé leurs marches du soir à 8 km. Plus utile encore, ils n'avaient pas touché à l'alcool depuis la dernière fois qu'elle les avait vus, et leurs visages étaient franchement rayonnants. Leurs yeux pétillaient, leur peau resplendissait et ils se souriaient ouvertement, à elle comme l'un à l'autre.

— On se sent mieux, dit Olivia.

— On dort mieux, ajouta Aiden avec un sourire. Et on s'exerce à faire l'amour sans aller jusqu'au bout pour booster ma concentration de spermatozoïdes, comme tu nous l'as suggéré.

— Et ça a sacrément pimenté les soirées.

Olivia rougit pour de bon et Riley ressentit peut-être un infime soupçon de jalousie, parce que Konrad ne l'avait pas touchée depuis qu'elle avait fait cette chute idiote dans ce fichu puits. Qu'est-ce que c'était que ça ? — Bien joué, dit-elle en bonne médecin qui n'était pas jalouse du tout.

— On suit nos applis, dit Aiden.

La tête d'Olivia dodelina. — Depuis que tu nous as dit la semaine dernière que nos examens ne montraient pas de gros obstacles à la conception, on est plus sereins à propos de tout ça.

Riley avait commencé chez Olivia un traitement pour favoriser l'ovulation. Elle avait aussi abordé la question d'espacer les rapports pour limiter les éjaculations et augmenter la concentration de spermatozoïdes d'Aiden. Ils étaient prêts pour le prochain cycle d'ovulation, avec tous les petits ajustements possibles pour optimiser la fertilité sans intervention lourde. Croisons les doigts.

Elle discuta du reste des résultats reçus, les mettant en garde contre l'impatience, et, enfin, ils se levèrent tous. — Des résultats fantastiques sur vos changements d'hygiène de vie. Bonne chance à vous deux.

Quand elle ouvrit la porte pour les diriger vers Melinda, elle trouva Konrad, long et mince, debout à l'extérieur de la salle de pause, qui l'attendait. Il brandit sa tasse « J'aime mes œufs fécondés » et elle sentit l'odeur du café à l'autre bout de la pièce. Mon héros.

Le couple fit un signe de la main et elle alla vers lui. Peut-être que ses hanches ondulèrent un tout petit peu. Elle n'y pouvait rien. — De quoi nourrir la convalescente ? Merci.

— Tu es très sexy, dit-il d'une voix basse. — Mais tu as l'air fatiguée du regard. Mal à la tête ?

Il avait remarqué ça aussi. — Un peu. Le café va aider.

— Et de la nourriture. Il avait passé une commande récurrente de sandwichs à livrer tous les jours cette semaine pour qu'elle mange. Encore du coucounage. — Tu en auras besoin pour récupérer.

Elle en voyait bien la logique. Il les avait disposés sur le comptoir de la salle de pause et, parce qu'ils venaient de chez Greta, ils avaient l'air d'un festin, pas d'une simple assiette de pain et de garnitures.

En arrière-plan, Olivia chantait ses louanges à Melinda et elle inclina la tête en direction du couple. — Ils forment une belle équipe. Et ils sont drôles, comme tant de gens par ici. J'espère qu'ils réaliseront leurs rêves.

Son regard disait qu'il l'approuvait et qu'il était fier de son travail.

— Si quelqu'un peut faire en sorte que ça arrive, c'est toi.

La manière dont toute son attention était braquée sur elle la fit se demander ce que ce serait de se réveiller chaque matin à côté de Konrad — et cela lui rappela le rose aux joues d'Olivia cinq minutes plus tôt.

Elle plissa les yeux vers lui. Il se jouait d'elle avec son truc du pas-de-sexe-jusqu'à-ce-qu'on-reparle. — Merci pour les attentions. Elle lui donna une pichenette dans le torse. Pas trop fort, mais suffisamment pour qu'il le sente. — Mais tu comptes m'emmener au lit quand ? chuchota-t-elle.

Il resta bouche bée. Elle sentit presque la chaleur soudaine dans le coup d'œil rapide qui lui brûla le corps de ses yeux, désormais d'un bleu nuit. Il lui fallut une seconde pour passer de soignant à voyeur. Il inspira vivement, revint à son visage et vit son sourire satisfait. Elle pensa : Bon, espèce de rat. Je me morfonds et toi, tu te fais désirer. Rumine ça pendant les cinq prochaines heures.

— Dès qu'on aura eu notre conversation, dit-il d'une voix qui ne trahissait qu'une infime part de l'intensité qu'elle venait d'y lire. Un sacré contrôle. Trop de contrôle. Pas bon.

— Va falloir que ce soit bientôt, parce que je pars bientôt.

— Je sais. Je dirais ce soir, mais je pense que tu risques de flancher après ta première journée de retour. On remet ça à demain soir. Je commanderai un dîner tôt chez Greta et on parlera.

Ça ne sonnait pas très prometteur côté contact physique, mais elle n'allait pas redemander. Ah ça non.

Mais à la façon dont il la regardait, elle ne pouvait pas se sentir mal. Juste triste et déçue.

Le temps qu'elle eût raccompagné son dernier patient, Riley dut s'adosser à l'encadrement de la porte.

— Je m'occupe de votre prochain rendez-vous, dit Konrad au couple. Il s'assit à la place de Melinda devant l'ordinateur et, en réceptionniste, mit ses patients à l'aise. Il devait guetter qu'elle ouvre la porte. Quand ses clients furent sortis dans la rue, il se leva et vint s'appuyer contre le mur à côté d'elle. — Tu veux que Melinda annule les patients de demain ?

— Non, ça ira. Où est Melinda ?

— Toby a fait une crise cet après-midi en attendant son rendez-vous avec moi. Elle s'en est bien tirée. Elle l'a conduit dans la salle d'observation quand il a dit qu'il avait une aura et m'a appelé. On l'a laissé en sécurité au sol jusqu'à ce que ça se termine et elle l'a raccompagné chez lui. La crise était légère, mais après il était dans le brouillard.

— On va la chercher ?

— Elle attend que Greta ferme le café et je crois qu'elle reste dîner. Greta a dit qu'elle la ramènerait.

— Tu fermes ?

Il hocha la tête, scrutant son visage, sans dire l'évidence : qu'elle avait une sale mine. Elle s'en doutait. Elle le sentait, de toute façon.

— Je vais prendre une douche et filer au lit. Tu avais raison.

— Je me fais des œufs brouillés. Tu en veux ?

Ça lui rappelait sa mère qui lui en faisait quand elle était malade. Elle se disait que sa mère à lui devait faire pareil. Ce type était franchement adorable. — Des mouillettes ?

Il rit. — Comment t'as su ?

— On a tous les deux une mère.

— Je te l'apporte dans une demi-heure. Thé au lit.

— Maintenant, il dit « lit ».

Il rit encore, mais d'un rire doux, sexy et carrément à tomber. — Je suis médecin. Je peux pratiquer une technique sans contact.

Mince. Pendant une minute, elle avait cru qu'elle aurait droit à ce câlin, finalement.

Trente minutes plus tard, on frappa à sa porte. Revigorée par l'eau chaude et une sieste éclair de cinq minutes, elle se redressa dans son lit, dans sa nuisette préférée, et ajusta les draps pour couvrir au moins un peu son décolleté. C'était idiot, mais elle ne pouvait pas s'en empêcher.

— Entre.

Konrad, lui aussi tout juste douché, à en juger par les mèches humides qui bouclaient sur son col et le parfum de shampooing et de savon, portait un plateau à petits pieds. Allez savoir où il avait déniché ça, mais une fleur de bougainvillier rose, cueillie sur le buisson de-hors, ornait un coin, et une assiette d'œufs brouillés fumants avec du pain grillé l'occupait. Il avait coupé le pain grillé en mouillettes et sa bouche se releva en un sourire. Qui aurait cru que de simples mouillettes puissent être aussi réconfortantes ?

— Dîner au lit, ma dame.

— Service avec le sourire. Oups, elle sentit ses joues chauffer, mais elle se sentait mieux. Encore plus depuis que Konrad était entré avec la fleur.

— Demain soir, promit-il, en posant le plateau sur ses genoux.

CHAPITRE CINQUANTE-NEUF

Melinda

MELINDA SE TENAIT DANS la cuisine de Greta, visiblement passée au karcher par une tornade blanche d'eau de Javel. Partout où elle posait les yeux, les surfaces étincelaient. Fenêtres, sols, plans de travail et évier renvoyaient la lumière comme une déclaration éblouissante de propreté. Elle mit la bouilloire en route pour le thé, comme suggéré, pendant qu'elle attendait le retour de Greta.

Toby était allongé dans un fauteuil relax à bascule, les pieds levés, les yeux papillonnant à mesure qu'il redevenait plus alerte et que l'étourdissement après la crise passait. Il avait refusé d'aller au lit, alors ils étaient restés tous les deux dans le salon, tranquillement, au son du carillon qui tintinnabulait dehors, jusqu'à ce qu'elle mette la bouilloire.

Choisir des prénoms de bébés, c'était tellement amusant. Elle en avait lancé quelques-uns et Toby en avait proposé d'autres, surtout des noms de footballeurs. Elle se retourna pour le regarder. — Surtout, je pensais à Edward, comme mon grand-père. Teddy, en petit. T'en penses quoi ?

Elle se sentait étonnamment détendue, signe qu'elle s'était habituée aux visites chez Toby et sa mère. Et étrangement heureuse. Une sensation qu'elle avait presque oubliée, comme un lointain après-midi sur la balançoire du porche avec son papy, avant qu'il tombe malade.

Greta avait dit qu'elle apporterait le dîner et que Melinda devrait rester manger avec eux. Melinda en était ravie, parce qu'elle n'avait pas envie de se faire à manger en rentrant, et qu'ici c'était douillet.

— Tu as mal au dos, dit Toby, plus une constatation qu'une question, et elle cessa sans s'en rendre compte de se frotter la douleur en bas des reins. C'était presque aussi inconfortable que quand elle était rentrée en bus. Elle ne s'était pas rendu compte qu'elle le faisait.

La bouilloire s'arrêta d'un clic et elle versa l'eau dans la théière. — Sans doute à force d'être assise toute la journée au boulot.

— Tu crois que tu devrais lever le pied cette semaine au lieu de bosser ?

— Non. Elle choisit une tasse dans le régiment de mugs alignés à égale distance dans le placard. — Pas question que j'arrête de travailler plus tôt. Ce dernier salaire ira grossir le bas de laine pour mon bébé et moi.

— J'ai vu une petite camionnette pas chère, hier, dit Toby. Tu pourrais prendre des petites rampes et pousser la grande poussette à l'arrière si tu veux l'emmener quelque part. Ce serait plus simple qu'une voiture.

— Une camionnette ? Comment tu mettrais un siège bébé là-dedans ? Mais avant qu'elle ne développe, un tiraillement béant et douloureux la transperça au plus profond. Entre ses jambes, quelque chose vrilla et une chaleur humide, soudaine, noya sa culotte, dévala le long de ses jambes pour former une flaque au sol. Et ça continuait.

Elle s'était fait pipi dessus. Non. Pire. — Toby !

— Ouais. Elle entendit le déclic du repose-pieds du fauteuil qui se repliait alors qu'il se penchait en avant pour s'asseoir.

— Il faut que tu appelles Konrad.

Toby apparut à côté d'elle, puis fit un pas précipité en arrière en voyant la flaque au sol. — Ça va ?

— Non. Je crois que la poche des eaux vient de se rompre. Elle appuya les mains sur le plan de travail de la cuisine tandis qu'une longue lame de douleur se vrillait de son dos vers l'avant, bas et méchant. Qu'est-ce que tu fais, Bébé ? — Maintenant !

— Je le fais, je le fais. Toby avait dû mettre le haut-parleur parce qu'elle entendit la tonalité. Quelqu'un répondit. — Konrad.

— C'est Toby. Melinda est chez moi. Sa poche des eaux vient de se rompre.

— D'accord. Appelle l'ambulance. Sa voix paraissait si calme que la peur de Melinda s'apaisa d'un cran. — On arrive dans cinq minutes. Si l'ambulance va plus vite, on vous retrouve au Centre de santé polyvalent. Rappelle si tu as besoin de nous avant.

La communication coupa. Toby appela l'ambulance, mais pendant qu'il parlait, Melinda eut une autre douleur qui sembla l'ouvrir en deux et elle n'écouta pas. Le temps que la contraction se relâche, Toby avait terminé l'appel. — D'accord, l'ambulance arrive aussi.

Elle ne paniquerait pas. Un mantra qu'elle commença à se répéter. Je ne paniquerai pas. — Tu ferais mieux d'appeler ta mère.

Il n'eut pas besoin du haut-parleur, parce qu'il ne laissa pas à sa mère l'occasion de parler. — Mel vient de perdre les eaux à l'évier de la cuisine. L'ambulance, Konrad et Riley sont en route. Rentre à la maison.

Le bruit d'une voiture qui accélérait vers eux flotta par la fenêtre, et au loin on entendait une sirène. La voiture s'arrêta et une portière claqua.

Toby fila vers l'entrée et elle les entendit tous marcher d'un pas vif sur les sols lustrés de Greta, mais elle ne pouvait pas se détourner de l'évier, ses ongles s'enfonçant dans le stratifié du plan de travail.

Riley apparut à côté d'elle, d'un calme serein comme si c'était une journée ordinaire au cabinet, et Melinda sentit la tension lâcher encore d'un cran. — Alors, ton bébé a décidé que c'était pour aujourd'hui.

— On dirait bien... Mais avant qu'elle ne termine, une autre contraction, comme un énorme étau de tension, lui saisit le ventre et les reins, et elle s'appuya à l'évier.

La main de Riley glissa de son épaule au haut de son bras, se posant avec une infime pression, lui prêtant sa force, pour qu'elle sache qu'elle n'était pas seule.

— Continue à respirer. Tu t'en sors très bien.

Elle déplaça ses pieds en balançant inconsciemment les hanches.

— Ne glisse pas. À mesure que la contraction s'apaisait, elle réalisa que Konrad avait envoyé Toby chercher une serviette à mettre par terre, alors elle se plaça sur la zone sèche.

La honte la submergea. — J'ai mis de l'eau partout.

— Ce n'est pas ta faute, dit Konrad. — On en parlera au bébé plus tard.

La peur l'a frappée de plein fouet. — Est-ce que j'arriverai à Sydney à temps ?

Riley lui a de nouveau serré l'épaule. — On va essayer. Ça dépend de la rapidité de ton travail. Ton rôle, c'est de croire que toi et ton bébé êtes en sécurité.

— On est là. Konrad se tenait de l'autre côté. — Quoi qu'il arrive, on s'en sortira. Tu n'as qu'à te laisser porter.

— Je n'étais pas censée vivre ça. Je n'étais pas censée sentir quoi que ce soit. Elle a inspiré, la gorge serrée par les larmes. — Mon bébé... Mais elle a dû s'interrompre quand la contraction suivante l'a submergée.

Riley a dit : — On va t'emmener au Centre polyvalent. Jusqu'à ce que l'avion sanitaire arrive.

Le temps que ce maelström d'étreintes se relâche, Greta avait déjà déboulé à ses côtés et les ambulanciers étaient à la porte. Toby les a laissés entrer et ils ont poussé un brancard jusqu'à la cuisine.

Elle a entendu Riley demander à Greta. — Tu as un nouveau rouleau de film alimentaire ?

C'était une drôle de demande. Quand elle avait cherché les tasses, elle avait vu la réserve de films et papiers de cuisine soigneusement empilés. Toutes sortes et toutes tailles, alignées en rang.

— Quelle largeur ? Étroit ou large ? La voix de Greta, toute professionnelle au milieu de cette folie, a encore un peu apaisé Melinda. Elle était entourée de gens sensés et bienveillants.

Riley a dit : — Les deux. Au cas où on aurait besoin d'envelopper le bébé.

Et là, toute envie de sourire s'est évanouie. En clair, au cas où son bébé naîtrait à Lightning Ridge, avec les intestins à l'extérieur de son ventre. On n'accouchait pas ici, encore moins de bébés malades. — J'aurais dû rester à Sydney, dit-elle en gémissant. Elle avait mis son bébé en danger parce qu'elle voulait rentrer chez elle.

— L'obstétricien a dit que lundi, c'était bon. Ce n'était pas à toi de décider. Konrad lui a caressé la joue et elle l'a regardé. — Le brancard est derrière toi, Mel. Assieds-toi et je te soulèverai les pieds. Allonge-toi sur le côté.

Elle a essayé de bouger les pieds, mais le début d'une autre douleur fulgurante a parcouru ses fesses, entre ses jambes et jusque dans ses cuisses. Soudain, elle a eu besoin de pousser. — Je ne peux pas bouger. Ça arrive.

— Pas ici, non, a grommelé Konrad.

Riley a dit : — Tu n'as pas besoin de bouger, Mel. Konrad va s'en charger. Soulève-la.

Tout s'est enchaîné très vite. Une minute, elle était debout, et la suivante, elle était allongée sur le côté, une couverture sur elle. L'ambulancier a passé une sangle au-dessus de son ventre pour qu'elle ne tombe pas. — On y va, a-t-il dit. — Prochain arrêt, le Centre polyvalent.

— Toby et Greta peuvent venir ?

Konrad poussait un côté du brancard. — Oui. Ils peuvent nous retrouver là-bas. Greta a dit qu'elle irait chercher ton sac d'hôpital à l'appartement. Elle a une clé.

Chapitre Soixante

Konrad

Konrad voulait que Melinda soit au mini-hôpital, et quand Riley avait dit d'aller la chercher, il avait été indescriptiblement soulagé que la décision soit prise. Il fallait qu'ils aillent quelque part où du matériel néonatal et des fournitures médicales étaient disponibles. Il n'y avait pas d'endroit plus stérile que la maison de Greta, mais ils devaient garder Melinda et son bébé aussi en sécurité que possible, et ce n'était pas ici.

Ils devaient pouvoir gérer une réanimation ou des complications obstétricales. Dieu merci, Riley était là. Il avait fait naître une demi-douzaine de bébés dans sa vie de médecin, mais il n'avait pas eu l'occasion de se remettre à niveau depuis son arrivée à Lightning Ridge. Et certainement pas avec des anomalies majeures.

Pendant la course folle après l'appel de Toby, Riley avait dit — Il est peu probable que Mel accouche vite. Primipare. Ha ! Ça, c'était tombé à l'eau s'il ne se trompait pas. Mais Riley avait aussi dit — Si ça arrive, on traite ça comme un accouchement normal et on enveloppe le bébé dans du film alimentaire. On le garde bien au chaud et tout doux jusqu'à ce que NETS arrive pour l'emmener à Sydney en avion.

Alors c'est ce qu'ils allaient faire.

— Bien au chaud et tout doux, et son ventre emballé dans du film alimentaire. Il murmura les mots tandis qu'ils attachaient Melinda à l'arrière de l'ambulance. — Je monte avec elle. Tu nous rejoins là-bas, dit-il à Riley. C'était idiot de risquer que Riley saute en bas et en haut de l'ambulance alors qu'il la voulait prête et opérationnelle pour ses tâches d'accompagnante à la naissance.

Elle ouvrait déjà la porte de sa voiture, des boîtes de film alimentaire sous le bras. Elle avait appelé le Centre de santé polyvalent en venant, donc les infirmières auraient tout préparé à présent et fait venir du renfort.

Il grimpa après Melinda pour les deux minutes de trajet et, quand il baissa les yeux, ses grands yeux verts fixèrent les siens, emplis d'effroi.

— Ça va, Mel. Riley a dit qu'on traite ça comme un accouchement normal et, s'il arrive rapidement, qu'on l'enveloppe dans du film alimentaire.

Ses yeux s'agrandirent puis, lentement, elle hocha la tête. — Faisons ça, chuchota-t-elle.

Quand ils s'arrêtèrent, l'entrée principale était ouverte et une infirmière tenait la porte. Les portes des salles d'urgence étaient retenues pour laisser passer le chariot, et ils filèrent comme dans un manège traversant un tunnel.

Heureusement, le centre était hors horaires d'ouverture, donc aucun patient n'attendait et il put voir le personnel — pas des pros des nouveau-nés, mais rompus aux urgences, ils s'en sortiraient très bien — prêt. Il aperçut des visages qui papillotaient sur le grand écran dans le coin ; ils s'étaient déjà connectés à l'équipe de soins virtuelle en ligne.

Ils étaient arrivés avant le bébé. Ouf. Sa nuque relâcha la tension rigide qu'il retenait. Ils pouvaient le faire. Preuve qu'il avait besoin d'un environnement médical pour se sentir en sécurité.

Il serra l'épaule de Melinda. — Tu t'en sors brillamment. Tu gères.

— Je gère ? couina Melinda.

— Tout le monde est là pour toi. Mais oui, tu gères, dit-il.

Dès qu'il aida Melinda à quitter le brancard pour le lit, les infirmières s'approchèrent pour commencer ses constantes et il s'éloigna pour vérifier le matériel prêt. Un berceau de réanimation néonatale ouvert pour le bébé, avec le Neopuff tout neuf pour lequel ils avaient levé des fonds, et un chariot improvisé à la hâte avec le peu de choses nécessaires pour une parturiente.

Le temps qu'il se retourne, Riley parlait déjà à l'écran, donnant les antécédents de Melinda et les noms des médecins référents pour accéder aux notes médicales et aux examens. Elle paraissait calme et sûre d'elle, énonçant son plan d'action et ce qu'elle attendait d'eux. C'était un côté de Riley qu'il n'avait encore jamais vu. Sa chérie était ultracompétente, nette, autoritaire, et ne perdait pas une seconde. Il savait qu'elle voulait rejoindre Melinda, mais elle avait parfaitement chronométré sa discussion pendant que la patiente s'installait.

— Je reviens avec une mise à jour dans deux minutes. Elle se tourna vers la pièce. Maintenant que les constantes initiales de Melinda étaient prises, Konrad eut le sentiment que Riley allait prendre les commandes. Il n'avait pas tort.

— Melinda. Qu'est-ce qui se passe pour toi, chérie ?

— J'ai l'impression que j'ai besoin d'aller aux toilettes.

Riley balaya la pièce du regard. — On a un paravent ? Non ? Alors tout le monde, sauf une infirmière et Konrad — qui peut se tourner de ce côté, au cas où j'aurais besoin de lui —, peut sortir. Juste le temps que je palpe son ventre et que j'évalue l'avancement du travail de Melinda.

Il baissa la tête pour cacher son amusement à cela et obéit en allant dans un coin, puis il ouvrit une fenêtre sur l'ordinateur portable du MPC.

Deux infirmières se glissèrent dehors, le ambulancier quitta la pièce avec son chariot, et Konrad garda les yeux détournés. — Je ne regarderai pas, Mel, dit-il, tentative un peu bête pour détendre l'atmosphère. — Tu es une championne, Mel. Et ton bébé aussi.

L'inspiration brusque à l'arrivée de la contraction suivante, le froissement des draps et le murmure des voix lui dirent ce qui se passait derrière lui. Il se força à se concentrer sur la rédaction des notes médicales, en utilisant les constantes qu'on lui avait données, en accédant à l'ancien dossier de Melinda et en ajoutant une nouvelle entrée.

Enfin, Riley dit — Tu peux te retourner. On dirait qu'on va avoir un bébé de Lightning Ridge. NETS devra venir le récupérer, lui et sa mère, après la naissance.

Bon sang, pensa Konrad. Dieu merci pour Riley.

— D'accord, tout le monde, on a besoin d'un coup de main, dit Riley.

La porte s'ouvrit et des gens entrèrent. — On se prépare pour un bébé. Mel est dilatée à 9 centimètres. On s'organise.

La voix de Melinda parut timide après celle de Riley. — J'ai besoin de me lever.

Bon sang, non, pensa-t-il. La dernière chose dont on ait besoin, c'est que les entrailles de ce bébé se répandent partout, mais il ravala les mots, les dents serrées.

— Je pense que c'est une bonne idée, dit Riley. Les yeux de Konrad s'écarquillèrent de surprise. — C'est plus facile de pousser en position verticale, mais une fois que la tête est presque sortie, il faudra s'allonger rapidement, d'accord ?

Melinda acquiesça et il s'avança pour l'aider à se lever du lit en douceur. La façon dont le visage de Melinda s'éclaira lorsqu'elle prit appui sur ses pieds lui fit reconsidérer son opposition. — Oh là là. Elle expira un grand coup. — Ça va tellement mieux.

Riley se tourna vers l'infirmière. — Est-ce que vous pouvez me passer ce doppler fœtal, s'il vous plaît. L'infirmière s'exécuta, puis déposa du gel clair sur la sonde portative.

Riley montra du doigt. — Le dos du fœtus est ici, dit-elle à l'infirmière, puis elle posa le doppler sur le bassin de Melinda, à mi-chemin entre la hanche et l'aine.

Le son des battements de cœur du bébé emplit l'air et tout le monde dans la pièce s'arrêta. Un calme inattendu dans cet endroit si animé.

— Oh là là, répéta Melinda, son visage s'adoucissant. Elle expira un autre de ces souffles de tempête. — Ça fait du bien de l'entendre.

Tout le monde écouta pendant la contraction suivante, puis encore pendant trente secondes, tandis que le rythme cardiaque du bébé continuait de galoper gaiement.

Riley retira le doppler et essuya le gel sur Melinda avec un mouchoir en papier. Elle sortit un stylo de sa poche et traça une croix sur la peau de Melinda. — Écoutez là toutes les quinze minutes, et après chaque contraction pendant la poussée. Ça vous va ? L'infirmière acquiesça. — Alors, notez-le pour moi, s'il vous plaît.

— Greta est là ? chuchota Melinda et Konrad releva la tête. — Dehors, je crois.

— Elle peut entrer ? Me tenir la main ?

— Bien sûr, répondit Riley, avant qu'il n'ait eu le temps de se décider.

Melinda acquiesça. — Dis à Toby qu'il pourra entrer après la naissance du bébé.

— D'accord. Konrad secoua la tête devant toute la ribambelle de réponses possibles sur lesquelles il s'était déjà trompé. Il ouvrit la porte et se faufila, et trouva Greta et Toby dans la salle d'attente, avec l'ambulancier assis à côté d'eux. — Greta, elle te demande. Greta se leva aussitôt.

— Toby. Les yeux du jeune homme s'écarquillèrent. — Elle a dit : après la naissance du bébé. Il ne faisait absolument aucun doute que Toby paraissait sacrément soulagé.

CHAPITRE SOIXANTE ET UN

Melinda

MELINDA POUSSAIT, VERS L'INTÉRIEUR, vers le bas, comme son corps voulait qu'elle dirige la force, mais elle avait l'impression de pousser contre un mur de briques. Maintenant qu'il était presque l'heure pour son bébé d'arriver, un éboulement soudain de peur la frappa, comme une coulée de pierres la balayant vers la panique.

Elle ne pouvait pas.

Elle voulait s'enfuir d'ici. Loin de ces gens.

Elle voulait que tout s'arrête.

À ce moment-là, Greta entra, lui prit la main et la serra. Melinda plongea un regard désespéré dans les yeux bienveillants de la femme plus âgée et Greta lui serra encore la main. — Ça va aller.

La peur s'apaisa un instant, puis revint. Non, ce n'était pas le cas. Elle se rappela à quel point son bébé serait fragile à la naissance. Elle avait vu les photos d'autres bébés qui avaient les organes abdominaux à l'extérieur. On les lui avait montrées à l'hôpital de Sydney. Elle savait qu'il n'y avait aucune protection sur l'intestin de son bébé et que le moindre dommage en le poussant dehors pouvait provoquer une infection. Il pouvait mourir.

Elle aurait dû avoir une césarienne, où ils auraient pu tout faire avec précaution. Pas ça. Pas ici. Pas maintenant.

La force de ses poussées faiblit, et sa maîtrise vacilla. Sa bouche s'ouvrit et elle hurla, de peur et de déni.

— Melinda. La voix de Riley. — Qu'est-ce qui ne va pas ?

— Je ne veux pas faire ça.

— Personne n'a envie de faire ça. Riley resta calme, posée. — Surtout à ce stade. C'est dur et ça fait peur. On comprend que tu dois être plus effrayée que la plupart, mais tu dois pousser.

Peut-être qu'elle comprenait, mais Melinda ne pouvait pas pousser. Elle ne pouvait pas être celle qui tuerait son bébé. Elle croisa le regard de Riley.

— J'ai peur. Puis, très, très doucement, elle dit : — Si je le pousse à sortir, il va mourir.

— Non, il ne va pas mourir. Nous sommes là pour ton bébé. Konrad est là. Toutes ces personnes sont là.

La contraction arriva et elle hurla encore, par pure peur. La peur pour son bébé. Elle essaya de pousser quand Riley le lui dit, mais elle n'y parvint pas.

Quelque part, elle entendit la voix de Greta. — Toby m'a dit : « Toi et ton bébé êtes des super-héros. » Les super-héros savent à qui faire confiance, Melinda. Fais confiance à Riley.

Elle essaya, mais elle eut tout de même l'impression de sortir la tête en hurlant plus qu'en poussant. Mais au moins elle poussait. Et poussait. Et quand presque toute la tête fut sortie...

— Le front, le nez et la bouche sont là, dit Riley. — Adosse-toi au lit. Allonge-toi. La voix de Riley était ferme, sans détour.

Ça lui semblait complètement à l'envers, mais Melinda comprit pourquoi. Ils ne voulaient pas que le corps du bébé sorte d'un coup et risque de déchirer ses intestins. Elle se laissa aller en arrière. Il était trop tard maintenant pour arrêter la naissance. Il lui faudrait supporter d'être allongée à plat.

Sauf qu'elle n'avait pas besoin d'être complètement à plat. Ils avaient empilé les oreillers en une grosse pile, de sorte qu'elle était presque assise. Elle pourrait même voir ce qui se passait, si elle osait.

Ça brûlait, ça piquait. Ça brûlait, ça piquait. Ça brûlait, ça piquait.

À la place, elle regarda les doigts de Greta, qu'elle avait serrés jusqu'à les rendre terriblement blancs. Elle relâcha un peu sa prise, permettant à Greta de remuer prudemment sa main abîmée.

— Pardon, chuchota-t-elle, et elle risqua un coup d'œil le long de son propre corps. Elle pouvait voir la tête de son bébé entre ses jambes. Oh mon Dieu. Elle se figea, n'osant plus bouger tant la sensation était affreuse.

— De petits souffles haletants, maintenant, dit Riley. — Juste de petits souffles.

Elle fit les petits souffles et alors Riley dit : — La tête du bébé est sortie.

Elle renversa la tête en arrière et ferma les yeux. C'était trop. Trop de sensations. Trop de pression. Le fait que tout le monde regarde aurait dû être trop aussi, mais, curieusement, ça lui était égal.

La contraction revint et elle poussa. Il n'y eut pas de cri cette fois, parce qu'il n'y avait plus rien contre quoi lutter. C'était trop tard. Trop tard pour la peur, trop tard pour s'arrêter. Elle devait le faire. En bas, tout était tendu, brûlant, et elle sentait le bébé se déplacer.

— Il arrive, dit Riley. — Tout en douceur, maintenant.

Elle n'entendait même plus personne respirer. Comme si tout le monde dans la pièce retenait son souffle. Le silence se prolongea tandis que son bébé était mis au monde.

Tout le monde expira. Un jaillissement de soulagement et d'émotion, et peut-être d'euphorie.

Elle relâcha, elle aussi, le souffle qu'elle retenait. Il contenait tout cela. Et plus encore. Incroyablement, elle entendit une petite toux plaintive.

Riley dit : — Bravo, Melinda. Tu as un fils. Et puis il pleura une fois et puis deux, et la tension s'évacua d'elle. Elle ne l'avait pas tué.

Les larmes lui piquèrent les yeux. La douleur avait disparu, et elle se sentit étrangement vide.

Riley dit : — Super. Tu t'en es bien sortie.

Elle ne voulait pas voir, alors elle scruta plutôt les visages autour d'elle. Il y avait sur ces visages quelque chose comme de la sympathie et de la douceur, mais pas de la pitié. Si ce n'était pas horrible, alors peut-être pourrait-elle regarder.

Sauf qu'une autre douleur survint. Paniquée, elle regarda Riley. — Douleur ?

— La délivrance, dit Riley, et elle se souvint. Et puis cela aussi s'est terminé.

Melinda se pencha juste d'un rien et vit des pieds de bébé. Puis, un peu plus haut, Riley qui pinçait le cordon ombilical, puis le coupait. Il paraissait vraiment long à l'endroit où elle l'avait coupé. Konrad se penchait au-dessus de son bébé avec un stéthoscope.

Son bébé était allongé sur le dos, la tête près de ses pieds, une masse violacée d'anses intestinales sur le ventre, à peu près de la taille d'une main d'adulte, mais tout le reste paraissait parfait. Des pieds. Des mains. Un visage. Il plissa la bouche, le nez et les yeux et poussa un beuglement qui fit rire Konrad. Il était bruyant !

Un raz-de-marée de besoin de protéger, de toucher et de serrer son bébé a déferlé sur Melinda, ses doigts se crispant sous l'envie de caresser sa peau, de le presser contre elle. Mais elle ne le pouvait pas. On le lui avait dit. Pas encore.

Elle a vu qu'il était allongé sur une serviette en désordre tandis que Riley glissait les mains sous son dos et le soulevait pour que l'infirmière retire la serviette et en roule une autre sous lui. Quand elle l'a déroulée, le film étirable était là, tendu sous son dos.

Konrad a passé le rouleau de film étirable de Greta sur le ventre du bébé, par-dessus les fils, et Riley l'a soulevé de nouveau. Konrad a fait passer le rouleau de film étirable sous lui et Riley l'a reposé. Ils l'ont enroulé par-dessus encore une fois jusqu'à ce qu'il porte comme un petit débardeur en film plastique très fin, les bras et les mains à l'intérieur.

— Ça va garder l'humidité jusqu'à l'arrivée de NETS. Ça gardera aussi ses bras au chaud s'ils veulent poser des cathéters. Ils font juste un petit trou dans le plastique pour accéder à lui. Riley souriait. — Il a l'air super. Konrad a dit que ses constantes sont bonnes. On va le mettre dans le berceau ouvert parce que la lampe chauffante au-dessus est allumée. Tu voudrais le toucher avant qu'on le déplace ?

Elle ne pouvait pas toucher ses mains, enveloppées de plastique. La gorge de Melinda s'est serrée et elle n'a pas réussi à répondre, mais elle a hoché la tête. Riley a dû le voir, car elle l'a soulevé comme tout à l'heure et a fait un pas vers Melinda.

Melinda a tendu la main et a caressé le précieux visage de son fils dans son petit imperméable en plastique. Ses minuscules orteils fragiles étaient pâles et froids. — Il est tout bleu.

— Juste les mains et les pieds. C'est normal pendant un moment, le temps qu'il s'habitue à vivre en dehors de ton ventre.

Ah, ça lui revenait maintenant. Dans les livres que les sages-femmes de Moree lui avaient donnés, elle avait lu au sujet de l'acrocyanose — des mains et des pieds bleutés à la naissance. Tout cela était parfaitement normal.

CHAPITRE SOIXANTE-DEUX

Riley

C'ÉTAIT FAIT. LE BÉBÉ était arrivé sain et sauf et était enveloppé dans un film plastique.

La fatigue lui coulait le long de la nuque, mais elle garda les épaules droites, faisant comme si elle n'avait pas envie de se voûter et de s'adosser à quelque chose pendant qu'elle vérifiait que sa patiente était stable.

Melinda avait bonne mine. Elle se rappelait Melinda en train de hurler pour faire naître son bébé. Riley savait que ce n'était pas la douleur qui la faisait crier. Melinda avait eu la trouille de blesser son bébé en poussant. Mais la jeune maman avait fait confiance à Riley et s'était battue contre ses instincts. Riley n'arrivait pas à imaginer faire ça, même en sachant que son bébé était en danger si elle poussait, et en danger si elle ne poussait pas. Condamnée quoi qu'elle fasse.

Les mères la sidéraient toujours par leur force et leur puissance. Elle avait vu l'instant où Melinda était passée de femme enceinte à mère. Cette lueur maternelle protectrice, immédiate, qui avait changé son regard.

À présent, Riley guettait ce moment à chaque naissance. De temps en temps, au lieu de cette étincelle d'amour qui s'allume, elle voyait de la désinvolture, de la peur, voire une forme de dégoût pour le nouveau-né sorti de leur corps. Elle éprouvait alors une immense tristesse pour cette mère et ce bébé. Elle avait toujours redouté d'être de celles qui ne ressentent pas ce lien. Elle se demanda si la mère de Melinda n'avait pas été de celles-là. Une mère... sans fibre maternelle.

Voilà exactement pourquoi elle n'aurait pas d'enfants. Parce qu'elle ne pensait pas pouvoir se regarder en face si elle ne donnait pas cent dix pour cent à son enfant. Comme sa propre mère l'avait fait.

Un raisonnement bancal, sans doute hérité de toutes ces femmes désespérées croisées ces dix dernières années, prêtes à tout pour avoir un enfant, alors qu'elle, très facilement, envisageait de ne pas fonder de famille en construisant une vie professionnelle centrée sur l'absence d'enfant. Donc, une culpabilité cumulative qui lui soufflait qu'elle ne méritait pas d'enfant, et qu'elle n'allait pas risquer un échec maternel.

Son regard glissa un instant vers Konrad ; le bleu de ses yeux s'était fait tendre et humide, allant et venant entre Melinda et son bébé. Un homme qui avait besoin d'enfants. Voilà pourquoi elle repartirait à Sydney sans lui. Puis il tourna les yeux vers elle, et il y avait tant d'admiration et de chaleur dans ce regard qu'elle en eut presque un sursaut.

Elle reporta son attention sur Melinda. — Tout a l'air bon de ton côté, Melinda. On va attendre une demi-heure pour s'assurer que tu ne vas pas saigner après l'accouchement ni faire quoi que ce soit de dramatique, puis tu pourras te lever et prendre une douche. Après ça, tu pourras t'asseoir et contempler ton magnifique petit garçon pendant qu'on attend NETS. Je vais aller leur parler.

Alors qu'elle se retournait, elle entendit Konrad expliquer à Melinda — NETS, c'est le Neonatal Emergency Transport Service. Une équipe néonatale spécialisée qui volera avec vous deux jusqu'à Sydney. Riley lui adressa un signe de tête pour le remercier et alla parler aux consultants en ligne.

NETS est arrivé moins de deux heures après la naissance, ce qui était brillant compte tenu du temps de vol depuis Sydney et du matériel et du personnel qu'ils devaient amener. En gros, leur appareil embarquait un module de soins intensifs néonatals, transportable sur un chariot qui se boulonne pour le vol. Un pédiatre consultant et deux infirmières spécialisées en néonatologie ont pris la main et stabilisé leur minuscule patient — ou leurs patients en cas de naissance multiple — avant de décoller vers l'hôpital de destination. Parfois, ils ne pouvaient pas emmener la mère faute de place, mais aujourd'hui n'en faisait pas partie.

Riley regarda le petit Edward, dans son berceau high-tech, et la jeune maman, en fauteuil roulant, qu'on poussait jusqu'à l'hélisurface. Melinda allait ajouter toute une série de nouvelles expériences à cette grossesse.

Riley jeta un coup d'œil au champ de bataille qu'était devenue la pièce, sachets d'instruments stériles ouverts, flacons de médicaments vides et tout le détritus d'une naissance. — Beau boulot, les gars, dit-elle aux infirmières, ravie de ne pas avoir à ranger, recommander du stock et remettre de l'ordre dans le chaos avant de pouvoir prendre une tasse de thé. — Vous avez été formidables. Merci d'avoir facilité les choses pour Melinda et pour nous.

Elles affichaient toutes la même expression : restes d'adrénaline et excitation. — Grosse journée. Pas une qu'on va oublier de sitôt.

Elle avait envie de rentrer. — Konrad ? Il leva la tête. — Je t'attends dans la voiture.

— J'arrive. Merci à tous. Son sourire leur arracha des au revoir alors qu'il la suivait dehors, sa grande carrure solide à son épaule.

— Ça va ? demanda-t-il en lui ouvrant la portière. Depuis quand avait-il commencé à faire ça ?

— Ça va.

Il referma la porte après s'être assuré qu'elle était bien installée, puis monta à son tour et éloigna la voiture du trottoir. — Beau boulot, là-dedans.

— Travail d'équipe, dit-elle.

Il lui lança un regard en coin. — Pour ta soirée tranquille, on repassera.

— Ça en vaut la peine, dit-elle.

— Tu adores ça, le théâtre de la naissance. Il avait l'air content pour elle. — Ça te manque, maintenant que la plupart de ton temps est pris par les consultations ?

— Ce n'est pas comme si je ne voyais plus d'accouchements. Je fais ma part quand on a besoin de moi.

— J'ai vu la patronne, là-dedans.

Oui, elle avait mené la barque, mais ça restait un travail d'équipe. — C'est ce que je fais. C'était tout ce qu'elle savait bien faire. Elle laissa retomber sa tête contre l'appuie-tête en cuir.

Son visage se plissa d'amusement. — J'avais oublié à quel point une naissance peut être bruyante.

Riley ferma les yeux, se souvenant. — Elle ne criait pas de douleur. Elle avait peur pour son bébé. Ça se voyait dans ses yeux.

— Je sais, dit-il sérieusement, et elle sut qu'il avait compris. — Vous avez été des championnes, toutes les deux.

— Elle, oui. Ils s'étaient arrêtés et elle ouvrit sa portière dès que la voiture s'immobilisa. — Dès que j'appelle Maman pour lui demander de travailler demain, je vais me coucher. Elle devait aussi téléphoner à cette assistante sociale et s'assurer que la nouvelle amie de Melinda la rejoindrait à l'hôpital. Sans le regarder, parce que, sans trop savoir pourquoi, elle avait envie de tendre la main vers Konrad pour se rassurer, qu'il la prenne dans ses bras, la porte jusqu'au lit et s'enroule autour d'elle, elle dit — À demain matin.

— N'oublie pas le dîner demain soir. Sa voix était grave et râpeuse, comme s'il avait envie d'en dire plus.

— Je n'oublierai pas. Elle ne se retourna pas. Elle n'allait pas oublier, car c'était à ce moment-là qu'elle comptait lui dire qu'il n'y avait aucun avenir pour eux en couple.

Dans la fraîcheur du matin, Riley n'était toujours pas en état de courir, mais une marche rapide lui aérerait l'esprit. Elle quitta l'appartement avant 6 h, avec cette poussière de rose et de bleu à l'ouest au-dessus des broussailles clairsemées en dehors de la ville, et cette lueur orangée à l'est à travers le dédale de fils télégraphiques et de toits d'un seul étage.

La brise sur ses joues soufflait fraîche et revigorante, rien à voir avec la fournaise de midi. Desiree avait dit que c'était à cause du fer dans le sol qui faisait que la terre gardait la chaleur. Les graviers roses et blancs crissaient sous ses pas alors qu'elle longeait l'ancien site minier, à quelques mètres seulement du cabinet, avec ses squelettes rouillés de véhicules et de matériel d'extraction enfouis dans les herbes folles, tout en ombres et silencieux dans la lumière matinale. Les oiseaux, en revanche, ne se taisaient pas, appelant, gazouillant et pépiant à mesure que le soleil se rapprochait.

Au carrefour désert, elle pivota, ce qui ne lui ressemblait guère, ne sachant pas trop de quel côté marcher jusqu'à ce qu'une impulsion la tire à gauche vers la Castlereagh Highway, comme pour s'entraîner. S'entraîner pour le moment où elle tournerait sa voiture de ce côté-là pour rentrer à Sydney. S'entraîner à partir.

La ville s'éloignait dans son dos tandis qu'elle craquait sur des pierres inégales, et il était difficile d'imaginer qu'elle s'était attachée à une petite ville minière haute en couleur de la brousse, si loin de la cité. Une idée folle. Ridicule.

Ce soir, elle allait dire à Konrad qu'il n'y avait aucun avenir pour eux, qu'il ne servait à rien de creuser leur trou encore plus profond. Elle était déjà tombée au fond d'un puits de mine douloureux et ne voulait pas retomber. Fuir vers son monde normal était le chemin vers la lumière.

Deux heures et demie plus tard, Riley a poussé la porte arrière du cabinet, douchée, sereine (du moins en apparence) et prête à aider de nouvelles personnes avant de partir.

Sa mère était assise avec aplomb à la place de Melinda. Vêtue d'une chemise blanche impeccable et d'un pantalon bleu, Adelaide projetait la confiance et le professionnalisme de la nouvelle réceptionniste qui tape à toute allure. Bravo, Maman.

En voyant Riley, elle se leva, contourna le bureau et ouvrit les bras, le visage rayonnant. — Alors, Melinda va bien ? Et le bébé ? Elles se serrèrent brièvement.

— J'ai parlé à Melinda ce matin. Edward passe au bloc à 9 h demain. Elle a l'air forte et sa copine étudiante est avec elle.

— Je suis tellement contente qu'elle soit entourée.

— L'assistante sociale l'attendait hier soir quand elle est arrivée. Elle serra encore Adelaide dans ses bras et recula. — Merci d'être venue, Maman.

— C'est facile, ma chérie, je suis ravie d'aider. Surtout après ta journée mouvementée d'hier.

La porte donnant sur la rue s'ouvrit et un couple passa la tête.

Adelaide se tourna vers eux et Riley entra dans son cabinet pour poser son sac. À un bruit, elle leva les yeux vers l'endroit où Konrad était appuyé contre la porte.

— Je me fais un café. Tu en veux un ? Le blanc de ses dents apparut, lèvres incurvées et canailles. — Il y a cette machine maligne dans la cuisine et j'ai pris le coup de main.

— Ah, cette machine, dit-elle. — Il faudra peut-être que je te la laisse quand je partirai ?

Son sourire ne vacilla pas, mais ses yeux perdirent leur plissement. La culpabilité la picota parce qu'elle avait été changeante. Elle l'avait fait espérer. Elle ne l'avait pas voulu, mais...

— Oui, s'il te plaît. Un café, ce serait parfait.

— J'ai réservé pour 18 h au restaurant italien.

Elle pensait qu'ils mangeraient un plat à emporter dans l'appartement partagé. C'était inattendu. — Il y a un restaurant italien en ville ?

— Deux. Les deux sont très bien. Celui-là, j'y mange en général une fois par semaine.

Il était là depuis dix-huit mois. Ça faisait beaucoup de pâtes. Ou de pizzas.

Neuf heures plus tard, elle s'habillait pour sortir dîner. Elle espérait ne pas lui gâcher son restaurant préféré avec sa décision. Elle se tortilla sous un mélange de manque, de décision inflexible, de regret et peut-être d'un peu d'anticipation nerveuse, tandis qu'elle se douchait et enfilait une robe d'été légère à bretelles pour lutter contre la chaleur et la brise du soir surchauffée qui soulevait ses rideaux sombres. Si cela devait être leur seul vrai rendez-vous, le moins qu'elle puisse faire était d'y mettre les formes.

Il se présenta à sa porte en chemise blanche boutonnée et short en toile bleu jusqu'aux genoux, qui mettait en valeur ses mollets puissants et ses pieds diablement sexy en sandales. Il avait l'air du surfeur qu'elle s'était imaginé quand il avait parlé de Port Macquarie. Un surfeur bien loti, et décontracté. L'inclinaison de ses lèvres lui rappela des bras forts et protecteurs, le soleil et le sexe.

Il était à croquer au point de donner envie de rester à la maison, blottie contre lui. Dommage qu'elle s'apprête à ternir cette lumière éclatante. — Allons-y, alors. Les mots lui échappèrent trop vite et ses sourcils se froncèrent, interrogateurs. Elle fit un geste de la main. — Tu es superbe.

Il secoua la tête. — Tu es magnifique. Il lui prit la main et la porta à ses lèvres. — J'aimerais marcher, si ça te va ?

S'étirer les jambes après une journée au bureau semblait bien mieux que de grimper dans une voiture surchauffée. — Parfait.

Et c'était parfait, ses doigts se refermant sur les siens. Elle remarqua que son autre main balançait un sac à vin qui cliquetait doucement.

Il haussa les épaules quand elle arqua un sourcil. — Ici, on apporte son vin. Je ne savais pas si on prendrait du rouge ou du blanc, alors j'ai apporté les deux. Un verre pour accompagner le repas.

En marchant, il pressa doucement sa main, comme pour vérifier qu'elle allait bien, et son cœur se brisa un peu plus tandis qu'elle le savourait à ses côtés, attentif à elle. Riley savourait la chaleur et la force de ses doigts, une chaleur qu'elle ne sentirait plus quand elle rentrerait à Sydney. Elle savourait sa taille et son envergure quand son épaule frôlait la sienne. Elle savourait la chute de ses cheveux dorés qui, dans la brise du soir, venaient effleurer son front, soulignés par le soleil de fin d'après-midi.

Konrad Grey, le Viking. Une fois. Deux fois. Adjugé.

Ignorant ses pensées, il désignait les maisons de gens qu'il connaissait au fil de leur marche. Il parlait de la façon dont les opales avaient changé la vie des gens, leurs mains se balançant entre eux.

— Les opales les retiennent ici, les retiennent par la promesse, le ravissement et l'insaisissable, mais dans leurs yeux tu vois toujours cette passion de la quête et le frisson de la taille de la pierre qui façonne leur vie.

— Ça a l'air dingue.

Il a secoué la tête. — Une passion. Qui rend accro. C'est grisant, disent-ils.

— Et toi, qu'est-ce que tu en dis ?

— J'aime les opales, mais je ne suis pas mineur. Il a haussé les épaules. — Les mineurs, c'est une bande de durs. Il a écarté les mains comme pour embrasser la ville. — Toute l'année, il n'y a qu'une cinquantaine de mineurs à plein temps ici. Certains sont de la même famille depuis des générations, d'autres ne font que passer, mais il y a mille habitués ou plus qui ont des camps et viennent une partie de l'année, chaque année, pour fouiller le sol à la recherche d'un filon.

Elle pouvait imaginer la diversité. Elle en avait déjà vu une partie.

— Ajoute à ça, dit-il, des retraités nomades qui tombent amoureux de l'endroit et restent.

— Et puis, il y a des touristes comme moi.

Il s'est arrêté, s'est retourné, a levé la main et lui a caressé la joue. — Tu n'es pas vraiment une touriste. Plutôt un trésor à apprécier pour ceux qui ont besoin de tes services. Sa main est retombée et ils se sont remis en marche, leurs autres mains toujours enlacées.

— Bien joué, Dr Grey, dit-elle, mais ses yeux la piquaient un peu sous l'effet de son admiration. Heureusement, elle n'a pas eu à ajouter quoi que ce soit, car ils avaient atteint le bout de la rue et le restaurant du coin.

Il lui a touché le coude pour l'inviter à entrer par la porte vitrée devant lui. Deux serveurs et un cuisinier sont venus les accueillir, manifestement des amis de longue date de Konrad, et l'intérieur n'était pas ce à quoi elle s'attendait pour un restaurant de l'outback. Nappes blanches, personnel en tenue, des bougies sur les tables et de grandes fenêtres laissant entrer les dernières lueurs de l'après-midi. Climatisation et effluves d'ail, de pains, d'herbes et d'oignons qui doraient.

Leur table était adossée au mur et faisait face à deux fenêtres, avec un grand espace libre entre eux et le couple le plus proche, ce qui garantissait leur intimité. Elle doutait que ce soit un hasard.

Konrad a attendu qu'elle s'installe avant de s'asseoir à son tour et a tendu ses deux bouteilles au serveur. — Ils garderont la seconde ici pour moi pour la prochaine fois. Regardons la carte avant de décider.

Les cartes semblaient fournies et intrigantes. — Qu'est-ce que tu recommandes ?

Il avait déjà posé sa carte. Elle soupçonnait qu'il en avait déjà goûté chaque plat. — J'aime toujours le steak, même si le canard est excellent.

Elle s'est demandé d'où venait un canard, ici, dans l'outback. Elle s'est dit qu'ils devaient bien en avoir. Elle savait en revanche que les crevettes ne nageaient pas par ici, alors elle a opté pour le steak et il a approuvé. Ils ont donc demandé du vin rouge. Le serveur est arrivé, a pris leurs commandes et est revenu avec la bouteille de rouge, qu'il a ouverte et a posée sur la table.

Elle pourrait aborder le sujet bientôt. Ils n'étaient pas vraiment là pour la nourriture, non ?

Il s'est adossé à sa chaise, une petite lueur dans les yeux. — Qu'est-ce qui t'a le plus plu depuis que tu es ici ?

Elle a cligné des yeux. Était-ce une fausse piste ? — Ça a été un mois très mouvementé. Elle a réfléchi au mot « apprécier ». — À part mon travail, que j'apprécie toujours, la brise fraîche du matin pour ma course est merveilleuse. Personne. Pas de voitures. Pas de fumées ni d'odeurs. Rien à voir avec Sydney. Un silence complet, sauf les oiseaux et le gravier qui crisse. Elle a croisé son regard avec une moue. — Moins la course du soir où je suis tombée dans un puits.

Il a grimacé. — Personne n'a apprécié celle-là.

Elle a haussé les épaules. Elle s'en était sortie. Elle avait à peine été blessée, en réalité, vu ce qui aurait pu arriver. — J'aime beaucoup les gens, même Cyrus, a-t-elle concédé ; il m'a un peu intimidée le premier jour, mais il a un cœur gros comme les plus gros rochers là-dehors. Elle a jeté un coup d'œil par la fenêtre vers les boutiques fermées. — Les femmes de la ville m'épatent, comme Desiree et compagnie. Encore de grands cœurs sous des dehors coriaces.

— Et la région ? Les opales ? La ville souterraine ?

— La ville est drôle, avec des fresques, de l'humour et des monticules blancs partout. Mais les opales... Tout le monde s'y connaît en opales. Je n'ai jamais vraiment été une grande amatrice d'opales. J'aime davantage les bleus que les rouges coûteux qu'ils recherchent tous, mais — elle a pensé à certaines des opales à plusieurs milliers de dollars qu'elle avait vues en arpentant les boutiques — oh là là, les couleurs sont incroyables.

— Tu dis que tu as trouvé plein de choses qui te plaisent ?

— Les gens avec qui je travaille sont sympas, dit-elle en le taquinant, puis elle redevint sérieuse. Elle en avait besoin pour prononcer la suite. — Mais je ne reste pas ici.

Les mots étaient là, sur la table devant elle, et elle les fixait comme si elle pouvait voir l'amas invisible de lettres, refusant de le regarder.

— Je ne m'attendais pas à ce que tu restes. Sa voix était basse, calme et sans surprise.

Elle a relevé les yeux.

— Je m'attendais à ce que tu repartes. Peut-être que tu reviendras voir ta mère de temps en temps, quand elle sera ici. Mais ton travail est à Sydney. Je comprends.

— Oh. Elle a rapproché les genoux sous la table. Comme c'était embarrassant. Sa main s'est resserrée sur le pied de son verre. Puis elle l'a éloigné.

Sa main s'est avancée et a effleuré ses doigts, a glissé sur les siens jusqu'à ce qu'elle ait la main enveloppée dans la poigne rassurante de la sienne. Réconfortant. Paisible. Apaisant.

— Bien sûr, je me suis demandé ce qui se passerait si je te suivais. Si je te courtisais. Si je prenais l'avion pour venir te voir quelques fois avant de demander plus. Je peux ?

Elle a levé son autre main, doigts écartés, pour couvrir son sternum. Elle a incliné la tête et une joie timide est montée à mesure que la surprise s'installait. La courtiser ? — Tu songerais à quitter the Ridge ? Tu adores cet endroit.

— Je ne m'attendais pas non plus à rester. Je suis resté à cause de mon frère puis à cause de Toby. Enfin, à cause du lieu et des gens. Et oui, j'aime ma vie ici, encore plus depuis que tu es arrivée. Mais je ne veux pas te perdre. Je t'aime.

Elle a inspiré brusquement à ce mot.

Il a haussé les épaules. — Je t'aime plus que cette ville.

Il l'a répété, dans un restaurant, avec du monde autour. Bon sang, quel homme intrépide.

Les mots se sont figés dans sa gorge tandis que ses yeux s'agrandissaient. Elle a entrouvert les lèvres pour dire quelque chose, n'importe quoi, les a refermées, puis a pincé sa lèvre inférieure entre ses dents. Oh là là. L'amour ?

— On n'a pas prononcé le mot en « L », mais je le mets sur la table.

Elle s'étrangla : — Ça, tu ne t'en prives pas.

Ses magnifiques yeux bleus pétillèrent. — Je suis un type à l'ancienne. J'ai trouvé ce que je veux. Je sais que je te veux, mais je comprends que tu n'es pas encore fixée sur moi.

Non. Elle ne s'était pas décidée. Parce qu'elle se réfugiait derrière l'idée de rentrer à Sydney, courant encore d'une tâche à l'autre, même quand le Ridge l'avait obligée à lever un peu le pied. Elle n'avait jamais été du genre à prendre le temps de vivre, mais il lui était arrivé de s'imprégner des couleurs des bougainvilliers, partout ici.

Ce qui la fit réfléchir à ce qu'il disait. Elle s'était jetée au lit avec lui. Aussi renversant que cela ait été, les hommes s'étaient toujours comptés sur les doigts d'une main dans son lit et elle n'avait jamais ressenti ce qu'elle ressentait avec Konrad. Avec personne d'autre. Jamais. Que ressentait-elle d'autre ?

Elle était triste à l'idée de le quitter. Inquiète à l'idée de pouvoir le blesser. Peinée de mettre de la distance entre eux. Alors pourquoi partait-elle ? Pourquoi ? Parce qu'elle courait toujours quelque part. Elle vivait à cent à l'heure dans la médecine de pointe. Elle avait un appartement sur le port. Elle conduisait une voiture rapide et menait une carrière en flèche.

Pouvait-elle être aussi franche que lui ? Elle humecta ses lèvres, pesant ses mots. — J'éprouve quelque chose pour toi. Des sentiments compliqués. Mais si tu viens me voir, ça me ferait plaisir.

CHAPITRE SOIXANTE-TROIS

Konrad

KONRAD REGARDAIT SES YEUX verts s'agrandir de l'autre côté de la table quand il avait prononcé le mot amour. Il n'avait pas eu l'intention de le balancer avec autant d'audace, mais une fois dit, il le pensait avec chaque atome de son corps. Si elle prenait la fuite à cause de ça, autant le savoir tout de suite.

Elle n'avait pas fui, pourtant ; elle avait eu l'air craintive, mais — Viens me voir —, c'était ce qu'il avait espéré. — Ça fait une sacrée distance entre Lightning Ridge et Sydney, mais j'aimerais essayer.

Elle baissa la tête pour cacher son visage. Elle n'était donc pas terrifiée par l'idée. Ouf.

Le serveur s'approcha avec leurs plats — il avait l'impression qu'ils avaient temporisé pendant qu'il parlait — et Konrad se renversa en arrière et laissa ses doigts glisser à contrecœur des siens.

Une fois les assiettes posées et alors qu'ils avaient commencé à manger, la tête inclinée, les yeux doucement amusés, elle posa la joue contre sa main. — Tu savais que je ne resterais pas. Tu avais une sorte de plan ?

— Pour te courtiser ? Flou pour l'instant. Il fit semblant de mâcher, l'air pensif. — Je voulais que tu saches que je n'étais pas un harceleur, quand même. Pas de visites à l'improviste.

Elle s'étrangla de nouveau à ça. — Pas un harceleur, dit-elle. — J'ai compris.

— Je viendrai le week-end prochain. Il observa ses yeux s'agrandir. Elle ne s'y attendait pas. — C'est un début qui me rend heureux. Et toi ?

Ses yeux croisèrent les siens et il y vit de l'amusement mais aussi sa vérité. — Ça me va.

Le steak avait l'air et l'odeur fabuleux, mais, en mangeant, il n'en goûtait rien. C'était peut-être parce qu'il regardait sa bouche, et la façon dont ses yeux ne cessaient de filer vers les siens avant de revenir à son assiette. Elle n'avait plus l'air de la consultante survoltée — elle avait l'air d'une femme incertaine de ses sentiments.

Au moins, elle avait des sentiments. Même s'ils étaient — compliqués —.

— Et ton rêve de t'installer à Port Macquarie ? Konrad le surfeur ? Tes parents ?

— Tout ça, c'est pour plus tard. Trop lointain et secondaire.

— Secondaire par rapport à quoi ?

— À toi.

— Tu es dingue. Tu me connais à peine. Je suis une fille de la ville. Et puis il y a la question des enfants. Je n'en aurai peut-être jamais. Toi, tu devrais en avoir.

Mais sa détermination ne changeait pas. Ne changerait jamais. — Je me souviens.

Elle n'avait pas l'air convaincue, et quelque chose en lui, peut-être cette bouffée d'espoir, se rétracta un peu. Comme s'il la voyait reconstruire le mur dans lequel il avait ouvert une brèche avec sa déclaration inattendue.

Ils avaient terminé et le serveur est venu chercher les assiettes. Elle a siroté le fond de son verre de vin.

— Tiramisu ? Ils font un dessert à tomber, ici, dit Konrad.

— Non merci. Mais vas-y.

Il l'étudia, voyait la distance grandir entre eux, et il avait besoin d'enrayer la chute. Il fit signe pour l'addition et se leva. Elle l'attendrait à la porte. Il contourna la table pour se placer derrière sa chaise. — Je préférerais aller marcher dans le noir avec toi.

Elle recula sa chaise et se leva. — Allons-y.

Alors ils ont marché dans l'obscurité en faisant un détour, le long des boutiques fermées d'Opal Street, puis sur Morilla Street, dépassant le club et les magasins d'opale fermés jusqu'à arriver à la station-service de Desiree, avant de remonter leur rue vers le logement derrière le cabinet.

— Tu es déjà allée aux bassins d'eau chaude ?

— Je suis passée en courant devant, mais je n'y suis pas vraiment allée. Il y a toujours des voitures.

— C'est très prisé des touristes.

— Et maintenant, les vieux du coin ?

Il eut un large sourire. — Tu as entendu parler de ça ? Tu as apporté ton maillot ?

— Melinda me l'a dit. Et oui.

— Et si on piquait une tête. On ne peut pas rester longtemps dans l'eau avec la chaleur, et on serait de retour dans une demi-heure. C'est agréable la nuit.

Elle parut dubitative puis amusée. — D'accord. Ça a l'air super.

— On se retrouve à ma voiture dans dix minutes ?

— Ça me va, dit-elle.

Il y fut en cinq minutes et elle y était avant lui. — Comment ? Je n'ai jamais rencontré une femme capable de se changer aussi vite.

Elle leva les sourcils vers lui. — Tu connais beaucoup de femmes qui se déshabillent et se rhabillent, toi ?

— Aucune que je suivrais jusqu'à Sydney. Il lui ouvrit la portière.

Elle marqua une pause avant de monter. — Depuis quand cette histoire d'ouvrir la porte ?

— Depuis que tu es tombée au fond d'un puits de mine. Ça m'a rendu étrangement protecteur. Et je t'avais bien dit que j'étais à l'ancienne.

Elle se glissa dans la voiture, frôlant son bras. — Tu l'avais dit.

Moins de cinq minutes plus tard, ils se garaient sur le gravier devant l'entrée voûtée et il regretta de ne pas y avoir pensé plus tôt. Ils auraient pu le faire plus souvent après le travail.

Quand il a coupé le moteur, elle a dit : — Je suis passée devant pendant mes courses du matin ces deux dernières semaines, mais il y avait toujours des voitures ici.

— Il n'y en a pas ce soir. Tu es tranquille.

Elle le regarda par en dessous et marmonna quelque chose qui ressemblait à — Trop tranquille —, mais il n'en fut pas sûr, même s'il l'espérait.

Quand le portillon de sécurité claqua derrière eux, les grands et petits bassins ronds étaient silencieux et fumants dans la nuit, avec des lumières orange qui illuminaient les lieux. Quelques empreintes humides séchaient encore, preuve que les gens n'étaient pas partis depuis longtemps.

— Il fait doux ce soir. Moins de monde, heureusement. C'est ouvert toute la journée, sept jours sur sept, et fermé pendant deux heures au milieu de la journée pour le nettoyage.

— Ça a l'air magique.

Elle le rendait magique. — Oui. Il lui a pris la main et ils ont traversé les bassins jusqu'au bloc sanitaire, s'arrêtant au passage pour déposer leurs sacs à serviettes sur la table de pique-nique. Il lui a lâché la main devant les douches des dames. — Rince-toi par-dessus ton maillot dans les vestiaires, c'est la règle avant d'entrer, et je te retrouve à ces marches quand tu ressortiras. Il a montré la main courante de la grande piscine. — On s'assiéra sur les marches et on entrera en douceur. On ne les voit pas beaucoup avec les lumières allumées, mais on saura que les étoiles sont au-dessus de nous.

Elle a filé vers les vestiaires, et sa voix lui est revenue en écho — On fait la course ! Elle le battrait sans doute, alors il s'est élancé. Il savait qu'elle était rapide et il voulait l'attendre, cette fois.

Deux minutes plus tard, ils sont revenus du bloc des douches en marchant vite et tout mouillés, et ils se sont souri en se retrouvant à la rambarde de la grande piscine exactement au même moment. — Égalité, dit-elle.

CHAPITRE
SOIXANTE-QUATRE

Riley

RILEY S'ARRÊTA ET SE tourna lentement pour contempler les bassins de l'espace clos. Malgré l'éclairage, au sud elle distinguait les milliards d'étoiles invisibles en ville, et au nord les lumières orange vif sur le toit du bloc des douches la faisaient plisser les yeux.

À l'intérieur de l'enceinte grillagée, la lueur des projecteurs fixés en hauteur sur les sanitaires baignait tout d'un rouge étrange, comme dans un bar enfumé, en éclairant la vapeur qui s'élevait au-dessus des bassins. La lumière insolite donnait une ambiance presque sensuelle dans la brume, malgré une légère odeur d'œufs due au soufre. L'odeur n'était pas entêtante quand elle bouillonnait depuis le fond du bassin, mais elle était bien là.

Plus délicieusement encore, la lumière bronzait l'homme à ses côtés, qui attendait qu'elle cesse d'examiner les alentours, et soulignait les filets d'eau de la douche en perles luisantes sur son torse nu.

Vêtu seulement d'un short plaqué contre sa peau, il se tenait là, mince et puissant, des gouttes d'eau se poursuivant le long de ses pectoraux et de ses abdos, et elle avait envie de suivre du doigt l'un de ces filets scintillants tandis qu'il disparaissait sous son short.

Elle leva les yeux, et il dut y lire de l'espièglerie, car il ramena contre lui son corps moulé de maillot trempé dans un grognement à peine audible.

— Une récompense pour notre course jusqu'au bassin. Il se pencha, enroula ses doigts autour de sa nuque et l'attira doucement à lui, jusqu'à ce que leurs lèvres se rencontrent.

Quelque part dans un coin de sa tête, elle imaginait son maillot humide boire ses gouttelettes, comme sa chaleur s'infusait dans sa peau jusqu'à lui donner envie de rester soudée ainsi pour toujours. Une chaleur, plus brûlante que l'eau bouillante des douches artésiennes, plus moite que la brume au-dessus des bassins, dévora ses pensées jusqu'à ne laisser que la sensation.

Elle plaqua sa bouche contre la sienne et la caresse sensuelle devint une exigence brûlante qui la fit haleter de désir. Elle entrouvrit les lèvres, réponse et invitation à la fois, et sa langue glissa dans une danse lente et puissante avec la sienne, comme les volutes de vapeur qui ondulaient à la surface de l'eau derrière elle.

Les yeux clos, elle se rapprocha dans un soupir, se pressant contre lui, adorant la sensation de ses bras qui se resserraient autour d'elle, la plaquant contre sa dureté.

Ils s'embrassèrent. Bouches soudées. Le temps s'écoula. Jusqu'à ce que le bruit de la grille qu'on ouvrait s'impose et qu'une voix lance

— Ça suffit, vous deux.

Ils se séparèrent, à bout de souffle, puis éclatèrent de rire.

C'était Cyrus.

— Fallait que ce soit lui, marmonna Konrad, dépité.

Comme s'il l'avait entendu, Cyrus prit la parole. — Tu m'as dit de venir ici.

— Je t'ai pas dit de venir maintenant.

Cyrus rit. — Il y a d'autres potes qui arrivent. Son gros ventre velu sautillait tandis qu'il traversait le béton en ricanant vers eux. — Ne vous en faites pas. On s'installera dans la pataugeoire. On ne vous regardera pas.

— Parfait, dit Konrad. — Et assure-toi de détourner le regard.

Toujours hilare, Cyrus disparut dans les douches.

Konrad reprit sa main. — Vite. Entrons avant qu'il revienne.

— Il a dit qu'il irait s'asseoir de l'autre côté.

— Je ne serais pas surpris qu'il s'installe sur la marche à côté de toi. Il a un petit faible pour toi, tu sais.

Elle haussa les épaules, taquine, en trempant un orteil. — Quelqu'un qui peut faire passer une démangeaison mérite bien un béguin. Mais elle se demanda ce qui se serait passé si Cyrus n'était pas arrivé.

Konrad garda sa main et la guida sur la première marche, lui montrant comment faire glisser ses doigts le long de la rampe avec l'autre main pour ne pas glisser. L'eau enveloppa ses orteils puis ses chevilles. C'était chaud mais supportable, comme lorsqu'on se glisse peu à peu dans un bain brûlant et fumant. Impossible d'y plonger d'un coup. Ce serait comme mettre la tête sous le robinet d'eau chaude à la maison.

Ils descendirent la deuxième marche en béton, un peu visqueuse, puis la troisième, et quand leurs pieds atteignirent la quatrième marche, ils s'assirent et laissèrent leurs corps se fondre dans cette chaleur liquide. Mon Dieu. — Divin. Le mot s'échappa d'elle dans un souffle tandis que l'eau glissait sur le haut de sa poitrine et ses bras.

— En effet, toi tu l'es, dit-il, et elle tourna la tête pour le voir admirer la vue. — Belle.

Elle serra ses doigts. — Toi aussi. Tout comme la main forte de Konrad dans la sienne. Beau. Divin. Sexy. — C'était une excellente idée, Docteur Grey, de venir ici. Mais, les yeux clos, elle repensait au festival de baisers dont ils venaient de se régaler. Tout son corps vibrait encore sous l'eau chauffée.

Elle appuya le haut de son bras contre le sien et posa la tête sur son épaule. Une paix déferla sur elle avec l'eau. Une paix comme elle ne se souvenait pas en avoir ressentie. Peut-être que la paix, ce n'était pas son truc ? Ou, du moins, ça ne l'avait pas été, jusqu'à maintenant.

Elle entendait la douche du bloc sanitaires couler, alors l'harmonie totale entre son cœur et celui de Konrad s'évanouirait bientôt, mais elle la savourait à présent. Peut-être auraient-ils une autre chance de venir ici la nuit avant qu'elle ne rentre chez elle. Seule.

— J'imagine qu'on a de la chance qu'il n'y ait que Cyrus ici pour l'instant, murmura-t-elle, les yeux toujours fermés.

— C'est à distance de marche du camping de l'autre côté de la route. Alors oui, on est vernis. Beaucoup d'habitants du coin utilisent aussi l'endroit. Parfois, la nuit, le bain artésien devient un grand cercle de commérages, surtout d'hommes. Mais ne perdons pas notre temps à parler des autres.

Il effleura sa joue et elle ouvrit les yeux. — Je voulais te parler dans le noir, dit-il, même si ce n'est pas vraiment sombre et que Cyrus va réapparaître d'une minute à l'autre. C'est important.

Elle s'est blottie un peu plus contre lui, mais a penché la tête pour le regarder. Son profil, tout en ombres et en lignes fortes, lui était trop précieux pour qu'elle se laisse envahir, maintenant, par des pensées tristes de départ. — Bien sûr.

— Au restaurant, tu as changé. C'était comme si tu m'avais quittée quand tu as parlé d'enfants.

Son estomac s'est dérobé, a glissé on ne sait où, jusqu'au bassin en contrebas des marches, là d'où montait l'odeur soufrée, tandis qu'une tristesse qui aplatissait tout en elle et étouffait sa bonne humeur prenait le dessus. Elle répéta les mots — Tu dois savoir qu'avec moi, il n'y aura pas de joyeuse marmaille à l'horizon.

Il a appuyé la tempe contre la sienne et a dit doucement — Pourquoi penses-tu que l'absence d'enfants pose un problème pour notre avenir ?

Riley a expiré toute sa réticence à répondre. Pourtant, Konrad méritait de savoir pourquoi elle ne pouvait pas s'engager alors qu'ils s'accordaient si bien, par ailleurs, sur tant de choses merveilleuses. Toujours appuyée contre son épaule, elle a fermé de nouveau les yeux et a laissé les mots s'échapper dans la moiteur de la nuit. Ses peurs les plus profondes, confiées à un homme — chose qu'elle n'avait jamais voulu faire auparavant. Et dont elle n'était pas certaine d'avoir envie, même maintenant.

— Je pense que je ferais une mère épouvantable. Voilà, la réalité crue. Elle était simplement trop égoïste avec son temps.

Ses doigts se sont serrés autour des siens. — Comment peux-tu dire ça ?

Elle a fait glisser sa main libre dans l'eau chaude, la balançant d'avant en arrière sous la surface pour créer des ondes de chaleur. — Je n'ai pas le temps pour des enfants. Même si, en bonne spécialiste, je sais que plus une femme attend pour tomber enceinte, plus c'est difficile, je n'ai toujours aucune envie de défier l'horloge biologique qui fait tic-tac.

— Beaucoup de femmes n'éprouvent aucune urgence.

Et maintenant, la culpabilité. Elle s'est redressée pour le regarder. — Mais ce n'est pas juste quand on pense à toutes ces femmes que je vois qui donneraient leur bras droit pour tenir un enfant dans le gauche.

— Tu aimes les enfants ? Ses yeux parcouraient son visage avec ce qui ressemblait à de la tendresse, et elle ne comprenait pas cela.

— Bien sûr. Ceux des autres. Je n'ai aucune envie brûlante d'en avoir un à moi.

— Ça se tient, bien sûr. Et tu n'as pas besoin que je te le dise. Mais quel rapport avec toi et moi ?

Il plaisantait, là ? — Tu devrais avoir des enfants. Et moi, je ne t'en donnerai pas.

Il a froncé les sourcils, moqueur. — Tu es en train de me dire que je dois faire quelque chose que toi, tu n'as pas à faire ?

Elle l'a regardé en fronçant les sourcils. — Tu te moques de moi.

— Jamais. Ou en tout cas, pas pour ça. Son bras l'a écrasée contre lui. — Je t'aime. Je veux que tu sois heureuse, et je pense que tu le seras le plus avec moi. La question des enfants, comme le choix d'où nous vivrons et ce que nous ferons de nos vies, tout ça dépend du socle de base : toi et moi, ensemble. Le reste, on l'ajustera au fur et à mesure.

Lui, il avait toujours besoin d'enfants. — Mais si, un jour, tu veux désespérément un enfant et que je dis oui, puis que je me révèle une mère épouvantable ?

Il s'est penché et a murmuré — C'est quoi, pour toi, une mère épouvantable ?

Elle connaissait la réponse. Elle l'avait énumérée tant de fois dans sa tête quand une relation frôlait l'étape suivante. — Ne pas être là pour eux. Ne pas être ma mère. Ma mère m'attendait toujours à la maison après l'école. Elle n'a jamais manqué mes événements scolaires, les journées sportives, les remises de prix, les pièces et les concerts. Elle est venue à chacun. Elle tenait même la buvette de l'école. Mon père, lui, n'est venu à aucun. Je serais comme lui. Je serais la mère qui rate toutes ces choses pour lesquelles ma mère trouvait du temps. Des choses que je tenais pour acquises mais dont je dépendais. Les mots jaillirent comme un trop-plein. — Je n'aurai pas le temps de faire ça avec ma recherche, mes consultations et mes astreintes d'obstétrique.

— Je t'entends. Et j'entends que tu as réfléchi à tout ça. Et peut-être que j'entends une peur de l'échec, la crainte que tu laisses tomber une famille.

Était-ce donc ça ? Une peur de l'échec. Mon Dieu, elle était pitoyable. Et serait un modèle affreux. Mais il n'allait pas la laisser s'y complaire.

— Les temps ont changé, dit-il. Les femmes ne sont pas responsables, ni même censées, d'assumer toute la part du soin et de l'attention. Les hommes peuvent en donner aussi. Les hommes devraient le faire. La plupart adorent ça. Peut-être que ton père n'en a pas eu l'occasion parce qu'il vivait à une autre époque. Je prendrais soin de toi et de notre enfant, si nous en avions un, ou de nos animaux si nous choisissons cette voie, ou juste de toi, si tu me le permets.

— Ne me couve pas.

Il a laissé échapper un rire, un grondement grave et masculin qui la fit frissonner de désir. — Tu ne me laisseras pas te couver, mais je peux partager.

Non, il ne partagerait rien, parce qu'il venait de confirmer tout ce qu'elle pensait. Il avait tant à donner, trop pour elle. Il avait besoin d'enfants et elle ne lui en donnerait peut-être jamais. Il n'y avait pas d'avenir pour eux. Mais au moins, elle le lui avait dit pour qu'il comprenne quand elle partirait.

— J'ai trop chaud.

Et soudain, c'était une bonne chose que la conversation se soit interrompue, car Cyrus est sorti des douches dans un clapotis de pieds mouillés qui claquaient à plat.

— Vous êtes sûrs que vous voulez que j'aille dans la pataugeoire ?

Riley a tapoté la rambarde à côté d'elle. — Viens t'asseoir ici, Cyrus. On est presque prêts à partir. Ici, ça bout.

Il a éclaté de rire. — Je vous trouvais déjà bien échauffés avant d'entrer.

Riley a senti son visage rosé s'échauffer. Oui, ils l'avaient été, et elle en voulait plus. Et elle ne voulait plus parler d'avoir des enfants, ni de ne pas en avoir. Ni d'obliger Konrad à vivre sans. Ni de sa vie future sans Konrad. Très bas, alors que les claquements des pieds mouillés de Cyrus se rapprochaient, elle a murmuré à son oreille — Et si tu nous ramenais à la maison... et moi, au lit.

CHAPITRE
SOIXANTE-CINQ

Konrad

KONRAD RESTA DEBOUT TANT qu'il le pouvait sans montrer à quel point cette idée l'excitait. Cette femme pouvait le prendre de court d'un simple murmure. Il semblait qu'il n'aurait pas à se faire du souci pour leur vie sexuelle, seulement pour la brièveté de leur relation. Il devait trouver une solution à son obsession pour sa future paternité. Et ça refroidit son ardeur.

Elle sourit, mais cette fois, le sourire n'atteignit pas ses yeux. Le mur qu'il avait aperçu plus tôt était de nouveau dressé et prenait de l'épaisseur sous ses yeux. Il y avait une énorme possibilité d'une vie sans Riley s'il ne parvenait pas à lui faire comprendre que c'était elle — pas ses ovaires — avec qui il voulait passer sa vie.

Il lui prit la main et l'aida à sortir de la piscine, se disant qu'il avait peut-être besoin des conseils de quelqu'un qui lui avait dit qu'il serait toujours le bienvenu à son foyer. Adelaide Brand. D'un autre côté, la mère de Riley travaillait pour lui désormais, alors ils auraient l'occasion de parler. Pour l'heure, il emmènerait Riley chez lui et lui montrerait à quel point il l'aimait, et il espérait pouvoir abattre ce mur avant qu'il ne soit trop tard, que le béton ne prenne, et qu'il se retrouve verrouillé hors de sa vie pour toujours.

Le lendemain matin, Riley était partie pour sa course et Konrad pensa à Melinda, si loin, à Sydney, seule et inquiète. Il savait qu'aujourd'hui serait aussi chargé que le début de semaine, mais par-dessus tout, ils étaient tous sur des charbons ardents dans l'attente des nouvelles de l'opération du bébé Edward. Si Edward s'en sortait bien, la mère et le bébé rentreraient à la maison la semaine suivante. Ils le sauraient d'ici l'heure du déjeuner.

S'il ne se trompait pas, Riley était déçue de rater l'installation de la nouvelle petite famille au sein de la communauté de la Ridge. Il s'attendait à ce qu'elle passe à l'unité néonatale d'Edward à Sydney à son retour. Mais ce ne serait pas aussi bien que le comité d'accueil quand Melinda rentrerait. Il ne voulait pas qu'elle rate ça. En fait, il ne voulait qu'elle ne rate rien. En clair, il ne voulait pas qu'elle s'en aille.

Ce vendredi, à la fin de son contrat, elle prendrait la route et il n'avait aucun espoir qu'elle change d'avis. Même si elle n'avait pas retiré son invitation à ce qu'il vienne la voir à Sydney, elle partirait quand même, pour de bon.

Elle avait passé la nuit dernière dans son appartement, et ils avaient rempli les heures d'étreintes douloureusement douces et d'une sorte de tendresse affolée, mais avec très peu de conversation. Ce matin, pour la première fois de sa carrière, il avait été tenté d'appeler pour dire qu'il était malade et de ne pas aller au cabinet quand le soleil s'est levé. Il aurait séché s'il avait pensé pouvoir la garder contre lui, mais bien sûr, elle était partie dès six heures, en l'embrassant et en lui disant de rester au lit. Elle reposait des limites, encore.

Alors elle était partie pour sa première course depuis l'accident, et même s'il avait laissé entendre qu'il aimerait l'accompagner, elle avait décliné et lui avait demandé de ne pas le faire. Et il avait vu qu'elle avait besoin de ce temps seule.

Donc, quand il est entré au cabinet à 8 h 15, après sa propre course — dont il avait grand besoin — dans la direction opposée, il n'y trouva qu'Adelaide. La porte de Riley était fermée, donc elle était rentrée saine et sauve.

—Elle est au téléphone, dit sa mère quand il inclina la tête vers la porte close. À son professeur à Sydney, au sujet d'une de ses patientes de Sydney.

Il hocha la tête. Elle avait, à Sydney aussi, des femmes qui avaient besoin d'elle. Une vie. Un appartement. Sa carrière.

Comme si elle avait lu ses pensées, Adelaide dit — Vous deux, vous êtes magnifiques ensemble. Riley doit se défaire de l'idée qu'elle ne peut avoir qu'une seule chose dans sa vie. Soit une famille, soit une carrière.

—De nos jours, on peut avoir les deux, approuva-t-il, avec une vague d'espoir à l'idée qu'au moins Adelaide pensait qu'il avait une chance et les soutenait.

—Tiens bon, dit-elle. Moi, j'ai choisi une seule chose : être mère et épouse. J'y ai mis toute mon âme, mais un jour, Riley était en pension et Tyler ne me voyait plus comme quelqu'un qui pense.

—Ça a dû être dur.

Elle pencha la tête, les yeux sur lui. — Je me suis rendu compte que j'avais évincé mon propre bonheur et mon épanouissement. J'ai toujours voulu être infirmière, et quand je le suis enfin devenue, dit-elle en marquant une pause et en soupirant, eh bien, il est resté trop peu d'années pour savourer la carrière. L'an dernier, j'ai eu l'impression que le système de santé s'était transformé en une machine à analyser les coûts pilotée par l'informatique et des modèles de prise en charge. Un sport de jeunes. J'étais dépassée, je détestais qu'on n'ait plus le patient au centre et je voulais partir. Ce n'était pas pour ça que j'avais signé. C'était un peu comme si ma fille quittait la maison une seconde fois.

—Elle a dit que tu étais une mère brillante.

—Oh, oui. Elle rit. — Géniale. J'ai peut-être traumatisé ma fille avec tant de génialité.

Ses yeux se plissèrent. Elle était tellement sensée, tellement merveilleuse, cette mère de la femme qu'il aimait.

—Je crains d'avoir fait mon « bon maternage » au détriment de mon propre bonheur. Je ne veux pas que ma fille fasse sa « bonne médecine » au détriment du sien. Elle choisit la carrière comme son unique chose, comme moi j'ai choisi d'être la meilleure épouse et la meilleure mère. Elle fait la même erreur : vouloir être la meilleure au détriment de tout le reste.

Adelaide scruta son visage et elle dut y voir quelque chose qui la rassura, car elle dit — Tu l'aimes.

Ce n'était pas une question. — Oui.

—Quelle chance elle a, Riley, d'avoir trouvé un homme prêt à être son égal dès le début. Je soupçonne que tu la soutiendras quoi qu'elle veuille faire.

—Toujours.

—Alors, n'abandonne pas.

La porte s'est ouverte et un couple est entré. — Nous sommes là pour voir le Dr Brand ? dit l'homme. Et la journée a commencé.

Il ne l'a pas vue avant le déjeuner. Mais il l'attendait.

—Alors, j'ai prévu de venir à Sydney le week-end prochain. Ça te laisserait une semaine pour reprendre tes marques et défaire ton sac. Ça te va ? Konrad regarda s'arrondir les yeux de sa bien-aimée. Oh oui, elle ne l'avait pas cru ? Il l'avait surprise. — Je peux rester chez toi ?

Riley cligna des yeux, prit la tasse de café qu'il lui avait préparée pour sa pause déjeuner et parcourut des yeux les sandwichs disposés pendant qu'elle sirotait. Il vit le moment où elle remarqua que sa mère était partie et qu'ils étaient seuls. Elle éloigna la tasse de sa bouche et acquiesça. — Bien sûr. Moi, j'ai bien dormi chez toi.

— Pas seulement ma maison.

Elle plissa les yeux en le regardant. — Tu es en train de me dire que tu partageras mon lit quand tu me rendras visite ?

Mais le frémissement amusé la trahit et sa tension retomba. — Oui, tout à fait. Parce que je ne renonce pas à nous. J'imagine tout un avenir fait de tes visites dans la brousse et des miennes en ville. Peut-être même moi avec un brevet de pilote pour t'emmener et te ramener.

— Me « trimballer » ?

— Je dis : pourquoi te limiter à la ville ? Et moi à la brousse. Il haussa les sourcils et leva un doigt. — Qu'est-ce que ton séjour à Lightning Ridge t'a appris ?

Elle plissa les yeux vers lui. — Les dames du vendredi soir, il faut s'en méfier ?

Il sourit. — Oui. Mais surtout, que tu peux avoir davantage. Il écarta les bras. — Pendant que tu étais ici, tu as aidé des femmes qui perdaient l'espoir de devenir mères — c'est le cœur de ton métier. Mais tu as aussi aimé le travail de généraliste — tu as sauvé Cyrus d'une mort certaine, demande-lui.

Elle rit, mais lui était sérieux et n'avait pas terminé. — Tu es devenue une partie de la communauté, de cette communauté ; tu as réconcilié tes parents et établi une relation plus solide avec ta mère.

Elle acquiesça. — C'est vrai. Pas des bénéfices auxquels je m'attendais, mais assurément des plus.

— Donc, je ne pense pas que tu doives te limiter en te décidant pour un seul aspect de ta vie — ta carrière. Tu peux faire davantage. Et avec moi, tu peux tout faire.

Elle se renversa contre le dossier, sa tasse de café à la main, comme s'il était soudain contagieux. — Tu es sûr que ton père n'était pas plutôt pasteur que médecin ?

— Que veux-tu que je dise ? Tu m'inspires.

Elle rit de nouveau, mais il n'avait toujours pas fini. — Si tu envisageais de faire toutes ces choses qui t'ont plu, le meilleur de ces quatre dernières semaines, qu'est-ce que tu inclurais ? Comment verrais-tu l'avenir ?

Il vit l'instant où elle comprit. Il vit où il l'emmenait. Avec un peu de chance, elle voyait aussi l'amour dans ses yeux.

— Tu es en train de dire : faire des tournées en plus du temps en ville ? Et te caser entre les deux ?

— Bien sûr. Je me suis inscrit à mon premier cours de pilotage. Ce que nous avons, c'est une relation comme une opale brute. Il faut la frotter, la tailler, la polir. Mais il y a une beauté rare et précieuse dans ce que nous partageons. Elle a une intensité de couleur exceptionnelle. Je vais me battre pour ça. Pour toi. Est-ce que tu te battras pour nous, toi aussi ?

Il s'arrêta. C'était tout. Son meilleur argument.

Elle le fixa, secouant la tête en silence. Jusqu'à ce qu'il voie quelque chose qu'il n'avait encore jamais vu. Ni quand elle était au fond du puits, brisée et seule, quand il avait tendu la main vers elle. Ni quand le bébé de Melinda était né sain et sauf. Pas même dans leurs moments les plus tendres.

Elle posa sa tasse et tendit la main vers la sienne. Son cœur se serra quand les yeux de Riley se remplirent de larmes et qu'elle acquiesça. — Oui. Elle redressa la tête et soutint son regard. Le sien s'adoucit et se fit tendre, ses belles lèvres tremblant lorsqu'elle répéta : — Oui. Je me battrai pour nous, moi aussi. Viens me voir et on en parlera. On fera en sorte que ça arrive.

CHAPITRE SOIXANTE-SIX

Riley

PRESQUE UN AN PLUS tard, le mariage au bord du port de la docteure Riley Brand avec le Dr Konrad Grey a eu lieu à Mosman, à Sydney, mais cela ne voulait pas dire que les habitants de Lightning Ridge n'y assisteraient pas. Riley était leur fille de cœur, qui venait toutes les six semaines passer une semaine en ville pour assurer des consultations de proximité. Cette fois, c'était à eux de se déplacer pour elle.

Ils voyageaient dans un minibus qui n'était pas sans rappeler Priscilla en route pour Broken Hill ; le minibus embarquait Olivia et son mari, Aiden, qui conduisait — pas question pour lui de confier le volant à qui que ce soit avec sa femme enceinte à bord —, et tous entonnaient, un peu faux, des chansons de road trip. Le voyage a commencé dans un joyeux chahut, le groupe s'amusant à coups de blagues et de chansons. Desiree et Greta avaient apporté à manger, et Toby faisait le service. Silvia et Selena avaient apporté de quoi boire. Elsa et Gerry se relayaient pour aider Melinda en amusant le petit Edward tandis qu'ils dépassaient Ozzie l'émeu et que le bus s'éloignait des champs d'opale de l'outback, longeant des champs de blé et de petites villes. Le petit Teddy s'assoupissait en traversant les paysages de rochers et les montagnes, puis il s'est réveillé aux abords sauvages de Sydney et devant l'hôtel situé à 2 kilomètres du lieu du mariage.

Grâce à un accord d'hébergement négocié par le père de Riley, Tyler, dans un hôtel chic de Mosman, ils ont tous été installés dans des chambres avec vue sur le port afin de se reposer et de récupérer avant les noces du lendemain.

Pour ceux qui n'avaient pas passé beaucoup de temps dans la capitale de l'État, le mariage offrait l'occasion de profiter du port sous son meilleur jour. De savourer un endroit à l'écart de leur quotidien, sans circulation dense ni foule. D'apercevoir cargos et voiliers sur l'eau, des avions fendant le ciel près du pont, et d'utiliser des entrées gratuites pour le zoo avant la cérémonie en fin d'après-midi.

Adelaide et Riley avaient eu l'idée de louer le Gili Rooftop, un espace situé au dernier étage, au-dessus des jardins paysagers et des enclos du Taronga Zoo, pour la réception. Les portes coulissaient et l'espace s'ouvrait sur une terrasse à balustrade de verre, ouverte au ciel puis, plus tard, aux étoiles, avec une vue qui s'étendait jusqu'au Sydney Harbour Bridge au loin, tandis qu'au premier plan montaient les bruits des animaux.

Riley voulait partager le meilleur de la ville qu'elle aimait avec ses amis de Lightning Ridge.

Une heure avant le coucher du soleil, après un après-midi à se faire pomponner, habiller et coiffer avec sa mère et Bella, la sœur de Konrad, sa demoiselle d'honneur, il était temps de retrouver son futur mari sur la terrasse ouverte surplombant le port.

Riley a entendu la musique du mariage en sortant des ascenseurs. Ce n'était pas encore la marche nuptiale. Pas encore. La main de son père s'est resserrée sur son bras. — Tu peux encore changer d'avis, a-t-il plaisanté.

Elle a ri, a expiré un souffle nerveux et a senti ses épaules s'abaisser de soulagement. C'était idiot d'être nerveuse. — Merci. Elle a plongé son regard dans celui de son père. — Je l'aime.

— Je sais. Je suis très, très heureux pour toi.

Ils se sont arrêtés devant les portes ouvertes, encore hors de vue. Bella a ajusté le voile de Riley et a fait gonfler sa traîne pour qu'elle s'étale en cercle. Le photographe a pris une dernière photo puis s'est faufilé devant eux dans la salle pour immortaliser leur entrée.

Bella a fait un clin d'œil. — Ça va ? Sa demoiselle d'honneur savait qu'elle était nerveuse. Elles étaient vite devenues amies intimes et confidentes, Bella devant reprendre le cabinet de son frère à Lightning Ridge en tant que médecin principal.

— J'ai hâte.

— Alors j'y vais. Sa nouvelle belle-sœur a redressé les épaules et, au moment où la marche nuptiale commençait, elle s'est avancée dans l'embrasure et a fait un pas mesuré. Riley et son père ont avancé d'un pas.

Et puis elle l'a vu. Grand et puissant dans son smoking gris, sa taille, sa carrure et sa beauté se sont soudain estompées quand elle a vu l'amour dans ses yeux. Il a souri. Son regard lui disait de venir à lui tandis qu'il la fixait. Il lui disait qu'elle était belle. Qu'il avait hâte. Et soudain, elle aussi n'en pouvait plus d'attendre.

Fin

J'espère que la lecture de **La Fille du Mineur d'Opale** *vous a plu ! Tournez la page pour découvrir un extrait du tome 5 de la série* **Les Médecins de l'Outback, Les Dames de Lightning Ridge**.

REMERCIEMENTS

Merci, cher lecteur, d'avoir passé du temps avec l'héroïne, *La Fille de Mineur d'Opale*. J'espère que vous vous êtes laissé emporter par l'histoire de Riley à Lightning Ridge, car ce fut un vrai bonheur à écrire.

À Lightning Ridge, on trouve chaleur et accueil, ce qui, pour moi, a commencé en réservant un hébergement auprès de Jo et Andrew aux Fossickers Cottages (un endroit superbe où séjourner), et dont l'emplacement en ville est devenu, dans mon histoire, l'OPAL Medical Centre. Si vous êtes déjà allé à Lightning Ridge, j'espère que vous avez reconnu des détails qui vous ont fait sourire et vous ont donné envie d'y retourner. Si vous n'y êtes jamais allé, je vous souhaite de beaux sourires et beaucoup de plaisir lorsque vous irez découvrir cette formidable bourgade minière de l'outback australien.

Je dois remercier ma consœur Kelly Hunter d'avoir été ma compagne de voyage dans ce bref créneau qui s'est présenté pour visiter la difficile à atteindre Lightning Ridge au milieu des restrictions liées au Covid-19. Tu as été une compagne et copilote formidable pendant les neuf heures qu'il nous a fallu pour y arriver.

Immense merci à Diane Kearl (Di), la responsable du Lightning Ridge Visitors Information Centre, qui m'a donné des cartes, des histoires, des recommandations et, surtout, m'a présenté des personnes formidables avec qui j'ai pu parler de tout ce qui touche à Lightning Ridge.

Theresa Smith, à l'Australian Opal Centre, a une passion et des connaissances incroyables sur les fossiles, les gemmes et la géologie. Ne manquez pas l'occasion de discuter avec elle. Je reviendrai à Lightning Ridge quand leur fabuleux nouveau bâtiment, signé Glen Murcutt, ouvrira et qu'ils auront l'espace pour mettre véritablement en lumière tous leurs trésors.

Merci à Vicki Bokros et Andrew, de Down To Earth Opals, pour leur passion et une soirée incroyablement amusante et instructive au Lightning Ridge Bowling Club. De superbes discussions sur la découverte, l'achat et la vente d'opales, et tant d'autres sources d'inspiration pour le prochain livre aussi.

Kelly Tishler (The Opal Queen au grand cœur), tu déchires. Merci de m'avoir emmenée sur les champs d'opale, dans des endroits où seuls les mineurs vont, et d'avoir partagé ta passion pour la chasse aux opales. Et un immense merci d'avoir su exactement de quel endroit je parlais et de m'avoir conduite sur le lieu qui a tout inspiré : un camp de mineur d'opale qui avait été mis en vente il y a deux ans. C'est de là qu'est née l'histoire d'Adelaide dans ma tête.

Chers lecteurs, puis-je vous suggérer de faire un saut au Piccolo Italian Restaurant pour un excellent dîner, l'endroit où Konrad a emmené Riley (rappelez-vous, Konrad y mange une fois par semaine) !

Les ruines de l'église où Riley et Konrad ont trouvé Toby sont réelles, mais elle avait en fait été construite comme décor de cinéma et a été emportée par une tempête. Donc si vous cherchez l'église, il ne reste qu'un tas de morceaux dont personne n'a l'usage.

Au Sheepyard Inn, au Club in the Scrub, et à tous les autres endroits insolites et joyeux à Lightning Ridge et à Grawin, merci d'être vous.

Sur une note moins joyeuse, l'organisation caritative Rural and Remote Medical Services (RARMS) a annoncé, le cœur lourd, qu'elle avait dû fermer ses cabinets médicaux à Lightning Ridge et à Walgett en mai 2022. L'escalade des coûts des soins de santé primaires et le sous-financement historique de la santé rurale et éloignée rendent de plus en plus difficile l'attraction et la fidélisation de médecins permanents dans les communautés éloignées. Immense coup de chapeau à tous les médecins, infirmières et infirmiers isolés qui portent la responsabilité d'être premiers et seconds intervenants pour la santé de notre population de l'outback. Si un généraliste lit ce livre et envisage la médecine en milieu isolé, j'en serais ravie, et je sais que les communautés lui en seraient reconnaissantes. Nos communautés rurales méritent la passion et l'engagement de Konrad et de ces nombreux héros que j'ai rencontrés dans la vraie vie.

À PROPOS DE L'AUTRICE FIONA MCARTHUR

AUTEURE N°1 DES VENTES — Fiction médicale et littérature australienne sur Amazon
Lauréate des prix RUBY (Romance Writers of Australia) et KORU (Romance Writers of New Zealand)

Avec plus de soixante romans à son actif, l'ancienne sage-in femme rurale Fiona McArthur met à profit son expérience médicale pour écrire des histoires émouvantes, célébrant les femmes, les familles et les communautés rurales australiennes. Ses récits mettent en scène des héroïnes fortes et des héros au grand cœur, trouvant l'amour au cœur de défis bien réels dans des lieux isolés.

« Je vis pour ces moments magiques : le premier cri d'un nouveau-né, la force partagée par les femmes, et la beauté de notre vaste paysage australien. »

Fiona promet à ses lectrices des histoires qui révèlent l'extraordinaire dans l'ordinaire, et qui célèbrent la résilience, la bienveillance et l'amour. Chaque roman est une invitation à explorer de magnifiques contrées, tout en découvrant que le monde regorge de personnes formidables et de possibles infinis.

Pour en savoir plus, rendez-vous sur FionaMcArthurAuthor.com

Également par Fiona McArthur

Série Cœurs de l'Outback
1. Un Nouveau Jour pour Aimer

2. Prescriptions du Cœur

3. Murmures du Désert

4. L'Appel du Cœur

Série Les Médecins de l'Outback
1. Les Femmes du Station

2. Le Cœur du Ciel

3. La Sage-femme du Désert

4. La Fille du Mineur d'Opale

5. Les Dames de Lightning Ridge

www.ingramcontent.com/pod-product-compliance
Lightning Source LLC
Chambersburg PA
CBHW060224030726
47499CB00004B/1185